REGARDS CROISÉS SUR L'ADOLESCENCE,

son évolution, sa diversité

Longtemps chef de clinique à l'hôpital Sainte-Marguerite, à Marseille, le Pr Marcel Rufo, pédopsychiatre, a dirigé depuis 2004 la Maison des Adolescents à Paris. Il est l'auteur de plusieurs ouvrages, dont *Œdipe toi-même !, Tout ce que vous ne devriez jamais savoir sur la sexualité de vos enfants, Détache-moi !* et *La Vie en désordre* aux Éditions Anne Carrière. Il dirige actuellement l'Espace Arthur, service de psychiatrie de l'enfant et de l'adolescent à Marseille.
Marie Choquet est épidémiologiste, directeur de recherche à l'Inserm U 669.

Marcel Rufo dans Le Livre de Poche :

DÉTACHE MOI ! SE SÉPARER POUR GRANDIR

FRÈRES ET SŒURS, UNE MALADIE D'AMOUR

ŒDIPE TOI-MÊME !

TOUT CE QUE VOUS NE DEVRIEZ JAMAIS SAVOIR SUR LA SEXUALITÉ DE VOS ENFANTS

PROFESSEUR MARCEL RUFO
MARIE CHOQUET

Regards croisés sur l'adolescence,

son évolution, sa diversité

ÉDITIONS ANNE CARRIÈRE

ISBN : 978-2-253-12349-1 – 1re publication LGF

Avant-propos

Cet ouvrage n'est pas un manuel de psychiatrie, ni un exposé épidémiologique. C'est une réflexion, voire une prise de position, dans un champ devenu plus idéologique que réaliste : la santé et le soin des adolescents.

La plupart des articles de presse concernant les adolescents – et notamment la violence et les consommations des jeunes – ont aujourd'hui la même teneur : « ils en veulent toujours plus », « tout augmente », « tout est de plus en plus précoce », « tout est de plus en plus grave », ce qui contribue à la marginalisation des adolescents. Or, nous estimons que, loin de cette idéologie du « toujours plus », il y a une place pour la réalité. À ce propos, on aimerait que devienne réalité le titre du livre d'Olivier Piot : *Adolescents, halte aux clichés* (Milan, 2002).

L'épidémiologiste est un scientifique qui a pour objectif de mesurer les phénomènes de santé et d'analyser le contexte de leur apparition, leur chronicité, voire leur disparition. Certes, les compétences scientifiques requises ne sont pas les mêmes selon qu'on étudie le cancer, l'asthme ou l'adolescence, car dans les deux premiers cas il s'agit de maladies somatiques (dont le contexte social et psychologique mérite pourtant d'être mieux connu), dans le dernier d'une période de la vie qui se situe juste avant l'âge adulte et qui présage donc de l'intégration sociale, familiale et professionnelle.

D'où la nécessité d'une approche plus globale, mais aussi plus humaniste. Les adolescents sont l'avenir de notre pays, et de futurs parents…

Force est de constater que la mesure de la santé physique, psychologique et sociale des jeunes est, en France, trop « impressionniste ». Elle préfère, la plupart du temps, se fier à l'« avis d'un professionnel local », qui a souvent tendance à accroître la gravité ou l'extension d'un phénomène, plutôt qu'à un scientifique. Ce dernier aura tout mis en œuvre pour étudier un phénomène selon les règles de l'art (avec définition du phénomène, fiabilité du mode de recueil des données et représentativité des échantillons), mais il sera perçu comme trop compliqué ou trop hésitant dans ses conclusions. En effet, il ne suffit pas de donner un chiffre ou une tendance, encore faut-il savoir ce qu'ils expriment. Là, les conditions de passation jouent un rôle important. Ainsi, un sujet ne donne pas la même réponse s'il est face à un enquêteur (moins fiable) ou face à un questionnaire anonyme et confidentiel (plus fiable), surtout pour des questions aussi intimes que la qualité de la vie familiale ou relationnelle, les délits ou le passage à l'acte suicidaire… La formulation de la demande fait aussi partie des préoccupations méthodologiques, car personne ne peut répondre de façon honnête à une question mal comprise ou pas comprise du tout !

Reste que les données chiffrées sur les adolescents sont légion, au point de créer des confusions, même s'il demeure des manques. Ce qui est actuellement publié ne constitue que 5 % environ de ce qui est potentiellement disponible. Pourquoi cet écart ? D'abord parce que, par manque de larges équipes de recherche dans ce domaine, on ne peut pas tout analyser et il faudrait environ dix ans à un chercheur pour exploiter correctement une enquête portant sur quelque 16 000 sujets et 250 informations par sujet… Ensuite, parce que, dans une enquête, certaines données s'avèrent plus facilement publiables que d'autres. Ainsi, il est plus aisé de publier des articles sur les addictions, la violence, le suicide et la sexualité des adolescents que sur le malaise, les troubles diffus, les sentiments, les décalages, les paradoxes… Et pourtant, la vie est remplie de confusions, de sentiments, de paradoxes et de décalages qui d'ailleurs permettent de mieux comprendre les addictions, la violence, le suicide et la sexualité !

Dans ce livre, certaines données proviennent de rapports officiels, d'autres ont été directement puisées dans les fichiers de Marie Choquet, qui concernent quand même plus de 60 000 jeunes au cours des quinze dernières années ! Certes, certaines de ces enquêtes sont anciennes, d'autres plus récentes. Il y a quinze ans, les recherches étaient plus globales, incluant le mode de vie, la perception de soi, les opinions… Actuellement elles sont plus ciblées, en particulier sur la consommation d'alcool, de tabac, de drogues. À cause du contexte international (les enquêtes épidémiologiques en France se font souvent dans un cadre européen) et du financement thématique, on a ainsi évolué vers des enquêtes plus pointues, mais du coup moins contextuelles…

Cet ouvrage ne prétend ni être exhaustif ni constituer un catalogue de toutes les données disponibles. Il s'attache à confronter les points de vue de l'épidémiologiste et du pédopsychiatre dans les parties intitulées « Regards croisés », qui viennent nuancer l'interprétation des données chiffrées ; enfin, le pédopsychiatre apporte en encadré le matériau constitué par certains cas cliniques. Ce livre vise donc à apporter un éclairage de la complexité juvénile afin de permettre à chacun, parent, professionnel ou politique, de mieux cerner la richesse de cette période de la vie, dont on dit souvent qu'elle est le plus bel âge…

Introduction

Les adolescents actuels sont nés autour des années 1990. Leurs parents n'ont pas fait Mai 68 (même s'ils étaient déjà nés) et la majorité de leurs grands-parents n'a pas connu la Seconde Guerre mondiale. Seuls leurs arrière-grands-parents (certains adolescents ont encore la chance de les avoir) ont connu une guerre mondiale...

La plupart d'entre eux étaient désirés, car la contraception était alors largement démocratisée, et en bonne santé dès la naissance – le diagnostic prénatal existait déjà, ainsi que l'autorisation de l'IVG thérapeutique. Ils ont grandi dans un pays riche et démocratique, d'un haut niveau technologique. La protection sociale leur paraît une évidence et ils ont, au cours de leur vie, consulté un médecin environ une cinquantaine de fois.

Leurs parents et leurs grands-parents, parfois même leurs arrière-grands-parents, sont encore en vie, du jamais-vu dans l'histoire humaine, la médecine ayant fait reculer l'âge de la mortalité et contribué à une longévité en bonne santé. Pourtant, à force de vouloir « trop » prévoir, protéger, prévenir, guérir, ils sont devenus les enfants de la prudence, du principe de précaution, de l'angoisse du lendemain...

Ils sont tous allés à l'école, plus ou moins longtemps – plutôt plus que moins, d'ailleurs. Leurs parents et leurs enseignants ont été attentifs à leurs résultats scolaires, à leur obtention de diplôme, « rempart absolu contre le chômage ». On leur a demandé de faire mieux que leurs parents, inlassablement. Tout compte fait, bon nombre d'entre eux ont obéi à cette demande, le niveau d'études s'est nettement élevé. Dans le même temps, le niveau de chômage, en particulier celui des jeunes, n'a pas cessé d'augmenter, même si le risque de ne pas s'intégrer durablement dans le monde du travail diminue avec l'élévation du niveau d'études.

Ce sont les enfants des nouvelles technologies, qui manient le téléphone portable et internet mieux que quiconque. Ils vivent dans le monde de l'information, trop parfois, au point qu'ils ne s'y retrouvent pas toujours. Ils ont expérimenté des nouvelles sociabilités, plus variées mais aussi plus virtuelles. Ils font « exploser » les codes commerciaux habituels et ils vous organisent une rave party sans avoir besoin de publicité et d'affiches, tout comme ils se procurent du cannabis sans qu'il y ait de points de vente officiels. Cependant, à cause de cette nouvelle indépendance, souvent en marge des adultes, ils sont aussi plus vulnérables à toute agression extérieure, comme la pornographie et la pédophilie sur internet.

Ils sont nés dans un nouvel ordre économique où règne la mondialisation. Ils savent qu'ils ne pourront pas continuer à travailler, comme leurs parents, près de chez eux, toute leur vie dans la même entreprise, avec un itinéraire quasi préétabli. Et pourtant… ils peuvent rêver à la fois d'un monde grand ouvert et d'une proximité rassurante.

Ils font partie de ces nouvelles familles où règne la « démocratie participative », ont pour beaucoup expérimenté la recomposition familiale ou tout autre modèle peu classique (monoparentalité, homoparentalité…).

Certains ont « hérité » de frères et sœurs inattendus ; parfois aussi ils les ont perdus de vue au gré des changements imposés par leurs parents. Certains l'ont déploré, d'autres ont trouvé leur compte dans ces changements. Il faut dire que leurs pères et mères sont « aux petits soins » pour eux, comme jamais. L'argent dont ils disposent souvent le prouve. Et pourtant, cela n'a pas nécessairement apporté bonheur et sérénité.

Tous ces changements sociaux, économiques, familiaux, scolaires, qu'on peut parfois assimiler à des mini-révolutions, datent d'après-guerre. Et dans les familles de ces adolescents, ils sont peu nombreux à avoir la mémoire d'un « autre monde »...

Et puis, il y a la société paradoxale. Les adultes (et les jeunes) y sont à la fois plus qualifiés et plus souvent sans emploi. L'amélioration de la santé des aînés a considérablement augmenté la charge des familles (en particulier des mères qui, dans 70 % des cas, ont une activité professionnelle) qui cumulent à fois la charge des enfants et celle de leurs propres parents ou grands-parents. La connaissance des risques liés à l'environnement, au tabac, à l'alcool, aux drogues, à la nourriture abondante, aux mauvais traitements, et Dieu sait quoi encore, ont augmenté la perception du risque, alors que la vie est bien plus « sécurisée » en Europe que dans les pays émergents.

Force est de constater que les changements sont importants mais aussi peu réfléchis. On n'a pas imaginé que ce nouveau monde allait avoir des incidences sur la vie des adolescents ; on n'a pas préparé du tout les parents et tous ceux qui sont au contact des adolescents (et, de près ou de loin, les politiques en font partie) à prendre en compte la nouvelle donne de ces jeunes générations, dont on sait maintenant qu'elles vivront au bas mot jusqu'à 80 ans... Nous vivons pourtant dans une société où la matière grise est notre première grande richesse ! Pourquoi la réflexion et la formation qui va de pair se sont-elles tournées vers la technologie, la gestion des affaires, le management, l'économie, la politique, la recherche fondamentale plus que vers la sociologie, les sciences de l'éducation, la prévention, la connaissance des populations ? La question est de taille car, dans le champ de l'humain, on est resté à la traîne… Est-ce dû à un manque de valorisation des métiers des « sciences de l'homme » ? Ou à l'idée reçue selon laquelle le « savoir-faire éducatif et relationnel » est inné et ne doit pas faire l'objet de recherche et de formation ? Peu importent les raisons, les faits sont là : un retard considérable a été pris dans ce savoir-faire et dans sa diffusion qui nous aurait permis de mieux connaître les besoins des jeunes, de mieux prévenir leurs difficultés, de mieux gérer leurs conflits, en un mot : de mieux éduquer…

Ce livre a pour objectif de tirer la sonnette d'alarme. Non pas de résoudre tous les problèmes, car un effort collectif et une volonté politique sont nécessaires pour y parvenir, mais de faire un état des lieux pour mettre en évidence ce que les auteurs, après une longue vie professionnelle, savent (même s'ils ne savent pas tout, bien évidemment), redoutent (malgré leur optimisme fondamental) et estiment raisonnable de faire. Et cela sans complaisance, ni du côté de la clinique, ni du côté de la recherche. En pointant aussi nos manques, car il y en a, comme dans toute communauté humaine, un clinicien et une épidémiologiste se sont attelés à la tâche, après des années de pratique, de recherche et de discussions… D'où une certaine liberté de penser, indispensable si l'on veut faire avancer les choses.

1. L'ADOLESCENCE, AU FUR ET À MESURE

L'adolescence est avant tout un processus dynamique. On ne devient pas « adolescent » du jour au lendemain et on ne « sort » pas non plus précipitamment de l'adolescence. Actuellement, dans les pays développés, elle s'étend de 10 à 25 ans et se décompose en plusieurs périodes, ponctuées par l'âge et la scolarité. Mais l'adolescence des filles se révèle bien différente de celle des garçons, et les diversités sociale, scolaire, familiale sont autant de facteurs dont il faut tenir compte lorsqu'on veut la décrire.

Des prémices de l'adolescence de plus en plus précoces ?

À 12-13 ans, cela se passe plutôt bien, même si tout n'est pas idéal. La grande majorité des jeunes s'entendent bien avec leur père (85 %) et leur mère (90 %), aiment plutôt l'école (86 %) et ne font pas de « grosses bêtises ». En effet, moins de 1 % d'entre eux fument quotidiennement du tabac ou régulièrement du cannabis, moins de 5 % consomment régulièrement de l'alcool, ont déjà volé des objets de valeur, frappé un professeur, utilisé une arme dans le but d'obtenir quelque chose.

Cependant, tout n'est pas rose, loin de là. 17 % ont déjà volé dans une boutique, 14 % ont abîmé exprès des biens publics ou privés, 5 % sont régulièrement absents de l'école, alors qu'ils sont encore soumis aux obligations scolaires. Plus grave encore, 6 % ont déjà fait une tentative de suicide (1,5 % en ont fait plusieurs), 5 % ont fugué, 7 % peuvent être considérés comme ayant des troubles dépressifs importants et 8 % ont fréquemment des idées suicidaires. Preuve que la souffrance psychologique, qu'on imagine souvent plus tardive, existe déjà chez de jeunes adolescents.

Une question se pose : ces signes de souffrances ont-ils augmenté dans le temps ? Et peut-on dire qu'ils se sont aggravés ? Sans disposer de données comparables sur plus de dix ans (l'approche épidémiologique des troubles et conduites des adolescents est relativement récente en France), on observe qu'entre 1993 et 2003, les troubles et conduites n'ont pas nécessairement évolué dans le sens attendu. Ainsi, on constate, parmi les 12-13 ans, une diminution de la consommation régulière d'alcool (de 3 % en 1993 à 1,3 % en 2003) et de tabac (de 3 % à 1 %) ainsi qu'un absentéisme scolaire régulier (de 8 % à 5 %), mais une augmentation de la dépressivité (de 3 % à 7 %) tout comme des tentatives de suicide (de 5 % à 6 %). Quand on regarde de plus près les différences entre garçons et filles de cet âge, on constate que la situation s'est dégradée pour les filles dans de plus grandes proportions. Reste que la précocité des troubles ou conduites (qu'on appelle en anglais *underaged*) est toujours un signe de gravité. Surtout quand, de surcroît, les troubles se cumulent et deviennent chroniques.

Regards croisés

Marcel Rufo : – Dans le cadre des prémices de l'adolescence, j'envisage ses prodromes, ses premiers signes. Lorsqu'un enfant commence par exemple à hausser les épaules, à insulter. Je me positionne autour du CM2, à 9-10 ans, quand il devient rebelle ou quand il change sa vêture. Je distingue alors deux signes cliniques importants : 1. la rupture, les troubles d'opposition ; 2. les effets d'image (comment je m'habille ? comment je me coiffe ? maintenant tu ne t'occupes plus de moi !). Quelque chose qui sensibilise d'abord beaucoup plus la mère, le père faisant semblant d'être en deçà. Je suis frappé par le fait que certains pères disent : « Moi, je n'ai pas de problème ! » alors qu'ils en auraient s'ils étaient plus proches de ces préadolescents.

Sur les chiffres que tu viens de donner, il y a quelque chose de passionnant, c'est que l'adolescence est une porte d'entrée difficile à franchir. Ainsi, à travers ces données sur les troubles dépressifs, on observe que les adolescents savent qu'ils vont passer par un moment difficile de leur vie. Il ne s'agit pas seulement d'une peur de l'avenir mais aussi d'une stratégie de présentification : ils veulent tout maintenant par crainte de cet avenir. On dirait que la porte d'entrée de l'adolescence, c'est cette peur qui les attend, qui les rend d'emblée en difficulté. Ceux qui l'expriment le plus sont ceux qui, dans leur propre enfance, dans leur environnement, ont eu des difficultés. Je citerai cet adolescent difficile qui dit, dès le début de la consultation : « Je suis un préado. » Il dit « préado » – « pré », qui signifie « pas tout à fait », mais « Ado quand même, fais gaffe, je pique ! Je m'habille en noir, fais gaffe, je vais être dangereux, je vais entrer dans une période où je vais être dangereux. Pour moi et pour les autres. Parce que je sens que je vais être en difficulté, il faut bien que je fasse peur aux autres, sinon j'ai trop peur en dedans. » Il projette ainsi sur l'extérieur la crainte de ce qui l'attend.

De quoi, je suis un préado !

Ce jeune garçon de 10 ans, en CM1, est très intéressé par l'effet que produit sa coiffure. Il est en débardeur malgré le froid intense qui règne, ce jour-là, à Paris. Il s'assoit sur le bord de la chaise avec les jambes tendues et, chaque fois que sa mère parle, il hausse les épaules en la regardant de manière très menaçante. Le couple est séparé ; la mère est enseignante, le père également, mais il a changé d'académie. Il voit très rarement son fils car celui-ci ne le désire pas. Depuis quelques mois, la situation est difficile à la maison ; à tel point que la mère a demandé au père de domicilier le garçon chez lui, pour qu'elle-même ne voie son fils que lors de l'exercice du droit de visite : un week-end sur deux et durant la moitié des vacances. Le garçon refuse vivement cette proposition, alors que son père serait d'accord. Ce dernier a recomposé une famille et le jeune garçon a un demi-frère avec lequel il ne s'entend pas du tout. Il me dit d'ailleurs que, s'il est placé chez son père – il emploie le terme « placé » à dessein –, il battra son demi-frère, ce qu'il fait d'ailleurs régulièrement, chaque fois qu'il le voit.

Au cours de notre entretien, on s'aperçoit qu'après la phase des insultes, le garçon a commencé aussi à bousculer sa mère ; l'autre jour il lui a même donné une gifle. La situation devient de plus en plus tendue entre celle-ci, qui est en carence d'autorité, et un enfant qui ne joue que dans la provocation et dans l'opposition. Lorsque je lui demande pourquoi il fait tout cela, il a cette réponse étonnante : « Je suis un préado. »

Les adolescents ne sont pas dupes ; le collège n'est plus l'école primaire : ils perdent l'enseignant référent qui était une image emblématique ou tutélaire des parents. Au collège, il y a les six enseignants, les grands garçons et les grandes filles, les pubères, le professeur principal, le CPE. Ils sont avertis dès le CM2 de ces changements : « Voilà ce qui va se passer au collège, tu vas être autonome. » Ils oscillent donc entre « Je vais être autonome, je vais me lâcher » et « Je ne peux pas me lâcher parce que, si je me lâche, je tombe dans un gouffre, dans quelque chose que je ne maîtrise pas. Avant, j'étais le petit de mon papa et de ma maman, et j'étais l'élève de mon enseignant, de mon instituteur, de mon professeur des écoles, à présent, je tombe brutalement dans un gouffre, et j'utilise les fugues, les idées dépressives, les conduites d'opposition pour y faire face. » Les seuls que nous rencontrons, en psychiatrie, ce sont les opposants qui disent : « Je suis un préado, je m'oppose, je rue dans les brancards, je deviens violent, je frappe mes parents. » C'est d'abord parfois un enfant qui bat sa mère isolée. Dans ce cas-là, évidemment, on a un avis sociologique sans doute incorrect : on pense que cette situation touche des couples désunis, des gens au chômage, qui ont déménagé, qui ont des malheurs, des pères qui se sont suicidés… On observe des marqueurs qui sont aussi très répétitifs et qui nous aident à comprendre pourquoi cet adolescent part dans des histoires extrêmement complexes. Mais j'insiste sur le fait : « Pour me lâcher dans ce gouffre qui me fait peur, j'ai une note dépressive qui me fait peur aussi », et la notion de temps apparaît : « Si je mourais plutôt que de vivre ? », comme si l'adolescent avait davantage peur de la vie que de la mort.

Marie Choquet : – C'est intéressant que tu reçoives surtout des enfants avec des troubles d'opposition, alors que ce qui augmente le plus, au cours du temps, ce ne sont pas ces troubles-là mais les troubles dépressifs. Cela signifie que les jeunes qui sont dépressifs sans être en opposition, tu ne les vois pas à ce moment-là, mais certainement bien plus tard.

M. R. – Je suis tout à fait d'accord. C'est une discussion importante qui s'amorce, pratiquement contradictoire entre la recherche et la clinique. Les pédopsychiatres n'aiment pas trop le concept de dépression chez l'enfant. Pourquoi ? Parce qu'on part de l'idée que, pour être déprimé, il faut avoir perdu un objet. Or l'objet de soi, les enfants ne l'ont pas encore perdu. On comprend mieux la dépression à l'âge adulte – avec la perte de son image, d'un idéal, etc. C'est pourquoi dans le cas de la dépression chez l'enfant, nous, psychiatres, ajoutons toujours le terme « anxieux » : on parle de troubles anxio-dépressifs. Nous sommes attentifs à dire que, dans la majorité des cas, il s'agit d'un trouble anxieux pour l'avenir, plutôt que d'une dépression en tant que perte.

M. C. – Je serais assez d'accord parce que les échelles que nous utilisons à cet âge-là sont des échelles qui mesurent à la fois l'anxiété et la dépression. Lorsqu'il y a des questions sur l'avenir, sur la peur de l'ave-

Je suis déprimée

Je suis en présence d'une jeune fille de 12 ans, visiblement triste, qui se laisse aller sur le plan vestimentaire, sans doute aussi hygiénique, en tout cas, la propreté de ses cheveux laisse à désirer. Elle répond de manière monocorde, quasi monosyllabique, en répétant sans cesse : « Je ne sais pas, je ne sais pas. » Je décide alors de rester seul avec elle. Elle est amenée par sa mère et, très rapidement, elle éclate en sanglots en me disant que la vie n'a plus de sens pour elle, qu'elle souhaite ne plus vivre. Lorsque je lui demande les raisons de ce marasme psychique, elle me dit : « Je suis déprimée, je n'arrive plus à remonter la pente. » C'est au bout de longs entretiens, dépassant les trois quarts d'heure, qu'elle me confiera à la fin de l'un d'eux, lorsque je lui demanderai d'aller chercher son père ou sa mère : « Mon père s'est suicidé, c'est moi qui l'ai découvert. »

nir, etc., nous envisageons ce que nous appelons la dépressivité.

M. R. – Toujours dans le sens de la critique, je me demande si la notion de dépression chez l'enfant, ou chez le nourrisson, n'est pas un adultomorphisme. Il faudrait peut-être revenir sur celle-ci avec une vision plus développementaliste en se posant la question suivante : « qu'est-ce qu'il construit et qu'est-ce qu'il ne peut pas construire ? » plutôt que : « qu'est-ce qu'il a perdu ? »

M. C. – Ce qui est très étonnant, c'est que certains comportements ont tendance à diminuer chez l'adolescent ordinaire, alors que les tentatives de suicide et les cas de dépressivité augmentent. Quelque chose a donc changé au cours du temps. On constate que la période de latence s'est raccourcie, c'est-à-dire qu'elle ne dure plus de 6 à 12 ans, comme on le dit habituellement, mais de 6 à 8-9 ans. Parfois même certaines petites filles ont des comportements de préadolescentes dès l'âge de 6-7 ans…

M. R. – C'est une observation intéressante. Je te rejoins tout à fait sur l'idée que tous les signes de l'adolescence se présentent plus tôt : anorexie, suicide, agressivité, fugue. Sur ce point, je crois que la recherche confirmera nos hypothèses cliniques. Et pourtant, le paradoxe, c'est que je crois à l'immuabilité de la phase de latence. Je m'explique. Pour pouvoir exprimer son désarroi, il faut d'abord passer par cette longue période intermédiaire, de 6 à 12 ans. Elle constitue toute la propédeutique du sentiment amoureux, on prétend que les enfants ne sont pas amoureux, alors qu'ils sont super-amoureux ! On dit qu'ils n'ont pas de conduite à risques, mais ils rêvent des conduites à risques, les jeux vidéo en sont l'exemple.

Durant la période de latence, ils mettent en pensée ce qu'ils mettront plus tard en acte : « Je pense que quand je serai grand, je pourrai faire cela. » On constate aussi que durant cette phase, ils ont le goût des connaissances. L'adolescence apparaît alors comme une perte de ce goût au bénéfice d'un « moiisme ». Alors qu'ils voulaient apprendre quand ils étaient petits, ils n'en ont plus envie après : l'adolescent rétrécit le monde à lui.

Un jeune garçon très amoureux

On raconte souvent que la phase de latence marque aussi la latence des émois amoureux. Cela me paraît faux, car c'est justement pendant la phase de latence, entre 6 et 12 ans, que les garçons et les filles font leurs gammes de ce qui sera plus tard leur potentialité amoureuse et affective. Je me souviens, dans mon enfance, d'un jeune garçon qui regardait toujours à travers une jalousie – ce qui permet de voir sans être vu – une jeune fille plus âgée que lui de deux ans, qui passait tous les jours devant chez lui au retour de l'école. Alors qu'il était encore en primaire, elle était déjà au collège, elle était pubère, ce qui lui paraissait incarner le comble de la sexualité. Malheureusement pour lui, sa sœur aînée s'est aperçue du stratagème et a invité la jeune fille à la plage. Ce fut la plus mauvaise journée du petit amoureux, car il voulait bien être amoureux à condition de ne pas le dire et que l'objet de ses désirs ne le sache jamais. En somme, la phase de latence marque la latence non pas des sentiments amoureux, mais de la possibilité d'être amoureux de manière active.

M. C. – Est-ce pour cette raison qu'ils aiment moins l'école avec le temps ? Même s'il y a d'autres facteurs qui interviennent (le mal-être en général, la consommation de substances…).

M. R. – On en revient à cette définition : ils passent du monde au moi.

Les années collège[1], le grand chamboulement

Les quatre années du collège sont décisives. Les jeunes y entrent à 10-11 ans, à peine pubères, et en sortent déjà adolescents vers 14-16 ans. Environ 20 % des élèves redoublent entre la sixième et la quatrième. Qu'est-ce qui change le plus au collège ? D'abord, leur satisfaction scolaire, elle chute d'environ 20 points entre 12-13 ans et 14-16 ans, la proportion de jeunes n'aimant pas l'école doublant entre ces deux âges. Ensuite, la qualité de leur vie familiale se dégrade, surtout dans le cadre des relations avec leur père. Enfin, le mode de vie se modifie : ce n'est pas tant l'ordinateur qui prend de la place (déjà, parmi les plus jeunes, près de 50 % des garçons et près de 20 % des filles y jouent quotidiennement !) mais les sorties en soirée (en boîte ou au café), tout comme les balades à moto ou à mobylette. Si, parmi les 12-13 ans, 5 % sortent en soirée (ou font un tour en mobylette) au moins une fois par semaine, ils sont 15 % à 14-16 ans à faire l'une ou l'autre de ces activités.

Durant la même période, la lecture perd de l'attrait ; la proportion de lecteurs quotidiens passe de 24 %

1. Les données concernant les collégiens proviennent de l'« Enquête ESPAD 2003 » et de l'« Enquête ACSF adolescent 1994 », sous la direction de Hugues Lagrange & Lhomond B., *L'Entrée dans la sexualité*, La Découverte, 1997.

(12-13 ans) à 14% (14-16 ans). Mais le changement le plus spectaculaire à ce moment-là, c'est l'augmentation des troubles et conduites. Ainsi, entre 12-13 ans et 14-16 ans, le tabagisme quotidien passe de 1% à 11%, la consommation répétée de cannabis de 0,2% à 7%, la consommation régulière d'alcool de 1,5% à 3,5%, l'absentéisme scolaire régulier de 7% à 13%, le vol répété de 7% à 17%, la dégradation répétée de biens publics ou privés de 5% à 11%, la dépressivité de 7% à 15%. Tout se passe comme si le collège était l'âge de tous les dangers : danger de chronicisation des troubles, danger d'un début de décrochage scolaire, danger d'un début de consommation de substances psychoactives.

Néanmoins, il convient d'examiner les résultats par sexe, car à cet âge la différence entre garçons et filles s'accroît et s'installe, avec une augmentation plus importante chez les garçons du vol, de la dégradation, de la consommation d'alcool et de cannabis, et une augmentation plus importante chez les filles du tabagisme, de la dépressivité et de la tentative de suicide. Ainsi, la dégradation répétée passe de 6% (12-13 ans) à 15% (14-16 ans) chez les garçons mais « seulement » de 4% à 7% chez les filles, alors que la dépressivité passe de 5% (12-13 ans) à 8% (14-16 ans) chez les garçons mais de 9% à 22% chez les filles.

« Décrire l'entrée dans la sexualité, c'est s'apercevoir qu'on y était déjà », écrit H. Lagrange, responsable de l'enquête sur la sexualité des jeunes. En effet, l'entrée dans la sexualité se fait bien avant le coït et, à 15 ans, la grande majorité (52%) se limite à des caresses ou des baisers « profonds » (seulement 10% ont eu des rapports sans pénétration et 20% avec pénétration). Par ailleurs, 46% des garçons de 15 ans et 6% des filles du même âge se sont masturbés la semaine ayant précédé l'enquête, proportion qui diminue chez les garçons (jusqu'à 29 % à 18 ans) mais reste stable chez les filles. Le fait d'être engagé dans une relation sexuelle réduit la fréquence de la masturbation chez les garçons, alors que cela ne produit aucune variation sensible chez les filles. Quant à l'homosexualité, elle est plus confuse qu'il n'y paraît. Si 94 % des jeunes – garçons comme filles – sont uniquement attirés par l'autre sexe, parmi les 6 % qui sont attirés par le même sexe, un quart l'est de façon exclusive, la majorité étant attirée par les deux sexes.

Regards croisés

M. R. – Je souhaiterais aborder un thème qui regroupe plusieurs observations cliniques : « Je ne la (le) reconnais plus. » Voilà une enfant qui était gentille comme tout, qui ne travaille plus, qui est arrogante, qui ne s'intéresse plus à sa scolarité alors qu'elle était parfaite en CM1, et là brutalement en cinquième, elle ne comprend plus l'autorité de ses parents. Elle veut sortir la nuit jusqu'à deux heures du matin, elle fugue, elle se scarifie, elle commence à fumer en cachette, à boire, à se retrouver ivre. Nous sommes d'accord, l'adolescence est l'âge de tous les tumultes, l'âge des tempêtes. On peut même considérer le mode d'entrée dans l'adolescence comme un coup de vent brutal qui se lève et qui, sur une mer sereine jusque-là, entraîne des vagues, des difficultés, des remises en cause. Bien sûr, les parents ont du mal à remonter contre le vent. Soit ils se laissent emporter et risquent de s'échouer, entraînant avec eux les adolescents ; soit ils résistent et affrontent la tempête.

M. C. – Les chiffres sont troublants : entre 12-13 ans et 14-15 ans, les conduites évoluent très sensiblement. En l'espace de trois ans, le tabagisme passe de 1 à 11 %, la consommation répétée de cannabis de 0,2 à 7 %. De telles augmentations prouvent que cela se joue serré. Il faudrait, à ce moment-là, avoir un meilleur contact avec les jeunes, un meilleur contact avec les parents. Il faut aider les adolescents à construire des remparts.

Je ne le reconnais plus

Les parents, effondrés, viennent à la consultation avec leur fils de 12 ans, qui est en cinquième, très hostile et très opposant. Il refuse de parler, hausse les épaules, lorsqu'on lui pose des questions, à la limite de la courtoisie, avec une attitude de défi. Les parents pourtant nous racontent qu'il a été très désiré et qu'ils ont eu du mal à avoir un enfant ; son développement psychomoteur était parfait, il était très bien intégré à l'école primaire, on lui promettait d'ailleurs une scolarité brillante dans le secondaire. Dès la sixième, il a fréquenté, selon les dires du père, « les pires élèves du collège ». Il a alors été changé d'établissement et placé dans une école privée. Là aussi, il s'est rapproché des élèves en difficulté (les parents constatent qu'il y avait d'ailleurs les mêmes élèves en difficulté dans le public que dans le privé). Cette perte de reconnaissance de leur enfant est attestée à de nombreuses reprises par les parents, tant le père que la mère : « On ne le reconnaît plus. »

Or, que se passe-t-il au collège ? L'aide y est quasi absente et très peu de services sont offerts aux collégiens. On a l'impression qu'on laisse passer la tempête et qu'on n'interviendra que plus tardivement – probablement, à mon avis, trop tard.

Un fumeur de hasch

La mère arrive dans notre bureau avec son fils, très énervé et très excité. Ce garçon de 15 ans lui a déclaré fumer très régulièrement du hasch lors de soirées avec ses camarades. La mère interdit pratiquement à l'adolescent de parler en s'exclamant que c'est terrible, que cela va le dégrader, le faire tomber dans un marasme absolu sur le plan psychique et social, qu'il est perdu, qu'il va être arrêté. Nous l'interrogeons alors sur son métier, et demandons à l'adolescent de sortir un peu pour calmer la tension en consultation. Elle nous répond qu'elle est avocate et ajoute que, pour bien lui montrer que c'est dangereux, elle lui avait proposé de fumer du hasch avec elle. C'est sans doute la pire des choses qu'on puisse faire à un adolescent, qui n'attend des adultes qu'un interdit pour ne pas continuer ses conduites à risque.

M. R. – Je crois que, face aux gros troubles que présentent les adolescents, il faudrait foncer. Pour moi se pose le problème de l'urgence psychologique. Il faut intervenir de manière presque radicale avec l'adolescent et sa famille, c'est-à-dire mettre en place des dispositifs qui seraient une action précoce pour que des troubles plus graves ne se constituent pas, sinon l'adolescent ira toujours plus loin dans les provocations : une provocation en remplaçant une autre et le mettant toujours plus en danger. C'est cela, la matrice des conduites à risques.

M. C. – C'est entre 12 et 14 ans, donc très précocement, que les comportements explosent…

M. R. – Concernant l'observation clinique « Une fumeuse précoce », j'aimerais savoir combien d'adolescents fument dont les parents sont fumeurs et combien d'adolescents ne fument pas dont les parents ne sont pas fumeurs.

M. C. – Le lien entre le tabagisme des parents et celui des enfants est très important. Mais ce que l'on observe aussi quand les parents fument du tabac, c'est que les gosses fument du cannabis. Ce n'est pas nécessairement sur la même substance que se porte la consommation. Il ne s'agit donc pas d'une imitation mais d'une façon similaire de gérer les choses. Un parent qui fume pour se déstresser, se calmer, aller mieux, peut avoir un enfant qui fume du cannabis pour les mêmes raisons…

M. R. – Concernant le cannabis, je voudrais insister sur deux choses. J'ai une sainte horreur du cannabis, mais je suis psychiatre, je ne suis pas consommateur

Une fumeuse précoce

Cette jeune fille a été surprise à de nombreuses reprises par ses parents avec une cigarette. Ils se sont aperçus aussi qu'elle volait souvent dans leur portefeuille pour s'acheter des paquets au bar-tabac sous le prétexte que c'était pour son père. À la question posée aux parents, à savoir s'ils étaient fumeurs eux aussi, le père nous répond que oui, qu'il fume plus de deux paquets par jour, ajoutant qu'il a dépassé la dose toxique et qu'il ne risque plus rien. La jeune fille croise alors notre regard avec un intense sourire, comme si cette identification morbide à ce père prenant des conduites à risque n'était qu'une identification réussie – mais ratée quant à son avenir organique et sur le plan de sa santé.

de cannabis. À mon avis, il ouvre des vulnérabilités qui sans lui ne se seraient peut-être pas ouvertes. J'ai vu tellement d'enfants entrer à cause de lui dans une psychose, dans un trouble d'asociabilité, une perte de leurs capacités, un arrêt de leur scolarité ! Je ne dis pas que le cannabis en est directement la cause, mais il a permis de révéler des vulnérabilités nées d'une fragilité antérieure. Quant au tabac, j'ai l'impression que de nos jours les filles fument plus que les garçons, et cette consommation m'apparaît comme un équivalent suicidaire, puisque quand on leur dit : « Une femme sur cinq aura un cancer du poumon à trente-cinq ans », elles s'en fichent.

M. C. – C'est exactement ce que l'on trouve dans les données ! Chez les filles, la consommation de tabac va de pair avec des troubles dépressifs plus importants que chez les garçons. Mais, très étonnamment, cet aspect dépressif du tabagisme, en particulier celui des filles, est très mal entendu, alors que tous les résultats vont dans ce sens. Pourquoi ? Parce que peut-être il y a beaucoup d'adultes qui fument et qui ne veulent pas l'entendre.

M. R. – J'ai une remarque à faire qui, je l'espère, ne fera pas bondir les féministes : à l'époque de la jeunesse éternelle, à l'époque de « L'Oréal, parce que je le vaux bien », à l'époque de la beauté de la peau, on dirait que les filles démolissent volontairement leur image par le tabac. Comme si c'était une façon de nier leur féminité.

M. C. – Je pense que c'est surtout une façon de montrer qu'elles vont mal : les filles n'aiment pas trop transgresser les interdits graves, elles consomment moins de cannabis, elles vont moins vers le vol, les comportements qui sont légalement interdits. Elles s'engagent plutôt dans des conduites qui sont acceptées et acceptables et qui, pourtant, expriment un malaise.

M. R. – On dirait que les filles rêvent du bonheur, de la famille, du prince charmant et de leur vie de mère, tandis que les garçons rêvent d'actions. Si les uns pensent : « Je prends des risques puisque je rêve d'actions », les autres songent : « Je sens que je n'arriverai pas à réaliser mon rêve de fille, je m'abîme avec le tabac. »

M. C. – Il est clair qu'il s'agit d'une forme d'autodestruction. Et elle s'est accrue, puisque aujourd'hui on connaît les méfaits du tabac.

Je me fais du mal

Cette autre jeune fille se scarifie. On retrouve chez elle la même volonté de se faire du mal que chez la fumeuse précoce qui s'inflige des souffrances à distance. Par ses actes, elle veut montrer que le désordre familial entraîne chez elle aussi une réaction d'attaque personnelle. Ses parents se disputent beaucoup sans jamais s'être séparés et elle se scarifie pour bien montrer qu'elle existe en dehors du conflit parental permanent. Sa sœur cadette a fait comme elle une fois, par identification morbide.

M. R. – On s'étonne des scarifications, alors que c'est la même chose que le tabac : on s'abîme de la même façon sauf que, dans un cas, la blessure est immédiate, dans l'autre, elle est retardée. Est-ce que ce lien te convient ?

M. C. – Il me convient parfaitement. C'est un mode d'expression féminine d'autodestruction. Les données montrent qu'à l'âge du collège, la différence des sexes s'installe. On devient garçon ou fille, non seulement physiquement mais aussi du point de vue des modes d'expression, dans le bien-être comme dans le mal-être.

Les filles se dirigent vers des troubles qui paraissent anodins, le tabagisme en fait partie, mais aussi vers la dépressivité et des idées suicidaires, alors que les garçons vont vers des troubles qui interpellent beaucoup plus, comme les conduites de violence, la consommation d'alcool ou de cannabis.

M. R. – Sur ce point, j'aurai une position un peu différente. Je prendrai le modèle de l'homosexualité masculine car je pense que la différenciation sexuée construite depuis de nombreuses années va tout simplement s'exprimer à l'adolescence. C'est l'âge de l'expressivité d'une différence plutôt que de la découverte de la sexualité. On ne peut pas ne pas faire un lien entre la masturbation des 4-6 ans et celle des garçons à 13 ou 14 ans. L'organe sexué, le pénis, procure d'abord un plaisir autocentré de type masculin, la masturbation apparaît donc bien comme une forme de sexualité qui permet de passer ensuite à un autre type de sexualité. Mais tout cela se construit d'abord sur la différence des sexes, où les gammes sont fondamentales : le jeu du docteur entre 4 et 5 ans, la phase de latence avec « je suis amoureux fou de cette fille, mais pourvu que personne ne le sache » en sont des exemples. L'homosexuel garçon exprime alors son homosexualité, qu'il a entamée depuis longtemps, à l'âge de 4-5 ans. Le cliché rebattu de la mère d'homosexuel est vraiment stupide. Elle sait fondamentalement que le choix amoureux de son petit garçon est l'homosexualité, elle en a même conscience avant que lui ne se le représente. Mais elle l'accompagne tendrement dans son choix amoureux, en espérant s'être trompée, puis elle finit par l'aimer comme tel.

M. C. – Mais il s'agit d'une minorité. Il n'y a que 3-5 % des garçons qui sont homosexuels.

M. R. – Je voulais dire que le rapport homosexuel est naturel à l'adolescence. Ainsi, le meilleur ami, la meilleure amie. Il serait intéressant de chiffrer les relations homosexuelles entre garçons et filles adolescents, qui sont sans doute très fréquentes par rapport à l'homosexualité de l'âge adulte. Et si l'on choisit d'utiliser le terme de sexualité au début de l'adolescence, quelle est l'expressivité de l'homosexualité à ce moment-là ? Je crois qu'elle est majeure.

M. C. – Est-ce que des données sexuées sur le meilleur ami seraient utiles ?

M. R. – Le (la) meilleur(e) ami(e), c'est aussi celui (ou celle) dont on dit : « j'ai dormi avec lui », « je me bats avec lui en faisant de la lutte », « on joue dans l'eau à se bagarrer », « je lui caresse les cheveux », « je l'embrasse quand je la vois »…

À propos d'un garçon homosexuel…

À son entrée en consultation, il nous est difficile de savoir s'il s'agit d'un garçon ou d'une fille. Ce garçon est très spectaculaire il est habillé de tons pastel, il a les cheveux longs, il est extrêmement maniéré dans sa démarche. Il fait de la danse classique et veut être coiffeur pour dames. La façon dont il se présente nous oriente sur un choix sexué de type homosexuel, et pourtant tel ne sera pas son motif de consultation mais la crainte d'être stérile. Il refuse de parler de son homosexualité et répétera qu'il veut subir diverses explorations pour savoir s'il est fertile ou stérile, tout en niant absolument l'hypothèse d'un choix amoureux différent. Nous lui demanderons, bien sûr, de revenir, mais il n'acceptera pas le nouveau rendez-vous, n'étant venu que pour un bilan de fertilité… en pédopsychiatrie !

M. C. – Je ne pense pas qu'on ait des données là-dessus.

M. R. – Mais c'est intéressant de constater qu'on n'en a pas ! Pourquoi n'a-t-on pas ces données ?

M. C. – En fait, on a très peu d'éléments sur des choses aussi qualitatives, à tort probablement. Dans les enquêtes épidémiologiques, on veut savoir s'il y a eu ou non des relations sexuelles ou homosexuelles, et l'on s'intéresse peu au contexte.

Parler de l'homosexualité

Nous recevons en consultation deux garçons de 12 ans, ensemble, amenés par leurs parents respectifs. Ils ont été surpris dans des attitudes co-masturbatoires. Les parents se demandent s'ils n'auraient pas été induits dans cette activité par des adultes pervers qui les auraient obligés à se masturber mutuellement. Les deux garçons sont terriblement gênés et un seul parlera, disant que c'était un moyen pour lui, alors qu'il n'arrivait pas à avoir de petite amie, de fiancée, d'éprouver un plaisir par l'autre tout en imaginant que c'était une jeune fille. Des deux garçons, c'est lui qui était dans la position homosexuelle la plus naturelle ; l'autre, par sa culpabilité, faisait craindre une impossibilité de dépasser cette phase homosexuelle assez banale et assez fréquente entre garçons proches, sans doute fragilisés par une image d'eux-mêmes pas encore tout à fait construite.

M. R. – Prenons, par exemple, la co-masturbation de garçons, ou ces frôlements des parties génitales qui se produisent entre garçons pour s'amuser soi-disant, ou entre sportifs dans les vestiaires, etc. Moi, ce qui m'intéresserait, ce sont des données sur les manifestations homosexuelles sans qu'il y ait de relation sexuelle à proprement parler. Les filles qui se caressent et dorment nues ensemble. Je voudrais les chiffrer pour valider mon impression qu'avant l'adolescence, avant d'être hétérosexuel, on est homosexuel. Les jeunes vivent une période d'homosexualité qui est plus confortable que l'hétérosexualité parce que moins inconnue : on connaît mieux son sexe que l'autre. Autre chiffre peut-être difficile à trouver : la part de relations incestueuses frère et sœur qui, à mon avis, constituent une phase d'hétérosexualité intermédiaire. On a d'abord l'homosexualité, l'hétérosexualité frère et sœur, et finalement l'hétérosexualité. Ne parlons pas des cousins, cousines qui forment la base même d'une hétérosexualité familiale, comme si la sexualité passait de la famille à l'extérieur avec un temps familial obligé. Ce fait explique probablement le nombre incroyable d'abus sexuels en famille et 80 % des abus intrafamiliaux, comme si la sexualité était d'abord une histoire de famille, pour devenir ensuite une histoire extra-familiale.

M. C. – Attention, on ne peut pas dire que ce soit intermédiaire au sens d'un passage obligé. Les jeunes ayant subi des abus à la maison vont tout de même très mal.

M. R. – Non, ce n'est pas ce que je dis. Je parlerai de quelque chose de plus simple, le « touche-pipi ». Il faudrait chiffrer le touche-pipi. Je prendrai un autre exemple : le premier baiser. Au lieu de chiffrer toujours la première relation sexuelle, pour ma part, je trouve qu'on devrait s'intéresser à l'âge du premier baiser.

M. C. – Il y a eu des travaux sur les phases intermédiaires avant l'acte sexuel : le baiser, l'attouchement, la caresse. La transition est assez longue entre le flirt et la relation sexuelle, particulièrement chez nous, parce qu'elle correspond à l'âge de la construction.

M. R. – Alors que, dans d'autres civilisations, d'autres cultures, c'est plus rapide.

M. C. – C'est plus rapide, donc on est aussi sexuellement actif plus tôt. Dans certains pays comme l'Angleterre, où la maternité précoce est fréquente, on passe moins de temps à des jeux de toucher, de caresses et de regard.

M. R. – Lorsque je suis allé travailler en Guyane, j'ai été frappé de voir des collégiennes enceintes. C'est assez classique là-bas…

M. C. – Mais, souvent, elles sont enceintes d'un homme plus âgé, il ne faut pas l'oublier. Il ne s'agit pas de copains de leur âge.

M. R. – Examinons le chiffre dont on nous a rebattu les oreilles : les premières relations sexuelles sont passées de 17,5 ans il y a 25 ans, à 16,5-17 ans aujourd'hui. Donc, en vingt-cinq ans, on a gagné un an. Énorme progrès !

M. C. – Le jeu de l'amour, au sens large, commence bien plus tôt ! Reste que la sexualité précoce va de pair avec un absentéisme scolaire précoce, avec la consommation de drogue, avec des conduites de déviance. On banalise la sexualité précoce, alors que ce fait n'est pas bon signe.

M. R. – Les parents que je rencontre ayant des enfants avec une sexualité précoce peuvent avoir deux types d'attitude. Les mères et les pères de garçon éprouvent parfois une sorte de fierté face à cette sexualité, même si elle témoigne de la fragilité du jeune. En revanche, lorsqu'il s'agit d'une fille, cette précocité apparaît comme une indignité sociale. Souvent, les parents essayent de se justifier. Ils éprouvent beaucoup de difficultés à me l'avouer, il y toujours chez eux une adaptabilité honteuse. Il subsiste une notion extrêmement classique que la sexualité appartiendrait aux parents jusqu'à un certain âge.

M. C. – Il serait utile de définir la précocité. Est-ce « avant l'âge de 16 ans » ou « avant l'âge de 15 ans »? Je dirai volontiers avant l'âge de 16 ans.

Une sexualité trop précoce

Cette jeune fille de 14 ans se présente dans le service avec une violence incontrôlable. Elle frappe tout ce qui bouge, sort du bureau en claquant la porte et met en émoi toute la salle d'attente. Elle reviendra en consultation de gynécologie pour demander un bilan. Elle présente des signes de malaise, témoignant d'une grossesse avec un jeune garçon rencontré par hasard, lors d'une déambulation. Cette sexualité trop précoce s'inscrit dans un marasme général de sa vie, de son identification, de son intégration, et est l'aboutissement d'un trouble majeur de la sociabilité.

M. R. – Je suis d'accord. La majorité sexuelle à 16 ans me convient.

M. C. – Information pour les médecins et pour les infirmières : pas de sexualité au sens strict durant les années de collège !

M. R. – Se pose alors le terrible problème de la pilule du lendemain. Certes, c'est une avancée, mais est-ce que cela ne risque pas de masquer les troubles qui accompagnent la précocité, par la facilité avec laquelle on banalise une sexualité trop précoce ? Est-ce que cela ne risque pas d'induire une certaine irresponsabilité ?

Les infirmières scolaires répondraient mieux que nous à cette question.

M. C. – Il serait utile de les rendre sensibles au fait que toute sexualité à l'âge du collège n'est pas bon signe.

M. R. – La pilule du lendemain est à prendre en considération autant qu'une IVG.

Le petit père

Avec un groupe de médecins scolaires, nous avions décidé de nous intéresser aux « petits pères », c'est-à-dire aux adolescents faisant des enfants à des adolescentes qui allaient bénéficier d'une IVG. Ces jeunes gens étaient tout à fait connus des services de santé scolaire ; simplement, ils étaient assez peu abordés, car la priorité était donnée à l'accompagnement de la jeune fille vers la pilule du lendemain ou l'IVG, sans qu'on s'interroge sur les raisons particulières de l'existence des petits pères, à une époque où fleurissent les campagnes de prévention des grossesses non désirées grâce aux rapports protégés et à la pilule du lendemain. Nous avions été très frappés par un grand nombre d'adolescents dont un, surtout, qui ronchonnait très fort à cause de l'IVG décidée par son amie ; ayant perdu son père très jeune, il souhaitait au plus tôt être père, pour compenser tout ce qu'il n'avait pas pu vivre dans sa propre enfance. Ce jeune homme sympathique disait que, de toute façon, dès qu'il serait majeur, il aurait un enfant. Il avait alors 14 ans, et je crois que, depuis, un enfant est venu enrichir sa vie.

M. C. – Certainement, à ce sujet, nous avons tous des points de vue assez classiques. Quand la pathologie physiologique ou psychologique apparaît, on s'inquiète; pourtant, il y a des signes précurseurs, et c'est dès lors qu'on pourrait commencer à agir et qu'on ne fait rien.

M. R. – Un autre point me passionnerait : c'est un travail précis, pas seulement avec les filles mais avec les petits pères, les papas trop jeunes.

Le lycée[1], l'âge de la stabilité toute relative

À l'âge du lycée, les habitudes de vie sont plus ou moins installées et ne se modifient pas autant qu'attendu. En effet, entre la seconde et la terminale, l'évolution est bien moindre qu'entre la sixième et la troisième. Ce qui se joue à l'âge du lycée, c'est la différence entre les types d'enseignement. Certes, les élèves des lycées professionnels connaissent une vie familiale plus chaotique (même si, pour la majorité, les deux parents sont ensemble, 75 % pour les lycéens de l'enseignement général, 64 % pour les lycéens de l'enseignement professionnel) et ont des parents ayant un niveau scolaire plus modeste (les lycéens de l'enseignement général sont 28 % à avoir un père qui n'a pas été au lycée, ceux de l'enseignement professionnel 44 %) ; mais c'est autour des redoublements, des conduites violentes, du tabagisme et de la violence subie que les différences entre les uns et les autres sont les plus saisissantes. En effet, parmi les garçons, 3 % des lycéens de l'enseignement général ont redoublé au moins deux fois contre 12 % au lycée professionnel ; 11 % des lycéens de l'enseignement général ont commis plusieurs délits ordinaires contre 24 % des lycéens de l'enseignement professionnel. Les proportions vont dans le même sens pour les

1. Les données concernant les lycéens proviennent de l'« Enquête ESPAD 2003 ».

délits graves (7 % contre 15 % en ont fait au moins un), les bagarres répétées (14 % contre 23 %), le tabagisme quotidien (23 % contre 39 %)… Les différences sont bien moindres quand on considère la dépressivité (14 % contre 13 %), la tentative de suicide (4 % contre 6 %), la consommation régulière d'alcool (17 % contre 19 %) ou la consommation répétée de cannabis (26 % contre 30 %).

Parmi les filles, les tendances sont les mêmes, et la proportion de celles qui se bagarrent de façon répétée est de 4 % au lycée d'enseignement général contre 10 % au lycée professionnel ; celles qui font des tentatives de suicide de 11 % contre 19 % ; celles qui fument tous les jours de 25 % contre 38 %. Quant à la violence subie, 11 % des lycéens de l'enseignement général contre 17 % de ceux de l'enseignement professionnel ont été victimes de coups, 7,6 % contre 10,3 % d'actes racistes, 5,6 % contre 8,3 % d'une agression sexuelle… Ainsi, au lycée professionnel, les jeunes sont à la fois plus victimes et plus violents qu'au lycée d'enseignement général. Cette « co-variabilité » entre violences subies et violences agies persiste quand on fait des analyses statistiques plus fines, c'est-à-dire quand on « élimine » l'effet des facteurs de confusion. D'où l'hypothèse d'une relation de type « cause-effet » entre violence subie, violence agie, redoublement et orientation scolaire.

Regards croisés

M. C. – En ce qui concerne les lycéens, force est de constater que la différence entre la seconde et la terminale est très nettement moindre qu'entre la sixième et la troisième. L'essentiel se joue au collège, puis les choses évoluent moins vite. Je n'ai pas énormément de différences entre les élèves des différents niveaux de classe (seconde, première, terminale) ; par contre, j'observe de grandes différences entre les lycéens des établissements d'enseignement général et ceux de lycées professionnels.

M. R. – D'abord, des parents ne supportent pas que les enfants rentrent en circuit court. On peut faire la désillusion du futur bac S, mais pas celle du circuit général. « Je ne veux pas de LEP, pas de BEP, pas même un BTS, je veux à tout prix un enseignement général. » Lors de la consultation, ils disent : « Tu pourras donner ton avis après le bac », même si le diplôme a perdu sa valeur d'antan. Ensuite, subsiste cette idée que le travail du psy consiste surtout à faire accepter cette deuxième chance à l'enfant qui va en circuit court. On doit être plus narcissisant pour un enfant qui entre en LEP et faire comprendre aux parents que son avenir n'est pas le leur. C'est un jeu très particulier où les psychiatres disent en général : « Vive l'enseignement pratique ! », alors qu'ils pensent, comme les parents, que suivre un enseignement général, c'est mieux. Il y a là une étrange majoration de l'enseignement pratique pour éviter la faillite narcissique, les risques de passage à l'acte de celui qui a un trouble définitif de l'estime de soi. Passer en LEP, c'est risquer d'exacerber le trouble de l'estime de soi, et échouer dans un circuit général, c'est entrer dans sa dénégation.

M. C. – Le grand problème est, en effet, que les élèves qui entrent en lycée professionnel sont nettement moins valorisés que ceux qui sont dans l'enseignement général. De fait, on ne trouve pas de très bons élèves en lycée professionnel, alors que selon moi l'artisanat mérite autant que la médecine d'accueillir des garçons et des filles intelligents. Cette dévalorisation de l'enseignement pratique, qui a lieu dans les établissements scolaires et dans l'entourage, a pour conséquence que les jeunes qui s'orientent vers les lycées professionnels sont nettement moins valorisés. Tout le monde est d'accord pour dire qu'il nous faut des gens intelligents en lycée professionnel, mais rien n'est fait pour cela.

Le circuit général ou le circuit court

De nombreux parents accompagnent leur fils ou leur fille à la consultation, lorsqu'en troisième on leur propose un circuit court. Il s'agit souvent, mais pas toujours, de parents ayant fait eux-mêmes des études secondaires ou supérieures, et vivant l'orientation vers le technique comme une dégradation des possibilités d'avenir de leur enfant. Le plus souvent d'ailleurs, le maintien strict en circuit général va faire que le redoublement sera proposé en troisième et en seconde, parfois pour très peu de résultats. On peut comprendre la projection des parents sur les études de leur enfant et leur espérance que le plus haut niveau d'instruction garantira la meilleure sécurité ultérieure de leur enfant. C'est l'objet d'un grand nombre de consultations et de demandes parentales. Les adolescents accompagnent assez gentiment leurs parents dans cette démarche, où l'estime de soi est souvent mise à mal.

M. R. – L'école a pris une importance majeure à notre époque. Avant, on pouvait être ébéniste ; maintenant, on l'est si l'on ne fait pas un bac S. Et on pourra toujours citer en exemple Untel qui a laissé tomber son bac pour devenir un flûtiste de grand talent… Je rappellerai la phrase qui avait fusé lors d'une émission de télévision sur l'apprentissage à 14 ans, à laquelle j'assistais : « Bien sûr, l'apprentissage à 14 ans, mais pour les enfants des autres. »

M. C. – C'est toujours le même problème. Dans l'enseignement, on ne trouve que des personnes ayant bac + 3 ou + 4, qui ne savent pas comment cela fonctionne dans d'autres milieux. De ce fait, elles dévalorisent le lycée professionnel. Pour leurs propres enfants, elles envisagent un autre avenir, sauf si c'est un enfant avec des difficultés, un peu délinquant – ce qui peut arriver dans tous les milieux. À ce moment-là seulement, elles sont d'accord pour le lycée professionnel. Ce n'est vraiment pas une voie valorisée.

M. R. – Je vais raconter une histoire qui est presque l'inverse. Le plus mauvais élève que j'ai pu voir avait de bonnes capacités, il était intelligent mais il refusait d'apprendre à lire ; il est devenu le plus riche de mes consultants, et il possède aujourd'hui plusieurs boulangeries à New York.

M. C. – Quand elles commencent à avoir des enfants, beaucoup de filles relativisent la réussite scolaire.

M. R. – Alors que les pauvres garçons, c'est quand ils ont réussi leur carrière qu'ils relativisent la réussite. Quelle différence ! J'ai remarqué qu'on voyait souvent apparaître les difficultés à travers la scolarité : maintien en section de grands, redoublement ou pas du CP, malgré la politique des cycles, en tout cas redoublement du CE1. Sous la pression des parents, on peut éviter de redoubler la sixième mais pas la cinquième. On peut être maintenu en troisième et redoubler, ou être orienté secondairement dans un cycle court. On peut être en seconde et redoubler pour sortir de l'obligation scolaire à 16 ans. Les limites s'effondrent, les barrages de la pathologie s'écroulent. La scolarité est une sorte

Un boulanger à New York

De tous les enfants que j'ai vus au cours de ma carrière, le plus intéressant et le plus difficile est sans doute ce jeune garçon qui refusait d'apprendre à lire alors qu'il avait un remarquable quotient intellectuel. Nous avons tout essayé : l'hôpital de jour, la thérapie, l'orthophonie, les groupes psychopédagogiques… l'institut de rééducation, pour finalement échouer globalement. Plus tard en apprentissage, il réussira à merveille, utilisant alors ses bonnes capacités, et il possède maintenant six boulangeries-pâtisseries à New York. C'est peut-être, de tous mes consultants, celui qui a le mieux réussi après des débuts scolaires très difficiles.

de digue qui permet de ne pas voir la pathologie, et en même temps cette digue effondrée pose tout le problème des phobies scolaires, du zapping de l'école, de l'abandon scolaire. On dirait une digue factice et relative, en tout cas fragile.

M. C. – De façon étonnante, on a vu diminuer le taux de redoublement, en l'espace de dix ans. En revanche, la proportion d'élèves ayant des difficultés n'a pas bougé, le malaise scolaire est toujours là. Ce qu'on attribuait au redoublement comme cause ne se vérifie pas dans les faits.

Le redoublement de la seconde

De nombreuses consultations sont motivées par le fait qu'il ou elle redouble sa seconde. Cette classe d'entrée au lycée est un moment charnière, alors que beaucoup de choses n'ont pu être colmatées par le seul talent intellectuel des enfants. La seconde et le lycée constituent parfois pour eux la dernière possibilité d'exprimer le sabordage et l'incapacité à entrer dans une pratique scolaire. Ils sont souvent étonnants d'incapacité à se concentrer, à effectuer le moindre travail, dans une vision un peu figée du monde, comme si faire le moindre effort leur coûtait vraiment leur identité. Ce sont des enfants bien difficiles à prendre en charge. Leurs parents, désespérés, viennent frapper à la porte du pédopsychiatre comme une ultime chance. Un rôle difficile à jouer pour le médecin !

La post-adolescence, un nouveau concept, une nouvelle réalité ?

La post-adolescence est un concept assez récent. Le film *Tanguy* l'a démocratisé et tout le monde est maintenant convaincu (souvent par expérience personnelle) que l'adolescence dure au-delà de l'âge légal de la majorité. Sa fin varie selon la durée des études, l'âge de l'intégration dans la vie active et l'installation en couple. Cependant, on ne peut que constater que la post-adolescence se banalise.

En voici quelques raisons. Avec la montée en puissance du bac [1] qui date des années 1980, près de la moitié des 20-24 ans sont actuellement encore en cours de formation, proportion qui a triplé en l'espace de vingt ans (elle est passée entre 1975 et 1997 de 15 % à 44 % chez les garçons et de 15 % à 48 % chez les filles). Durant la même période, la proportion de ceux qui avaient une activité professionnelle a diminué de 67 % à 33 % (hommes) et de 62 % à 30 % (femmes). Parallèlement, l'âge moyen au premier mariage n'a cessé de s'élever. En 1970, il était de 24,4 ans pour les hommes et 22,4 pour les femmes ; en 1998, de 30 ans pour les hommes et de 28 ans pour les femmes.

---

1. Les données concernant l'emploi et la nuptialité viennent de l'INSEE.

Comment cette post-adolescence se traduit-elle dans les comportements de santé dont on sait qu'ils commencent et s'installent au cours de l'adolescence? Cela dépend[1]. Ainsi, le tabagisme, la consommation de cannabis et la « consommation d'au moins six verres d'alcool au cours d'une même occasion » sont à leur comble entre 20 et 24 ans, alors que ces modes d'usage diminuent plutôt ensuite. La dépressivité continue à s'accroître (même si ce sont les femmes de 45-54 ans qui sont les plus touchées par ce trouble), tout comme la consommation régulière d'alcool (même si ce sont les hommes de plus de 50 ans qui sont les consommateurs les plus réguliers d'alcool). Toutefois, la violence – agie ou subie – commence sa décroissance, même si la diminution n'est spectaculaire qu'à partir de l'âge de 26 ans. En voici un exemple : parmi les 20-25 ans, 7 % des hommes et 3 % des femmes disent avoir été frappés au cours des douze derniers mois (avant cet âge, ils sont respectivement 9 % et 4 % ; après cet âge, 3 % et 1,8 %) alors que 11 % des hommes et 2 % des femmes disent avoir frappé (avant cet âge, ils sont respectivement 12 % et 4 % ; après cet âge, 3 % et 0,8 %).

L'âge de la post-adolescence est donc, sur bien des points, un prolongement de l'adolescence, la « rupture » des conduites soit dans la diminution (tabac, cannabis, usage ponctuel mais important d'alcool, violence subie, conduites violentes), soit dans l'augmentation (dépressivité et consommation régulière d'alcool) intervenant plus tard.

1. Les données concernant les troubles et conduites viennent du « Baromètre santé 2005 », enquête téléphonique auprès de 30 514 sujets, dont 11 % de 12-19 ans, sous la direction de Philippe Guilbert et Arnaud Gautier (INPES).

Regards croisés

M. R. – On sait quand commence l'adolescence, mais on ne sait pas quand elle se termine. Un des phénomènes de notre époque, c'est cette véritable fabrique d'adolescence. On fait en sorte qu'elle commence plus tôt mais qu'elle ne finisse jamais. On passe de l'enfant aux cheveux étranges en Iroquois à Tanguy. Les familles ont tellement fait de progrès que les jeunes ne les quittent plus. Un des rêves des parents maintenant est qu'ils partent de la maison.

M. C. – Je donne sur le temps de la formation quelques statistiques qui expliquent pourquoi ils vivent si longtemps à la maison.

M. R. – Tu ne crois pas que les progrès des parents expliquent aussi pourquoi ils restent ? La famille est plus démocratique aujourd'hui qu'avant.

Un faux étudiant

C'est l'histoire extraordinaire d'un homme qui a fait croire pendant toute son existence à ses parents qu'il effectuait de brillantes études de droit. Ainsi, il donnait les résultats de ses concours, progressait très rapidement vers une carrière, et c'est pratiquement à l'âge adulte que ses parents se sont aperçus qu'il n'avait jamais étudié le droit et qu'il avait passé son temps à imaginer un cursus qu'il n'avait jamais suivi. Cela dit, il s'est parfaitement débrouillé dans la vie, utilisant ses capacités commerciales et ses talents de conteur pour réussir par ailleurs.

M. C. – Oui, la post-adolescence est un concours de circonstances. D'abord, la formation dure plus longtemps : pour entrer dans la vie professionnelle, il faut avoir plus de diplômes. Puis les jeunes subissent davantage le chômage, si bien qu'ils restent plus longtemps à la maison. Enfin, les parents sont plus sympas. Tout cela réuni fait qu'ils restent plus longtemps, souvent de leur plein gré… et agréablement.

M. R. – Il y a aussi le fait que les parents succombent inconsciemment au jeunisme. Ils observent ces adolescents qu'ils ne sont plus et souhaitent retrouver la position adolescente qu'ils ont perdue.

M. C. – Oui, l'adolescence est tout de même l'âge de la sociabilité. La sociabilité adolescente a quelque chose d'extrêmement attirant, parce qu'elle est trans-classes sociales. Les jeunes, on le voit bien, se réunissent quelles que soient leurs origines, quel que soit leur sexe, alors que les parents, enfermés dans le système, se demandent : Qui je rencontre ? Comment je rencontre ? Quels sont les codes que j'utilise pour rencontrer ? etc. Les jeunes sont particulièrement libres de ce point de vue-là, ils sont un peu le rêve de 1968. Il ne faut pas oublier que tous ces parents ont connu, même s'ils n'y ont pas participé, le post-1968. Ils retrouvent à travers leurs enfants ce qu'ils ont perdu.

M. R. – Y a-t-il d'autres données concernant cette post-adolescence ?

M. C. – Quel que soit le type de substances, c'est entre 20 et 24 ans que la consommation est la plus élevée.

M. R. – On est passé des étrennes que l'on donnait jadis, en début d'année, aux cadeaux que l'on fait longtemps à ses enfants : on leur achète un lave-linge, on leur paie l'abonnement téléphonique, des billets d'avion pour les vacances. Cette puissance financière parentale maintient aussi la post-adolescence. Les parents sont devenus une banque de loisirs.

M. C. – L'économie les conforte dans cette idée-là. Toutes les études montrent que les jeunes sont moins riches que leurs parents à leur âge, bien qu'ils aient fait plus d'études. Ils vont débuter dans la vie active avec un salaire moindre, toutes proportions gardées. Les parents vont donc jouer un rôle économique.

M. R. – C'est une façon d'exercer sur les enfants un pouvoir assez obscur de deux types. « D'abord, je suis issu des Trente Glorieuses, donc je suis au plein-emploi, avec une puissance économique étonnante, et en même temps, réfléchis bien : tu auras d'autant moins de chances que moi que tu devras payer ma retraite. » Donc c'est un crédit qu'on leur fait, avec un fort intérêt. On les soumet à un double piège : « Non seulement tu n'as plus les possibilités que j'avais, mais en plus tu auras à charge la société de vieillards que nous formerons. »

M. C. – Tout à fait. L'économie leur donne raison. Pourquoi cela a-t-il changé ? Pourquoi nos parents n'ont-ils pas eu cette attitude et pourquoi les parents actuels l'ont-ils ?

M. R. – J'ai une réponse assez simple. Les parents, à une certaine époque, croyaient qu'ils devaient éduquer. Maintenant, les malheureux croient qu'ils doivent comprendre : ils sont foutus !

Bébé a trente ans

Imaginez notre surprise et celle d'un couple d'amis lorsqu'on nous a demandé, un soir, d'aller assister à la performance sportive d'un jeune homme de 30 ans ! La maman prétendait que son « bébé » méritait toute son attention, son admiration, son affection et son soutien. L'amour qu'elle lui avait toujours porté continuait de l'exacerber dans un rôle de proximité maternelle. Nous avons donc tous assisté à la dernière épreuve sportive de ce garçon – anorexique par ailleurs. La plupart des garçons anorexiques ont une identification féminine reconnue par le test de personnalité : l'anorexie est une maladie de fille. Ce garçon nous a beaucoup interpellés car il était dans une position très dure d'anorexie, pratiquement incontrôlable, et nous nous sommes aperçus très rapidement qu'il s'identifiait à sa mère, qui était en train de mourir d'une cachexie cancéreuse. Le paradoxe est apparu à la mort de la mère. Ce décès a entraîné la guérison du garçon, qui n'avait plus besoin de ce symptôme anorexique de fidélité à une image maternelle défaillante.

Les garçons et les filles, bien différents, depuis toujours

Malgré la mixité, les garçons ne sont pas identiques aux filles, surtout en France où, comme dans la majorité des pays méditerranéens, la différence des sexes est bien établie, s'accentue durant l'adolescence et ne disparaît pas au cours du temps.

Ces différences existent, bien sûr, au niveau de la santé et des troubles et conduites. Dans tous les pays, la mortalité est plus élevée chez les garçons que chez les filles; 80% des morts par accident de la route ou par suicide sont le fait des garçons, 20% celui des filles, proportions qui varient faiblement dans le temps et dans l'espace. Il y a aussi plus d'accidents non mortels parmi les garçons, alors que la tentative de suicide est surtout le fait des filles – 3 suicidants sur 4 sont de sexe féminin.

Les garçons sont aussi plus grands consommateurs de cannabis et d'alcool que les filles qui, elles, consomment plus de médicaments contre la nervosité et l'insomnie. Le tabac concerne autant les garçons que les filles, même si les filles disent fumer plus « pour oublier, pour se sentir moins seules » et les garçons plus « quand ils sont en groupe ». La violence est plus fréquente chez les garçons, et ce d'autant plus que la violence est grave. Ainsi, la différence des sexes est plus faible pour le vol (assez banal) que pour l'utilisation d'une arme, les bagarres et les violences sur enseignants. Quant aux troubles de l'humeur, les filles sont nettement plus nombreuses que les garçons à en présenter et à passer à l'acte suicidaire. Parmi ceux qui souffrent d'anorexie ou de boulimie, plus de 90 % sont des filles. Tous les troubles s'installent progressivement entre 14 et 19 ans, mais cette évolution s'opère de façon différentielle selon le sexe. Les garçons adoptent plutôt des « troubles de l'agir » et ce, d'autant plus que ces comportements sont considérés comme socialement acceptables (donc fréquents) parmi les hommes adultes. Les filles, elles, s'expriment plutôt à travers des troubles du corps (ou troubles corporalisés) et ce, d'autant plus que ces troubles font partie d'un mode d'expression typique des femmes adultes. Si les troubles (ou comportements) socialement acceptables pour un groupe sexué s'installent avec l'âge, ils peuvent aussi augmenter pour l'autre sexe, avec toutefois une asymétrie : les troubles typiquement masculins augmentent pour tous, garçons comme filles, mais de façon nettement plus importante pour les garçons. Lorsque le trouble (ou comportement) est typiquement féminin, il s'accroît pour les filles seulement. Ainsi le modèle masculin se révèle-t-il plus « désirable » que le modèle féminin.

Un jeune en difficulté va d'abord s'exprimer selon un mode typique de son sexe, puis, lorsque les difficultés se chronicisent, avec des troubles typiques du sexe opposé. Comme ces troubles (ou comportements) « inversés » sont plus rares, leur présence signe la gravité du malaise ressenti, surtout pour les garçons peu enclins à adopter un mode d'expression féminin (alors que l'inverse est plus fréquent). Par exemple, les garçons qui ont des troubles alimentaires ou font des tentatives de suicide devraient être considérés « à haut risque », donc faire obligatoirement l'objet d'une consultation psychiatrique. Pour les filles, la seule présence d'une « inversion » dans le mode d'expression ne suffit pas à signer la gravité. Pour elles, l'inversion plus le cumul des troubles (ou comportements) seraient un indicateur de gravité.

Entre 1993 et 2003, l'écart entre garçons et filles s'est creusé, en défaveur des filles. En effet, la moyenne a augmenté chez les garçons comme chez les filles, et ce quel que soit l'âge, mais cette augmentation a été plus importante chez les filles avec comme conséquence qu'avant l'âge de 17 ans, elles présentent nettement plus de troubles que les garçons et qu'au-delà de 17 ans la différence qui existait en 1993 (en défaveur des garçons) disparaît en 2003.

La santé n'est pas le seul domaine dans lequel les différences entre les sexes existent. En 2005, filles et garçons n'ont pas toujours le même parcours à l'école[1]. Les filles réussissent mieux scolairement, quel que soit le niveau d'enseignement. En 2004, 68 % d'une génération de filles obtiennent le bac contre 56 % des garçons. Quant au mode de vie, entre 11 et 19 ans, l'ensemble des jeunes s'éloigne progressivement de celui de l'enfance, où les activités organisées par la famille ou l'école prédominent, pour adopter celui des adultes, plus autonome, avec toutefois des différences entre les sexes. Plus que les filles, les garçons vont diversifier leurs lieux de vie et favoriser sorties et rencontres. Les filles vont, plus que les garçons, accorder de l'importance au corps, à la famille, à l'école et à l'amitié. L'appartenance sexuelle

1. Voir les statistiques du ministère de l'Éducation nationale, 2007.

nuance, de ce fait, tous les aspects de la vie juvénile, non seulement les activités de loisirs (les garçons abandonnent moins souvent le sport que les filles, les filles abandonnent moins la lecture que les garçons), mais aussi la vie relationnelle (les garçons sortent davantage en groupe, les filles diversifient moins leur cercle d'amis que les garçons) et les préoccupations concernant le corps (les filles font plus de régimes, sautent plus volontiers les repas, ont davantage de troubles du sommeil et consultent les professionnels de santé plus que les garçons).

Regards croisés

M. R. – Il faut croire que garçons et filles restent différents malgré ce que l'on raconte, avec tout de même des particularités. Par exemple, un plus grand respect des garçons pour les filles, un plus grand sens de l'égalité, à tel point qu'ils peuvent être de temps en temps en conflit verbal, se disputer plus qu'auparavant. Il y a quelques années, une fille avait peur d'attaquer verbalement un garçon. Aujourd'hui, notamment dans les affrontements fraternels, la fille est en première ligne, elle n'a plus cette soumission archaïque, historique, dc la fcmme à l'homme, elle est plus présente dans le débat, dans le conflit.

M. C. – En particulier quand les jeunes sont en difficulté, on note une plus grande opposition garçon-fille et une plus grande violence des garçons vis-à-vis d'elles.

M. R. – *In fine*, lorsque le garçon ne peut plus penser, il lui tape dessus puisque maintenant elle est son égale. On ne tape pas sur quelqu'un qui obéit. C'est parce que la fille a fait des progrès en égalité qu'elle prend des coups.

M. C. – C'est ce qui paraît paradoxal. Il est vrai qu'elles se font plus taper dessus, et on se demande bien où est le bénéfice.

M. R. – Le bénéfice, c'est qu'elles sont dans la position des martyrs de la Rome antique, qui disaient : « Je crois en ma religion et je suis d'accord pour me faire dévorer par les lions. » D'ici à les mettre dans l'arène… C'est un peu ce que l'on fait dans les concours, dans le monde du travail, dans les cités, dans les cours, dans la nuit, dans les taxis, dans les transports en commun. Si on protège la fille comme la virginité absolue, qui ne sortira de chez elle que pour être confiée à un homme, on la maintient dans une position de harem. Si la fille est dans la cité, elle court les risques de la cité, et elle exprime aussi sa position.

M. C. – Il n'en demeure pas moins que les différences garçons-filles sont très importantes, même sur des points assez simples, comme être optimiste, se sentir bien, avoir des activités de loisirs. Il y a davantage d'égalité, c'est vrai, mais en même temps on s'aperçoit que, dans les faits, le clivage filles-garçons reste essentiel.

M. R. – La différence se situe au niveau de deux pathologies sur lesquelles nous reviendrons. La première, c'est le suicide, la tentative chez la fille et la réussite chez le garçon. La seconde, c'est l'anorexie, d'expressivité féminine.

M. C. – Tout ce qui est trouble alimentaire, la boulimie aussi, est essentiellement féminin. Tout ce qui est de l'ordre de « se remplir » est féminin, l'agir restant quand même masculin.

M. R. – Et sur ce plan-là, on ne remarque pas de différences par rapport à avant ?

M. C. – Non. Chez nous, la différence des sexes demeure un élément majeur alors que dans d'autres sociétés, les pays scandinaves, par exemple, la différence des sexes a plutôt tendance à diminuer. On voit bien que, chez nous, c'est une valeur d'être une fille ou un garçon.

M. R. – C'est-à-dire que pour être égalitaire aussi, il faut construire sa carrière. Ce qui a changé, c'est que 80 % des femmes travaillent.

M. C. – Oui, et les filles réussissent mieux dans les études, elles font des études globalement plus longues, elles se donnent donc toutes les chances de réussir leur intégration professionnelle, mais elles sont davantage au chômage. C'est plus complexe que cela n'y paraît, parce qu'a priori, avec le niveau d'études qu'elles ont, elles devraient mieux s'accomplir professionnellement que les garçons, et ce n'est pas encore le cas.

M. R. – Il y a eu des signes montrant cette poussée des filles dans les études. Cette année, j'ai donné des cours en spécialité de pédiatrie, et il y avait deux garçons pour cinquante filles. Cela signifie que cette spécialité est devenue féminine. Il existe quelques filles pilotes d'avion, ou colonels de gendarmerie, de pompiers. Dans les métiers qu'elles ont décidé d'exercer, les filles occupent maintenant le terrain.

M. C. – Le problème, c'est qu'en occupant ce terrain-là, elles dévalorisent ces métiers. Il ne faut pas oublier que, lorsque le métier d'enseignant est devenu très féminin, il s'est aussi dévalorisé. Est-ce que, dans l'avenir, on observera une dévalorisation du métier de pédiatre ? On pourrait bien le penser.

M. R. – Certaines disciplines de la médecine, sans trop d'actions, comme l'ophtalmologie, la dermatologie, ont été féminisées.

M. C. – Souvent, cela n'est pas bon signe. Il est vrai que ce n'est pas là que l'on gagne le plus d'argent, que l'on a le plus de pouvoir. Il suffit de regarder le monde politique, qui demeure essentiellement masculin, même s'il y a une obligation de représentativité égale hommes-femmes.

M. R. – Donc, la chercheuse que tu es, le clinicien que je suis ont cette conclusion vraiment incroyable : les filles ne sont pas des garçons !

L'adolescence, d'abord l'âge de la recherche de soi

Ce n'est un secret pour personne : la maturation physique[1], à l'adolescence, est sexuée. Les repères de la puberté masculine (qui débute vers 11,5-12 ans) comprennent essentiellement la pilosité pubienne et le développement des organes génitaux ; pour les filles (leur puberté débute vers 10,5-11 ans), s'y ajoutent le développement des seins et l'apparition des règles. Une spécificité de la puberté masculine, dont on parle peu mais que tous, parents comme jeunes, ont remarquée, concerne le changement de la sudation corporelle. D'où une odeur caractéristique, qui peut incommoder le jeune, ses copains, voire la classe tout entière.

En l'espace de cinq ans, entre 11 et 16 ans, les filles gagnent en moyenne vingt centimètres et les garçons trente, ce qui peut sembler peu en regard du gain de taille durant les cinq premières années de la vie (cinquante-cinq centimètres en moyenne). Mais il s'agit d'une transformation symboliquement plus importante car le jeune acquiert à l'adolescence sa taille

1. Michaud P.-A. et Alvin P. (éd.), *La Santé des adolescents, approches, soins, prévention*, Payot-Doin et les presses de l'Université de Montréal, 1997.

et sa morphologie d'adulte, avec lesquelles il va devoir vivre pendant plus de soixante ans encore ! D'ailleurs, à l'adolescence, 4 % des garçons et 5 % des filles s'estiment trop grands, 20 % des garçons et 24 % des filles trop petits.

57 % des garçons et 76 % des filles ont été informés des modifications corporelles qui accompagnent la puberté[1]. 39 % des garçons et 66 % des filles en ont parlé avec des personnes de l'entourage, dont 23 % des garçons et 62 % des filles avec leur mère, 13 % des garçons et 2 % des filles avec leur père, les autres surtout avec leurs copains ; seulement 6 % des garçons et 7 % des filles en ont parlé avec un médecin.

Regards croisés

M. C. – On n'est pas étonné de constater que là encore l'image de soi est en cause : les adolescents gagnent environ vingt centimètres en peu de temps !

M. R. – C'est capital au niveau de l'image de soi car ce n'est pas rien de gagner vingt centimètres en un an ou en quelques années. C'est tout le thème du complexe du homard, de la transformation, du passage, de devenir non propriétaire de soi : tu habites un corps étranger, tu deviens un étranger à toi-même. Je citerai deux cas cliniques : ceux d'un trop petit garçon et d'une fille trop grande. Un troisième exemple, enfin, de puberté précoce, qui fait qu'une fille de CM1 habite un corps de femme.

---

1. « Enquête Inserm auprès de 4 500 élèves du second degré », académie de Lille, 1992.

Une trop grande fille

Dès l'âge de 8 ans, du fait d'une puberté précoce, Amélie a été aussi grande que son institutrice. D'ailleurs, on lui tapotait souvent sur l'épaule, dans les rangs on lui demandait de faire tenir ses camarades tranquilles alors qu'elle jouait avec eux. Sa croissance a continué et elle culmine maintenant à 1,86 mètre, étant en énorme difficulté dans ses relations avec les autres. Cette trop grande fille trop vite poussée a un trouble du contact et de la sociabilité majeur au niveau de son insertion.

Un trop petit garçon

Sa petite taille a toujours été son problème : de fait, il est issu d'un père et d'une mère tout petits. Cependant, il n'a aucune capacité sportive, contrairement à sa mère, ni intellectuelle, contrairement à son père. Il n'a pris chez eux, dit-il, que leur petite taille, pas leurs qualités. Il réclame à toute force un traitement, demande à grandir, regardant toujours intensément le pédiatre spécialisé qui le reçoit lorsqu'il est question de sa taille définitive.

M. C. – Cette croissance de vingt ou trente centimètres est relative par rapport à la prise de taille de cinquante-cinq centimètres au cours des trois premières années de la vie. Pourquoi, à cet âge-là, cela prend-il une telle valeur ?

M. R. – La grande différence c'est que, quand tu es bébé, on te regarde grandir et que, quand tu es adolescent, c'est toi qui te regardes. Lorsque l'adolescent porte son propre regard sur lui-même, il observe sa différence, et cesse de grandir pour faire plaisir à papa et maman. Entre « comme il a grandi » et « qu'est-ce qu'il a changé », il y a une différence de sympathie portée sur celui qui grandit ou qui change.

Une puberté précoce

L'apparition des règles et des signes de puberté chez une fille de 9 ans, voire plus jeune, entraîne souvent un trouble de l'adaptation de ses parents, en présence à la fois d'une jeune fille et d'une enfant. On retrouvera très souvent cette difficulté chez les enfants ayant grandi trop vite et auxquels on demande beaucoup plus de sérénité, d'adaptabilité et de concentration que leur âge ne leur permet.

M. C. – Cela va tout à fait avec le thème suivant : « Tout savoir sur sa propre adolescence. » 57 % des garçons et 76 % des filles disent avoir été informés des modifications corporelles. 39 % des garçons et 66 % des filles en ont parlé à quelqu'un. Les filles s'informent, en parlent et sont beaucoup plus à l'aise vis-à-vis de cela, tandis que les garçons restent plus secrets.

M. R. – On a là l'exemple typique de la fille qui doit avoir malgré tout une image de soi à proposer aux autres, tandis que le garçon sera davantage dans la construction de sa force, ou de sa force apparente. Je raconterai deux histoires. Dans la première, une fille très laide à l'adolescence et remarquablement intelligente dit de manière merveilleuse : « Ils parlent avec moi, ils partent avec une autre. » Dans la seconde, il s'agit d'un garçon, joueur de rugby international, qui a fait l'objet d'un fait divers tragique en tuant sa femme, et qui dit qu'il avait honte de sa force à l'âge de l'adolescence. Cela révèle bien toutes les fragilités de l'image de soi : ou on a honte de sa force, ou on se trouve trop laide et trop intelligente. Ces histoires-là interrogent sur « comment s'accepter à l'adolescence ? ».

Ils parlent avec moi, ils partent avec une autre

Cette jeune fille admirable sur le plan intellectuel souffre beaucoup de ne pas avoir de petits copains : « Ils parlent beaucoup avec moi, ils rient beaucoup et s'intéressent à ce que je dis, et finalement ils partent toujours avec une autre… » Cela raidit de plus en plus sa position, fait qu'elle s'isole et qu'elle s'enferme dans les études (où elle réussit parfaitement). Cependant, elle est dans une situation de désespérance car elle rêve d'un amoureux qu'elle ne rencontre jamais, du fait qu'elle se trouve laide, pas assez jolie, pas intéressante. Elle est trop proche, dans le fond, des garçons avec lesquels elle noue un contact intellectualisé, qui les gêne beaucoup dans l'érotisation.

Honte de sa force

De manière très étrange, ce splendide garçon a toujours eu honte de son aspect : on l'appelait Tarzan. On pensait qu'il était le plus fort et qu'en même temps il ne réfléchissait pas. Son aspect de magnifique statue romaine cachait une honte extrême de ses capacités de raisonnement. Il était bousculé par des maigrichons qui se moquaient de lui comme s'ils voulaient mettre à bas une statue antique pour la briser. On peut d'ailleurs se demander si le saccage des statues antiques n'est pas né des projections de ceux qui, ne supportant pas cette beauté dont ils étaient dépourvus, étaient persuadés qu'elle était le signe d'une fragilité psychique.

Idoles et apparences

Durant toute leur vie, les individus ont besoin de modèles, et cela d'autant plus qu'ils sont en pleine construction, donc en recherche de soi. Pas étonnant, alors, que les idoles prennent toute leur importance.

Dominique Pasquier[1] montre combien les idoles font partie de la culture adolescente, même si des changements s'opèrent dans le temps et selon les niveaux culturels. Actuellement, la diffusion des modèles se fait du bas vers le haut de l'échelle sociale plutôt que l'inverse. D'où l'importance des rappeurs, du *street wear*, des cultures musicales populaires, souvent d'origine ethnique. Ce ne sont pas les intellectuels ou les décideurs qui servent de modèles aux jeunes, mais les jeunes de banlieue. Avec, toutefois, une opposition entre les pôles masculin et féminin plus importante qu'on ne s'y attendrait. Chercher des informations ou des images à propos de la vie privée d'un chanteur ou d'un acteur est une démarche typiquement féminine. Valoriser le rave, le sport, voire la violence, relève plutôt d'une démarche masculine. Surtout, les deux mondes s'opposent et les garçons se moquent volontiers des intérêts des filles. Cette dévalorisation des choix et des modes de vie féminins s'observe dès l'âge de 10-15 ans.

1. Pasquier D., *Cultures lycéennes, la tyrannie de la majorité*, Éditions Autrement, 2005.

L'apparence prend toute son importance, pas seulement à travers les marques, les vêtements, mais aussi la façon de parler, de marcher, de danser. Comme pour les idoles, l'apparence majoritairement attractive est celle d'une jeunesse de banlieue, globalement jugée moins individualiste, moins coincée, plus libre, plus chaleureuse… « Coupe de cheveux, vêtements, accessoires, le moindre détail est travaillé, il est destiné à communiquer quelque chose des goûts musicaux, des pratiques sportives et des préférences télévisuelles ou cinématographiques. La manière de porter son sac à dos ou la forme – et la marque, bien entendu – d'une paire de baskets peut signaler l'amateur de rap ou, au contraire, le fan du *Loft*[1]. »

Mais, au-delà du look qu'on veut avoir et donner à voir, il y a le fait de se trouver « bien ». Si 75 % des garçons et 65 % des filles se jugent « bien » sur le plan de la taille et du poids, 11 % des garçons et 31 % des filles se trouvent « trop gros » (respectivement 6 % des garçons et 25 % des filles ont fait un régime amaigrissant au cours des douze derniers mois) ; 12 % des garçons contre 6 % des filles se trouvent « trop maigres », des proportions qui évoluent peu avec le temps. Quant à la perception de sa propre séduction, on observe[2] que 62 % des garçons se trouvent physiquement séduisants contre 24 % des filles, et 63 % des garçons contre 45 % des filles estiment avoir du charme. Au total, les garçons semblent apparemment plus à l'aise que les filles… D'ailleurs, déjà en 1991, 6 % des garçons disaient qu'ils voudraient plutôt être une fille, alors

1. *Ibidem.*
2. Choquet M., Ledoux S., Menke H., « Enquête Inserm sur la santé de 4 500 élèves du second degré », académie de Lille, 1991.

que 21 % des filles (soit 1 fille sur 5) disaient vouloir être plutôt un garçon. Si on ne dispose pas de données plus récentes, l'attractivité actuelle du modèle masculin, tout comme la non-attractivité du modèle féminin, nous fait raisonnablement penser que rien n'a fondamentalement changé.

Dans ce jeu des apparences en pleine construction, on peut se demander quelle est la place de la pornographie. Si la majorité des jeunes (et cela, dès 14 ans) a déjà vu un film porno (surtout à la télévision, mais aussi par cassette ou sur internet), garçons et filles ont une attitude bien différente à ce sujet : 80 % des garçons disent que cela leur plaît alors que 80 % des filles expriment du dégoût.

Regards croisés

M. R. – L'idole, c'est soi, ce qu'on espère être et que l'on ne sera jamais.

M. C. – Il est vrai qu'à cet âge-là cela se développe plus qu'à d'autres âges.

M. R. – Est-ce que Jamel Debbouze, c'est Ivanhoé ou Robin des Bois ?

M. C. – Oui, il a quelque chose qui leur ressemble, il est un peu franc-tireur et en même temps il s'oppose. C'est beaucoup plus attirant qu'un gentil garçon. Et dans cette perspective de révolution que l'on ne fait plus soi-même, on va chercher des modèles à l'autre bout de l'échelle sociale. Ceux qui ont en charge les adolescents ne se rendent pas compte du changement de modèle pour les adolescents. Ce ne sont plus les intellectuels qui sont plébiscités, mais les sportifs, les chanteurs, ceux qui s'opposent à la société, quel que soit leur mode d'opposition… Dans ces conditions, l'école a bien du mal à mettre en avant ses valeurs.

M. R. – On dirait que dans une société plus démocratique, l'expression des adolescents consiste à changer la donne de ce que sont les valeurs et notamment les idoles. On ne va pas s'identifier au recteur. Quel est l'adolescent qui dit : « Je veux être recteur » ? Quel est l'adolescent qui veut être appelé « Excellence », comme un ambassadeur ?

La peur de ne pas être aimé

Ce garçon demande sans cesse à être rassuré par sa mère, il est persuadé qu'elle préfère son frère aîné et sa sœur cadette, et que sa position médiane ne l'a jamais rendu attractif. Il se perçoit comme un enfant de l'échec, car ses parents se sont séparés très peu de temps après sa naissance. Il vit donc sa propre naissance comme un échec au maintien du couple, et celle de sa sœur cadette comme une renaissance affective de sa mère lors de la recomposition familiale. La peur de ne pas être aimé transparaît dans le fait qu'il pose des difficultés, qu'il est toujours défaillant, toujours mal placé, toujours dans le négatif, comme si être en situation toxique et difficile attirait sur lui l'attention. C'est sa peur de ne pas être aimé qui lui impose une telle attitude.

M. C. – À l'adolescence, personne n'y pense. Et pourtant un certain nombre d'entre eux vont le devenir et, grâce à cela, ils vont survivre. Il n'empêche : l'excellence est plutôt mal vue, et on observe que les jeunes qui sont le plus victimes, ce sont les bons élèves.

M. R. – Oui, c'est la notion du « bouffon ». C'est un bouffon s'il travaille bien.

M. C. – Si l'on considère les chiffres concernant la séduction et la beauté : 62 % des garçons se trouvent physiquement séduisants contre 24 % des filles, et 63 % des garçons contre 45 % des filles disent avoir du charme.

M. R. – Cela prouve surtout, encore une fois, la fragilité des garçons, la fragilité du sexe fort qui ne peut pas ne pas avoir de charme, ne pas se sentir fort. Mais je crois que ces chiffres sont faux au niveau intime. Ils sont vrais, bien sûr, dans les réponses, je ne discute pas des modalités. Je pense toutefois que, sur le plan du préconscient, ils sont faux.

Un matamore

Ce garçon se présente avec une grande assurance, il affirme ne craindre rien ni personne, ne pas avoir peur dans les transports en commun, ni la nuit, se moquer de l'école et des profs… Ce discours à l'emporte-pièce masque, en fait, une fragilité. C'est à la troisième rencontre qu'il s'effondrera en disant : « Si je m'effondre, ils vont s'apercevoir que je suis fragile. » Son côté mégalomaniaque le protégeait de la crainte extrême qu'il avait de sa propre fragilité.

M. C. – Cela m'intéresse beaucoup ce que tu dis, parce qu'une chose m'a frappée, c'est que les garçons se donnent un « genre ». Concernant la pornographie, par exemple, lorsqu'on leur pose des questions, les garçons disent « cela me fait rigoler », alors que les filles disent « cela me fait mal ». Néanmoins, lorsqu'on examine les facteurs associés, on constate que les garçons qui regardent souvent des films pornographiques ont les mêmes fragilités que les filles. Et pourtant, ils affirment a priori : « Mais non, cela me plaît. » C'est la preuve qu'ils affichent une certaine arrogance, mais cela n'implique pas que ce soit le fond de leur pensée.

M. R. – Je crois que c'est une façon de dénier leurs difficultés. En disant cela, ils se protègent : c'est une capote psychologique.

M. C. – Et les garçons fonctionnent beaucoup ainsi.

M. R. – Ils fonctionnent beaucoup sur l'apparence. L'apparence de force est essentielle pour faire peur à l'autre, ou pour ne pas avoir peur. Peut-être y a-t-il une différence sexuelle de la peur. Les garçons ont peur de ne pas être forts, les filles ont peur de ne pas être heureuses, ce qui n'est pas tout à fait pareil.

M. C. – Je suis d'accord. Les garçons déclarent : « Mais ce n'est rien, la pornographie, pas de problème, tout le monde peut regarder », alors que les filles, cela les trouble beaucoup. Elles sont très vulnérabilisées par cette pornographie, et elles l'admettent ouvertement.

M. R. – Je crois que, chez les hommes, la pornographie est une façon de mettre de côté toutes leurs peurs d'incapacité, d'impuissance, de trouille du passage à l'acte. Pour les filles, c'est l'inverse ; c'est la peur d'être chosifiée, d'être un objet de sexualité, plutôt que d'amour et de désir. La pornographie marque bien l'axe de différenciation des peurs masculines et féminines, c'est la charnière entre les différences. Un adolescent qui regarde de la pornographie va admirer des performances qu'il n'obtiendra jamais. Et la fille craindra d'être ainsi chosifiée par quelqu'un qui n'a pas pour elle autre chose qu'un désir brutal, sexuel ou organique.

M. C. – C'est sur cet axe que les différences entre les sexes sont les plus marquées, presque caricaturales.

Même en regard d'autres comportements, où tout est à peu près sexué.

M. R. – Je ne raconterai pas cette histoire terrible d'expertise d'une jeune fille abusée puis prostituée par son père, et qui l'aimait néanmoins. Elle a vécu en quelque sorte une pornographie dans la réalité.

Abus sexuels sur cassettes pornographiques

Un jeune garçon fait l'objet, à la demande du juge des affaires familiales, d'une expertise médico-psychologique. En effet, la maman a engagé un référé pour suspendre l'exercice de droit de visite du père sous prétexte que celui-ci visionnerait avec son enfant des cassettes pornographiques. Ce garçon a un an d'avance, il est en CM2 à 9 ans, il est très gai, très vif et se prête volontiers à l'entretien.

Lorsque je lui explique que j'ai été désigné comme expert par le juge, il éclate de rire et me dit : « Tu ne veux pas qu'on parle d'autre chose ? »

Je me laisse donc aller à une longue exploration de sa vie au quotidien, de l'excellente relation qu'il a notamment avec son grand-père paternel, lequel possède un jardin avec des fruits très rares, « les meilleures poires d'un poirier qui n'existe plus ailleurs ». Le grand-père remarquablement compétent lui apprend aussi des tas de choses : comment récupérer de petits objets qui serviront au jardin pour tutériser les plantes, effectuer des boutures, tout un attirail hétéroclite faisant comme une caverne d'Ali-Baba. Le garçon déclare à ce moment-là : « Dommage que mon père ne soit pas aussi fort que mon grand-père. » Je reviens alors sur la question du père ; l'enfant déclare que celui-ci est très malheureux depuis que sa maman l'a quitté car elle a rencontré un autre fiancé. Il s'entend très bien avec son beau-père, qui a lui-même deux enfants à peu près de son âge et qu'il considère comme ses frère et sœur, bien qu'il soit quand même très amoureux de la fille aînée de 11 ans, sa demi-sœur d'accueil : « De toute façon avec elle, je pourrai me marier car ce n'est pas ma vraie sœur… » Le contact avec ce garçon est tellement bon que, au bout d'un moment, alors qu'il continue à bavarder très agréablement avec moi, je ramène la conversation sur le sujet des cassettes pornographiques. Il me répond alors avec brio et rapidité : « Bien sûr que mon père regarde des cassettes pornographiques, mais tu sais, ce n'est vraiment pas la peine de regarder ces imbécillités, parce que les garçons sur les films sont comme des singes avec un très long zizi, et mon papa a un très petit zizi. Je l'ai vu alors qu'il faisait pipi au cabinet, et c'est moi qui ai ouvert la porte pour vérifier s'il avait un zizi aussi grand que les singes sur les cassettes. Et je lui ai dit l'autre jour, à tel point qu'il a été furieux et qu'il m'a répondu que je ne regarderai plus jamais ces cassettes pornographiques. Je suis bien content, parce que, quand même, cela prouve que mon papa est encore petit de regarder des gens avec un aussi gros zizi… » Je pense que, dans ce cas, l'abus est une impudeur avec un papa bien moins compétent que le grand-père paternel.

Diversité géographique, diversité ethnique, diversités réelles ?

On imagine toujours qu'il existe une grande variation des modes de vie selon les régions, entre la ville et la campagne, voire entre deux villes ou deux villages. Mais les enquêtes contredisent cette impression et montrent que les différences géographiques ne sont pas toujours aussi importantes, en tout cas qu'elles ne sont pas d'un poids prépondérant dans l'explication des troubles et conduites. Les dernières données ESPAD 2003 témoignent que la région intervient pour moins de 1 % dans l'explication des troubles et conduites étudiés auprès de 16 000 élèves du second degré.

Quant à l'opposition entre urbain (et périurbain) et rural, s'agit-il d'une réalité ou d'un mythe ? En 1993[1], 1. la consommation d'alcool et de tabac était plus élevée en milieu rural qu'en milieu urbain, alors qu'il n'y avait pas de différence urbain/rural à propos du cannabis et des autres drogues illicites ; 2. la dépressivité était 20 % plus élevée à la campagne qu'en ville, et cela à niveaux social, scolaire et familial égaux ; 3. la violence était 30 % plus élevée en banlieue qu'en ville, et cela à niveaux social, scolaire et familial égaux.

---

1. Choquet M., Ledoux S., « Adolescents. Enquête nationale. Enquête Inserm auprès de 12 000 élèves du second degré », 1993.

Mais, en 2003, on a montré qu'en l'espace de quatre ans la violence des zones rurales a rejoint celles des zones urbaines, même si certains types de violence restent un peu plus fréquents en zone urbaine, comme le fait de vendre des objets volés (9 % des collégiens urbains l'ont fait contre 6 % des collégiens ruraux) ou de frapper un professeur (3 % des collégiens urbains l'ont fait contre 1,8 % des collégiens ruraux). De plus, selon une enquête de l'OFDT[1], la consommation de substances psychoactives (alcool, tabac, cannabis, médicaments contre la nervosité et l'insomnie) est actuellement un peu plus le fait des adolescents des quartiers favorisés que des quartiers défavorisés.

Quant à l'origine ethnique, cette question ne peut pas être posée actuellement lors des enquêtes épidémiologiques, et cela pour des raisons éthiques (CNIL). Ce qui laisse libre cours à toutes les idées reçues, et l'on sait qu'elles vont bon train… Il ne nous reste que des données un peu anciennes (datant de 1993) sur le sujet[2], 10 % des adolescents étaient alors des Français d'origine étrangère, 12 % des étrangers, et 78 % Français de souche. Parmi toutes les conduites alors étudiées (consommation régulière de drogues, conduites régulières de violence, absentéisme scolaire, dépressivité, tentative de suicide), seuls la violence, l'absentéisme et la tentative de suicide étaient liés au fait d'être d'origine étrangère, et cela à situations matrimoniale, sociale et scolaire égales par ailleurs. Ainsi, le risque de conduites violentes et d'absentéisme scolaire était multiplié par 2,

1. Beck F., Legleye S., Spilka S., *Les Usages de drogues des adolescents parisiens*, OFDT, 2005.

2. Choquet M., Ledoux S., « Adolescents. Enquête nationale. Enquête Inserm auprès de 12 000 élèves du second degré », 1993.

le risque de tentative de suicide par 1,5. Il convient, bien entendu, de donner une interprétation socioculturelle de ces résultats, car le déracinement tout comme le changement du référentiel de valeurs sont autant de facteurs qui contribuent à la marginalisation, dont la violence sur soi ou sur autrui, ainsi que l'absence d'assiduité scolaire sont des indicateurs visibles pour l'entourage.

Reste le racisme. Environ 1 jeune sur 11 déclare en avoir été victime (10 % des garçons, 9 % des filles), et seulement 1 jeune sur 25 en avoir été l'auteur, avec, comme pour tous les actes de violence, une différence entre les sexes (6 % des garçons, 3 % des filles). Ainsi, le rapport « victime/auteur » est nettement plus élevé chez les filles que chez les garçons.

Regards croisés

M. R. – Dans le monde rural, les jeunes consultent peu, encore que la sectorisation psychiatrique pourrait nous donner des chiffres qui seraient vraiment intéressants au niveau de la recherche et qui permettraient de comparer les CMP de ville et les CMP des champs. S'agit-il des mêmes pathologies ? Sachant que les CMP des champs s'installent toujours dans les villes les plus importantes, y a-t-il vraiment des CMP ruraux ? Est-ce que l'on pourrait analyser les interventions à domicile ? Est-ce que la psychiatrie répond en termes de proximité rurale ou urbaine aux pathologies ?

M. C. – Ce qui est intéressant, au niveau de la différence géographique et de la consultation, c'est qu'à la campagne les gens consultent beaucoup plus le médecin généraliste qu'en ville, alors qu'a priori, en ville, il existe beaucoup plus d'offres en matière médicale. La différence se joue donc au niveau de la proximité puisque le médecin généraliste est le médecin de famille. Le fait qu'il y ait une consultation moindre des psychiatres à la campagne est d'abord dû au fait que la psychiatrie fait peur, et cela fait d'autant plus peur qu'on habite la campagne.

M. R. – Et que l'on peut rencontrer son psy en sortant du jardin… C'est aussi que le psy doit être masqué, on ne doit pas rencontrer son psy dans la vie.

M. C. – Peut-être qu'au niveau du système de soins, il faut voir les choses différemment entre ville et campagne.

M. R. – Lorsqu'il m'arrive de recevoir des consultants du monde rural, je trouve que les troubles ont plus longtemps traîné et sont plus organisés, plus lourds, plus profonds. Je les vois en état grave, rarement plus tôt.

M. C. – À la campagne, les jeunes consultent surtout des intervenants de première ligne, qui ne sont pas nécessairement spécialisés, c'est la raison pour laquelle on peut constater des états plus graves, comme tu dis, des troubles psys qui ont traîné plus longtemps… Il est vrai que les jeunes des campagnes sont aussi globalement plus défavorisés socialement que les jeunes des villes.

M. R. – Même que ceux des banlieues ?

M. C. – Cela dépend des banlieues. Le problème de la banlieue, c'est qu'elle est très diversifiée. Sceaux est en banlieue, mais n'a rien à voir avec Bobigny. Nous appelons banlieue la banlieue défavorisée, alors que les géographes ne réfléchiraient pas en ces termes.

M. R. – Chez les jeunes qui émanent de la campagne, on remarque des destins tout tracés. Inéluctablement, leur vie, leur œuvre, leur métier s'associent aux parents ; ils ne sont pas en contestation, ils sont peut-être même un peu trop conformes au statut actuel. Je pense à l'image de *L'Angélus* : imaginons un adolescent qui respecterait l'angélus, comment ferait-il à notre époque ?

Un destin tout tracé

Voilà un enfant qui vit à la campagne et est passionné par les chevaux. Il n'est pas attiré par l'école et ses parents s'inquiètent beaucoup, c'est pourquoi ils consultent. Cet enfant niera toute possibilité de changer d'avis, affirmant qu'il ne bougera pas de chez lui, qu'il refuse de partir de son lieu de vie et qu'il travaillera exactement au même endroit que celui où il a vécu. On retrouve fréquemment cette attitude chez des garçons et des filles qui, par difficultés personnelles, ont du mal à s'écarter de leur ville d'origine, de leurs parents ou d'un éventuel métier, comme si un destin tout tracé les protégeait de l'envahissement, de la crainte de l'exploration et de l'inventif ou de la surprise. Que cela signe une fragilité, nous sommes bien d'accord mais, en même temps, la provocation ou le forçage de ces attitudes phobiques paraît bien complexe à proposer.

M. C. – (Rires.) Je vois mal les adolescents respecter l'angélus, même à certaines époques…

M. R. – C'est-à-dire que si j'étais bouvier à l'ère classique, si je devais garder cinq bœufs, j'essayerais de les faire rentrer le plus tôt possible à l'étable pour aller au bar. (Rires.)

M. C. – Il existe des données sur la différence ville-campagne et sur l'impact de la région, qui est très faible. On constate que la région est très peu explicative de la dispersion observée en matière de conduites (consommation de substances, violences, etc.). Et alors qu'on nous parle sans cesse de différences entre une ville et une autre, entre l'Est et l'Ouest, entre le Nord et le Sud, cela n'apparaît pas nettement.

M. R. – La réponse est assez simple : les adolescents ont tendance à se conformer et à être tous identiques. C'est l'âge des corporatismes aussi. Qu'ils soient dans le Cantal ou en Seine-Saint-Denis, ils sont pareils.

M. C. – Ils ont les mêmes médias, les mêmes modes de vie, les mêmes modèles.

M. R. – La campagne s'est tout de même désenclavée avec la communication médiatique. Ce n'est plus la campagne d'avant, ce n'est plus la campagne de *L'Angélus*, justement.

L'envoi à la campagne

Lorsque des troubles de la personnalité surgissent chez un adolescent, le mythe de la campagne bienheureuse apparaît, ou alors de manière inverse, celui de la grande ville, New York, Londres, Mexico, où on l'envoie pour qu'au moins il apprenne une langue étrangère. Le problème est que, souvent, au lieu d'améliorer les choses, cet envoi à l'étranger les aggrave véritablement, mettant le jeune en perdition dans une situation d'impossibilité de survie psychique : il a en effet perdu toutes ses bases affectives.

M. C. – En revanche, au niveau de la prise en charge, ils rencontrent quelques problèmes dans la mesure où les moyens de transport ne sont pas les mêmes.

M. R. – On pourrait même dire que si l'on va mal, il vaut mieux ne pas habiter à la campagne.

M. C. – Oui, en matière de soins.

M. R. – Les gens pensent souvent l'inverse. Les parents disent volontiers : « Si tu allais à la campagne ? » « Si on t'expédiait à l'étranger ? » « Si on l'envoyait un an en Angleterre ? »

M. C. – Parce qu'ils croient que la verdure et le bon air font du bien au psychisme. Je pense que cela peut faire du bien au corps, on peut se sentir mieux, mais cela n'a rien à voir avec le fait d'aller bien ou pas.

M. R. – On l'observe dans le cas des couples séparés : on propose parfois le mythe de la campagne à un adolescent difficile, on veut l'envoyer chez son père ou chez sa mère qui vit en ruralité, pour éviter les mauvaises fréquentations de la ville.

M. C. – Mais aujourd'hui, plus rien ne le justifie. Les chiffres montrent qu'au niveau de la violence la campagne a rejoint la ville.

M. R. – Le haschich s'y trouve aussi.

M. C. – C'est cela la grande tendance : la campagne ressemble beaucoup plus à la ville qu'on ne le croit.

M. R. – Le tropisme de la cité perdure aussi, l'idée que l'on partirait tous de la campagne pour vivre en ville, y avoir plus de sécurité.

M. C. – Quand on regarde les statistiques, même les statistiques concernant les violences peuvent être aussi élevées à la campagne qu'en ville.

M. R. – Voici une idée que j'aimerais te soumettre : je me demande si la campagne et la ruralité aujourd'hui, ce ne sont pas les grands-parents.

M. C. – Oui, ce peut être le lieu où vivent les grands-parents, c'est vrai. C'est bien pour passer les vacances, et encore, les jeunes n'aiment pas trop la vie à la campagne, surtout entre 12 et 17-19 ans. On ne trouve pas de différences de fond permettant d'affirmer qu'il vaut mieux habiter à la campagne qu'en ville.

M. R. – Chez tous les adolescents maghrébins que j'ai suivis à Marseille, la crainte du bled était terrible.

Du retour aux Abruzzes au retour au bled

Mon père me confiait cette chose étrange : lorsqu'un de ses camarades d'origine italienne commettait un acte délictueux, dans la ville où il était migrant, il était renvoyé pendant six mois ou un an dans les Abruzzes, pour y garder les moutons ou les vaches, et c'était le traitement absolu pour ne pas avoir mauvaise réputation. Aujourd'hui lorsque j'interroge les garçons et les filles issus de l'immigration, par exemple maghrébine, et que j'évoque le retour au bled, celui-ci est vécu le plus souvent comme un ennui, comme un temps non attractif à l'adolescence, encore que parfois, à travers les contes et légendes des grands-parents ou des cousins et cousines, les jeunes retrouvent un certain plaisir à la narrativité. Il y a quand même une vraie différence entre le retour punitif aux Abruzzes et le retour au bled vécu comme un temps de vacances.

M. C. – C'est vraiment une idée reçue qui continue de circuler en défaveur des jeunes habitant la campagne. Du coup, l'essentiel des politiques en direction des adolescents sont des politiques de la ville, pas des politiques de la campagne. On peut imaginer qu'à terme cette situation détériorera la vie rurale, parce que l'on ne fait rien ou trop peu de choses pour elle, tant sur le plan des loisirs qu'en matière de soins.

Le chômage, la précarité

Le chômage des parents ne s'avère lié aux troubles et conduites des adolescents (consommation d'alcool, de tabac, de drogues, conduites de violence, tentative de suicide, dépressivité, fugue...) dans aucune des analyses que nous avons effectuées. Ainsi, sa valeur de « facteur de risque » ne semble pas établie. Plusieurs raisons peuvent l'expliquer. D'abord, ce sont les facteurs relationnels plus que les facteurs sociaux qui « expliquent » les troubles et conduites des jeunes. Ensuite, la situation de chômeur est souvent une situation transitoire, et la mobilité sociale conduit bon nombre de personnes à passer de l'emploi au chômage, ou l'inverse. Enfin, les contraintes liées à la vie professionnelle des parents ne sont pas à négliger (durée du travail, exigences de rendement, travail de nuit, déplacements professionnels, harcèlement hiérarchique, harcèlement sexuel, etc.) et peuvent avoir des effets aussi néfastes, sinon plus (selon les conditions de vie du couple parental), que le seul chômage.

Par ailleurs, la situation de chômeur est bien plus différenciée qu'on ne le pense; elle varie selon le taux d'indemnisation du chômage, sa durée et la situation familiale dans son ensemble (statut professionnel du conjoint, par exemple). Reste que le chômage des parents potentiels (la génération des 35-50 ans) est en deçà de la moyenne de tous âges (en 2004, le taux de chômage des hommes était de 7,9 % *versus* 9,1 % en moyenne, celui des femmes de 10,4 % *versus* 11,0 %), essentiellement à cause du chômage élevé des moins de 25 ans (21,4 % pour les hommes, 24,8 % pour les femmes). On parle aussi volontiers des familles « où plus aucun parent ne travaille » comme d'un modèle de désinsertion, alors que ces familles représentent moins de 1 % des parents d'adolescents.

Quant à la précarité, elle ne se superpose pas au chômage, même si elle en est une composante. L'immigration, en particulier l'immigration récente d'Afrique ou des pays de l'Est, la monoparentalité, en particulier celle des femmes de faible niveau scolaire, l'invalidité ou la longue maladie sont autant de facteurs qui peuvent être à l'origine de la précarité. Il est très difficile de connaître exactement la proportion des familles précaires, car les statistiques nationales que nous fournit l'INSEE (et qui nous servent de référence) concernent successivement l'un ou l'autre des aspects, sans qu'on puisse avoir une vision d'ensemble. Reste que[1] des variables telles que « famille monoparentale », « famille recomposée », « faible niveau d'études du père » sont moins liées à la consommation régulière de drogues et aux délits (en population scolaire, d'autres variables sont en jeu, comme la « mauvaise appréciation scolaire », le « redoublement multiple », la « victimisation sexuelle » et la « mauvaise qualité relationnelle avec père ou mère ») qu'au fait de se trouver dans le circuit judiciaire. Comme si la précarité « expliquait » non pas

1. Choquet M., Hassler C., Morin D., « Santé des 14-20 ans de la protection judiciaire de la jeunesse, sept ans après », rapport Inserm, 2005.

tant la conduite que le fait de se trouver sous mandat judiciaire. C'est donc un bien mauvais rempart contre la judiciarisation des jeunes.

Regards croisés

M. C. – Je me suis demandé s'il y avait un lien entre le chômage et les troubles et conduites. Globalement, il n'y en a pas.

M. R. – Je raconterai une histoire qui va un peu à l'encontre de ce que tu dis. Elle concerne les enfants des chômeurs du chantier de La Ciotat. Cette situation entraîne souvent un non-investissement scolaire.

Les enfants de chômeurs de La Ciotat

J'ai eu l'occasion de suivre un grand nombre d'enfants issus des pères chômeurs de La Ciotat. Les longs conflits sociaux des chantiers navals, qui ont entraîné leur fermeture, ont fait que ces enfants n'avaient jamais vu leur père travailler, malgré quelques tentatives de redéploiement vers le commerce : un restaurant, une boutique… Ces enfants, carencés d'un père qui travaillait, ne présentaient pas de différences majeures avec les autres. Sinon que leurs pères, chômeurs, souhaitaient qu'ils aient un emploi stable, fixe. Leur rêve absolu : la fonction publique !

M. C. – J'ai regardé, parmi les jeunes, combien étaient dans ce cas-là : 1 % de la population. Je ne dis pas que ce n'est pas important, mais ce n'est pas franchement un phénomène de masse.

M. R. – Certes, mais il s'agissait d'un long combat local pour sauver un chantier qui ne rouvrirait jamais, c'est-à-dire d'une désespérance maintenue.

M. C. – Il existe des poches de chômage, bien entendu, mais globalement on ne peut pas dire que ce soit un phénomène de masse…

M. R. – Lorsque des adolescents me disent que leur père ou leur mère est au chômage, ils ne le vivent pas mal.

M. C. – D'abord parce qu'un certain nombre de parents au chômage s'occupent davantage de leur enfant que lorsqu'ils travaillaient.

Un père chômeur

Un père, chômeur, accompagne sa fille à la consultation. Il déclare que si un suivi est nécessaire, il pourra s'en occuper car, étant intermittent du spectacle, il est au chômage. Ce père est extrêmement sympathique et il tire un bénéfice particulier de son statut. Sa fille ne lui en veut pas de sa situation d'autant que son rêve de comédie et de théâtre s'accorde bien avec celui de son père. Il y a là une identification très particulière, qui met un peu de gaieté dans ce drame qu'est le chômage. Le plus souvent, celui-ci risque malgré tout d'être un drame dans lequel l'enfant va plonger par identification si les conditions défavorables s'accumulent sur le plan socio-économique et culturel.

M. R. – Ou alors cela produit un effet paradoxal du chômage : « Je réussirai mieux que mon père ou ma mère. »

M. C. – Effectivement. Le poids des adultes est tel qu'ils occupent tous les postes stratégiques et les jeunes, on le constate au niveau national, ont du mal à intégrer le monde professionnel.

M. R. – Pour des parents chômeurs, un gosse qui trouve un CDI est une extraordinaire spirale sociale.

M. C. – C'est une fragilité des parents qui donne une possibilité au jeune. Mais c'est peut-être plus compliqué qu'on ne le croit.

M. R. – Il faut faire attention lorsque l'on relie le chômage et les conditions socio-économiques et culturelles : le chômage compensé, c'est bien, mais le chômage avec discrédit et désarroi socioculturel, c'est redoutable.

M. C. – On le retrouve dans toutes les études : le cumul des facteurs est défavorable. Chacun des facteurs n'est pas explicatif en soi, c'est leur cumul qui compte. Par exemple c'est le chômage, associé avec un niveau social faible, éventuellement de mauvaises relations avec les parents, un père trop autoritaire…

M. R. – Tu veux dire que, avec les difficultés économiques, la mondialisation, les adolescents de notre temps ont intégré la notion de chômage ?

M. C. – Oui, mieux que les générations précédentes. Ce n'est plus tellement une honte d'être chômeur, même si ce n'est pas une partie de plaisir.

M. R. – Avant, les parents ne chômaient jamais. Lorsque j'étais enfant, les *disocupad*, c'est-à-dire les gens qui n'avaient pas de travail en Italie, étaient obligés de migrer pour trouver un emploi. On émigrait pour aller chercher du travail, pas du bonheur. Mais à l'école, au lycée, au collège, ont-ils peur du chômage ?

M. C. – La peur existe surtout pour les plus âgés… Nous avons une question sur la peur de l'avenir, mais force est de constater qu'elle joue moins sur le mal-être des jeunes que, par exemple, le fait de ne pas s'entendre avec des amis.

M. R. – Ou de ne pas avoir de petite amie.

M. C. – C'est l'immédiateté qui l'emporte sur le long terme.

M. R. – La question que je pose est : les enfants de chômeurs croient-ils que c'est héréditaire ou pas ? Est-ce qu'il y a une identification au parent chômeur ou pas ?

M. C. – Je ne sais pas. Le chômage est une chose complexe. Si l'on est chômeur depuis trois mois, ce n'est pas la même chose que de l'être depuis des années. Il faudrait pouvoir mesurer le poids du chômage longue durée ; c'est peut-être celui-là qui serait le plus pathogène.

M. R. – Tu veux dire qu'il y a une grande différence entre le chômage aigu et le chômage chronique ?

M. C. – Bien évidemment. Toutefois, le chômage aujourd'hui, c'est essentiellement le chômage des jeunes. Ce sont les moins de 30 ans qui ont le plus de risques d'être au chômage.

M. R. – La notion de précarité du travail est donc intégrée chez les adolescents.

M. C. – Oui, ils le savent, et souvent ils s'y préparent…

M. R. – Et les migrants ?

M. C. – Je vais te dire pourquoi on n'a que peu d'informations sur les migrants.

M. R. – Parce que la loi interdit de poser des questions sur l'origine ethnique. On nous en parle beaucoup, et probablement à juste titre, mais on a très peu de données au niveau de la santé, pour la simple raison qu'on ne peut pas poser la question. Entre nous, c'est idiot.

M. C. – Complètement, parce que cela permettrait peut-être de dire qu'ils vont aussi bien que les autres, que tout n'est pas aussi négatif qu'on veut nous le faire croire.

M. R. – Est-ce qu'il ne s'agit pas d'un puritanisme républicain ?

M. C. – Oui, probablement. D'ailleurs on ne pose pas la question pour deux raisons : d'une part, on n'y est pas autorisé ; d'autre part, avec tout le discours qui porte sur les adolescents de banlieue, les jeunes eux-mêmes ne veulent plus s'identifier selon ce critère dans les enquêtes.

M. R. – Mais on n'a pas besoin de poser la question, on voit bien quelle est leur origine.

M. C. – Il n'y a pas de photos dans les enquêtes, donc on n'a pas de données.

M. R. – C'est bien dommage pour la recherche.

M. C. – Sans doute. Je dispose des données d'il y a dix ans, où l'on montre que, sur un certain nombre de facteurs, il existe des différences, mais pas pour d'autres. Tout ne se différencie pas sur cet axe. Par exemple, on constate une plus grande violence dans les milieux d'origine étrangère, en revanche il y a moins de consommation. L'un dans l'autre, on pourrait dire que cela se vaut.

M. R. – Il me semble que la mixité avec les garçons et les filles d'origine étrangère est plus importante qu'autrefois ; entre copains et copines, les jeunes ont l'habitude des différences d'origine. J'ai l'impression qu'il y a très peu de discours racistes tenus par les adolescents.

M. C. – Par contre, il existe des clans de territoire.

M. R. – Des bandes, des territoires, un peu comme au Moyen Âge.

M. C. – « Je suis de tel quartier, tu es de tel quartier. » C'est vrai que le racisme n'est pas aussi important, les adolescents sont d'une plus grande tolérance que les adultes.

M. R. – Ils sont plus citoyens du monde qu'avant.

M. C. – Quand on les voit dans le métro, on n'a pas l'impression que c'est l'axe de la couleur de la peau qui fait la différence.

M. R. – On dirait aussi que la notion de nation diminue beaucoup.

2. La vie au quotidien, ou la vie tout court

La vie quotidienne des adolescents se joue entre famille, école, loisirs et amis. Une vie de contacts qui commence le matin avec le petit déjeuner en famille et se termine le soir, avec la musique et les copains ou dans l'angoisse et la solitude. Une vie où tout va très vite. Trouver son style, ses valeurs et son avenir, découvrir le monde, les autres et l'amour, chercher à s'évader, à fuir le stress et les difficultés sont autant d'aspects qui ponctuent l'existence des adolescents.

Le petit déjeuner, les quelques bonbons

Nous nous proposons de parler ici non pas de l'apport nutritionnel du petit déjeuner ou de son contenu, mais de la conduite qu'il représente, et donc de sa régularité et de son évolution dans le temps.

En 1993[1], 69 % des 11-19 ans prenaient chaque jour leur petit déjeuner, proportion qui diminuait avec l'âge, surtout pour les filles (à 18 ans elles n'étaient plus que 59 %, contre 65 % des garçons). En 2000[2], 84 % des jeunes Alsaciens (70 % en 1993), 87 % des jeunes Ligériens (pas de données comparatives) et 82 % des jeunes Picards (72 % en 1993) ont pris un petit déjeuner la veille de l'enquête. Des chiffres donc plutôt en augmentation depuis dix ans…

Dans près de la moitié des cas, ce repas a été pris en famille, dans environ 1 cas sur 3 il a été pris seul. Avec l'âge, il est de moins en moins familial. On constate que le petit déjeuner quotidien est un signe d'intégration sociale : parmi les jeunes sous mandat judiciaire, seulement 44 % des plus jeunes et 36 % des plus âgés le prennent.

Le grignotage fait partie de la vie des adolescents et 50 % des jeunes, garçons comme filles, mangent sou-

1. Choquet M., Ledoux S., « Adolescents. Enquête nationale. Enquête Inserm auprès de 12 000 élèves du second degré », 1993.

2. Bournot et al., *Baromètre santé 2000. Les comportements des 12-25 ans. Résultats régionaux*, Inpes, 2004.

vent entre les repas, une proportion qui a tendance à augmenter avec l'âge, surtout pour les garçons. Dans le même temps, la proportion de jeunes, surtout des filles, qui sautent des repas passe de 10 % à 20 %. Les sucreries constituent l'essentiel de ce grignotage et 40 % des 16-17 ans disent en manger souvent.

Regards croisés

M. C. – Combien d'adolescents prennent un petit déjeuner ? Le petit déjeuner est le repas que l'on supprime le plus souvent avec l'âge, alors que le dîner reste le plus prisé. Pour le déjeuner, cela dépend.

M. R. – Ce qui est intéressant à l'adolescence, c'est que les jeunes vont rompre de manière drastique avec les habitudes alimentaires proposées par les parents. Ils acquièrent de l'autonomie dans leurs choix alimentaires. C'est peut-être à ce moment-là que se déterminent

Le repas de famille ou le plat de famille

Un adolescent redoute beaucoup le repas de famille avec le rituel qu'il représente sur le plan de l'organisation du groupe, des habitudes et de l'exercice de l'autorité. Le plat de famille, c'est autre chose. Il est fréquemment porté par un des membres de la famille, souvent un grand-parent. Il permet aux jeunes de prendre leur place dans l'histoire de leur famille sans vivre de manière trop vive les conflits d'autorité. Les adolescents préfèrent largement le plat de famille, auquel ils peuvent adhérer, au repas de famille, qui est le signe absolu de l'autorité familiale.

les habitudes futures, si l'on va prendre ou pas un petit déjeuner, par exemple.

M. C. – Oui et non, parce qu'il y a quand même un repas qui demeure central, c'est le dîner, et il reste familial. Certes, en fonction du mode de vie, le petit déjeuner est pris un peu rapidement, surtout quand on se lève tard. Le déjeuner a lieu à la cantine ou à l'extérieur. Mais le dîner, c'est vraiment le repas que l'on prend en famille.

M. R. – Le plus intéressant n'est-ce pas que l'adolescence, c'est aussi le moment où l'on va manger à midi avec des amis ou avaler un sandwich sur un trottoir ? N'est-ce pas cela le plus typique de l'adolescence, en dehors du petit déjeuner ou du dîner ?

M. C. – Trois choses sont assez typiques : le petit déjeuner qui est souvent supprimé, le goûter qui reste important seulement chez les garçons, et le repas de midi de plus en plus pris à l'extérieur de la cantine.

M. R. – Mais les jeunes ne se préparent pas quelque chose comme des gamelles ?

Les petites manies alimentaires

À partir de quel âge avez-vous eu des manies alimentaires que vous avez conservées : jus de pamplemousse pressé, fromage blanc au petit déjeuner, tartine de pain grillé, zan, réglisse ? Ce qui est le plus intéressant, lorsqu'on étudie les adolescents et leurs manies alimentaires, c'est la permanence incroyable des bonbons de la petite enfance, souvent cachés dans la trousse d'école. Les jeunes s'attachent aux sucreries qui leur ont permis de pallier l'absence des parents et de développer leur autonomie en primaire. Les sucreries chez les adolescents sont en quelque sorte la trace d'une enfance pas tout à fait disparue.

M. C. – Les petits, si, mais pas les grands. D'ailleurs l'école n'a pas prévu de lieu pour cela.

M. R. – S'il y avait un frigo à l'entrée du collège, tu crois qu'ils y mettraient leurs gamelles ?

M. C. – Ils aiment bien ramener ce que leur préparent leur mère ou leur père à la maison. Ils pourraient manger ensemble en toute liberté, contrairement à la cantine, où il faut faire la queue. Il serait intéressant de voir comment cela se passerait si on les laissait faire. Je ne suis pas sûre qu'ils se nourriraient plus mal.

Quand on doute de soi, on se mésestime…

Certes, avoir une « bonne image de soi » augmente la capacité à se faire confiance et donc à faire face à l'adversité. Mais d'autres qualités sont aussi importantes au quotidien, comme la sociabilité, l'optimisme, l'humour, le sens du travail, la capacité à mettre de la distance entre soi et les événements… Pourquoi, alors, surtout s'intéresser à l'estime de soi ? Je serais tentée de répondre que, dans une société qui valorise le rapport à soi plutôt que le rapport au groupe, les qualités centrées sur la personne font plus aisément l'objet de recherches que les qualités centrées sur l'entourage.

Malgré les idées reçues, plusieurs études démontrent que l'estime de soi n'est pas liée à la consommation de substances psychoactives, ni à la violence, contrairement à la sociabilité – les adolescents sociables et participant souvent à des rencontres entre jeunes ont plus de risques de consommer (et d'être violents) que les autres… De plus, une estime de soi excessive, ce dont on ne parle jamais, pourrait être bien plus néfaste qu'une mauvaise estime de soi, car elle n'impose aucune limite à la personne.

Reste que les « échelles d'estime de soi » mesurent surtout la dépréciation de soi, souvent induite par la mauvaise qualité relationnelle et familiale. De ce fait, on peut comprendre pourquoi l'estime de soi augmente en fonction d'une meilleure relation avec ses parents, ses frères et sœurs, ses amis, ses enseignants… Elle n'est pas inculquée par des leçons qui, de façon paradoxale, seraient « dispensées à l'école » puis immédiatement contredites par une pratique peu valorisante pour l'élève (à travers les notes et les commentaires dans les devoirs, par exemple).

Avoir une opinion négative de soi est une façon d'exprimer son doute. Ainsi[1], 5 % des garçons et 3 % des filles n'ont jamais le moral ; 13 % des garçons et 17 % des filles ne voient pas les choses du bon côté ; et 30 % des garçons et 47 % des filles se disent pas sûr(e)s d'eux(elles)-mêmes. Entre l'avis négatif et le doute, les filles se mettent plus en question que les garçons.

Regards croisés

M. C. – J'opposerais volontiers « image de soi » et « estime de soi ». La première est trop centrée sur soi, on y est au centre du monde, et on oblige les autres à s'y soumettre. Finalement, il n'est pas si important de la promouvoir. En revanche, l'estime de soi est primordiale, car si l'on a confiance en soi, on peut aller vers les autres. Je pense que, à force de tout centrer sur sa propre image, on oublie que les autres existent aussi. Je serais plutôt pour développer des actions que l'on fait avec les autres, en direction des autres.

M. R. – Sur l'image de soi ou l'estime de soi, en pathologie et en clinique, il y a des jeunes qui se trouvent sans intérêt. Et c'est peut-être cela, la note dépressive chez l'adolescent.

1. Choquet M., Ledoux S., Menke H., « Enquête Inserm sur la santé de 4 500 élèves du second degré », académie de Lille, 1991.

Un être sans intérêt

Gilles est étudiant en mathématiques, il réussit de belles études mais son discours est terriblement négatif : il dit qu'il a du mal à se concentrer, qu'il réussit par hasard, par chance, et que, de toute façon, il est un personnage sans intérêt, sans qualités, qu'il n'intéresse personne. Ce qui est étrange dans son comportement, c'est qu'il viendra régulièrement à tous les rendez-vous, à tous les groupes de parole proposés, comme pour bien montrer que, par sa présence, il lutte contre ce trouble de l'image de soi, ce trouble narcissique un peu mystérieux, qui est abordé de manière quasi critique par sa demande de soins.

M. C. – La solution passe souvent par des « leçons » pour augmenter l'estime de soi. Je trouve cela assez ridicule ; selon moi, l'estime de soi ne s'acquiert pas comme un cours d'histoire ou de géographie. Ce n'est pas nécessairement l'axe sur lequel il nous faut travailler.

M. R. – Il n'existe pas de perfusion d'estime de soi. Les adolescents qui souffrent de troubles de cet ordre sont de deux types. D'une part, les enfants qui subissent les affres de la vie ou de l'hérédité. Je pense notamment à un garçon qui avait un spina-bifida et qui était de surcroît en difficulté scolaire. Il affirmait : « Je suis un être de peu de qualités. » D'autre part, il y a les adolescents, plus mystérieux, qui s'invalident alors qu'ils vivent dans un milieu stable et ont un développement normal.

M. C. – Dès lors, cela relève plutôt de la dépressivité.

M. R. – À propos de dépressivité, on distingue les dépressions exogènes qui sont dues à l'environnement et les dépressions endogènes qui retentiraient plus fort chez certains sujets, comme une sorte de capacité à être déprimé ou à s'invalider. Certains sont telle-

Spina-bifida

Ce jeune homme est porteur d'une anomalie qui devient très rare grâce aux progrès de l'échographie : le spina-bifida. Cette anomalie au niveau rachidien a entraîné un trouble neurologique nécessitant une dérivation pour éviter une hypertension cérébrale, un trouble vésical, un trouble sphinctérien et un trouble ostéo-articulaire. Il éprouve, de plus, des difficultés d'apprentissage et trouve que la nature l'a vraiment peu gâté, puisque, affirme-t-il, « j'avais assez de troubles organiques pour en plus ne pas avoir de difficultés cognitives ». Il utilise comme il peut, consciemment ou inconsciemment, cette anomalie pour justifier ses difficultés d'apprentissage qui sont pourtant sans rapport avec la maladie. Il raisonnera beaucoup sur l'hypertension intracrânienne en ces termes : « Est-ce que cela a pu démolir les structures cérébrales et entraîner chez moi une difficulté de raisonnement ? » Il est bien difficile de répondre à cette question, sachant qu'il a été dérivé très tôt, mais l'hypertension cérébrale ne peut avoir été gênante pour lui qu'au niveau du fonctionnement neurologique. Il souffrira d'un désespoir chronique.

ment attaqués par l'environnement que leurs défenses s'effondrent, crac, les digues se rompent et le sujet se laisse emporter par la dépression. Alors, imaginons un adolescent peu défendu de manière endogène qui a des troubles exogènes, c'est peut-être celui-là que l'on rencontre.

Je doute de moi

Cette jeune fille avait toutes les qualités. Pourtant, elle est venue nous parler pendant trois mois de ses malaises. Sa famille était très unie, elle était excellente élève, correctement insérée dans son groupe, mais elle doutait d'elle-même. Tout notre travail a consisté à chercher de quoi elle doutait, sans jamais y réussir. Elle a cessé de venir en pensant probablement qu'un petit chemin avait été fait et qu'elle avait exprimé le doute qui voulait être dit. Seul point de conflit avec ses parents, mais relatif à 15 ans : elle voulait sortir tard le soir. Et je ne pouvais qu'adhérer à leur décision de limiter ses sorties jusqu'à une heure indue. C'est peut-être pour cela qu'elle n'est plus venue.

M. C. – Quand on dit qu'on ne vaut rien, qu'on se déprécie complètement, les raisons sont à chercher ailleurs, et non pas dans le fait qu'on va pouvoir lui donner trois leçons et tout ira mieux.

M. R. – Je crois que le garçon qui dit sans arrêt « Je ne vaux rien » ne va pas bien ; mais celui qui dit s'aimer vraiment beaucoup ne va pas mieux. Il est même, plus que l'autre, sur un versant paranoïaque et mégalomaniaque à la source de nombreuses difficultés. Quand on a une trop bonne estime de soi à l'adolescence, c'est assez mal parti.

Deux échecs à Normale sup

Ce garçon est admirable, brillant et pétillant, mais il a connu deux échecs à l'entrée de Normale sup, à l'oral. Face à cette double malchance, il s'orientera vers les mathématiques, effectuera dans la banque un parcours merveilleusement original, laissant tomber définitivement ses humanités au bénéfice de la réalité. C'est quand même bien dommage que les recruteurs n'aient pas repéré un tel talent.

M. C. – L'estime de soi est une notion très utilisée mais qui semble davantage liée à une sorte de dépréciation générale, pas uniquement de soi.

J'ai confiance en toi

Ce garçon, connu de nous depuis longtemps, toxicomane, avait très largement épuisé ses parents dans des attitudes systématiquement négatives de sabordage de sa scolarité. Il venait de se faire exclure une nouvelle fois de l'internat où il était à peu près correctement intégré, bien qu'il considérât que l'internat était une exclusion de chez lui. Il était en plein repli, cachait son regard, mettait ses bras sur la tête. Un soir, je lui ai dit : « J'ai toujours confiance en toi » parce que je le pensais. Il m'a regardé, a ôté ses bras de devant son visage et est reparti avec ses parents vers une nouvelle tentative d'amélioration. On ne risque pas grand-chose, finalement, à la confiance.

M. R. – C'est idiot, à mon avis, de parler d'estime de soi à l'adolescence. Il s'agit simplement d'une période de construction avec un trouble de l'image de soi qui est, en fait, un signe de normalité. On pourrait dire qu'il est normal de douter de soi à l'adolescence. D'ailleurs, il est souhaitable de continuer à douter de soi longtemps et toujours.

La transmission, pas toujours réussie

Regards croisés

M. R. – Les parents délèguent aux enseignants leur autorité sur ce qu'ils considèrent comme leur bien le plus précieux : leur enfant. Ils imaginent souvent que les enseignants possèdent des qualités qu'eux-mêmes n'ont pas, ce qui crée une grande confusion, parce qu'un enseignant parfait, cela n'existe pas, pas plus qu'un parent parfait. Dans toutes les consultations de pédopsychiatrie, chaque fois qu'il y a un échec, c'est parce que l'enseignante était déprimée ou que le prof d'espagnol n'était pas convenable… Le poids de la responsabilité est porté sur les enseignants sans qu'il y ait la moindre distance critique de la part des parents : le jeune échoue à cause de ses profs. C'est un discours quotidien en pédopsychiatrie.

M. C. – Je suis tout à fait d'accord. D'ailleurs, nous constatons que les gens se renvoient la balle les uns aux autres ; les parents prétendent que c'est à cause des enseignants que leur enfant ne travaille pas, les enseignants disent que c'est à cause des parents, et ensemble ils déclarent que c'est à cause de la politique ! Mais c'est au cours des discussions qu'on se rend compte de cela, pas grâce aux enquêtes épidémiologiques !

Il échoue à cause de ses professeurs

Voilà un véritable standard qu'il faudrait mettre en perspective : un enfant échoue en CP parce que son institutrice est déprimée; il échoue en sixième parce que les enseignants ne sont pas attentifs et notamment son prof principal, et il échoue au lycée parce qu'il ne se concentre pas assez. L'aspect linéaire de la cause de l'échec scolaire permet souvent aux parents de faire l'économie d'une réflexion plus globale. À faire porter le poids de la faute sur l'enseignant, on évite de réfléchir plus généralement aux difficultés de l'enfant.

M. R. – On aborde ici la notion de causalité. Les êtres humains sont ainsi faits qu'ils veulent toujours qu'une cause simple explique des choses complexes. Tout au long de ce livre, nous réaffirmerons : c'est compliqué et multifactoriel. Les gens s'en moquent; ce qu'ils veulent, c'est une cause, un effet dans une linéarité dont nous ne tenons pas compte.

M. C. – On aime la linéarité mais aussi l'immédiateté, et on explique souvent un fait par celui qui l'a immédiatement précédé, sans chercher plus loin. Une mauvaise note ou une séparation amoureuse a précédé l'acte suicidaire, donc la cause de l'acte est l'enseignant qui a mis la mauvaise note ou le (la) petit(e) ami(e) qui a quitté le suicidant…

M. R. – Dans l'affaire de ce malheureux gosse décédé à la suite d'une bagarre avec ses copains, on a aussitôt prétendu que c'était à cause de la banlieue qu'il y avait eu lynchage. Malheureusement, c'était un jeune d'origine européenne et la bagarre n'était qu'une bousculade… Tu imagines si ç'avait été un gosse d'origine non européenne ?! Drame des drames, cet adolescent souffrait d'une coronopathie. Ce qui soulève mille questions, et pose le problème de l'intégration des cardiaques à l'école… Faut-il dire que dans cet établissement de Meaux, où l'on compte un adulte référent pour dix personnes, c'est insuffisant ? Qu'est-ce qu'il faut faire ?

M. C. – Il est clair, dans ce cas, que ce jeune souffrait d'une pathologie non identifiée, il était donc vulnérable à toute agression extérieure.

M. R. – Le principe de précaution est faux. On ne peut pas faire une coronographie à tout le monde avant qu'une bagarre n'ait lieu !

M. C. – Ce gosse avait un handicap ignoré. Ensuite, on a attribué la cause de son décès à la bagarre, alors que c'est…

M. R. – … le stress, la peur, la non-irrigation coronarienne. Mais ce dont on a parlé, c'est de la banlieue, de Meaux, de l'insécurité.

M. C. – Donc de la violence des jeunes. Dès que l'on a un cas à se mettre sous la dent, on en profite. On considère qu'il y a violence dès qu'il s'agit d'une petite bagarre. Or 33 % des jeunes se sont bagarrés dans l'année, ce qui signifie que la bagarre fait partie de la vie juvénile, surtout de celle des garçons…

M. R. – Combien de mortalité ?

M. C. – C'est infime, l'essentiel de la mortalité des jeunes n'est pas lié aux bagarres, mais dû, d'une part, aux accidents de la route, d'autre part au suicide et au cancer. La mortalité provoquée par les bagarres est infime.

M. R. – Donc on peut se bagarrer.

M. C. – Globalement, on peut dire qu'on peut continuer à se bagarrer. Mais cela n'implique pas d'utiliser des armes ou de déployer toute sa force. Quant aux jeunes ayant des pathologies, il leur faut être prudents, en parler avec les autres.

M. R. – Il serait intéressant de chiffrer l'intérêt pour les sports de combat comme aspect défensif et protecteur lors de bagarres. « Si jamais je me bats, je saurai quoi faire. » Tous les garçons font du judo, parce qu'ils aiment la bagarre.

M. C. – D'ailleurs, plus ils font du judo, plus ils aiment la bagarre.

M. R. – Les sports de combat les plus violents, comme le karaté, sont peut-être paradoxalement ceux qui proposent le moins de bagarres.

M. C. – Dans le cadre sportif, certainement. Néanmoins, les jeunes qui les pratiquent sont quand même plutôt bagarreurs.

M. R. – Regarde aussi le problème des supporteurs. Le rugby, qui est un sport de bagarres, n'entraîne aucune bagarre de supporteurs. Ce n'est pas le cas du football, qui est un sport de contact.

M. C. – Oui, dans cette histoire des supporteurs, on ne comprend pas nécessairement tout. Est-ce une question de classes sociales ? Est-ce que les supporteurs de rugby sont socialement les mêmes que les supporteurs de foot ?

M. R. – Ils sont peut-être plus liés à une origine. Je trouve que les adolescents supporteurs d'un club s'attachent à des idoles groupales. « Je suis supporteur d'une équipe de foot ou de rugby, ou d'une équipe de hand, de basket », c'est plus facile.

M. C. – Reste une question : est-ce que ce sont les jeunes qui se bagarrent le plus lors des matchs ou les adultes ? Je ne suis pas sûre que ce soient les jeunes. Quand on considère les faits, on s'aperçoit que c'est surtout une affaire de supporteurs adultes.

M. R. – Ou de jeunes adultes.

M. C. – Oui, âgés de 20 à 30 ans.

M. R. – Des gens pas finis, donc.

M. C. – Peut-être, mais en tout cas, ce ne sont pas ce qu'on appelle classiquement des adolescents. On associe assez facilement adolescence et violence, alors que la violence a lieu ailleurs, en l'occurrence lors de manifestations sportives.

M. R. – Dans les petites séries rugbystiques, les éducateurs sont essentiels pour maîtriser les passages à l'acte des joueurs de rugby, parmi les juniors, les espoirs, etc. Et l'arbitre est souvent plus respecté que l'enseignant.

M. C. – Oui, mais l'enseignant n'a pas la même fonction qu'un arbitre. Il est chargé de la transmission d'un savoir.

M. R. – Oui, mais dans sa classe l'enseignant doit-il être sécuritaire ?

M. C. – Il ne faut pas oublier que les enseignants sont essentiellement des enseignantes. Ce n'est pas sans importance, puisque dans la gestion des conflits elles ne sont pas nécessairement les mieux placées. Alors que tous les arbitres sont des hommes, me semble-t-il.

M. R. – On compte quelques femmes isolées.

M. C. – Et puis la fonction de l'enseignante, pour laquelle elle a été formée, consiste à donner des cours, pas nécessairement à gérer la classe, même si au détour des problèmes elle doit le faire.

M. R. – Revenons au fait que les bagarres font partie du développement de l'enfant, surtout des garçons. Un peu plus des filles, maintenant, mais les bandes de filles relèvent plutôt de l'effet journalistique.

M. C. – Les filles qui se bagarrent sont souvent des filles plus en difficulté que les garçons, pour lesquels la bagarre fait partie de la vie quotidienne, surtout en groupe... Les filles le savent bien !

M. R. – Combien de garçons ne se sont jamais bagarrés durant leur cursus scolaire ?

M. C. – Je n'en sais rien… Mais ceux qui ne se sont pas bagarrés au cours des douze derniers mois sont quand même 70 %.

M. R. – Si tu demandais aux garçons de terminale : « Vous êtes-vous bagarré une fois dans vos études ? » ils répondraient presque tous « oui » ?

M. C. – Je le pense. Le problème, c'est qu'il n'est pas si facile de répondre à cette question, car on oublie…

M. R. – Est-ce que l'on pourrait dire que la bagarre fait partie d'un rite initiatique, celui d'une entrée dans le monde masculin ?

M. C. – Je ne sais si cela fait partie d'un rite, mais cela relève à coup sûr d'une pratique juvénile. Bien sûr, il existe des niveaux de bagarres, et celles où l'on blesse son adversaire sont déjà moins courantes.

Une bagarre ordinaire

Yves m'avait proposé qu'on se batte à la sortie du collège. J'avais accepté. Ce fut un échange de coups assez violemment portés des deux côtés, sans que ceux-ci entraînent de trop gros dégâts, ni chez lui ni chez moi. C'est à la suite de cela que nous sommes devenus amis. Je ne me souviens plus du tout du motif de la bagarre. Je me rappelle simplement le lieu, rue Roche, dans un coin, à la sortie des classes pour éviter d'être séparés par les surveillants. Le plus étonnant de l'histoire, c'est que par la suite nous avons beaucoup joué aux cow-boys et aux Indiens, c'est-à-dire aux soldats se bagarrant. J'ai parlé ailleurs de Plume Blanche, cet Indien rédempteur qui arrangeait toutes les histoires. Yves a peut-être gardé Plume Blanche, Indien symbolique, négociateur, diplomate, maître de l'organisation des jeux d'enfant, et réussissant à chaque fois à imposer la paix.

Mais la petite bagarre sans effets graves ni sur l'un ni sur l'autre combattant me semble faire partie de la vie des adolescents. Je doute pourtant de sa valeur initiatique, parce que même à l'école maternelle et à l'école primaire on se bagarre aussi pas mal.

M. R. – On se bagarre peut-être même plus à l'école maternelle qu'après ?

M. C. – Oui, les bagarres comme les petites violences ont tendance à diminuer avec l'âge.

M. R. – Donc plus on est grand, moins on se bagarre.

M. C. – Cependant, avec l'âge se développe le délit. Tout se passe comme si la bagarre ordinaire était remplacée par une bagarre plus exceptionnelle.

M. R. – La bagarre relève de l'impulsivité, c'est un acte passionnel alors que le délit est un acte prémédité.

M. C. – C'est probablement aussi un indicateur de grande difficulté. Reste que la bagarre appartient au monde des hommes. Il y a donc une certaine intolérance vis-à-vis de la bagarre des garçons qui me semble plutôt inquiétante.

M. R. – Tolérance zéro.

M. C. – À force de ne pas tolérer une certaine agressivité qui permet aussi de se mesurer, de savoir ce que l'on vaut, on risque d'augmenter les violences plus graves. À vouloir mettre le couvercle sur une violence assez ordinaire, on risque l'explosion.

M. R. – La violence ordinaire fait partie du développement.

M. C. – Oui, je crois.

M. R. – Par exemple, se battre avec son frère ou sa sœur.

M. C. – La seule chose qu'on peut apprendre aux enfants, c'est de ne pas taper trop fort, pour ne pas faire mal. Surtout, avec l'âge, on peut apprendre à négocier.

Les filles, qui utilisent la parole plus que les garçons, sont dans la négociation dès le très jeune âge…

M. R. – Tu ne crois pas que si l'on dit à un enfant de taper moins fort, il va faire le contraire ?

M. C. – (Rires.) Peut-être. Mais comme il existe toujours une réciprocité, on peut arguer que, lorsqu'on tape moins fort, on est soi-même frappé moins fort !

M. R. – Nous avons évoqué les bagarres parce que l'école doit être sécuritaire par délégation d'autorité parentale : « Moi, je suis attentif à mon enfant, vous avez intérêt à l'être, vous devez enseigner, mais surtout le protéger. » Voilà ce que l'on attend des enseignants. C'est pour cette raison que l'enseignement privé augmente sans cesse ses effectifs.

M. C. – Et pourtant, les jeunes se bagarrent autant dans l'enseignement public que dans le privé.

M. R. – Ils se bagarrent autant mais l'idée que s'en font les parents…

M. C. – … est différente.

L'humour, l'adolescent qui fait rire les autres, le regard critique sur les adultes

Si l'humour est une façon de mettre la (bonne) distance entre soi et le monde environnant, on peut mesurer combien il est essentiel pour aider l'adolescent et son entourage (parents, enseignants, soignants) à traverser des périodes difficiles. Pourtant, dans les enquêtes épidémiologiques, je n'ai trouvé aucune référence à cette qualité de distanciation… tout au plus dispose-t-on de données sur le fait de « voir les choses du bon côté ». Les garçons y répondent plus positivement que les filles mais, au fil du temps, les jeunes sont de plus en plus pessimistes, car en 1988, 80 % voyaient les choses du bon côté, en 1993 ils étaient à peine plus de la moitié…

Regards croisés

M. C. – Je n'ai trouvé aucune référence sur cette qualité de distanciation.

M. R. – Et pourtant, dans les modes de communication entre adolescents, la démarche est de faire rire les filles pour les séduire. L'humour est un des modes fondamentaux de la séduction garçons-filles. Si une fille dit de toi en parlant du passé : « Ah, c'est quand même le garçon qui m'a fait le plus rire », tu peux en être fier. On cultive le pessimisme dans ce pays, c'est une certitude.

M. C. – En 1988, 80 % disaient qu'ils voyaient les choses du bon côté, en 1993 ils sont à peine plus de la moitié.

Une consultation pour rien

Il m'arrive, disons une fois par mois, de voir en consultation un enfant tout à fait normal, équilibré, accessible au discours, parce que ses parents anxieux considèrent la visite à un pédopsychiatre comme un vaccin psychologique. C'est avec beaucoup de volupté que je déclare alors que je n'aggrave pas les normaux, que cet enfant va bien, et je rédige un certificat de bonne santé psychique afin qu'il le mette dans sa chambre. C'est souvent l'occasion de rassurer les parents, par ailleurs perfectionnistes, et d'essayer de rire avec l'adolescent, dans une complicité bienveillante, de leur intérêt pour lui en même temps que de leur anxiété excessive.

M. R. – À l'adolescence, il est essentiel de faire rire, de se moquer des autres, de soi, de relativiser ses troubles, et donc ses doutes.

M. C. – Tout à fait. C'est le signe d'une capacité de distanciation qui est dans la vie très utile…

M. R. – Par exemple, un garçon qui réussit à se moquer de ses propres défauts s'en protège.

M. C. – Bien sûr, il ne faut pas que la moquerie devienne cynique.

M. R. – Les filles n'ont pas beaucoup d'humour ?

M. C. – Non, beaucoup moins. Je crois d'ailleurs qu'une des difficultés des filles réside dans l'absence de distance. C'est peut-être pour cela qu'elles se disent plus déprimées, qu'elles se sentent moins bien, etc.

M. R. – Les garçons préfèrent peut-être – là, je vais être terriblement machiste – les filles sensibles à l'humour aux filles qui en font preuve. Ils ont une peur terrible de ces dernières. Une fille qui réagit avec humour à l'humour est une véritable castratrice. Il faut que les filles dotées d'humour portent l'humour sur les filles, non sur les garçons.

M. C. – Parce qu'ils ont peur de la critique.

M. R. – Déjà, c'est une fille, si en plus elle est drôle, intelligente et jolie, elle est inaccessible ! Il ne faut pas placer la barre trop haut. Je crois que les filles ont assez raison de ne pas faire trop d'humour. Elles savent très bien que c'est une dernière fragilité possible, active et exprimée, des garçons.

M. C. – Oui, mais en même temps cela ne leur fait pas de bien. D'une façon générale, elles se portent moins bien que les garçons. L'humour leur permettrait de mieux accepter certaines défaites, certains échecs. Peut-être que ce manque de distanciation est culturel. Même parmi les très bons élèves, les filles sont plus sérieuses, elles prennent les choses au premier degré.

M. R. – Pourtant les filles en bande sont capables de monter des coups.

M. C. – Oui, c'est vrai. Mais ce n'est pas un grand classique : les filles sont moins en bande que les garçons…

M. R. – On pourrait donc lancer un appel aux filles : « Exprimez l'humour dont vous êtes capables ! »

La capacité à raconter

Certes, la « capacité à raconter » concerne autant le fait de savoir prendre la parole que de formaliser sa pensée. En 1988, 46 % des garçons et 50 % des filles ne parlaient pas volontiers en groupe et 49 % des garçons contre 56 % des filles se disaient timides[1]…

Qu'en est-il des confidences qu'ils peuvent faire ou non ? Les parents occupent une place privilégiée dans le domaine. C'est à eux que les jeunes se confient prioritairement quand ils ont des tracas dans leur vie quotidienne (60 % se confient à leur mère et 20 % à leur père[2]). D'ailleurs, 80 % des jeunes pensent qu'ils peuvent facilement parler avec leurs parents[3]. Pourtant, dès qu'on aborde les aspects plus intimes, en particulier la vie affective, la sexualité ou la drogue, les jeunes s'adressent moins aux parents (30 % se confient alors à leur mère et 7 % à leur père[4]). Les amis peuvent prendre

---

1. Choquet M., Ledoux S., « L'enquête Sud Haute-Marne » Inserm, 1988.

2. Choquet M., Com-Ruelle L., Leymarie N., *Les 13-20 ans et l'alcool en 2001. Comportements et contextes en France*, IREB, 2003.

3. « Enquête IPSOS santé », Fondation WYETH, MAXIMA 2005.

4. Choquet M., Com-Ruelle L., Leymarie N., *Les 13-20 ans et l'alcool... op.cit.*

la relève (35 % se confient à eux en cas de problèmes de vie quotidienne, 52 % en cas de problèmes personnels), mais pas nécessairement. Une proportion non négligeable de jeunes ne se confie à personne lors d'un problème de drogue (42 %) ou un problème de sexualité (33 %)[1]. Quel que soit le sujet, les garçons sont plus réticents à se raconter que les filles, surtout s'ils sont dans un parcours d'excellence, n'ont jamais redoublé et fréquentent les classes scientifiques.

Regards croisés

M. C. – À propos de la parole, les filles sont nettement meilleures que les garçons.

M. R. – Oui, mais s'il existe une différence des sexes quant à la narrativité, on observe finalement une grande égalité. La fille, certes, entre plus rapidement en contact, elle dit des choses fondamentales sur son vécu à distance, alors que le garçon est plus en difficulté de ce point de vue. Pourtant, finalement lui aussi dira des choses sur son vécu. Je pense que ce qui est important, pour celui qui reçoit ces confidences, c'est l'intérêt qu'il y porte. Les filles créent plus vite cet intérêt, à cause de leur habitude et de leur façon d'être au monde. Les garçons ont plutôt tendance à se croire moins intéressants, donc ils se racontent moins. Pourtant, la capacité à faire naître l'intérêt n'est pas l'apanage d'un sexe : voyez Bachelard ou Proust, Beauvoir ou Duras… Je crois que dans le cadre de la narrativité, il faut être assez bien en soi pour pouvoir se raconter, supporter le malaise d'une

1. Choquet M., Ledoux S., « Adolescents. Enquête nationale. Enquête Inserm auprès de 12 000 élèves du second degré », 1993.

première rencontre en consultation et instaurer une relation de confiance.

M. C. – Il est certain que c'est un leurre de croire que les jeunes vont se confier quand ils sont en difficulté, lorsqu'ils ne racontent rien de leur vie quotidienne. Même si un certain nombre de professionnels leur disent : « Nous sommes là pour écouter ! » ils ne sont pas nécessairement disponibles pour écouter le quotidien. Or on ne peut pas raconter ses difficultés sans parler du quotidien.

M. R. – C'est un appel au secours : il faut que les professionnels parlent aux adolescents.

M. C. – Oui, de choses sans aucun intérêt.

M. R. – « Tu as vu le temps qu'il fait ? » « Tu as vu le match de foot ? » « C'est la deuxième fois que tu me vois. »

M. C. – Oui, cela passe par là. J'ai observé les réponses données à la question : « De quoi parle-t-on avec ses parents et avec quel parent ? » Ce qui est intéressant, c'est que l'on raconte plus volontiers les difficultés quotidiennes, de santé, d'école, que les choses graves. Et on se confie plus à sa mère qu'à son père. La personne présente au quotidien à côté des adolescents – la mère – est aussi celle qui reçoit le plus de confidences. C'est par la quotidienneté que s'engage le dialogue.

M. R. – C'est tout à fait juste. C'est pour moi un mystère total, que j'ai à peu près maintenant résolu : quand j'ai commencé ce métier, je me demandais si ça servait de parler aux gens, et je me suis vite aperçu que c'était nécessaire. Dans le fond, l'outil générique de la confiance, c'est la parole.

M. C. – Et la parole parfois la plus simple possible.

M. R. – Il ne faut pas avoir peur d'être banal.

M. C. – Il y a des choses qui ont l'air de ne servir à rien a priori, et qui peuvent être à terme tout à fait essentielles. La parole en fait partie.

M. R. – Il faut que l'adolescent en difficulté s'exprime d'abord sur des sujets où il se sent fort. C'est important.

M. C. – Oui, cela implique qu'il faut parler à tous les adolescents, parce que l'on ne sait pas au départ lequel va être en difficulté. L'acte de parole doit être favorisé.

M. R. – J'appelais de mes vœux, à la Conférence de la famille, un entretien non directif pour tous les élèves en classe de cinquième. J'y crois ferme.

M. C. – Oui, moi aussi. On le propose aux politiques depuis longtemps, mais personne ne l'adopte parce que l'on ne peut pas en montrer l'efficacité. En conséquence de quoi : on ne fait rien.

M. R. – Pourtant, ce serait un réel acte de prévention.

M. C. – Cela permettrait à tous de parler, de libérer la parole et, pour ceux qui en ont besoin, d'engager une discussion autour de sujets plus graves.

M. R. – Si 7-8 % des jeunes reprenaient rendez-vous en ayant compris qu'avoir parlé à quelqu'un leur avait fait du bien, ce serait une belle avancée.

M. C. – Oui, je suis tout à fait favorable à un entretien systématique en cinquième, car c'est à cet âge que les choses commencent à changer fondamentalement.

M. R. – Il pourrait être relayé par le médecin de famille.

M. C. – Ou par l'infirmière scolaire. Elle est très bien placée : elle est assez proche des élèves, elle les connaît quasi individuellement, elle est souvent présente dans l'établissement, contrairement aux médecins scolaires, qui sont moins nombreux. Elle pourrait, en cas de situation grave, en discuter avec le médecin.

M. R. – Mais il faudrait que cet entretien soit systématique, nous sommes d'accord.

M. C. – Exactement. Parce que, même si un enfant va bien, pouvoir parler est en soi un acte de prévention.

Dénégation et réserve d'espérance

Qu'espèrent les jeunes ? Dans quoi se projettent-ils ? Ce sont surtout les sociologues qui ont traité ces sujets, rarement les épidémiologistes. C'est dire que le lien entre les projets d'avenir et la santé a peu fait l'objet de recherches. Et pourtant, on peut s'imaginer que le fait de bâtir (ou non) des projets d'avenir et d'espérer peut définir, déterminer, accompagner la « bonne santé ».

La majorité des jeunes, les filles plus que les garçons, formule un projet d'avenir (60 %), cette proportion varie peu au cours de temps. Près d'un tiers en a déjà changé, 8 % plusieurs fois[1]. Mais 12 % des jeunes sont très inquiets à propos de leur avenir, 10 % sont même désespérés, et là les filles dépassent les garçons. Tout se passe donc comme si le fait d'avoir un projet d'avenir n'évitait pas l'inquiétude ou le désespoir. On peut même émettre l'hypothèse qu'à cet âge, et surtout parmi les plus jeunes, la présence d'un projet d'avenir précis est un signe d'angoisse et peut accentuer l'inquiétude par crainte de ne pas arriver à le réaliser… Cette apparente contradiction mérite d'être pointée, car certains programmes de prévention sont fondés sur le fait qu'un projet précis aide à se construire, ce qui

---

1. Choquet M., Ledoux S., Menke H., « Enquête Inserm sur la santé de 4 500 élèves du second degré », académie de Lille, 1991.

n'est peut-être pas si vrai que l'on croit, en particulier chez les plus jeunes. D'ailleurs, les « jeunes de l'excellence » (ceux qui sont dans les classes scientifiques et n'ont jamais redoublé) ont un projet d'avenir bien moins précis que les jeunes qui sont au lycée professionnel.

Regards croisés

M. C. – La majorité des jeunes a un projet d'avenir : 60 %. Ce qui n'est pas mal, finalement, parce qu'on a toujours l'impression qu'ils ne pensent à rien. Mais près d'un tiers en a déjà changé. De plus, les jeunes qui ont toutes les chances de réussite (par exemple, les élèves de sections scientifiques qui n'ont jamais redoublé) ont moins de projets que les autres. Ainsi, avoir un projet d'avenir n'est pas nécessairement une garantie de réussite.

M. R. – Le projet d'avenir, c'est un peu comme le sport. On trouve normal d'en changer sans arrêt. Persévérer dans un seul sport toute sa vie, ce n'est pas très bon signe, selon moi ; par contre, en essayer plusieurs, c'est assez rigolo. C'est pourquoi quand un enfant affirme « je veux être pompier », « je veux être institutrice », il est important qu'il change d'avis ! Cela dit, « je serai pompier » pour les garçons, « je serai institutrice, infirmière ou maman » pour les filles, c'est assez classique… En réalité, plutôt qu'un unique projet d'avenir, les enfants en ont toute une panoplie dans laquelle, de manière assez mystérieuse, alchimique ils vont en choisir un, souvent à cause des copains, d'une orientation, de la proximité d'une fac ou de celle d'un métier. Déclarer « je serai pompier » ou « je serai infirmière », c'est le début d'une longue chaîne de métiers et de propositions qui fait la construction de soi.

M. C. – Oui, et avec le temps, le projet va se préciser. À la limite, ce sont toujours les enfants de l'excellence qui ont le moins de projets. Il faut cesser de dire qu'un jeune doit avoir un projet déterminé le plus tôt possible. C'est une erreur. Le fait qu'il change d'avis, que son projet ne soit pas aussi précis, est peut-être aussi le signe d'une certaine adaptabilité.

M. R. – J'abonde dans ce sens : un garçon ou une fille qui voudrait à tout prix faire un métier très tôt aurait plutôt tendance à m'inquiéter.

M. C. – Ce n'est pas le cas des élèves qui font des études longues. Ils se disent : « On verra bien, je me laisse mener, je peux faire telle ou telle école, et puis je verrai ensuite. »

M. R. – Sauf ceux qui, pour des raisons familiales et d'identification, choisissent d'être médecin, avocat, ingénieur…

M. C. – Certes, cela existe, mais globalement ce n'est pas aussi identificatoire que cela. Car même s'ils veulent être médecin comme papa, la vie professionnelle peut les orienter différemment : on peut avoir un diplôme de médecine et faire du commercial.

M. R. – On peut même faire des livres.

M. C. – (Rires.) Il est préférable de ne pas se cristalliser sur un projet d'avenir trop tôt. Je pense qu'au contraire cela enferme les jeunes.

M. R. – Peut-être faut-il les laisser s'approprier leur avenir, plutôt que de leur proposer un métier. Et le choix des sections au lycée a lieu trop tôt selon toi ?

M. C. – Pour un certain nombre de jeunes, c'est effectivement trop tôt. Il faut toujours laisser des ouvertures, des passerelles possibles. Plus on offre des passerelles, mieux les jeunes pourront choisir, avec le temps. Mais cela me semble prématuré à 14 ans. La plupart ne pourront pas s'y tenir ou n'en seront pas heureux.

M. R. – Nous sommes d'accord : à 14 ans, ils sont encore petits.

M. C. – Ils sont petits, surtout actuellement.

L'oral, le bavard et l'inhibé

Regards croisés

M. R. – Je ferai un plaidoyer furieux en faveur de l'oral. Discuter avec l'enseignant, débattre en cours, proposer sa propre idée, enseigner la philosophie dès la classe de troisième, par exemple, font partie de mes rêves pédagogiques. En revanche, les contrôles, les évaluations, les tests ne me paraissent pas explorer l'intelligence en ce qu'elle a d'adaptabilité. En discourant avec l'autre, on saisit mieux ce qu'on n'a pas compris. On doit donc poser des questions, s'intéresser à l'autre, voir comment il fonctionne. Qu'on ne sacralise pas l'oral a pour moi quelque chose d'insupportable.

M. C. – Moi qui suis d'origine belge, durant toutes mes études universitaires j'ai passé mes examens à l'oral. Il y avait bien sûr aussi des écrits, mais moins qu'ici, en France, où l'on valorise plus l'écrit que l'oral. Et je suis assez d'accord pour dire que de nombreuses professions nécessitent des capacités orales. Se présenter, argumenter, convaincre font partie de la vie quotidienne. Quelqu'un d'inhibé, même s'il est très intelligent, fera une moins belle carrière que celui qui, doté de la même intelligence, est capable d'exprimer ses idées, d'écouter les autres. Pour bien communiquer, il ne faut pas seulement savoir parler, il faut aussi savoir écouter.

Vive l'oral !

Quelle fierté pour les parents que leur enfant récite par cœur *Le Petit Prince* pendant que les autres gamins jouent l'histoire ! De même, l'oral du concours d'entrée des grandes écoles et cette merveilleuse tradition à l'École normale supérieure qui veut qu'un instituteur à la retraite accompagne le candidat à toutes les épreuves orales. Si on majore l'oral, on fera vraiment de la prévention de l'inhibition et ceux qui s'expriment relanceront plus vite le dialogue, la contradiction et la réflexion.

M. R. – Il serait intéressant d'aider l'inhibé, dès le primaire, à s'exprimer, non seulement pour réussir sa carrière, mais aussi sa vie personnelle.

M. C. – Oui, on a tout intérêt à valoriser le débat. D'ailleurs, il y a peu d'endroits où les jeunes peuvent vraiment débattre. À quel moment de leur vie à l'école le peuvent-ils, alors qu'ils adorent cela ? N'oublions pas que c'est une génération de la communication.

M. R. – À la maison de Solenn, dès le début, j'ai organisé des groupes de parole pour les enfants hospitalisés, en particulier les cas les plus graves. Au début, je rédigeais les comptes rendus destinés aux enfants, aux soignants et même au dossier. Jusqu'au jour où, il y a cinq, six mois, un adolescent m'a dit : « Je suis votre secrétaire, je rédige. » Depuis, ils rédigent eux-mêmes les comptes rendus et cela marche bien. C'est une participation qui inclut l'oral et l'écrit. Rendre un enfant responsable d'un débat, le lui faire retranscrire, telle est, pour moi, la pédagogie.

M. C. – Je pense que ce qui leur plaît dans le débat, c'est l'échange.

M. R. – La contradiction, la rhétorique.

M. C. – Et de confronter ce que l'on pense à ce que pense l'autre, la diversité des idées, la diversité des pratiques.

M. R. – Sous réserve que nous, adultes, montrions l'exemple, que nous débattions avec respect.

M. C. – C'est le fondement même des débats, le respect. Car si on leur demande de discuter mais que l'on ne respecte pas leur parole, cela ne sert à rien.

M. R. – Si on débat avec quelqu'un que l'on ne respecte pas, ce n'est même pas la peine de discuter.

Les bandes

Le fait d'appartenir à une « bande » n'est qu'un aspect de la sociabilité juvénile. En effet, la grande majorité des jeunes (plus de 90 %) dit avoir des amis, 86 % déclarent avoir un groupe de copains/copines[1], plus de la moitié a beaucoup d'amis dans leur classe et « seulement » près de 40 % appartiennent à une « bande[2] ». Si les garçons disent plus volontiers que les filles avoir beaucoup d'amis, ces dernières déclarent plus souvent, de façon étonnante, appartenir à une bande… Probablement parce que la notion de « bande » n'a pas le même sens pour les jeunes et pour les adultes. Chez les jeunes, il s'agit d'un groupe d'amis stable dans le temps dans lequel on se sent bien, on se soutient et on fait des choses ensemble. Chez les adultes, cette sociabilité des « bandes » est quasiment toujours associée à la banlieue, aux garçons, aux actes délictueux, ce qui détourne la sociabilité des jeunes dans un sens plus négatif qu'elle ne l'est en réalité.

Quelles sont, dans le contexte de l'entrée dans la sexualité, les particularités d'une sociabilité de groupe,

1. Lagrange H., Lhomond B., *L'Entrée dans la sexualité*, La Découverte, 1997.

2. Choquet M., Menke H., « Enquête Inserm sur la santé de 1 500 jeunes de troisième et quatrième », département des Hauts-de-Seine, 1990.

où les liaisons semblent négociées en bloc, par rapport à une sociabilité de copains ou de copines où chaque lien est individualisé[1] ? Si les amis font souvent partie de la bande, ce n'est pas forcément le cas du partenaire sexuel. Il est probable que le caractère électif des relations sexuelles s'accommode mal d'un tissu relationnel dense que le jeune maîtrise mal.

Quant à la relation entre le fait de « sortir, voir des amis, fréquenter les soirées » et celui d'avoir des troubles et conduites, la réponse n'est pas univoque. Ce lien est important quand il s'agit de la consommation de substances ou de conduites de violence ; il est faible (mais pas nul !) quand il s'agit du comportement suicidaire ou de la dépression. Ainsi, les jeunes qui sortent souvent avec les autres ont huit à dix fois plus de risques de consommer que les autres, trois fois plus de risques d'adopter des conduites violentes, et deux fois plus de risques de faire un passage à l'acte suicidaire… Ce qui signifie à la fois que le groupe influe sur le comportement de chacun (l'offre de substances se fait essentiellement en groupe à cet âge) et qu'il est le point d'attraction des jeunes qui vont mal (et cherchent une convivialité soutenante).

Regards croisés

M. C. – 40 % des jeunes disent appartenir à une bande, n'est-ce pas énorme ?

M. R. – Énorme !

M. C. – Et, ô surprise, les filles disent appartenir à une bande plus souvent que les garçons. Quand les

1. Lagrange H., Lhomond B., *L'Entrée dans la sexualité*, La Découverte, 1997.

médias évoquent ce sujet, il s'agit toujours de bandes de garçons. Probablement parce que cette notion n'a pas le même sens chez les jeunes et chez les adultes. Pour eux, il s'agit d'un groupe d'amis qui discutent, font les boutiques, rient ensemble, sortent… alors que, pour les adultes, c'est un groupe de jeunes qui font des bêtises… On observe un glissement de sens.

M. R. – La bande, c'est-à-dire la horde…

M. C. – … qui va faire du mal, commettre un délit. Cette forme de sociabilité est perçue négativement par les adultes alors qu'en réalité il existe une sociabilité très positive entre jeunes… Elle est même fréquente.

Un soir isolé à Saint-Pierre de La Réunion

On peut critiquer les bandes et déplorer le mouvement qui nous fait fuir la solitude au lieu de réfléchir, s'ennuyer, penser. Je méditais tout cela, lors d'une formation que j'animais, il y a longtemps, sur l'île de La Réunion. Je décidai de rester seul pour me prouver que je n'avais pas besoin de « bandes », ni des adorables amis qui vivent là-bas et me reçoivent à chacun de mes séjours. Me voilà donc à Saint-Pierre, je déambule dans l'avenue principale, j'entre dans un café, je bois une bière, puis dans un autre café, un thé à la menthe… Il est 18 heures, il fait nuit tôt sous les tropiques. À 19 heures, je téléphone à tous mes amis, Jean-Claude, Xavier, les « Roullier », pour me faire inviter sur-le-champ chez eux. Heureusement ils avaient tout prévu et une soirée était organisée en mon honneur. On ne peut pas rester seul à Saint-Pierre le soir, on ne peut pas vivre sans bande.

M. R. – Oui, mais reprenons cette idée de horde sauvage. Freud raconte l'histoire de la horde menée par un chef, dans *Moïse et le monothéisme*. En fait, je crois que faire partie d'une bande, c'est accepter soit d'être un leader soit de ne pas en être un. Dans ces groupes, il est intéressant d'observer qui est le leader et qui sont ceux qui l'adoubent. On remarque un double mouvement : être chef de bande et adhérer au chef.

M. C. – Il y a toujours un leader dans une bande – pas nécessairement un « chef », cette notion se rapporte davantage aux groupes de garçons… Certaines bandes de jeunes se retrouvent toujours à la sortie de l'école…

M. R. – Regarde comment les bandes se créent sur les escaliers de la Maison de Solenn. Les gosses du collège voisin s'installent toujours au même endroit, par bandes, pour manger leurs sandwichs, balancer leurs bouteilles, etc.

Sans amis

Une petite fille de 4 ans s'étonnait qu'un vieux monsieur soit sans amis, toujours seul. Comment se fait-il qu'il n'ait pas de famille ? qu'il ne voie jamais personne ? Ce personnage en rupture personnelle était considéré par cette fillette comme sans liens, donc en fragilité.

Voici un fait divers. Un jeune homme, perçu comme un adolescent remarquable, s'isolait beaucoup et souffrait de troubles du sommeil. Il s'engagea finalement dans une folie meurtrière, tentant de tuer un des rares amis qu'il avait. Il assassina puis se suicida – pour tuer, au fond, son absence de sociabilité.

M. C. – Exact, et on y voit plutôt les garçons. Les filles vivent cela autrement : elles sortent, vont dans les magasins…

M. R. – Oui, les garçons se renforcent en se chauffant contre l'ennemi. J'ai toujours une image de horde primitive, mais c'est Freud qui me persécute : pour aller combattre l'ours, il faut que l'on soit plusieurs avec des pieux, comme si les garçons étaient des chasseurs.

La place et les bars, les espaces conquis par les ados

La plupart des jeunes aiment sortir. En sortant, ils se retrouvent entre copains ou font la connaissance de nouvelles personnes, ils font la fête. En un mot, ils construisent leur sociabilité. À 12-13 ans, 24 % fréquentent le café au moins une fois par an ; à 18 ans, ils sont 78 %. C'est dire qu'il faut se préparer, en tant que parent, à ce cas de figure[1].

Les jeunes ne conquièrent pas seulement les cafés, ils vont aussi dans les salles de sports (60 % à 13-14 ans, 45 % à 18-20 ans), en boîte de nuit (25 % y vont au moins une fois par mois), au cinéma (20 % environ plus de deux fois par mois), plus rarement au théâtre (15 % y sont déjà allés durant leur vie)[2] ; ils peuvent aussi faire un tour de mobylette pour le plaisir (20 % le font au moins une fois par mois) ou tout simplement se promener avec des amis (91 % le font au moins une fois par mois, 32 % tous les jours ou presque)[3]. C'est probablement l'âge où les sorties hors de la maison familiale sont les plus importantes et les plus formatrices. Avec

1. Choquet M., Com-Ruelle L., Leymarie N., *Les 13-20 ans et l'alcool en 2001. Comportements et contextes en France*, IREB, 2003.
2. *Ibidem.*
3. *Ibidem.*

les transports en commun et les deux-roues comme moyens de transport préférentiels.

Cependant, toutes les sorties, même si elles augmentent pour tous avec l'âge, sont « sexuées ». Les relations amicales des garçons s'établissent plus fréquemment à l'échelle de la ville, celles des filles au niveau de l'école[1], même si les espaces évoqués n'ont pas de fonction propre. En outre, les filles sont toujours plus nombreuses que les garçons à rester chez elles à lire des livres ou des revues, à aider leurs parents…

Tout cela ne signifie pas pour autant que les jeunes traînent tout le temps dehors ! Certainement pas, quand on observe la proportion de ceux qui regardent la télévision au moins une heure par jour (85 %), jouent presque quotidiennement à des jeux vidéo ou sur ordinateur (28 %), surfent quotidiennement sur internet (19 %) ou lisent un livre pour le plaisir (16 %)[2]… Tout ce qu'on peut dire, c'est que les jeunes ont actuellement une diversité de loisirs et de lieux de rencontre.

Regards croisés

M. R. – Comment un bar devient-il un endroit à la mode pour les adolescents ? C'est un mystère commercial, qu'aucun commerçant ne résoudra jamais. Subitement, un bar peut devenir branché et se peupler d'adolescents qui ne sont pas forcément de grands consommateurs, puisqu'ils se contentent d'un café alors qu'ils y restent toute la journée. Le bar remplace la maison, c'est le bar-maison par opposition à la maison quittée. Comment puis-je me détacher du logis familial ?

---

1. Lagrange H., Lhomond B., *L'Entrée dans la sexualité*, La Découverte, 1997.

2. Choquet M. et al., « Enquête ESPAD 2003 ».

Comment puis-je me détacher de ma chambre ? Simplement en allant au café où je participe à une vie avec les autres, avec des rites, les mêmes musiques, les mêmes goûts, les mêmes expressions.

M. C. – Cela va dans le sens de la sociabilité. À 12-13 ans, 24 % fréquentent le café au moins une fois par an, mais ils sont 78 % à 18 ans. Cette sociabilité ne concerne pas seulement les bars, mais aussi les salles de sports, le cinéma, les boîtes de nuit et ne l'oublions pas, l'école ! C'est une sociabilité tous azimuts.

Le Neptunia

Le Neptunia est un bar du port de Marseille qui a bercé mon adolescence. Le patron est un être admirable, qui nous a fait découvrir le jazz dans toute sa profondeur et sa diversité. Tous les adolescents et adolescentes allaient y passer l'essentiel de leur temps chaque fois qu'un cours était annulé ou séché. Il y avait là une représentation permanente des jeunes avec, bien sûr, tous les risques que cela comporte, l'alcoolisme ou la toxicomanie, mais aussi une véritable sociabilité intergénérationnelle avec des gens plus vieux qui jouaient aux cartes, qui avaient connu la vie et qui avaient un métier, et des gens plus jeunes qui essayaient de s'intégrer dans le groupe de ceux qui avaient accédé au bar. Le Neptunia est aussi un endroit où une mixité sociale de grande qualité se maintient à travers le temps. Une fois par an en septembre, les anciens du Nep' se retrouvent là en souvenir de leur jeunesse et clament en soulevant leur verre : « Neptunia, Neptunia, Neptunia ! » L'importance du bar dans l'image de soi et dans la construction de soi est centrale.

M. R. – On naît de son adolescence comme on naît de son bar. Explorer les bars d'adolescents, c'est psychopathologiquement très sain. J'y suis favorable au point que j'espère que le bar de la Maison de Solenn rouvrira au plus tôt. Quand il fonctionnait, les gamins du dehors y venaient et buvaient un café avec les jeunes hospitalisés.

M. C. – Ce bar avait quelque chose d'unificateur : il était fréquenté non seulement par les jeunes mais aussi par les adultes, soignants et chercheurs. C'est quand même incroyable qu'on l'ait fermé !

M. R. – On l'a fait pour des raisons budgétaires : il n'était pas rentable.

M. C. – Mais la rentabilité n'est pas tout, d'ailleurs tout soin est loin d'être rentable !

M. R. – Ce bar était un lieu essentiel à la Maison de Solenn. Depuis que j'ai rencontré le nouveau directeur général, je n'ai eu de cesse qu'il ne rouvre. J'espère que cela se fera au printemps.

M. C. – Il y a, bien sûr, d'autres lieux de discussion possibles, mais le caractère informel et décontracté des bars facilite l'échange.

M. R. – C'est un lieu d'intégration et de mixité sociales. Les différences de classes y sont atténuées.

M. C. – Oui, c'est un lieu d'apprentissage de la sociabilité. Certes, il existe des bars où circule la drogue, où les jeunes peuvent être exposés au danger, mais c'est à nous, adultes, d'être vigilants. Plutôt que de chercher à diminuer la fréquentation des bars, nous ferions mieux de les sécuriser. On pourrait y faire une véritable prévention : le tenancier du bar pourrait percevoir les jeunes en difficulté, essayer d'intervenir, discuter. Certaines villes ont promu des bars avec des éducateurs, c'est passionnant.

M. R. – J'ai compris : demain je me transforme en psychiatre de bar.

Le Breton

Voilà un jeune homme qui vient de Brest pour *ne pas* m'entretenir. Je discute avec les parents puis je retourne dans la salle d'attente et j'obtiens de lui un refus absolu, un mouvement de tête qui signifie qu'il ne veut pas me parler. Par chance, le service dispose d'une sorte de café, je lui propose donc de sortir de la salle de consultation – peut-être que dans le café, les choses seront possibles ? La déstructuration des lieux de consultation, la possibilité de parler partout, n'importe où, en cassant un statut et une attitude, en dérigidifiant le problème, constituent une piste passionnante dans le contact à nouer avec les adolescents réticents.

Le (la) meilleur(e) ami(e)

68 % des garçons et 67 % des filles ont beaucoup de copains ou copines ; respectivement 24 % et 28 % en ont quelques-uns, et 4 % un seul. 4 % des garçons et 2 % des filles n'ont aucun copain (copine)... Bien que les filles soient plus nombreuses que les garçons à avoir des copains (copines), elles se sentent plus souvent seules (43 % des garçons contre 57 % des filles se sentent quelquefois seuls, 5 % des garçons contre 8 % des filles souvent). La solitude est donc un sentiment bien étrange, pas toujours lié au nombre d'amis...

49 % des garçons et autant de filles ont une relation avec l'autre sexe qui compte beaucoup pour eux, mais seulement 38 % des garçons contre 23 % des filles ont eu des relations sexuelles (respectivement, 13 % et 3 % d'entre eux ont souvent changé de partenaire sexuel)[1].

Si seulement 7 % des garçons et 9 % des filles se confient à un ami pour des problèmes scolaires (pour lesquels les parents sont les premiers interlocuteurs), ils sont 24 % des garçons contre 39 % des filles à le faire pour un problème sentimental, et 11 % des garçons et 18 % des filles pour un problème de drogue...

L'intime est donc confié aux amis, le quotidien aux parents, mais les filles sont, de ce point de vue, plus

1. Choquet M., Ledoux S., Enquête nationale, 1993.

bavardes que les garçons, même si elles se sentent plus seules.

Regards croisés

M. R. – Pour moi, la meilleure amie ou le meilleur ami est la personne sur laquelle on projette toutes les qualités qu'on voudrait avoir. Il est intéressant de voir ce qu'il devient une fois qu'on parvient à l'âge adulte. On a souvent peur de le rencontrer de nouveau et de perdre les illusions étonnantes qu'on nourrissait à l'adolescence. Moi, je sais que par crainte d'une désillusion, je redoute de revoir mon meilleur ami d'adolescence, Gilles, un être passionnant et intelligent. Pourtant, je ne risque sans doute pas grand-chose.

M. C. – Les garçons ont plus rarement un seul ami ils vivent davantage en groupe, d'une certaine façon ils sont amis avec tout le monde, alors que les filles, plus sélectives, ont très souvent une « bonne amie ». Les garçons n'ont pas nécessairement une amie et quand ils en ont une, c'est plutôt dans le cadre de relations d'ordre sexuel. Les filles vont avoir un meilleur ami choisi parmi des garçons plus âgés.

M. R. – Tu veux dire que le garçon est polygame en amitié aussi.

M. C. – (Rires.) Oui, on pourrait le dire ainsi…

M. R. – Il existe des époques privilégiées pour avoir un(e) meilleur(e) ami(e) : l'entrée au collège, l'entrée au lycée, l'internat, l'entrée à la faculté. Ce sont des périodes fondatrices. C'est pourquoi les enfants de militaires ou dont les parents sont mutés tous les trois ans vivent un drame qui génère une fragilité particulière à l'adolescence. Tu as exploré cela ?

M. C. – Oui, nous avons examiné l'effet des déménagements. C'est souvent un facteur de vulnérabilité à cet âge, alors que plus tard, à l'âge adulte, ce peut être un facteur de chance, d'ouverture…

M. R. – Cela recoupe mon impression clinique. Être fils de gendarme, ce n'est pas commode.

M. C. – C'est aussi le cas des militaires, des diplomates… Actuellement, à l'Éducation nationale, un proviseur ou un inspecteur doit changer régulièrement de lieu d'exercice, cela fait partie de la carrière. On ne pense jamais aux jeunes qui font partie de ces familles.

M. R. – On pense « regroupement familial », mais on oublie le développement des adolescents. Dans l'histoire des déménagements, la maison apparaît essentielle, comme si elle était tout autant fondatrice que les parents de l'identité et du développement.

M. C. – Quand le déménagement se fait en cours d'année, c'est encore plus difficile pour le jeune. D'un côté, il y a l'année civile, de l'autre, l'année scolaire. Les deux ne se superposent pas toujours, ce qui fait que de nombreux jeunes déménagent en cours d'année scolaire. Il faut se faire de nouveaux amis, s'habituer à de nouveaux enseignants, c'est difficile.

Fils de gendarme, fille de diplomate

Les déménagements causés par le métier de leurs parents peuvent créer chez les adolescents de multiples difficultés. Comment accepter de perdre systématiquement son meilleur ami ou sa meilleure amie ? Comment nouer des amitiés d'adolescence qui durent, des amitiés fortes de collège et de lycée, si tous les trois ans on doit changer de lieu d'habitation ? On retrouve ici les problèmes engendrés par les placements en pension,

loin de la famille, par nécessité professionnelle parentale. Les mutations sont assez fréquentes chez les gendarmes, les militaires, les facteurs, les psychiatres des hôpitaux (qui peuvent être mutés tous les trois ans !) et lors de promotions.
Une autre population, certes rare mais exemplaire est constituée par les enfants de diplomates. Une de mes stagiaires psychologues, Isabella, fille de diplomate, m'a raconté que sa famille n'avait cessé de courir le monde. Certes, cela l'avait beaucoup intéressée, la dotant d'une part mondialiste très en harmonie avec ce que l'on sait des adolescents aujourd'hui. Mais elle m'a confié aussi avoir particulièrement souffert de la vente d'une maison en Dordogne qui était le lieu d'accueil permanent de sa famille italienne, alors même que ses parents venaient de faire l'acquisition d'une maison en Ombrie. L'Ombrie vaut bien la Dordogne, et pourtant ce qui était essentiel pour cette jeune femme, c'était la permanence du lieu, ces retrouvailles en famille dans un espace immuable.

M. R. – On trouve aussi des « miettes coloniales ». En Nouvelle-Calédonie, par exemple, l'année se termine en janvier. Un jeune gagne un an s'il va dans un sens, ou en perd un, s'il part dans l'autre.

M. C. – On s'aperçoit que les choses ne sont pas faites pour favoriser la vie familiale.

M. R. – Le scolaire devrait primer sur tout le reste. On devrait calquer le calendrier des mutations sur celui de l'année scolaire, afin d'éviter de mettre les adolescents en difficulté.

Le téléphone, le portable, Messenger

Puisque communiquer avec les autres est un besoin vital chez les adolescents, on n'est guère étonné d'observer une augmentation du recours aux nouvelles technologies à cet âge.

2 jeunes sur 3 possèdent un téléphone portable, atteignant près de 90 % pour les 19-20 ans contre 40 % pour les 13-14 ans[1]... Le portable fait partie de la vie juvénile, pour le meilleur et pour le pire. Mais garçons et filles sont bien différents quant à l'usage du téléphone, aboutissant à ce que Dominique Pasquier nomme le « sexe du téléphone »[2]. Ainsi, 70 % des garçons et 60 % des filles utilisent leur portable tous les jours, 49 % des filles contre 35 % des garçons téléphonent chaque jour à leurs amis, 80 % des filles contre 58 % des garçons gardent des liens par téléphone avec des ami(e)s qu'ils (elles) ne voient plus... La communication à distance joue donc un rôle central dans l'organisation de la sociabilité féminine pour le maintien des liens affectifs[3].

1. Choquet M., Com-Ruelle L., Leymarie N., *Les 13-20 ans et l'alcool en 2001. Comportements et contextes en France*, IREB, 2003.

2. Pasquier D., *Cultures lycéennes ; la tyrannie de la majorité*, Éditions Autrement, 2005.

3. *Ibidem*.

Reste que la communication avec les amis par téléphone, e-mail ou texto est bien moins importante en France qu'ailleurs. Ainsi, 3 % des 11 ans le font tous les jours (contre 17 % en moyenne en Europe), 10 % à 13 ans (contre 30 %) et 18 % à 15 ans (contre 37 %)[1].

Regards croisés

M. R. – Là, ils sont assez extraordinaires. Observons l'adolescent actuel : il fait un devoir de maths, par exemple, en même temps qu'il a l'oreillette du portable, qu'il tchate sur Messenger, regarde la télévision léguée par le grand-père décédé, crie : « Bonsoir, maman ! » Il fait tout, il est multimédia, multipensée, il zappe à toute vitesse de tous les côtés.

M. C. – Et cela dès l'âge de 13-14 ans, puisque 40 % des jeunes possèdent un téléphone portable. Cette proportion atteint 90 % à 19-20 ans.

M. R. – Dire qu'à une époque il n'y avait pas de téléphone portable !

M. C. – On se demande comment on faisait. C'est aussi un moyen de surveillance, car les parents peuvent toujours les appeler pour savoir où ils sont, ce qu'ils font. Ce contact permanent avec ses parents, ses amis crée chez l'adolescent une dépendance assez extraordinaire. Quand on enseigne dans un collège, avant de débuter le cours, il faut demander aux élèves d'éteindre leurs portables. Ils le font ou ils ne le font pas, mais il faut au moins le dire.

1. Currie C. et al., *Young people health in context*, enquête HBSC, OMS, 2004.

M. R. – Nous aussi à la Maison de Solenn, nous avons été obligés non pas de supprimer les portables mais de fixer des heures de communication, sinon ils passaient leur temps au téléphone.

Un nouveau phénomène

En consultation de psychiatrie ou de psychologie de l'adolescent, un nouvel élément est apparu : le portable, que l'adolescent oublie souvent d'éteindre de manière hostile, mais aussi, et c'est amusant, celui du père ou de la mère. On distingue deux grands groupes de parents en consultation. Certains, complètement hors du lieu même du débat, répondent à des communications professionnelles, intimes, amicales, sportives, comme si le psy n'était pas là et que leur vie continuait lors de la consultation. D'autres, au contraire, raccrochent en s'excusant, mais invariablement ils n'ont pas éteint l'appareil qui sonne à nouveau. L'irruption de ce tiers portable si important dans notre vie quotidienne fait partie des nouveaux signes d'examens d'une consultation d'adolescent.

M. C. – Le temps consacré à téléphoner est deux fois plus long chez les filles que chez les garçons.

M. R. – A-t-on une idée du budget que représente le portable ? Quelle est la dépense des familles ?

M. C. – Je pense que maintenant ils prennent tous un forfait. Mais même ainsi, avec les texto, cela doit coûter cher, selon moi entre 50 et 60 euros par mois.

M. R. – Il y a un impôt communication, alors.

M. C. – Certes, mais il est moins important qu'ailleurs. Par exemple, 17 % des jeunes Européens de 11 à 15 ans envoient des texto chaque jour, contre 3 % en France. Nous sommes donc très en deçà de la moyenne européenne. Ce qui signifie que cela va s'accentuer dans l'avenir…

La radio

On pourrait croire la radio passée de mode, au bénéfice de la télévision et d'internet. Il n'en est rien ! Même si la télévision constitue une détente quotidienne pour la grande majorité des jeunes, 53 % des garçons et 68 % des filles écoutent tous les jours la radio, et même 17 % des garçons et 13 % des filles écoutent quotidiennement des émissions radio « spéciales pour adolescents qui parlent de sexe »[1]... Si moins de 10 % écoutent les radios généralistes, la plupart préfèrent les radios musicales ainsi que les radios locales, surtout privées. Selon Dominique Pasquier, les jeunes ont leurs propres stations de radio, qui représentent un secteur économique puissant[2].

Regards croisés

M. R. – Lors de mon expérience sur Europe 1, j'ai été surpris de constater que les parents appelaient par téléphone alors que les ados envoyaient plutôt des

1. Choquet M., Com-Ruelle L., Leymarie N., *Les 13-20 ans et l'alcool en 2001. Comportements et contextes en France*, IREB, 2003 ; Choquet M. et al., « Enquête ESPAD 2003 ».

2. Pasquier D., *Cultures lycéennes ; la tyrannie de la majorité*, Éditions Autrement, 2005.

SMS. Sur les autres radios, Fun, etc. – qui tiennent un discours que je ne peux pas avoir, un parler ado –, les jeunes appellent, mais pour dire n'importe quoi. Sur

Europe 1

Il y a deux ans, Jean-Pierre Elkabbach m'a fait l'honneur de me confier une émission hebdomadaire, de 23 heures à minuit sur les adolescents et, plus généralement, sur leurs familles et leurs difficultés. Je suis surpris de la facilité avec laquelle les parents et les grands-parents s'adressent à la radio pour comprendre les difficultés psychologiques de l'enfant et de l'adolescent. Les jeunes, eux, envoient surtout des messages électroniques. Internet semble assez bien réparti entre les générations, en tout cas pour ceux qui possèdent un e-mail. Mais j'observe une singularité assez passionnante sur le plan de la différence des générations. Les adolescents réagissent avec vivacité par SMS : « Bravo, cela, c'est de l'énurésie, paroles d'un ancien énurétique… » Ils règnent sur les texto, alors que les parents sont encore dépositaires du téléphone et osent parler en direct de leurs problèmes à la radio. Les jeunes qui appellent sont ceux qui ont plus de 16 ans, et souvent pour des conflits intrafamiliaux : un divorce difficile et des relations impossibles avec un des parents, des anorexies, des troubles alimentaires graves, des troubles de la personnalité, le deuil d'un camarade… Cet outil de communication – et j'espère de pédagogie – qu'est la radio s'est déjà illustré par le passé. Savez-vous que Winnicott théorisait dès 1936 dans une émission sur la BBC, à partir du courrier des auditeurs ? Et quelles transformations a imposées Françoise Dolto à notre mode de pensée grâce à son émission sur France Inter !

Europe 1, par texto, ils posent des questions très personnelles et sensées, comme : « J'ai pas embrassé une fille, j'ai dix-huit ans, est-ce normal ? » « Je ne t'appelle pas parce que je suis bègue, c'est quoi le bégaiement ? » « Est-ce qu'il est normal de ne pas aimer sa mère ? » Ils posent ces questions par SMS pour que l'on réponde de façon anonyme. La radio est proche, je crois, de la vie psychique, on pense radio peut-être plus qu'on ne pense télévision, j'en suis sûr.

M. C. – La radio est présente dans la vie des adolescents, ils l'écoutent souvent, les filles plus que les garçons. Quant aux émissions pour ados qui parlent de sexe, 17 % des garçons et 13 % des filles les écoutent quotidiennement.

M. R. – C'est énorme !

M. C. – Cela signifie que, sur une classe, il y a en moyenne 2 élèves qui écoutent ce genre d'émission tous les jours…

M. R. – C'est important que les spécialistes de l'adolescent le sachent. Ils devraient de temps en temps écouter les radios d'adolescents pour comprendre leurs préoccupations, leurs pensées. Il y a là une manne incroyable. Par exemple, santé.com sur Skyrock reçoit un million et demi par mois, c'est incroyable… parce qu'ils répondent par e-mail aussi… ils utilisent tous les moyens de communication.

M. C. – Tout à fait. C'est l'âge des communications, aujourd'hui plus encore qu'avant, avec tous les moyens qui sont à leur disposition.

M. R. – Mais la radio demeure ce vieux moyen, un *vrai* moyen.

M. C. – Cela reste un vrai moyen parce que cela permet aussi de rêver.

M. R. – Cela n'occupe pas trop l'esprit, on peut faire autre chose en même temps. C'est comme la musique berbère, une mélopée qui reprend sans arrêt tandis qu'on pense à autre chose.

M. C. – En plus, on peut avoir une radio dans sa chambre, alors que pour la télévision, les parents sont souvent contre…

M. R. – On peut l'écouter la nuit sans que cela fasse trop de bruit. On peut ne pas dormir et écouter la radio.

M. C. – Oui, bon nombre de jeunes s'endorment avec la radio.

M. R. – Faut-il s'étonner que la radio ait été choisie tant par la Résistance que par les ados comme moyen de communication privilégié ? De Radio Londres à Radio ados.

Le multimédia, les jeux vidéo, le monde virtuel

Les jeunes d'aujourd'hui sont nés avec les médias. Tous les médias, télévision, jeux vidéo, radio et ordinateur, sont non seulement des univers de consommation, mais avant tout des supports de l'affirmation des identités[1], avec les discussions, les échanges, les différences de points de vue et les passions qui vont de pair. Les ordinateurs que les adolescents possèdent sont, certes, achetés par les adultes (parents, grands-parents), mais sous la pression des jeunes. Ainsi, le chiffre d'équipement en micro-ordinateurs varie du simple au double selon que le ménage compte ou non des enfants mineurs. Pour 24 % des jeunes, cet ordinateur a été acheté pour lui, et cela quel que soit le niveau social de la famille. D'ailleurs, ce sont les jeunes eux-mêmes qui s'y connaissent le mieux au sein de la famille, surtout dans les milieux modestes. Par rapport à d'autres objets culturels, l'ordinateur est celui sur lequel le jeune règne en maître ! On comprend du même coup pourquoi les parents renoncent à se battre pour contrôler ses contenus…

La pornographie et la violence extrême atteignent donc les jeunes sans que les parents puissent exercer leur droit de surveillance – plus par impuissance tech-

1. Pasquier D., *Cultures lycéennes ; la tyrannie de la majorité*, Éditions Autrement, 2005.

nique que par négligence éducative. Seul le coût ou la fatigue matinale des jeunes peut donner lieu à un conflit familial. Reste qu'avec l'âge l'ordinateur, tout comme les jeux vidéo, joue un rôle moins important, ce qui accroît les différences par sexe et par âge. Au point qu'à 17-18 ans, seulement 7 % des filles jouent chaque jour aux jeux vidéo, alors qu'entre 14 et 16 ans 50 % des garçons le font.

Entre 1999 et 2003[1], les jeux vidéo ont pris une place plus importante chez les garçons, et de 44 % (en 1999) à 51 % (en 2003) s'y adonnent quotidiennement parmi les 14-16 ans, de 28 % à 36 % parmi les 17-18 ans.

Mais le virtuel n'est pas aussi « totalitaire » qu'on le croit. Avec le retour (et le succès) des jeux de société, assiste-t-on à un retour des jeux en famille ?

Regards croisés

M. R. – Les jeux vidéo font partie de l'adolescence. C'est d'ailleurs pour moi un signe clinique lorsque, passé l'âge des jeux vidéo, un jeune y joue toujours et surtout en réseau, à plusieurs.

M. C. – Le multimédia, les jeux vidéo, c'est très masculin. Les filles n'y jouent pas trop, elles ne sont guère dans le virtuel, à l'exception, bien sur, de certaines…

M. R. – Mais *Gala*, ce sont les filles.

M. C. – *Gala*, tout ce qui est potins, princesses, petits trucs de la vie quotidienne : qu'est-ce qu'il fait ? comment il fait ? avec qui ? tout cela est typiquement féminin.

M. R. – À la limite, ce sont les filles qui ont vu Ségolène en maillot de bain, pas les garçons.

1. Choquet M. et al, « Enquête ESPAD 2003 ».

T'es intello au Trivial Pursuit

Un été, quelle ne fut pas ma surprise de voir un groupe de normaliens en vacances dans le Sud se captiver pour le Trivial Pursuit et le Scrabble. On aurait pu s'attendre à des discussions plus élaborées, mais non. Imagine-t-on Sartre et Simone de Beauvoir se passionner aujourd'hui pour la Star Ac'?

M. C. – J'ai lu dernièrement des statistiques assez étonnantes sur les jeux de société. Le jeu de société revient en force, Cluedo…

M. R. – Scrabble…

M. C. – Comme quoi, la sociabilité reste prédominante ! On avait, à un moment, l'impression que les jeunes ne jouaient que sur internet. Or, on assiste à un retour des jeux de société auxquels on joue en famille.

M. R. – J'ai une question que je ne peux pas ne pas te poser : les filles jouent-elles encore à la corde à sauter ?

M. C. – Je l'ignore, mais il me semble qu'à l'adolescence, une fois sorties de l'école primaire, c'est un peu tard, quand même.

M. R. – Et la danse classique, elles arrêtent aussi ?

M. C. – Globalement, elles cessent les activités sportives, surtout individuelles, beaucoup plus que les garçons. Elles conservent plus longtemps les activités collectives comme le basket, le hand-ball…

M. R. – Le rugby.

M. C. – À l'adolescence, toutes les activités collectives résistent mieux que les sports individuels, dont la danse fait partie. Reste que la pratique sportive subsiste chez les garçons, alors qu'elle s'écroule vraiment chez les filles. Il doit y avoir un problème lié au sport qui déplaît aux filles globalement. Est-ce la compétition ? Je ne sais pas…

La lecture

On croyait la lecture obsolète, tout comme la radio, mais lire demeure une activité vitale chez les jeunes.

Lire des livres « pour le plaisir » est une activité extrascolaire importante, surtout pour les filles et les jeunes de milieu favorisé. Parmi les 13-19 ans, 47 % des garçons et 58 % des filles lisent au moins une ou deux fois par mois pour leur plaisir, respectivement 13 % et 19 % le font pratiquement quotidiennement, proportions qui n'ont quasiment pas varié dans le temps (en 1993, 12 % des garçons et 20 % des filles lisaient tous les jours)[1]. Toutefois, cette activité diminue avec l'âge, pour les garçons comme pour les filles, et elle est deux fois moins fréquente dans les familles populaires que dans les familles favorisées. Mais, fait positif, 30 % des jeunes d'origine populaire sont des lecteurs réguliers de livres[2].

Il existe, bien sûr, d'autres supports de lecture que les livres, par exemple les journaux (26 % en lisent plusieurs fois par semaine) et les magazines (60 % en lisent plusieurs fois par semaine), dont la lecture augmente avec l'âge[3], ce qui concerne autant les filles que les garçons.

---

1. Choquet M. et al., « Enquête ESPAD 2003 ».

2. Pasquier D., *Cultures lycéennes ; la tyrannie de la majorité*, Éditions Autrement, 2005.

3. Choquet M., Com-Ruelle L., Leymarie N., *Les 13-20 ans et l'alcool en 2001. Comportements et contextes en France*, IREB, 2003.

Au total, il existe une véritable diversité de loisirs, et peu de jeunes en manquent. Ainsi, seulement 5 % n'ont pas joué à des jeux sur ordinateur ou à des jeux vidéo ; 7 % n'ont pas pratiqué un sport activement ou fait de l'exercice ; 18 % n'ont pas lu des livres pour le plaisir ; 21 % ne sont pas sortis en soirée (en boîte de nuit, au café, à une fête) ; 22 % n'ont pas un autre passe-temps (comme de jouer d'un instrument de musique, dessiner, chanter, écrire…).

Regards croisés

M. R. – Et la lecture ?

M. C. – C'est un chiffre plutôt en augmentation contrairement à ce qu'on prétend.

M. R. – Ce sont encore les filles qui lisent.

M. C. – Oui, les filles plus que les garçons. Je dirais que la lecture est aux filles ce que le sport est aux garçons. Si lecture diminue pour tous avec l'âge, elle s'écroule chez les garçons.

M. R. – Cela me semble tragique ce que tu dis : les hommes deviennent du muscle.

M. C. – Gardons en tête que les choses ne sont jamais aussi triviales. La vie des jeunes est très diversifiée en matière de loisirs.

M. R. – Ils sont loin des 35 heures, ils en seraient plutôt aux 40 heures.

M. C. – Oui, ils ont une grande diversité de loisirs, surtout au collège. Au lycée, ils sont obligés de travailler davantage, le temps de loisirs est alors plus court et moins diversifié…

M. R. – Comme si l'on organisait les loisirs des jeunes en proscrivant l'ennui. Il n'y a plus d'ennui, de temps où l'on s'ennuie.

M. C. – C'est surtout vrai à l'école primaire. Pour un certain nombre d'enfants, le temps est découpé en loisirs organisés par les parents. Par la suite il se crée une résistance vis-à-vis de cela, c'est aussi pour cette raison qu'un certain nombre d'activités diminue.

Le sport[1] : le pour et le contre

Avec les jeux vidéo et les jeux sur ordinateur, le sport est l'une des activités les plus « populaires » à l'adolescence. On constate même un léger accroissement de la pratique sportive chez les jeunes ces dernières années : 83 % de garçons et 69 % de filles font du sport en dehors de l'école au moins une fois par semaine. Les garçons sont non seulement plus sportifs, mais aussi plus assidus (41 % des garçons sont des pratiquants quotidiens contre 21 % des filles). En 1988 déjà, ils aimaient pratiquer le sport jusqu'à l'épuisement (57 % des garçons contre 39 % des filles) et acceptaient le danger qu'il comportait (15 % des garçons contre 10 % des filles trouvaient que le sport qu'ils pratiquaient comportait des dangers).

Cependant, la pratique sportive diminue dramatiquement chez les filles dès l'âge de 15 ans, en particulier chez les filles d'origine maghrébine, alors que cette pratique « résiste » mieux avec l'âge chez les garçons.

Restent les « sportifs intensifs », c'est-à-dire ceux qui font « au moins 8 heures de sport par semaine (en dehors de l'école) ». Cette proportion est en légère baisse depuis quatre ans, puisqu'elle est passée de 18 %

---

1. Choquet M. et al., « Jeunes et pratiques sportives », INJEP, 2001.

(1999) à 14 % (2003) chez les garçons de 14 à 18 ans, et de 5 % (1999) à 3,5 % (2003) chez les filles du même âge, alors que, dans le même temps, la proportion de ceux qui en font « au maximum 3 heures par semaine » a connu une légère augmentation.

L'étude de la liaison entre pratique sportive et troubles et conduites à l'adolescence a mis en évidence une relation bien étonnante. En effet, les jeunes qui se situent aux deux extrêmes de cette pratique (ceux qui n'en font pas/ceux qui en font au moins 8 heures par semaine) sont plus nombreux à consommer des substances (surtout l'alcool et le cannabis), à avoir un comportement violent ou à avoir connu des violences, quel que soit le type de violence agie (bagarres, délits, vol) ou subie (violence physique, violence sexuelle). Dès 1993, on a montré que la pratique sportive intensive, encore largement valorisée, n'est pas si anodine que cela. Non pas tant que cette conduite soit à l'origine de la consommation ou de la violence (même si cela existe), mais surtout qu'elle peut, au même titre que cette consommation ou cette violence, être un indicateur de dépendance, de malaise ou de tempérament excessif.

Regards croisés

M. C. – La question, c'est qu'ils ne font pas une discipline sportive, mais trois, en moyenne ! Il est difficile de classer les jeunes selon le sport pratiqué, parce qu'ils sont presque tous multidisciplinaires. Ils font du ski l'hiver, du rugby et du football pendant l'année, et en été du vélo… En outre, les jeunes d'aujourd'hui pratiquent autant, qu'ils habitent à la ville ou à la campagne.

Le sport s'est beaucoup démocratisé. Ils changent pas mal de sports durant leur adolescence…

M. R. – Je répéterai sans cesse que c'est un signe d'intelligence d'explorer différents sports… Mais un chiffre m'étonne : celui des jeunes qui n'en font pas du tout.

M. C. – Même parmi les jeunes en grande difficulté, comme ceux placés sous protection judiciaire de la jeunesse, la pratique sportive tient une grande place. Bien sûr, ces jeunes-là pratiquent plutôt des sports de combat, alors que ceux des beaux quartiers choisissent le tennis ou l'équitation. Mais peu importe, presque tous les jeunes en font un peu.

M. R. – La pratique très régulière a aussi augmenté par rapport à celles des générations précédentes. En trois générations, on est passé de 1 à 10.

La danse classique

La danse classique est le sport préféré des petites filles. Et pourtant, lors du choc pubertaire, de la prise de rondeurs et de formes, la plupart choisissent d'abandonner cet exercice qui les passionnait tant. Après de multiples galas où elles ont interprété *Le Lac des cygnes* en imposant à leurs parents et à la famille élargie d'y assister, elles laissent tomber la danse pour passer à une autre activité physique ou renoncer à toute pratique sportive. Une catégorie de jeunes filles très accros à la danse classique rêvent de devenir petits rats et entrent dans une courbe d'excellence extrêmement difficile. C'est parfois à l'occasion d'une déception, d'une impossibilité de franchir un cap technique et artistique que peuvent apparaître des troubles du comportement alimentaire gravissimes de type anorexique. Il est particulièrement compliqué de traiter ces anorexies et de lutter contre l'idéalisation esthétique que représente la danse. Si votre fille abandonne la danse, c'est un bon signe psychologique de santé mentale.

S'évader, voyager

L'évasion est une nécessité vitale, ce que l'on oublie souvent, et elle peut prendre les formes les plus diverses. Rêvasser, voyager, acheter, lire, regarder la télévision, écouter de la musique, rester sans rien faire, s'éclater sont autant de moyens dont chacun dispose pour se laisser aller, se ressourcer, découvrir le monde, mais aussi pour « oublier » les tracas quotidiens. Ce qui est sûr, c'est que les jeunes aiment explorer la diversité des moyens d'évasion mis à leur disposition. En 1991 déjà, 80 % des 11-19 ans regardaient souvent la télévision, 87 % écoutaient souvent de la musique, 41 % restaient parfois sans rien faire, 68 % exprimaient l'envie de se donner du temps libre entre la fin des études et le début de la vie professionnelle, et 65 % voulaient voyager[1]…

Le tout est alors de savoir par quels moyens le jeune s'évade et quelle place cette évasion prend dans sa vie quotidienne, car certains modes d'évasion sont potentiellement plus dangereux que d'autres ou peuvent envahir tout l'espace psychique, entraînant alors une dépendance.

Si 87 % aiment faire la fête, 55 % se disent plutôt rêveurs, 53 % dépensent facilement de l'argent, 58 %

1. Choquet M., Ledoux S., Menke H., « Enquête Inserm sur la santé de 4 500 élèves du second degré », académie de Lille, 1991.

aiment suivre la mode, 40% aiment se détendre en lisant un bon livre, seulement 25 % préfèrent les soirées calmes plutôt que les sorties[1]. La préférence des jeunes va donc à l'animation. Pas étonnant qu'ils aiment aussi rencontrer de nouvelles personnes (87%), profiter de la vie (90%), aller dans des endroits branchés (55%) et même boire de l'alcool (55%). Autant de moyens d'évasion plutôt *speed*…

Ce qui ne signifie pas qu'ils cherchent l'effervescence à tout prix. Dans une des enquêtes menées auprès des 15-16 ans[2], on avait étudié de près la recherche d'ivresse, moyen d'évasion potentiellement à risque. Si 22% des jeunes qui avaient déjà été ivres trouvaient l'ivresse agréable et si 6% recherchaient volontairement cet état, 32% le regrettaient après coup.

Regards croisés

M. R. – De même qu'ils sont multisports, ils sont étonnamment ouverts aux voyages, ils n'ont peur de rien dans ce domaine.

M. C. – Il y a le voyage dans l'espace et il y a le voyage dans la tête. 55% des jeunes se disent rêveurs, 87% aiment faire la fête.

M. R. – Mais ils ne s'ennuient pas, dans leurs fêtes ? Parce que lorsqu'on les regarde… Quand par malheur on entre dans une boîte de nuit de jeunes, on se demande

---

1. Choquet M., Com-Ruelle L., Leymarie N., *Les 13-20 ans et l'alcool en 2001. Comportements et contextes en France*, IREB, 2003.

2. Choquet M., Menke H., « Enquête Inserm sur la santé de 1 500 jeunes de troisième et quatrième », département des Hauts-de-Seine, 1990.

comment ils font, ils ne dansent pas enlacés, c'est fini la java au bal des chiens.

M. C. – On a mis l'accent, ces dernières décennies, sur le développement personnel de tout un chacun, et du coup on a vu les modes de vie et de loisirs changer. Aujourd'hui, on danse pour soi, pour donner de soi une belle image aux autres, mais quand même pour soi. C'est une sociabilité assez individualisée.

M. R. – C'est intéressant la notion de « je danse bien ».

M. C. – Par la danse et selon la façon dont on bouge, on attire l'autre. On ne danse pas avec lui, on danse seul mais pour attirer l'autre.

Je danse bien

La danse actuelle est une activité essentielle pour les adolescents. Elle n'a plus rien à voir avec les guinguettes des bords de Marne, le tango ou la java, danse chaloupée avec les mains posées sur les fesses de la fille qui regarde, enamourée, son partenaire. Une telle attitude apparaîtrait comme un signe d'abus ou porterait préjudice à la personne ainsi enlacée. Les adolescents d'aujourd'hui dansent seuls, selon l'individualisme de notre temps, comme si l'on dansait comme l'impose son époque… Beaucoup pensent qu'ils dansent bien et, à la question « Est-ce que tu danses bien ? », leur réponse « oui », « non » ou « je ne danse jamais » est un signe de l'organisation de leur narcissisme. La danse, en effet, est aussi une façon d'accepter son corps.

M. R. – C'est comme si on montrait son corps en vidéo. Comparé à la java du bal des chiens, les mains sur les fesses, avec le petit foulard, la casquette et les accroche-cœurs, je ne suis pas sûr que les danses actuelles dans les boîtes enfumées constituent un progrès.

M. C. – Ce qu'aiment les jeunes, c'est rencontrer des gens nouveaux, se montrer à des gens nouveaux, communiquer.

M. R. – Ce qui a changé aussi, ce sont les distances. Grâce à l'avion et aux moyens des transports rapides les distances sont abolies, et on peut partir à n'importe quel moment… Il existe aussi les billets européens. Avec un seul billet, les jeunes parcourent toute l'Europe.

M. C. – Ce qui est certain, c'est qu'ils voyagent, tous et pas seulement les fils de famille fortunée. Le voyage s'est démocratisé et appartient à tous. Les jeunes bougent, dans la réalité mais aussi par internet, ce qui leur permet de rencontrer des personnes à l'autre bout du monde. C'est pour cela qu'ils sont, plus que les adultes, pro-européens… Être anti-européen, c'est un truc de vieux.

M. R. – Mais en avion, ils croisent les vieux, ils sont condamnés à voyager avec les seniors. Autre chose a changé : moi, en tant qu'adulte, si je fais un voyage réussi quelque part, j'ai envie d'y retourner. Les jeunes pensent différemment. S'ils vont partout, ils zappent aussi les impressions.

M. C. – Cette propension au changement est importante.

M. R. – Ils sont infidèles aux lieux.

M. C. – Oui, ils ont envie de découvrir le monde et ils en ont tous, plus ou moins, les moyens. Les modes de communication et de transport ne sont pas trop onéreux et leur famille cherche à leur faire plaisir. À la limite, on pourrait dire qu'il n'y a pas de limites.

M. R. – À quel âge inversent-ils leur zapping du monde ? Est-ce que ce ne serait pas un signe de sortie d'adolescence ?

M. C. – Globalement, c'est toujours autour de 25-30 ans, comme pour la majorité des comportements juvéniles.

La psychosomatique, l'acné, les troubles du sommeil

Au cours de l'adolescence, tous les troubles « psychosomatiques » augmentent, surtout chez les filles. De la fatigue au mal de tête, en passant par le mal de dos ou de ventre, les allergies et les problèmes respiratoires, ces problèmes, parfois fréquents, ne sont pas négligeables. Ainsi, 70 % des garçons et 80 % des filles ont l'impression d'être fatigués, 35 % et 47 % souvent ; 63 % des garçons et 80 % des filles ont déjà eu mal à la tête durant l'année, respectivement 17 % et 34 % souvent ; près de 1 garçon sur 5 et 1 fille sur 3 ont eu des allergies pendant l'année, respectivement 10 % et 13 % souvent.

Quand on compare les jeunes de la population générale à ceux en grande difficulté sociale (par exemple, les jeunes de la protection judiciaire de la jeunesse), les proportions sont souvent relativement proches. On pourrait en conclure que les troubles de type psychosomatique sont plutôt le fait de l'adolescence que le fait d'une sous-population spécifique. Et pourtant ! Les jeunes qui cumulent ces troubles, en particulier les troubles du sommeil, sont plus dépressifs, plus suicidaires et plus isolés que les autres. Le corps devient alors le lieu d'expression privilégié des jeunes en difficulté relationnelle. Et comme ils sont plus nombreux à consulter le médecin généraliste et surtout l'infirmière scolaire, on conçoit combien il est important pour ces professionnels de décoder le langage du corps, tout en apportant une réponse à la souffrance somatique.

Regards croisés

M. R. – Au moment de la construction de l'image de soi, on a des boutons, on souffre de troubles du sommeil. Ces signes scandent parfois une mauvaise période de l'adolescence. Les troubles du sommeil marquent généralement un malaise.

M. C. – Oui, c'est clair, les troubles du sommeil sont un très bon indicateur de malaise… Pas n'importe lesquels, d'ailleurs. Les plus significatifs sont le fait de se réveiller la nuit et de faire des cauchemars.

Troubles du sommeil et de la concentration

Un récent rapport montre l'importance du sommeil tout au long de la vie. À l'adolescence, le trouble du sommeil est un mauvais signe pour le clinicien. Souvenez-vous de l'adage : « Jeune qui veille, vieillard qui dort s'approchent de la mort » ! Le trouble du sommeil chez l'adolescent entraîne une série de troubles importants : il ne va plus pouvoir se concentrer, ni se lever pour aller au collège, il va renâcler devant le travail scolaire et exprimer son anxiété par une multicommunication artificielle (Messenger, internet, etc.). S'il ne peut plus travailler, la prise de produits, au lieu de l'aider, constituera un facteur d'aggravation plutôt que d'amélioration. Lorsqu'il s'associe à d'autres signes, le trouble du sommeil indique un appel de l'adolescent confronté à son malaise.

M. R. – De ne pas pouvoir s'endormir aussi ?

M. C. – Moins... Il y en a beaucoup qui ont du mal à s'endormir. C'est un peu lié à l'âge et à l'excitation.

M. R. – Certes, mais jusqu'à quelle heure, selon toi ? Si un jeune veille jusqu'à 3 heures du matin, c'est un trouble du sommeil grave, à mon avis.

M. C. – Bien sûr. Mais un jeune va souvent dire qu'il se réveille la nuit, parce qu'il se sera endormi.

M. R. – Il déploie d'ailleurs toute une stratégie pour masquer cela à ses parents et le maintenir longtemps caché.

M. C. – C'est probablement le trouble que les parents connaissent le moins bien... D'une part, ils posent rarement des questions à ce sujet et, de l'autre, ils banalisent ce trouble. Pour eux, l'adolescence va de pair avec un mauvais sommeil. Du coup, le passage d'un trouble du sommeil occasionnel à un trouble du sommeil chronique n'est pas aussi visible. Or c'est la chronicité qui signe la gravité !

M. R. – De plus, « trouble du sommeil » et « trouble de la concentration » vont toujours de pair. Un gosse qui n'arrive pas à se concentrer, si on lui demande s'il dort bien, répond par la négative. Donc il a du mal à se lever le matin. Ce sont vraiment des choses très liées : « Je n'arrive pas à me concentrer, je n'arrive pas à me lever, je n'arrive pas à m'endormir. »

M. C. – Lorsqu'on observe le lien entre les troubles du sommeil et la consommation de tabac et de cannabis, on remarque que plus les jeunes fument, moins ils dorment ; moins ils dorment, plus ils fument.

M. R. – Ils cherchent un anxiolytique qui ne marche pas. Ils cherchent à se calmer pour pouvoir dormir, en vain. Le trouble central n'est pas guéri par le cannabis. On peut même dire que cela empire... Un peu comme un tranquillisant qui, au réveil, laisserait complètement désespéré. Le tranquillisant atténue ou hâte le problème.

M. C. – Oui, les troubles de la concentration, les troubles du sommeil, les troubles scolaires et la consommation de tabac ou de cannabis vont souvent de pair.

3. La famille avant tout

Contrairement aux idées reçues, la famille est la valeur sûre de l'adolescence. Seulement 0,7 % des 11-19 ans vivent seuls et 95 % vivent avec leurs parents, ensemble, séparés ou recomposés. De plus, 81 % ont une fratrie.

Pouvoir compter sur ses parents, ses frères et sœurs, ses grands-parents, voire sur la famille élargie, et cela malgré la tourmente juvénile, voilà le rêve de chaque adolescent. Mais parfois, la vie est bien plus difficile, de façon transitoire ou définitive. Il s'agit alors toujours d'un souvenir douloureux que chaque adolescent porte en lui.

Entre contrôle et soutien

Étudier les relations parents/enfants peut se faire de diverses façons. On peut s'enquérir du climat familial général, des relations avec chacun des parents, voire du mode éducatif perçu. Deux questions permettent de bien cerner le modèle relationnel, même si elles ne suffisent pas à le mesurer : « Vos parents savent-ils où vous êtes le samedi soir ? », question qui concerne le contrôle parental, mais aussi, bien sûr, leur intérêt pour la vie de leurs enfants, et « Pouvez-vous avoir facilement du soutien moral (ou du réconfort) de la part de vos parents ? », qui porte surtout sur la qualité affective des relations parents/jeunes[1].

80 % des garçons et 89 % des filles disent que leurs parents savent « toujours » ou « souvent » où ils sont le samedi soir, et pour la majorité d'entre eux, il s'agit d'un contrôle systématique (ou tout au moins perçu comme systématique, ce qui est en soi important, bien sûr). Ainsi, contrairement aux idées reçues, les parents ne laissent pas faire n'importe quoi et leur souci vis-à-vis des jeunes est important. Toutefois, ce contrôle parental diminue avec l'âge, surtout chez les garçons, mais moins qu'attendu. En effet, entre 12 et 18 ans, la proportion de jeunes dont les parents savent « toujours » ou « souvent » où ils sont le samedi soir passe de 89 % (à

1. Choquet M. et al., « Enquête ESPAD 2003 ».

12 ans) à 72 % (à 18 ans) chez les garçons, et de 94 % (à 12 ans) à 85 % (à 18 ans) chez les filles, augmentant ainsi progressivement (mais sûrement) l'écart entre les deux sexes. Entre 1999 et 2003, ce « contrôle systématique » a augmenté chez les filles, en particulier parmi les plus jeunes, mais il a diminué chez les garçons, creusant la différence filles/garçons, alors qu'on s'attendait à une plus grande convergence dans le temps. Reste que cette augmentation du contrôle parmi les filles de 14-16 ans va de pair avec une diminution des troubles pour ce groupe d'âge, alors que la diminution du contrôle, en particulier parmi les garçons de 17-18 ans, va de pair avec une augmentation des troubles.

Si la majorité des jeunes disent que leurs parents les réconfortent en cas de besoin, cette proportion passe de 86 % (à 12 ans) à 57 % (à 18 ans) chez les garçons, et de 84 % (à 12 ans) à 59 % (à 18 ans) chez les filles, une baisse globalement comparable entre garçons et filles mais nettement plus importante que celle qui concerne le contrôle. Ainsi, à 18 ans, le contrôle paraît plus prégnant que le réconfort, alors que les médias et certains professionnels de santé ne cessent de mettre l'accent sur l'absence de règles et de repères à cet âge.

Regards croisés

M. C. – La famille, c'est la grande question ! Les parents comptent beaucoup pour les jeunes, même pour les délinquants. D'ailleurs, aux États-Unis, on s'en sert comme moyen de pression sur ces derniers, en disant : « Est-ce que tu oserais le dire à ta mère ? » « Qu'est-ce que ta mère penserait ? » « Qu'est-ce qu'elle va dire si tu es comme ça ? » Cela marche ! Les jeunes sont très sensibles à ce que pensent leurs parents, en particulier leur mère. Nous avons posé plusieurs questions sur le contrôle et le soutien : « Est-ce que tu peux te confier à tes parents quand tu as des problèmes ? » « Ils te soutiennent ? » « Est-ce que tes parents savent ce que tu fais ? » Contrairement à l'idée véhiculée, ce qui est le plus fort, c'est le contrôle.

M. R. – C'est-à-dire qu'ils demandent des limites.

Prédélinquance

Avant le problème de la délinquance se pose le problème de la prédélinquance : celui du premier acte délictueux. On s'aperçoit souvent de l'existence, très tôt à l'adolescence, de passages à l'acte apparemment anodins ou banalisés par la famille, voire par les enseignants. Par exemple, un adolescent s'empare d'un pull qui ne lui appartient pas, une jeune fille « emprunte » des fards à une amie. En fait, les limites de la propriété privée forment les capacités de l'adolescent à rentrer dans une citoyenneté et une sociabilité. Il ne peut pas emprunter, il ne peut pas avoir gratuitement ce qui n'est pas le fruit de son travail, d'une demande ou d'un cadeau. Ces dérives entraînent par la suite un véritable passage à l'acte addictif : une fois qu'on a dérobé, on dérobe toujours, car c'est plus facile et cela crée un raccourci d'effort qui va à l'encontre de toutes les limites que les parents et la société doivent poser à l'adolescent.

M. C. – Exactement, même si le contrôle diminue avec l'âge. Cela a été une découverte pour nous. On nous dit toujours que les jeunes transgressent, qu'ils n'écoutent pas leurs parents, qu'ils font le contraire de ce que ceux-ci leur demandent. Ce n'est pas vrai du tout. Certes, ils n'obéissent pas au doigt et à l'œil, mais quand il y a un contrôle parental, ils transgressent moins que quand il n'y en a pas.

M. R. – La famille comme garant de la loi, c'est essentiel.

M. C. – On n'en a pas suffisamment conscience.

M. R. – À leurs yeux, la sécurité est d'abord familiale.

M. C. – Oui, probablement.

M. R. – Quotidiennement, le pédopsychiatre doit fixer ces limites face à des parents qui ne les imposent plus. La demande semble naïve : « Mais ne le laissez pas faire cela, fixez-lui des limites. » « Mais pourquoi laissez-vous faire cela ? » Le pédopsychiatre, en se mêlant d'histoires de famille – alors que ce n'est pas nécessairement sa fonction –, rappelle la loi.

Elle ne m'aimera plus

La consultation est difficile et l'adolescente, comprenant peu à peu qu'elle a atteint les limites de son comportement alimentaire dangereux, résiste moins et est prête à accepter une hospitalisation. Celle-ci s'impose non seulement pour sa pathologie, mais aussi face au risque dépressif qui l'envahit et à son danger suicidaire. À ce moment-là, le père nous demande un entretien seul à seul. Il est médecin et nous nous attendons à ce qu'il nous parle des modalités thérapeutiques qui vont être mise en place. Sa première phrase est affolante : « Mais elle ne m'aimera plus, si j'accepte l'hospitalisation. » Cette jeune fille est repartie avec son père.

M. C. – Certains parents redoutent que, s'ils mettent des limites, leur enfant ne les aime plus. Alors que, justement, les adolescents réclament ces limites ! Cela, tant qu'ils habitent à la maison et qu'ils sont encore scolarisés dans le second degré.

M. R. – Tout à fait. Il y a carence d'autorité quand les parents croient que, parce que leur enfant est majeur, il n'est plus dépendant. En revanche, lorsqu'ils le mettent dehors – malgré tout, un adolescent ou une adolescente difficile est souvent mis dehors – ou le logent dans une chambre, c'est : « Débrouille-toi ! » C'est un des marqueurs les plus forts de troubles de la relation parents-enfants.

M. C. – Oui. Je crois que quand les parents mettent les enfants dehors, que ce soit provisoirement ou définitivement, cela est en rapport avec la relation.

M. R. – Ça relève d'une sorte de sentiment de défaite, ou alors ça entérine un rejet.

M. C. – On croit donner de la liberté ; en réalité, on fait le contraire.

M. R. – Je suis assez d'accord pour dire que le sens de toutes les situations dites d'autonomie est : « Je ne peux plus te supporter. »

M. C. – Si une famille a les moyens, elle peut payer un logement à un gamin encore au lycée, mais il s'agit de rejet. On pourrait dire la même chose pour la mise en internat précoce. Sauf si ce choix relève de l'adolescent ou d'une nécessité de formation. Certains jeunes choisissent en effet d'aller en internat, parce qu'ils veulent redoubler une terminale et ils savent qu'ils ne pourront vraiment travailler que lorsqu'ils seront séparés de leurs copains, mais ils sont déjà assez âgés. Sinon, en général, ils disent être d'accord, parce que c'est devenu tellement intenable qu'il vaut mieux partir que de rester à la maison. C'est aussi du rejet, quoi qu'on en dise.

M. R. – La situation est devenue insupportable non seulement du côté des parents, mais aussi du côté de l'adolescent.

M. C. – On ne se supporte plus… Dans les familles aisées, on ne l'exprimera jamais ainsi, on dira plutôt de façon métaphorique : « Cela serait mieux si cela se passait comme ci… ou comme ça. » Dans les familles populaires, parents et enfant sont beaucoup plus directs. Ils peuvent sembler plus violents, mais je reste persuadée que le fait de dire les choses est moins violent.

M. R. – Je suis d'accord. Tout en t'écoutant, je réfléchis à de nombreuses situations cliniques. J'interviens souvent dans la consultation en ces termes : « Tu sais, je crois que dans ces conditions, tes parents ne vont plus t'aimer. » Je crée alors un séisme. L'adolescent est très étonné et il se retourne vers ses parents qui déclarent :

On ne se supporte plus

Très souvent, constater que l'on est arrivé au bout de toutes les propositions de médiation est vécu comme une défaite ou une incapacité. Tout le monde se cabre, les parents se raidissent, l'adolescent provoque et le pédopsychiatre s'épuise. Le placement en internat est donc l'ultime proposition pour remettre le compteur à zéro, reconnaître qu'on ne peut pas vivre ensemble, qu'on ne se supporte plus – avec toutes les limites de l'internat, bien sûr, l'internat contractualisé, qui n'est ni punition ni rejet, limité dans le temps. Dans ces conditions, l'indication de l'internat reste licite et tous les pédopsychiatres de France pensent qu'elle leur éviterait de s'épuiser dans des propositions thérapeutiques qui échouent.

« Mais si, on t'aimera toujours », alors qu'ils viennent de dire des horreurs d'élimination. Quand j'affirme : « Dans le fond, vous ne l'aimez plus », certains parents finissent par l'admettre, et lorsqu'ils avouent : « C'est vrai, je t'aime moins depuis que tu es comme cela », c'est une forme d'amour retrouvé. Dire à quelqu'un « je t'aime moins », cela veut dire « je t'aime ». Au contraire, « Je t'aimerai toujours » signifie parfois « Je ne t'aime plus ».

M. C. – C'est beaucoup plus dévastateur quand c'est indirect que quand c'est direct.

M. R. – Le côté pervers qui laisse planer un doute sur le rejet est plus difficile que le rejet exprimé. « Je n'en peux plus de toi », c'est mieux que de dire : « Écoute, il faut que tu tentes ta chance en dehors de nous, parce que, malgré tout, il faut que tu te restructures. Alors débrouille-toi. » « Tout est de ta faute, moi, je suis un père parfait, qui dans le fond te donne une autre chance. » C'est une sorte de démagogie agressive insupportable.

M. C. – Dans les milieux aisés, comme on enrobe les choses, le jeune ne sait plus vers quoi se tourner, tandis que dans les milieux moins favorisés, si l'annonce est plus brutale, elle a le mérite d'être claire.

M. R. – Dans le fond, le psychiatre tient le discours de l'ouvrier, parce qu'il dit : « Vous ne pouvez plus vous supporter, il faut vous séparer. »

M. C. – Comment les intellectuels sont-ils avec leurs enfants ? Et avec les enfants des autres, sont-ils plus directs ?

M. R. – Je répondrai par un propos de ma fille que je trouve très éclairant. Un jour, elle a déclaré en ma présence à une amie qui a fait psycho : « Ah; tu as de la chance que tes parents ne soient pas psys, c'est peut-être pour cela que tu fais psy. » Considérant ces propos très agressifs, je lui demande : « Je comprends mal ce que tu as voulu dire par là ? » Elle m'explique : « C'est simple, quand j'étais enfant et que tu rentrais à la maison, tu racontais toujours des histoires sur des cas que tu avais vus et que tu avais compris, jamais sur ceux pour lesquels tu n'avais aucune explication. Et moi, je me disais : il comprend toutes mes pensées, et je ne peux pas parler, sinon il va comprendre. » J'étais psy la menace.

Père et mère, chacun sa place

Les relations avec le père se révèlent plus difficiles que celles avec la mère, pour les garçons comme pour les filles. D'une façon générale, celles-ci ont des relations moins satisfaisantes avec leurs parents. Ainsi, 5 % des garçons et 8 % des filles estiment avoir des mauvaises relations avec leur mère, respectivement 10 % et 15 % avec leur père. Avec l'âge, ces difficultés augmentent et, en fin d'adolescence, elles sont jugées bien plus négativement qu'au début[1].

Chose surprenante, en l'espace de dix ans, rien n'a fondamentalement changé, et le jugement que les jeunes portent actuellement sur les parents est proche de celui de leurs aînés.

Les jeunes suicidants se caractérisent par une vie familiale détériorée. Le père est jugé surtout indifférent, alors que la mère est à la fois indifférente et intrusive. Les membres de la famille ont du mal à se sentir proches les uns des autres, à se demander de l'aide, à faire des choses ensemble et à échanger sur leurs émotions[2].

1. Choquet M. et al., « Enquête ESPAD 2003 ».
2. Choquet M., Granboulan V., *Les Jeunes Suicidants à l'hôpital*, EDK, 2004.

Regards croisés

M. C. – Père et mère, chacun son rôle, chacun sa place, mais les pères sont toujours en reste, quand même.

M. R. – Ils ont fait des progrès.

M. C. – Pas tant que cela. Avec les bébés, peut-être, mais pas avec les ados.

M. R. – Les pères de bébés ont fait des progrès, ils ont exprimé la part féminine qu'ils avaient en eux. Ils s'autorisent les langes, les biberons, les câlins, c'est bien. Mais quand ils doivent redevenir pères avec toute l'autorité que cela suppose, ils sont en difficulté. Un père de bébé, c'est important, il y a identification, mais après tout le bébé a tellement bon caractère qu'il peut supporter un père un peu féminin. En revanche, un père incompétent à l'adolescence, un père qui ne pose pas des limites, c'est un handicap.

M. C. – Les pères ont surtout beaucoup de difficultés avec leur fille. Souvent, ils adorent être pères de petites filles, mais à l'adolescence, visiblement, il y a quelque chose qui leur échappe.

M. R. – Je crois qu'ils sont jaloux de leur fille. Les pères croient toujours en être propriétaires. On observe une appropriation étrange sur la fille.

M. C. – Il n'y a pas de symétrie entre la relation père-fille et la relation mère-fils.

M. R. – Non, la mère n'est pas jalouse de son fils. Elle est plutôt en conflit avec les petites amies de celui-ci.

M. C. – Oui, mais cela se produit un peu plus tard, quand il s'installe avec quelqu'un, quand il se marie.

M. R. – La rupture est difficile du côté des pères, mais aussi, de manière étrange, du côté des filles. Elles doivent s'écarter et elles en souffrent.

M. C. – Dans le cadre familial, les filles ont la plus mauvaise place dans tous les domaines. Quand on pose la question : « Est-ce que vous subissez des coups ? » 1 fille sur 5 affirme être battue à la maison.

M. R. – C'est énorme. Par le père, donc, ou le frère aîné. Peut-être aussi par la mère.

M. C. – Les garçons ne sont pas battus dans les mêmes proportions. Ce sont plus particulièrement les filles qui subissent la violence.

M. R. – Après, elles deviennent des femmes battues.

M. C. – Oui, on perçoit une ébauche de cercle vicieux sur lequel on n'a peut-être pas assez travaillé.

M. R. – Il faudrait peut-être demander : « Pourquoi frappez-vous les filles ? »

M. C. – Oui, pourquoi ? Elles sont globalement plus sages…

Plaidoyer anti-fessée

La fessée devrait être interdite. Certes, nous avons tous parfois transgressé cet interdit, mais réfléchissez bien, quand vous donnez une fessée à votre enfant, est-ce que vous êtes parfaitement serein dans votre démarche éducative ? N'êtes-vous pas, au contraire, à bout ? Finalement, la victoire est du côté de celui qui reçoit la fessée plutôt que de celui qui la donne. Autre analyse, lorsque vous voyez un enfant bousculé dans la rue ou giflé, observez les regards qui se portent sur le père ou la mère violent et comment tous, nous pensons : « Aurai-je le courage d'un signalement pour sévices physiques ? » Il faut supprimer la fessée de notre arsenal éducatif.

M. R. – Plus sociables, plus attentives, plus disponibles. Et pourtant, elles sont battues. C'est quand même surprenant. Elles ne peuvent jamais se défendre.

M. C. – Elles le peuvent moins en tout cas.

M. R. – Indiscutablement, il y a une enfance des femmes battues.

M. C. – On est toujours dans la répétition lorsqu'il s'agit d'enfants battus.

M. R. – Je m'insurge contre la fessée, et je crois que j'ai raison.

M. C. – Tout dépend si c'est une petite ou une grosse fessée, et l'âge de l'enfant. Mais il est vrai que si l'on peut éviter…

M. R. – Si l'on peut éviter de taper pour éduquer, c'est préférable.

J'ai perdu mon père quand j'étais enceinte…

« J'ai perdu mon père quand j'étais enceinte. » C'est généralement l'argument avancé pour justifier les troubles du caractère, du comportement ou des apprentissages, de l'adolescent ou de l'adolescente qui nous est confié. Porter un enfant en même temps qu'on perd son père crée une blessure très particulière par le maintien d'une relation œdipienne qui gêne la fille toute sa vie. Cette blessure symbolique de la perte du père, qui n'a pas pu devenir grand-père, continue de manière très évolutive à être une explication possible linéaire étiologique de la cause des troubles du comportement de l'adolescent.

M. C. – Il ne faut pas non plus culpabiliser les parents qui, à un moment ou un autre, ont tapé leur enfant.

Mais je pense moi aussi que ce n'est pas un principe éducatif.

M. R. – Celui qui frappe perd le contrôle de soi. L'enfant prend donc l'habitude de quelqu'un qui perd son self-control et qui frappe. Mais on ne perd le contrôle que lorsqu'on est mis en échec, et comment peut-on l'être par une fille – on l'a dit – plus sage qu'un garçon ? La fille doit être de plus en plus sage, alors qu'on s'habitue aux transgressions du garçon.

M. C. – Exact.

M. R. – On accepte que le garçon transgresse et, à l'inverse, si la fille bouge, elle prend un coup. C'est terrifiant. Il ne faut plus donner de fessées.

Plaidoyer pour la pudeur

La pudeur est une qualité peu étudiée dans les enquêtes épidémiologiques. Et pourtant, à travers certaines réponses, on peut la mesurer et l'interpréter.

Si la plupart des jeunes se confient à leurs parents pour les problèmes quotidiens, ils sont en moyenne nettement plus pudiques à propos de leurs soucis d'ordre affectif. Les jeunes qui se confient en priorité à leurs parents pour tout – problèmes de santé, de scolarité ou sentimentaux – ne vont pas si bien que cela et ont davantage de troubles que ceux plus réservés dans leurs « confidences ». Ainsi, la pudeur vis-à-vis de ses propres expériences et émotions s'avère plutôt une qualité.

Regards croisés

M. R. – Le plaidoyer pour la pudeur est un de mes thèmes préférés. On est protégé dans la vie par l'ignorance de la sexualité de ses parents, de même que les parents ignoreront toujours la sexualité de leurs enfants. Sauf les dangereux impudiques, notamment les mères qui se mêlent un peu trop des affaires de cœur de leur fille plutôt que de leur fils. Tout dire sur ses petit(e)s ami(e)s est très dangereux pour la conquête de l'autonomie d'un(e) adolescent(e). Il faut être très attentif au développement de la pudeur chez l'enfant. Sans être pudibond, quand un enfant veut être seul dans son bain, il ne faut pas lui imposer la présence du papa, de la maman ou du grand frère. Quand un enfant s'habille seul et se lave seul, ce sont des progrès. Le corps dépendant est un signe de retard de développement de l'autonomie, et la pudeur est une conquête, qui constitue sans doute la meilleure protection contre la pédophilie : un enfant pudique sait que son corps lui appartient. Au contraire, un enfant impudique est mis en danger par des parents qui ne jettent pas un voile sur leur corps, leur naturisme, leurs relations sexuelles. J'y insiste d'autant plus que, dans les couples recomposés à 50 %, le père et la mère ne doivent pas se montrer trop amoureux de leur nouveau conjoint en présence de l'enfant. Je comprends tout à fait qu'ils le soient mais il n'est pas possible qu'ils l'exposent à l'enfant qui a déjà à gérer la perte de son père ou de sa mère.

M. C. – On peut montrer ses sentiments mais « tout montrer » n'est pas une bonne chose.

M. R. – Par exemple, on peut offrir un bouquet de fleurs, mais pas se livrer à un baiser prononcé ou à des gestes impudiques. Je suis clair là-dessus.

M. C. – À cet âge-là, les jeunes sont assez pudiques, même s'ils ont une certaine aisance corporelle, qu'ils se touchent quand ils sont ensemble. Dans nos têtes d'adultes, nous pensons que lorsqu'ils se touchent, ils sont proches de la sexualité. Le cliché qui veut que les jeunes aient des relations sexuelles de plus en plus jeunes, qu'ils couchent dès qu'ils sont ensemble, qu'ils ne pensent qu'à cela et passent à l'acte est éculé. La réalité des enquêtes nous montre tout le contraire : les adolescents sont extrêmement pudiques, ils sont amoureux, ils rougissent, ils peuvent encore être dans l'attente, et c'est très bien ainsi.

M. R. – Hormis les précautions du style « attention aux relations non protégées, attention au VIH », que je ne discute pas, les parents doivent laisser à leur enfant cette part de découverte de sa sexualité. Qui mieux que chacun d'entre nous connaît sa propre sexualité ? Notre sexualité nous appartient et demeure quelque chose de très intime.

M. C. – Oui, et de terriblement nouveau pour chaque individu. On a l'impression qu'une fois donnée l'information à une génération de jeunes, les générations suivantes sont informées ! Rien n'est plus faux. Pour chacun, c'est une découverte et, pour chacun, il faut faire quelque chose de différent. C'est tout le défi de la prévention.

M. R. – Quand un roman parle d'une impudeur, particulièrement féminine, le succès est énorme, comme si quelqu'un dévoilait enfin un secret inconnu jusqu'alors. Les gros succès de la littérature traitent toujours d'une sexualité révélée. À propos de pudeur, on s'aperçoit que les masturbations des garçons sont masquées par leur mère, dans le silence.

M. C. – C'est lorsque la sexualité est une lointaine perspective qu'on en parle le plus aux enfants. À 4-5 ans, on leur montre des livres avec des papas et des mamans, mais à 14 ans, on n'en parle plus, parce qu'il s'agit de la réalité. Le sujet devient beaucoup trop sensible et personnel. Les parents en ont peur, l'adolescent aussi d'ailleurs.

M. R. – L'autre caractéristique ahurissante de notre époque, c'est la commensalité des relations sexuelles des adolescents : « Viens avec ta petite amie, au moins on sait où tu es », disent les parents. Cette proposition est assez redoutable.

M. C. – Généralement, les jeunes n'aiment pas inviter leur petit(e) ami(e) à la maison, ils n'aiment pas être regardés.

M. R. – Mieux vaut utiliser la maison de la grand-mère quand elle part en cure. C'est cela, la pudeur et l'astuce de s'autonomiser, de réussir une étreinte rapide mais digne et tout à soi !

M. C. – Pourtant, les parents pensent bien faire avec cette invitation. Mais il faut comprendre que cette proposition peut couper toute envie, parce qu'ils deviennent trop intrusifs.

M. R. – Quant aux messages de protection contre les maladies sexuelles et transmissibles, je ne discute pas leur bien-fondé, encore que le médecin de famille soit mieux placé que les parents pour les diffuser.

M. C. – Certes, il faut en parler, mais attention à ne pas le faire trop précocement. Les jeunes ne pensent pas qu'à faire l'amour, ils sont aussi amoureux, ne l'oublions pas. Et la discussion qu'on peut engager avec eux ne doit pas concerner uniquement la façon de se protéger, il faut aussi parler d'amour.

M. R. – On ne peut pas accepter qu'une mère glisse trois capotes dans la poche de son fils à cette occasion. Ce n'est pas possible.

M. C. – Non, et pourtant cela se passe souvent de cette façon.

M. R. – Alors : vive la capote à 0,20 euro !

Le « tout dire » / Le « ne rien dire »

La plupart des jeunes ont une attitude sélective à propos des confidences qu'ils font à leurs parents. La mère est, plus souvent que le père, la confidente des filles comme des garçons. Avec l'âge, les parents perdent un peu leur aura, mais pas tant que cela car, même en fin d'adolescence, ils demeurent les interlocuteurs privilégiés pour les problèmes quotidiens (santé, scolarité).

La majorité des jeunes adopte une attitude intermédiaire entre le « tout dire » et le « ne rien dire ». Reste que 5 % d'entre eux ne se confient à personne en cas de difficulté et que 11 % disent ne jamais dialoguer avec leur père, 4 % jamais avec leur mère[1].

Le « faire ensemble » paraît souvent oublié au bénéfice du « tout dire ». Et pourtant, les particularités intrafamiliales des jeunes qui vont bien concernent le fait de vivre avec leurs parents, de prendre les repas en famille, de sortir en famille et de faire des activités avec leurs parents.

Regards croisés

M. C. – Ils se confient à leurs parents, plus à la mère qu'au père, à propos de leur vie quotidienne, de leurs

1. Choquet M. et al., « Les relations " adultes-jeunes " aujourd'hui », académie de Créteil, 1995.

résultats scolaires, de ce qui se passe à l'école, de leur santé, mais dès qu'il s'agit de sujets plus intimes, par exemple de disputes avec les copains, ils se livrent beaucoup moins. Sauf à leurs amis…

M. R. – Les filles ne sont-elles pas plus violentes dans leur intimité entre elles qu'avec les garçons ?

M. C. – Contrairement à elles, les garçons n'évoquent pas beaucoup entre eux leur sexualité. Et les « bons élèves », par exemple ceux qui sont dans des sections scientifiques, qui n'ont jamais redoublé, se confient encore moins.

M. R. – N'y a-t-il pas des éléments aggravants ? Par exemple, lorsque les adolescents entendent de leurs parents séparés des discours contradictoires : le père qui balance sur la mère qui est partie et, réciproquement, la mère qui balance sur le père qu'elle a quitté.

M. C. – Lorsque les parents sont séparés, les confidences sont moindres, mais tout dépend des conditions de la séparation. Bien sûr, s'il existe des conflits entre les parents, cela aggrave la méfiance du jeune. Pourtant, les adolescents acceptent assez bien la séparation parentale, ils veulent juste ne pas être mêlés à leurs histoires.

Le « ne rien dire » des enfants de couples séparés

En consultation, les adolescents issus de couples séparés se taisent souvent, car ils craignent qu'on utilise le prétexte de la séparation pour expliquer leurs troubles. Ils le pensent d'ailleurs, mais ils ne peuvent pas l'exprimer. Si, par exemple, une scolarité s'est dégradée en cinquième, date de la séparation des parents, le lien de cause à effet est évident, mais il faut toujours revenir à l'état antérieur : qu'en était-il en CM1 ? en

CM2 ? en sixième ? Quel est l'investissement actuel de l'enfant dans la scolarité ? La séparation et les blessures entraînent souvent un « ne rien dire » chez l'enfant qui refuse de parler de sa blessure de crainte de la raviver. Encore une fois, l'épidémiologie pédopsychiatrique n'est pas juste quand elle n'examine pas tous les enfants de couples séparés, elle voit simplement ceux qui sont en difficulté. Elle a donc vis-à-vis de la séparation une opinion extrêmement discutable : les enfants souffrent toujours.

M. R. – Ils acceptent volontiers deux discours contradictoires qu'ils écoutent avec une apparente bienveillance.

M. C. – Oui, du moment qu'ils ne sont pas au milieu, liés dans l'intimité forte de chacun.

M. R. – C'est intéressant. Lorsque je demande aux enfants de couples séparés que je rencontre : « Sais-tu pourquoi tes parents se sont séparés ? », ils ne savent jamais. Ils déclarent : « Ils ne s'entendaient plus », ce qui n'est pas faux. Mais le motif réel, ils l'ignorent.

M. C. – Ils ne cherchent pas à le connaître non plus.

M. R. – Pourtant c'est parfois simple : « Est-ce que ta mère a un amoureux ? » « Oui. » « Ton père ? » « Non. » Eux continuent cependant à protéger l'image du couple passé, ils mettent un couvercle, ils ferment l'écoutille.

M. C. – Les jeunes sont assez arrangeants, ils essaient de ménager tout le monde pour ne pas être mêlés au conflit, parce qu'ils ont leurs propres problèmes d'adolescence. C'est la recomposition familiale qui paraît plus difficile à supporter. Elle est beaucoup plus délicate que la monoparentalité ; les enfants de couples monoparentaux sont assez comparables à ceux des couples unis.

M. R. – Mais ce qu'ils supportent encore moins, je crois, ce sont les couples à éclipses : je reviens, je repars, je reviens, je repars. Cela les rend fous.

Les désastres des séparations répétitives

On ne peut pas dire que toute séparation est infiniment douloureuse pour l'enfant, puisque certains nous confient que cela va mieux depuis que leurs parents sont séparés. Ce qu'on peut affirmer, c'est que rien n'est pire pour l'enfant que des séparations à répétition : un papa revient après être parti puis repart, puis revient ; une maman décide de revenir après avoir abandonné son nouvel ami, puis repart avec celui-ci. Il s'agit d'une double trahison au sens du système post-traumatique. Un traumatisme terrible initial ne supporte pas la moindre fragilité, qui est toujours une catastrophe pour l'enfant. Une séparation stricte est préférable à une séparation en trois ou quatre temps, toujours néfaste à l'évolution psychologique et affective de l'adolescent.

M. C. – Autant que cela rend fous les parents. C'est une situation folle en soi. Surtout pour les jeunes qui ont déjà été soumis à plusieurs séparations. Une séparation, cela va, trois séparations, bonjour les dégâts.

Le repas de famille

Le principal repas pris en famille est le dîner, pour 80 % des jeunes. Même si 1 jeune sur 3 prend son petit déjeuner en famille[1], avec l'âge ce repas est de plus en plus souvent pris seul. Le déjeuner a lieu à la cantine pour un tiers des jeunes, mais c'est le déjeuner, pris au café ou dans la rue, qui augmente sensiblement avec l'âge et passe de 5 % (12-14 ans) à 15 % (15-17 ans).

Regards croisés

M. C. – Le repas de famille, c'est le dîner et aussi les repas du dimanche. 80 % des jeunes prennent le dîner en famille.

M. R. – Et dans les couples séparés, avec les papas du dimanche, comment font-ils ?

M. C. – Globalement, ils ne cherchent pas d'ennui. Par rapport à la famille, ils ne cherchent pas nécessairement le conflit à tout-va. Même quand les parents sont séparés.

M. R. – Ils sont même capables de supporter très longtemps un grand-père autoritaire.

1. « Baromètre santé », INPES, 2005.

M. C. – Oui. Ce qu'ils ne supportent pas, c'est qu'on change sans cesse d'ambiance, et de façon imprévisible. Ils aiment une certaine régularité.

M. R. – Ils ritualisent. Le rituel, la répétition les aident.

Répéter, ça aide

L'adolescent est encore un peu dans l'enfance, il a besoin de répétition, même si elle paraît l'ennuyer profondément. Il rejette en effet certaines situations, la répétition des contes de fées par exemple, qu'il aimait qu'on lui raconte au coucher lorsqu'il était petit. Et il vit comme un drame les cannellonis que sa grand-mère lui propose tous les dimanches. Observé de près, cet adolescent qui bougonne est pourtant toujours présent aux repas de famille, pour affirmer son identité et sa différence. Il a d'abord besoin d'être avec pour être contre.

M. C. – Elle leur sert de repère et leur permet de penser à soi. On peut affirmer que la répétition est la base de toute éducation.

M. R. – Répéter les principes, répéter qu'on s'aime, répéter qu'on est une famille, répéter d'où vient la famille.

M. C. – Mais peut-être y a-t-il un seuil. C'est comme pour tout, cela peut devenir insupportable.

M. R. – Ils réclament au grand-père ou à la grand-mère : « Répète-moi quand tu étais petit. » Ce n'est pas « raconte-moi », c'est « répète-moi ».

M. C. – On ne répète pas assez un certain nombre de choses, à mon avis. Soit on les répète trop, soit on ne les répète pas du tout, alors que c'est la juste moyenne qu'il faudrait. Mais c'est toujours plus facile à dire qu'à faire !

M. R. – Ce n'est pas de l'impudeur que de se raconter dans son imaginaire d'enfant. Les adolescents adorent qu'on leur raconte des histoires temporellement éloignées. Par exemple, l'autre jour, j'étais avec un de mes cousins accompagné de sa petite-fille, et nous avons évoqué les histoires de nos enfances qui sautent la génération des parents de cette petite. Je faisais exprès de raconter en détail ce qui m'unissait à son grand-père, pour qu'elle capte quelque chose que son père ne connaissait pas et qui, pourtant, appartient à sa famille. Les enfants sont des chasseurs de secrets de famille.

M. C. – Oui, ils aiment bien qu'on leur parle de leur famille, cela leur permet de se situer dans l'histoire familiale.

M. R. – J'insisterai là-dessus : il faut les laisser chercher et trouver par interrogation, par recoupement, comme des Sherlock Holmes.

M. C. – Oui, sauf quand les secrets de famille sont trop lourds et bien gardés. Il existe divers niveaux de secrets de famille.

M. R. – Il y a le secret de famille pervers et le secret de famille normal.

Secrets de famille

Les secrets pervers, les secrets terribles, les secrets qui nuisent au développement de l'enfant doivent être traités. En revanche, les petits secrets de famille sont le fait des enfants et des adolescents qui les traquent, se les approprient et d'ailleurs, lorsqu'ils en découvrent un, le maintiennent secret. Le propre du secret est d'être partagé, en cela il renforce les liens plutôt qu'il ne les dissout. On a trop souvent proposé la vérité comme un médicament générique, alors qu'il existe un véritable tempo de la vérité, avec des choses à dire, des choses à ne pas dire, et des choses à dire dans le temps. L'attitude standardisée « À bas le secret ! » est tout aussi toxique que « Maintenons un secret pervers ».

M. C. – Si le père s'est suicidé et qu'on ne le dit pas, c'est embêtant, car intuitivement le jeune le sent.

M. R. – Je suis d'accord pour dire la vérité. Le père s'est tué, le grand-père aussi, l'arrière-grand-père aussi, tu es un garçon, il faut qu'on te le dise.

M. C. – Le pire, c'est que souvent ils le savent. Ils le comprennent.

M. R. – En fait, le secret entraîne une préoccupation supplémentaire.

M. C. – L'enfant comprend qu'il y a un problème et personne ne lui en parle. Pour revenir sur l'intergénérationnalité, c'est un sujet capital sur lequel on devrait travailler davantage, parce que les jeunes ont besoin d'avoir des contacts avec des gens plus âgés ou plus jeunes qu'eux. Pas seulement pour se situer, mais aussi pour apprendre. L'axe intergénérationnel est un axe de prévention très porteur.

M. R. – Un grand-père qui raconterait son adolescence difficile serait marquant. Ma fille m'a téléphoné pour Noël et m'a demandé : « Qu'est-ce que tu veux ? » J'ai répondu : « Je veux une orange », ce qu'avait mon père à Noël. Même si elle a déclaré : « Tu auras autre chose », j'ai rappelé la mémoire de mon père.

M. C. – Je reste persuadée qu'un grand-père qui raconterait son enfance avec dynamisme et un peu d'humour aurait beaucoup de succès auprès des adolescents.

M. R. – Un vieux qui raconterait son quotidien d'adolescent à l'âge de 70 ans serait un artiste.

M. C. – Cela valoriserait à la fois la personne âgée et le jeune.

M. R. – Ce sujet me fait penser à Alain Decaux. Il ne passe plus à la télévision.

M. C. – Et pourtant, Dieu sait qu'il avait du succès.

M. R. – Un conteur de village idéal ! Il racontait, comme s'il avait connu personnellement le personnage célèbre qu'il évoquait et comme s'il avait vécu l'événement historique. Il était conteur télévisuel. Aujourd'hui, c'est remplacé par quoi ? Par des débats, surtout politiques.

M. C. – Pourtant, quand on raconte l'Histoire, les événements de la vie prennent un sens les uns par rapport aux autres.

M. R. – De temps en temps les historiens nous aident en nous rappelant : « Attendez, voilà comment étaient les adolescents à la période classique… » Autre exemple : les troubles et conduites des adolescents de 1940-1945. À cette époque, c'était la Résistance dans le Vercors. Ils étaient somptueusement héroïques : ils faisaient sauter un train ou un pont et prenaient tous les risques. Ils exprimaient par ces actes non seulement leur héroïsme, mais aussi leur adolescence.

M. C. – Oui. Les adolescents ont besoin de se situer, de comprendre, d'écouter. Très souvent je m'interroge : « Qu'est-ce qu'on leur demande aux adolescents d'aujourd'hui ? » À la limite, on leur demande de ne rien dire et de bien travailler à l'école.

M. R. – C'est-à-dire que la part d'ordalie, d'héroïsme qui fonde l'adolescence est très diminuée au bénéfice de « on te soutient, on s'occupe de toi ». Mais définir comment être un héros ne peut être proposé par l'éducation.

M. C. – On leur laisse très peu de marge de manœuvre. On leur dit comment ils doivent être et, dès qu'ils ne sont pas en adéquation, on les envoie chez le psy.

M. R. – Chez le pédopsy, oui. « Si tu n'es pas comme je veux que tu sois, il faut te soigner. » Ils sont quand même sympas, ils acceptent.

M. C. – (Rires.) Ils sont assez cool, certes, mais aussi assez angoissés. Dans certaines familles on les regarde trop : la moindre ivresse devient une affaire d'État. Je ne dis pas qu'il ne faut rien faire, mais de là à en faire toute une histoire !

M. R. – Dans le bar que je fréquentais adolescent, de la drogue a circulé à un moment. Mes parents ne s'en sont jamais occupés, et je n'ai jamais touché à quoi que ce soit. De toute façon, on ne peut pas tout parer.

M. C. – Il ne s'agit pas de tout parer. Le problème, c'est qu'aujourd'hui l'adolescence est plus précoce, ce qui rend le danger plus réel. Avant, un jeune sortait à l'âge de 16 ans, maintenant c'est à 14 ans. Ces deux années de différence comptent.

M. R. – Avec son impulsivité et son goût de passer à l'acte, l'adolescent est d'autant plus exposé au danger.

M. C. – Et ces deux ans de différence le rendent beaucoup plus vulnérable.

Mauvaise rencontre

Un adolescent vient me voir, très troublé. Il a 14 ans. Alors qu'il était en vélomoteur, un gardien de parking l'a interpellé. Croyant qu'il avait fait une fausse manœuvre, il s'est approché de l'homme, qui lui a dit : « Je te vois souvent par ici. Est-ce qu'on pourrait se revoir ? » Il lui proposait, en somme, une relation homosexuelle. L'adolescent s'est enfui. Il a imaginé qu'il pourrait revenir battre cet homme, mais il a eu peur, l'autre était beaucoup plus fort que lui. Il n'a pas voulu en parler à ses copains. Cet épisode le renvoie à la crainte terrible de son homosexualité. Pourquoi cet homme l'a-t-il repéré ? Pourquoi lui a-t-il fait des propositions ? Pourquoi lui a-t-il parlé ? La problématique de son homosexualité latente, qui ne s'exprimera peut-être jamais, a été très troublée par cette mauvaise rencontre, par la proposition de relations sexuelles avec un adulte. À travers le traumatisme minime de cette mauvaise rencontre, on perçoit l'importance du traumatisme des garçons et des filles effectivement abusés.

L'alliance avec les parents en cas de difficulté

Lors d'une enquête durant laquelle on a suivi pendant trois ans les mêmes jeunes[1], on a étudié les signes précurseurs d'une amélioration des troubles et conduites, amélioration qui concernait 40 % des jeunes allant mal à l'âge de 16 ans. Alors que les relations parentales n'étaient pas positives pour l'ensemble de ces jeunes, on a noté que ceux qui iraient mieux par la suite entre 16 et 18 ans décrivaient leurs parents au départ comme optimistes, exigeants, pas indifférents et sortant souvent avec eux. On en a conclu que les jeunes allant mal qui « se récupèrent » au cours du temps vivent dans un climat houleux mais où les contacts sont maintenus, tandis que ceux qui « ne se récupèrent pas » vivent dans un climat familial d'indifférence. La fuite dans une vie relationnelle extra-familiale intense est l'indicateur d'un malaise plus grand et permanent.

Regards croisés

M. C. – L'alliance avec les parents en cas de difficulté est nécessaire. Les parents doivent rester les

1. Choquet M., Ledoux S., Menke H., *La Santé des adolescents*, Inserm, La Documentation française, 1989.

supporteurs de leur enfant. La pire des situations, c'est leur indifférence. Il vaut mieux qu'ils soient hostiles.

Les parents supporteurs

En cas de rechute anorexique, il faut à tout prix que les parents restent supporteurs de leur fille. Nul ne mérite que s'ajoute à la maladie la déception des parents. Au contraire, ceux-ci doivent maintenir la réserve d'espérance, être supporteurs de leur fille, la soutenir : « Cela ira mieux la prochaine fois. » Ils doivent être aussi supporteurs de l'équipe qui lutte avec eux contre l'anorexie. Je me souviens d'un père, dont la fille était hospitalisée, qui m'avait tapoté l'épaule à la suite d'une rechute en me disant : « Tenez bon ! » Voilà un parfait exemple d'alliance entre parents et soignants.

M. R. – Le pire de tout, c'est le mépris, ou alors : « Mon pauvre ami, tu es nul en fait, et tu sais, avec le peu de moyens que tu as, tu ne peux pas faire mieux. » Il faut rester le supporteur de son enfant même quand cela va mal. Les supporteurs sont nombreux quand tout va bien, mais le vrai supporteur, c'est celui qui reste lorsque son équipe perd.

M. C. – Les données nous montrent que l'évolution d'une relation parent-enfant n'est pas toujours vers le pire.

M. R. – Cette notion de supporteur, c'est la base aussi de ce qui permet de tenir en cas de problème. Souvent, le thérapeute demeure le seul supporteur de l'adolescent lorsque les parents ont démissionné. Il faut transformer les parents en supporteurs, vraiment.

L'hostilité, voire la violence intrafamiliale

Tout n'est pas toujours rose dans les familles. Nous n'entendons pas par-là des difficultés « transitoires » à l'adolescence, mais un profond malaise, qui va de l'hostilité à l'indifférence des parents. 7 % des garçons et 6 % des filles disent que leur père est hostile, 5 % et 8 % qu'il est indifférent, 6 % des garçons et 5 % des filles disent que leur mère est hostile, 4 % et 5 % qu'elle est indifférente. Si on ajoute à cela que 3 % des jeunes sont, à la maison, victimes de coups et 5 % d'insultes (les filles plus que les garçons), il faut en conclure que la vie familiale n'est pas supportable pour tous…

Mais les jeunes ne sont pas de simples victimes, ils peuvent aussi être violents vis-à-vis des membres de leur famille. D'ailleurs, en famille aussi les violences subies vont de pair avec les violences agies. Ainsi, 3 % des jeunes ont été auteurs de coups en famille (les garçons plus que les filles) et 5 % auteurs d'insultes (les filles plus que les garçons)[1].

Rien ne prouve que la violence intrafamiliale se soit accrue, bien au contraire. Dans une enquête régionale[2], faite dans les années 1980, 8 % des lycéens et 16 % des lycéennes disaient que leur père était violent, respecti-

1. Choquet M. et al., « Enquête ESPAD 2003 ».

2. Choquet M., Ledoux S., Menke H., *La Santé des adolescents*, Inserm, La Documentation française, 1989.

vement 1 % et 8 % le disaient de leur mère ; 9 % des lycéens et 11 % des lycéennes disaient que leur père les frappait, respectivement 3 % des garçons et 6 % des filles le disaient de leur mère. Des chiffres bien plus élevés que ceux cités au début de ce chapitre.

Regards croisés

M. C. – On possède des données sur les parents hostiles, les parents indifférents, les jeunes qui sont battus à la maison. Dès qu'on étudie la violence intrafamiliale, il faut considérer que les jeunes ne sont pas seulement des victimes : ils peuvent aussi être violents. D'ailleurs, on a la même proportion de jeunes qui reçoivent des coups à la maison que de ceux qui en donnent. Mais ceux qui en donnent sont plutôt les garçons, et ceux qui en reçoivent plutôt les filles. Il y a comme une symétrie.

M. R. – Je compare l'histoire de ces familles qui fonctionnent par ruptures aux crises d'épilepsie, qui coupent le temps vécu. La violence tue le temps parce qu'elle marque tellement un événement fort et agressif qu'elle élimine le passé pour repartir toujours vers un présent chaotique. La violence, c'est un trouble du temps vécu, un trouble où le temps n'est plus maîtrisé. La sérénité, la mansuétude sont le signe qu'on avance dans le temps. Par exemple, lorsqu'on avance dans une carrière, on reçoit des propositions ; lorsque apparaissent l'agressivité et la violence (quelqu'un qui s'oppose, qui administrativement provoque un blocage), elles interdisent la course naturelle, remettent les compteurs à zéro ; il faut alors recharger ses accus, repartir vers autre chose, mobiliser une nouvelle énergie, faire attention. La violence tue aussi la temporalité chez l'enfant.

M. C. – On ne possède pas de données strictement comparables sur la violence intrafamiliale. Mais je suis assez étonnée par la violence des pères, voire des mères dans les années 1980, c'est-à-dire il y a vingt ans. J'espère que les choses se sont améliorées.

M. R. – Moi, j'ai l'impression que la bastonnade, les coups étaient banals, il y a trente ou quarante ans et qu'ils ne le sont plus. On ne voit guère plus d'enfants frappés, dans la rue, comme c'était le cas auparavant. Et lorsqu'on en voit un, les regards portés sur celui qui le bat sont toujours réprobateurs. Même sur une mère qui bouscule son gamin, qui le secoue…

M. C. – C'est vrai. On se demande si le seuil de tolérance n'a pas changé. Qu'est-ce qui, aujourd'hui, est encore tolérable ou intolérable, en particulier pour les jeunes ?

M. R. – Je crois que l'on peut dire qu'on a fait des progrès dans le domaine.

M. C. – Oui, je le crois aussi. Mais, comme toujours, lorsque les violences « ordinaires » diminuent car elles sont devenues socialement inacceptables, les violences « extraordinaires » ont tendance à augmenter. Quand la tension monte, on n'ose pas donner un petit coup, mais on finit par taper très fort une fois que la situation est intolérable…

M. R. – Il me semble qu'il ne reste plus que les violences extraordinaires. Avant, elles étaient noyées au milieu des violences ordinaires.

M. C. – Elles étaient certainement moins perceptibles. Mais n'ont-elles pas tendance à augmenter aujourd'hui ? Comme il faut toujours se contenir, un jour, les coups partent, et plus forts qu'avant. C'est une question qui mérite d'être posée. Je n'ai pas la réponse.

M. R. – J'ai une histoire à ce sujet. Celle d'une mère, qui était juge, qui battait son fils. Celui-ci disait d'elle : « Elle est malheureuse. »

L'enfant battu

Ce jeune garçon était issu d'une union qui n'avait pas abouti : le père était parti alors que la mère était enceinte. Celle-ci battait son jeune garçon depuis son enfance. Il se souvenait qu'enfant il était attaché à sa chaise lors des repas et devait manger proprement, sinon des coups de baguette pleuvaient sur ses doigts. À l'adolescence, il soutenait cette mère très déprimée, qui le giflait pour un oui, pour un non, à cause de son malaise existentiel. Il était terriblement émouvant et prétendait que, si elle le battait, c'est parce qu'elle était malheureuse.

Grands-parents et confidences

Moins de 3 % des jeunes vivent avec leurs grands-parents. La plupart (83 %) ont encore au moins un de leurs grands-parents en vie, le plus souvent une grand-mère. Selon une enquête menée auprès de 1 186 élèves de l'académie de Créteil[1], 58 % des garçons et seulement 44 % des filles dialoguent souvent avec leurs grands-parents, une proportion qui reste stable au cours de l'adolescence, après avoir connu une chute entre l'école primaire (62 %) et le collège (46 %).

Regards croisés

M. R. – Quand, lors d'une consultation, un adolescent me dit qu'il a perdu sa grand-mère, c'est toujours l'arrière-mamie. On assiste, de nos jours, à la mort des arrière-grands-parents, ce qui n'était pas le cas auparavant.

M. C. – 83 % des jeunes ont actuellement encore au moins un grand-parent.

M. R. – Ce qui est énorme. Combien de grands-parents as-tu connu, toi ?

M. C. – Aucun.

---

1. « Les Relations " adultes-jeunes " aujourd'hui », académie de Créteil, 1995.

M. R. – Moi, j'ai eu une grand-mère.

M. C. – Ce qui est intéressant, c'est que les garçons parlent moins avec leurs parents que les filles, alors que c'est l'inverse concernant les grands-parents.

M. R. – C'est-à-dire que les garçons ne sont pas dans un registre de compétition avec eux. Les grands-parents ne font pas qu'autorité, ils ont la fonction d'arbre de vie. C'est encore ce vieux mythe d'Œdipe, cette agressivité des garçons envers le père, la loi et la force, qui reste pérenne, de manière étrange !

M. C. – Pourquoi les filles, qui habituellement discutent davantage que les garçons, parlent moins avec les grands-parents ?

M. R. – Le temps et l'histoire font plus peur aux filles.

M. C. – Pourquoi ?

M. R. – À cause de leur vieillissement, de la notion même de leur durée de vie, de leur cycle organique, de leur temps menstruel.

M. C. – Parce que les filles vivent plus longtemps que les garçons.

M. R. – Oui, et elles ont un temps de femmes, qui est un temps de femmes fécondes, puis de mères et de grand-mères.

M. C. – On a aussi l'impression que les grands-parents préfèrent leur petit-fils à leur petite-fille.

M. R. – C'est un signe supplémentaire de la fragilité des garçons de s'adresser à des gens qui ne possèdent pas l'autorité et ne peuvent pas faire pression sur eux. Peut-être qu'ils vont aussi chercher auprès des grands-parents une réponse : « Comment avez-vous supporté les conflits avec mon père ou ma mère ? »

M. C. – Peut-être, oui.

M. R. – Ils vont enquêter à la source même du conflit : « Moi, je ne supporte pas mon père et ma mère.

Comment avez-vous fait, vous, pour les supporter ? » Ils vont voir leur équivalent inversé : « Je vais voir les parents de mes parents parce que je ne supporte plus mes parents. » « Je vais enfin chercher pourquoi je ne supporte plus mes parents auprès de ceux qui ont eu pour mission de les supporter. »

M. C. – En fait, c'est une bonne question. Au fur et à mesure que nous parlons ensemble, nous nous apercevons qu'il subsiste de nombreux sujets sur lesquels nous ne savons pas grand-chose. Alors on ne peut faire que des hypothèses.

M. R. – Oui. Nous posons des questions, cela n'implique pas qu'il y ait des réponses.

M. C. – Les grands-parents occupent aujourd'hui une place importante, et l'on sait si peu sur les relations entre les générations !

Mamie fume de l'herbe

Voici la splendide histoire d'une grand-mère qui faisait croire à sa petite-fille, adolescente, qu'elle voulait essayer de fumer du haschisch, afin d'éviter que celle-ci ne le fasse. La préadolescente la grondait en disant : « Non, mais enfin, à ton âge ! Tu ne peux pas essayer de l'herbe ! » « Si, si tu fumes de l'herbe, moi, je veux essayer pour avoir toujours de bonnes relations avec toi. » La grand-mère me lançait un coup d'œil complice et l'adolescente savait bien qu'elle bluffait. Cette grand-mère avait une façon tendre et délicieuse de lui interdire de passer à l'acte.

M. R. – Les questions que pose l'adolescent sont la seule possibilité pour lui de vérifier l'adolescence de ses parents. « Alors, elle t'a cassé les pieds, maman, à mon âge ? » Et lui, il casse les pieds à sa mère sans arrêt.

M. C. – Quand on parle des grands-parents, il s'agit essentiellement de la grand-mère. C'est elle qui s'occupe le plus des petits-enfants, et c'est aussi elle qui vit le plus longtemps.

La recomposition, la monoparentalité

En l'espace de dix ans, la proportion de jeunes qui vivent dans une famille recomposée a doublé : elle est passée de 7 % (en 1993) à 12 % (en 1999) et à 14 % (en 2003). Cette recomposition est actuellement à parts égales le fait des mères et des pères, même si les jeunes habitent plus volontiers avec la nouvelle famille de la mère qu'avec celle du père. Durant la même période, on constate une diminution des familles monoparentales : en 1993, 14 % des jeunes vivaient dans une famille monoparentale, contre 11 % en 1999.

On associe aisément « monoparentalité » avec « pauvreté » et « désinvestissement éducatif ». Or il s'avère qu'en général les jeunes qui vivent dans une famille monoparentale (dans plus de 90 % des cas ils vivent alors avec leur mère) ont des parents de niveau scolaire comparable à ceux qui vivent dans une famille « intacte » et ont de meilleures relations avec leur père et leur mère, surtout les filles.

La plupart des troubles et conduites étudiés sont expliqués par le fait de vivre non pas tant dans une famille monoparentale que dans une famille recomposée, de ne pas avoir de contrôle parental ou de ne pas avoir de bonnes relations avec son père et sa mère. À titre d'exemples :

1. Le fait de consommer du tabac est 1,8 fois plus élevé dans une famille monoparentale et 2,2 fois plus

élevé dans une famille recomposée que dans une famille intacte ; 2,7 fois plus élevé dans une famille où les relations sont de mauvaise qualité comparativement à une famille où elles sont bonnes, mais 5,6 fois plus élevé dans une famille où les parents exercent un faible contrôle parental.

2. Le risque de passage à l'acte suicidaire est 1,7 fois plus élevé dans une famille monoparentale et 2,7 fois plus élevé dans une famille recomposée, comparé à une famille intacte ; 6,1 fois plus élevé dans une famille où les relations sont de mauvaise qualité comparé à une famille où elles sont bonnes et 2,7 fois plus élevé dans une famille où les parents exercent un faible contrôle parental[1].

Regards croisés

M. C. – La dissociation parentale a augmenté, surtout en faveur de la recomposition familiale. La monoparentalité était auparavant plus fréquente que la recomposition. Actuellement, avec l'augmentation de la durée de vie, le travail des femmes et le désir de chacun d'avoir une vie sexuelle et amoureuse le plus longtemps possible, la recomposition est devenue monnaie courante, non seulement du côté du père mais aussi du côté de la mère. Les recompositions se succèdent dans le temps. Globalement, ceux qui vivent dans un milieu recomposé ont davantage de problèmes.

M. R. – Je suis frappé par tout ce qu'on demande aux adolescents. On leur demande d'accepter un autre ou une autre, d'accepter les enfants de l'une ou de l'autre,

1. Choquet M. et al., « Enquête ESPAD 2003 ».

d'accepter enfin le « vrai enfant » qui peut être le fruit du « vrai couple », le couple d'origine devenant le faux.

M. C. – Oui, c'est sûr, cela bouscule leur vie quotidienne.

M. R. – Quel que soit leur bon caractère. Ils perdent ensuite la recomposition pour en vivre une troisième, qui disparaîtra encore, car rien n'est assuré.

M. C. – C'est aussi cela le problème.

M. R. – Le maintien du couple n'est pas garanti. Donc, non seulement on n'a plus son père ou sa mère à la maison, mais il n'est pas garanti que l'on garde la mère de sa demi-sœur, ou le père de son demi-frère.

M. C. – C'est alors que cela vole en éclats, lorsque les recompositions se succèdent.

La phobie de l'image paternelle

Dans certains divorces pathologiques, l'image du père est vécue comme terriblement menaçante. L'adolescente ne veut plus voir son père pour des raisons immotivées qui ont à voir avec une jalousie archaïque, mais aussi avec le fait qu'elle se sent flouée, trompée, prenant fait et cause pour la mère et s'identifiant de manière pathologique à celle-ci. Quand on les force à voir leur père, ces filles éclatent en sanglots avec un risque de passage à l'acte. Il s'agit d'un trouble de l'image paternelle sans rapport avec une manipulation maternelle, qui prouve la fragilité psychique très particulière de ce type d'adolescentes.

M. R. – En outre, le couple recomposé peut décider de faire un « vrai » enfant, celui-là n'étant qu'un brouillon. C'est terrible. Dans certains divorces, on assiste à des phobies de l'image paternelle. La fille ne veut souvent plus voir son père pour des raisons qui ne sont pas nées d'une manipulation maternelle, mais d'une phobie de l'image masculine. On a banalisé l'adoption monoparentale féminine, qui pourtant ne doit pas l'être, à mon avis, car elle sert d'éclairage à ce que vit l'enfant d'adoption monoparentale : « Il me veut tout à lui. » L'adoption biparentale protège de cette sorte de rapt qu'est l'adoption monoparentale.

M. C. – Il convient aussi de prendre en compte l'adoption de l'enfant de l'autre, c'est-à-dire quand, lors d'une recomposition, on adopte l'enfant de son conjoint. Ce n'est peut-être pas aussi anodin que cela en a l'air.

Adoption monoparentale masculine

Une centaine d'hommes ont franchi les obstacles de l'adoption monoparentale. L'occasion m'a été donnée de rencontrer deux d'entre eux et nous nous sommes aperçus que la critique que les adolescents portaient à leurs pères, c'était que l'adoption constituait d'abord un « égoïsme » (proposé en première intention par les adolescents). Comme si la monoparentalité empêchait toute possibilité de va-et-vient du père à la mère et de la mère au père que permet un couple constitué.

M. R. – Non, surtout quand il prend le nom de son beau-père. La recomposition aboutit parfois à des trahisons de l'origine. Trahir son origine, c'est redoutable, c'est dire que son origine est polluée. L'enfant perd en l'occurrence son nom, alors que le phénomène inverse prime actuellement puisque même les femmes peuvent le garder en se mariant.

Les parents en prison[1]

L'incarcération fragilise les liens familiaux : l'absence de conjoint touche 60 % des détenus. La séparation s'impose également à leurs proches : ainsi, 51 500 enfants mineurs vivent sans leur père ou sans leur beau-père. L'âge moyen de ces enfants est de 16 ans. Parmi eux, 1 sur 5 a moins de 6 ans. Le maintien des liens familiaux est favorisé en détention par les services pénitentiaires et à l'extérieur de la prison par les associations : 55 salles d'attente intra-muros, 134 structures d'accueil des familles en attente de parloirs aux abords des établissements, 25 structures d'hébergement pour les familles venant de loin.

Regards croisés

M. R. – C'est très souvent le père qui est emprisonné, parfois aussi la mère. L'adolescent va-t-il fonctionner, comme les petits enfants, en déniant le fait pour lequel son père est emprisonné ? Ou, au contraire, va-t-il réagir par identification morbide : « La société est pourrie, je vais tout casser » ? Ou encore va-t-il décréter : « C'est un salaud, je ne veux plus le voir » ? J'ai même entendu

1. Chiffres cités sur le site « Les relais enfants-parents. Accueil des familles de détenu ». Responsable : Marie-France Blanco.

dire de façon peu ordinaire : « Dois-je aller voir en prison l'assassin de ma mère ou de mon père ? »

M. C. – Est-ce pareil pour les filles et pour les garçons ? Ou est-ce que cela se joue différemment ?

M. R. – Les filles sont plus hostiles que les garçons à aller voir leur père emprisonné, à cause de leur côté plus social.

M. C. – Et plus attaché à leur famille.

M. R. – Je crois qu'elles sont plus en difficulté. C'est un véritable problème de santé publique : que vont devenir ces gosses qui doivent s'identifier à un père emprisonné ? C'est un sujet d'avenir.

M. C. – Certes, mais on se situe dans l'extrême.

M. R. – Le danger est extrême : ton père est à l'écrou et tu as un droit de visite fixé par la justice. Tu te rends compte ? Tu as le droit de voir ton père au parloir ! C'est une situation cataclysmique pour les enfants. Se pose alors le problème des week-ends en famille en prison, comment recréer la famille en prison, les week-ends thérapeutiques pour l'enfant… Finalement, on est toujours dans la formule : je punirai le fruit de ses entrailles. C'est une position biblique : l'enfant doit être puni, parce que le père délinquant a trahi la société.

M. C. – 170 000 enfants sont concernés, c'est beaucoup, mais c'est peu en regard de la population générale. Sur un établissement scolaire moyen, cela représente un ou deux enfants. Comment l'enseignant ou le professionnel de santé peut-il faire ?

M. R. – C'est précisément pour cela que l'association Relais parents-enfants est essentielle. Elle recense tous les cas et, par la masse de gens dont elle s'occupe, elle peut théoriser sur un concept. Ce qui est intéressant, c'est le nombre de pathologies mentales chez les détenus : il doit tourner autour de 30-35 %. Non seulement papa est détenu, mais en plus il est fou.

M. C. – Il l'était probablement déjà avant…

M. R. – Oui, il l'était déjà, mais il est sanctionné par sa maladie et par la prison. Avoir un père détenu et malade mental, je ne sais pas si tu réalises l'importante culpabilité que cela doit produire chez les enfants.

Le respect du parent le plus fragile

Les parents atteints d'une maladie chronique ou grave (cancer, sida, par exemple) éprouvent de grandes difficultés à communiquer avec leurs enfants sur ce sujet. Comment en parler aux jeunes qui, justement, redoutent le décès de leurs parents ? Comment faire pour ne pas les perturber, tout en leur disant la vérité ? Si des professionnels tentent d'aborder cette délicate question, il n'existe pas de données épidémiologiques sur le sujet. Reste que 3 % des jeunes déclaraient qu'un de leurs parents avait une maladie grave[1], proportion qui atteint 12 % parmi les suicidants[2] et 25 % parmi les jeunes hospitalisés pour une maladie somatique ou psychiatrique grave[3].

Regards croisés

M. R. – C'est un concept que je retrouve sans cesse et sur lequel je m'entête peut-être : dans les séparations, les enfants vont toujours au-devant du parent le plus fra-

1. Choquet M., Ledoux S., Enquête nationale, 1993.
2. Choquet M., Granboulan V., *Les Jeunes Suicidants à l'hôpital*, EDK, 2004.
3. Choquet M., Gasquet I., « Les Jeunes de la Fondation de la Santé des Étudiants de France », rapport de recherche, 1995.

gile. Le père forme un nouveau couple, la mère reste seule, les enfants restent avec la mère. Ils vont toujours protéger le parent fragilisé.

M. C. – Parce qu'ils ont peur que le plus fragile déraille, et peur d'être, à ce moment-là, coupable de ce déraillement. Aller vers le plus fragile, c'est éviter de se sentir coupable.

Le plus fragile est toujours protégé

Dans les séparations, on a observé que les enfants allaient au-devant du parent le plus fragile, car ils ne veulent pas d'une image dévalorisée du père ou de la mère mais, au contraire, d'une image idéalisée. En se rapprochant du plus fragile, en protégeant son image, ils protègent leur propre socle identificatoire. Lorsque des parents ont du mal à exercer leur droit de visite après avoir récomposé leur vie, ils ne comprennent pas que les enfants ont encore à stabiliser l'autre élément du couple qui est en grande fragilité.

M. R. – Je dirai que, pour construire une image, il faut qu'elle soit idéalisée. On ne peut pas construire sur une image molle, on est obligé de construire sur une image forte.

M. C. – Est-ce que c'est pareil si le parent fragile est un père ou une mère ?

M. R. – Exactement pareil. Il n'y a pas de sexualité dans ce domaine. Les enfants de la séparation disent deux choses qui sont deux standards : « Mais maman, la nuit, va avoir peur chez elle. Et papa, qui va lui repasser ses chemises ? » Ils sont clairs quant aux rôles de l'homme et de la femme.

M. C. – Mais ces craintes ne se situent pas au même niveau. Dans un cas, elles se placent sur le plan de l'affect et, dans l'autre, il s'agit de raisons pratiques.

M. R. – Oui, mais ils ont peur que leur père devienne clochard et que leur mère soit assassinée. Donc la sécurité du couple parental est une question primordiale.

M. C. – Actuellement, une des premières peurs des Français est de devenir SDF. Comment cela se joue-t-il chez les enfants ? Qu'est-ce qu'ils vont faire ou ne pas faire pour éviter cela ?

M. R. – Une des craintes fondamentales des enfants est de devenir orphelins. Or il y a trois types d'orphelins : les orphelins aigus, ceux qui à la naissance n'ont plus un de leurs parents ; les orphelins traumatiques, qui deviennent orphelins à cause du décès d'un père ou d'une mère dû à une maladie, à un accident ou à un suicide ; et les orphelins chroniques, nous.

La dépendance

« Je ne peux pas me séparer de toi, je ne peux pas être loin de toi, je ne veux pas te quitter. » On rencontre souvent, en fin d'adolescence, notamment dans les couples monoparentaux mère-fils ou mère-fille, une impossibilité pour la jeune fille ou le jeune garçon de quitter sa mère dont il signerait l'abandon et l'isolement, alors qu'à deux ils ont toujours été plus forts et mieux. Cette dépendance entraîne chez le jeune un sentiment de culpabilité devant les sorties, les petit(e)s ami(e)s, les vacances passées sans sa mère isolée.

M. C. – Quand on voit la grande fragilité des familles monoparentales ou en recomposition, on imagine aisément la peur de l'enfant de perdre le parent qui lui reste.

M. R. – À ce propos, les grands-parents ont une autre utilité : ils servent d'écran à la mort des parents. Mémé et pépé vont mourir, c'est dans l'ordre des choses. S'ils ont un temps très court, je vais les voir plus souvent. C'est normal parce qu'ils sont plus vieux que mes parents, parce qu'ils doivent mourir avant. Lorsqu'on saute un tour, c'est dramatique. Chez les parents séropositifs, le petit enfant se préoccupe uniquement de la santé de la grand-mère ou du grand-père, pas de celle de la mère ou du père malade, qui est plutôt considéré comme un grand frère ou une grande sœur.

Supporter enfin sa fratrie

On dispose de peu de données sur les relations avec la fratrie et cela, malgré le fait que 80 % des jeunes vivent avec elle. Le rôle de la fratrie apparaît comme relativement moins important que celui des parents. Ainsi, 7 % des jeunes parlent de préférence avec leur frère ou leur sœur quand ils ont un problème scolaire (alors que 68 % disent le confier à leurs parents), 2 % quand ils ont un problème de santé (contre 65 % à leurs parents), 14 % quand ils ont un problème sentimental (contre 16 % à leurs parents et 32 % à quelqu'un de leur âge). Ces proportions sont les mêmes, qu'il s'agisse de jeunes scolarisés ou de jeunes hospitalisés pour un problème de santé[1].

Regards croisés

M. C. – 80 % des jeunes vivent avec leur fratrie, c'est énorme. On ne sait pas grand-chose sur ces relations, hormis des cas cliniques individuels, alors que c'est le vécu d'une majorité !

---

1. Choquet M., Ledoux S., Enquête nationale, 1993 ; Choquet M., Gasquet I., « Les Jeunes de la Fondation de la Santé des Étudiants de France », rapport de recherche, 1995.

M. R. – Certains disent qu'il y a des écarts d'âge convenables, cinq-six ans, et des écarts d'âge dangereux, trois ans, à cause de la rivalité accrue. Il y aurait une sorte de sociabilisation par rapport à l'âge. Je crois que les frères et sœurs sont les gens avec qui l'on vit la plus grande partie de sa vie. Ils apparaissent comme les garants des souvenirs de notre passé. Moi, par exemple qui suis un orphelin, fils unique, je perçois cruellement maintenant l'absence de frères et sœurs.

M. C. – Oui, je veux bien le croire. D'abord, c'est une situation peu banale, de ne pas avoir de frères et sœurs, puisque la plupart en ont. On se dit alors : pourquoi pas moi ? Mais, quand on regarde à qui se confient les adolescents pour un problème scolaire, 7 % vont en parler à leur frère et à leur sœur, alors que 68 % vont s'adresser à leurs parents. Pour un problème de santé, c'est 2 % *versus* 65 %.

M. R. – Donc, les frères et sœurs ne servent pas à grand-chose.

M. C. – Sauf quand il s'agit d'un problème sentimental. Ils sont un peu considérés comme un pair, ce qu'ils sont d'ailleurs.

M. R. – Parmi ces chiffres, on s'aperçoit que les frères et sœurs récusent toute autorité fraternelle, ce ne sont pas des parents. Ils sont dans une autre parentalité : ils sont parents sans être des parents.

M. C. – Il existe certainement des frères ou sœurs qui veulent exercer une autorité, mais que celle-ci soit acceptée, c'est encore autre chose.

M. R. – Les grands frères ont tort d'essayer. Les chiffres prouvent que cela ne peut pas marcher.

M. C. – Essayer de jouer au grand frère, cela ne marche pas.

Autorité fraternelle

Les grands frères ont souvent vis-à-vis de leur jeune sœur une position quasi machiste, ils la surveillent, lui interdisent de sortir, choisissent aussi les garçons avec lesquels elles discutent, comme s'ils exerçaient leur autorité par délégation d'autorité parentale. Parfois, une grande sœur va maîtriser son jeune frère sur le plan éducatif, c'est d'autant plus mal supporté que cette autorité transversale est répercutée et non légale, non dans la verticalité des parents. Elle est vécue comme une injustice par les adolescents.

M. R. – C'est un peu pour cela que certaines violences faites aux filles de confession musulmane sont aggravées par des frères qui jouent un rôle qui n'est pas le leur.

M. C. – Et que personne ne leur demande de jouer, d'ailleurs.

La spirale sociale, la difficulté de la réussite

Si l'on a mis en évidence certains facteurs de risque ou de chance, il n'en demeure pas moins que l'enchaînement de ces facteurs durant l'enfance et l'adolescence est encore peu clair. Ce qui paraît évident, c'est que les troubles et conduites sont multifactoriels et se développent « en spirale ». Ainsi, la violence subie accroît le risque de violence agie, qui elle-même augmente le risque de violences subies… Et ainsi de suite. On est donc loin d'une évolution linéaire des troubles.

Dans cette évolution en spirale, les facteurs sociaux occupent une place moins importante que les facteurs relationnels. La mauvaise qualité relationnelle (entre parents/enfants, entre enseignants/élèves, entre adultes/jeunes) s'avère prépondérante pour « expliquer » les troubles et conduites, au détriment de la seule situation sociale et matérielle. Ce qui signifie que la prévention passe obligatoirement par un travail sur le climat relationnel, au sein des familles, de l'école, de la ville, du quartier. Toute politique qui se limitera à une amélioration des conditions de vie matérielle ne peut donc pas espérer diminuer la fréquence des troubles et conduites à l'adolescence.

Toutefois, le poids des facteurs sociaux n'est pas nul, mais il ne l'est pas toujours dans le sens attendu. Par exemple, le lien entre la catégorie socioprofessionnelle (CSP) et la consommation d'alcool, de tabac et de cannabis est différent selon le type d'enseignement suivi et le sexe. Les fils d'ouvriers poursuivant un enseignement général sont moins nombreux à consommer régulièrement que les fils de cadres poursuivant ce même enseignement, et moins que les fils d'ouvriers de lycées professionnels. Ainsi, pour les garçons, la mobilité sociale « ascendante » est associée à une plus faible consommation. Pour les filles, les données suggèrent que la mobilité sociale « descendante » intergénérationnelle est associée à une fréquence plus élevée de consommation[1].

Regards croisés

M. R. – La spirale sociale, la difficulté de la réussite, c'est l'enfer. Prenons une fille, Émilie, toujours première, et son frère cadet de trois ans. Tous les profs lui disent : « J'espère que tu seras aussi bon qu'Émilie. » C'est un drame répété, une trace impossible à prendre dans la vie et dans la scolarité. Ce drame se reproduira à la génération suivante, parce que les enfants d'Émilie seront plus talentueux que ceux de son frère. Ce n'est jamais joué. C'est l'enfer sur terre.

M. C. – La notion de spirale sociale peut être différente, car les relations entre les facteurs sociaux et les facteurs personnels ne sont pas linéaires (selon un lien de cause à effet) mais en spirale, c'est-à-dire que la situation sociale peut créer des difficultés, qui vont elles-mêmes influer sur la situation sociale.

---

1. Choquet M., Ledoux S., « La santé des adolescents », *in* Leclerc A., Fassin D., Grandjean H., Kaminsky M., Lang T., *Les Inégalités sociales de santé*, La Découverte, 2000.

M. R. – C'est intéressant ce que tu dis. Un de mes maîtres, qui s'inquiétait pour son petit-fils, m'a déclaré : « Il va descendre de niveau social, il sera moins bon que mon père et moi. » C'est terrible pour le petit-fils de ne pas se sentir à la hauteur de ce qu'impulsaient son arrière-grand-père, son grand-père et son père.

M. C. – Cela dit, la réalité lui donne raison. Pour la première fois dans l'histoire, les enfants n'auront pas la même situation que leurs parents. Au mieux, ils stagneront, mais dans de nombreux cas ils auront moins d'argent qu'eux, même s'ils ont fait plus d'études. C'est inédit…

M. R. – L'âge d'or de la spirale sociale s'est éteint. La spirale sociale tourne à vide.

M. C. – Oui, à vide, ou un peu dans l'autre sens. Ce qui attend les adolescents d'aujourd'hui, en particulier ceux issus des milieux intellectuels, c'est plutôt une descente qu'une montée. Je ne sais pas comment ils vont le gérer, ce n'est pas une certitude à 100 %… Mais les jeunes sont actuellement moins riches que leurs parents, à âge égal.

M. R. – Tu crois que quand on était jeunes, on était riches ?

M. C. – Non, mais toutes proportions gardées, quand on était jeunes, on trouvait beaucoup plus facilement du travail. Le premier salaire permettait davantage de choses qu'il n'en permet aujourd'hui. Il y a un véritable appauvrissement parmi les jeunes générations.

M. R. – Est-ce que l'on consommait autant ? Est-ce qu'on avait une voiture, un ordinateur, une paire de skis ?

M. C. – On avait les moyens de l'époque. Déjà, on avait du travail. À 25 ans, beaucoup travaillaient déjà.

M. R. – On avait moins nos parents.

M. C. – C'est tout à fait vrai. Aujourd'hui les jeunes sont dépendants de leurs parents, alors que nous ne l'étions pas. Et cela change la situation. Ils donnent l'impression d'être dans une position d'infantilisation prolongée qui n'est pas source de dynamisme.

M. R. – Il va falloir qu'ils gèrent leur dépendance.

M. C. – Oui, la dépendance qui va être aussi d'héritage. Parce qu'ils vont aussi hériter, et de plusieurs générations. C'est probablement leur chance, pour ceux qui héritent tout au moins.

M. R. – Il est vrai que pour ceux qui n'héritent pas et qui n'ont plus de travail, c'est la catastrophe. Est-ce qu'on pourrait imaginer que 1968 a créé une bourgeoisie ?

M. C. – Ah oui, c'est clair.

L'alcoolisme ou le suicide d'un parent

En 1978, 11 % des lycéens déclaraient avoir un parent alcoolique, 12 % un suicide ou une tentative de suicide dans la famille, 7 % une maladie mentale. Ces proportions, proches de ce que l'on observe ailleurs dans la littérature internationale[1], peuvent paraître importantes, mais elles retracent probablement la vie « ordinaire » des familles en France.

Quand on interroge les médecins sur les familles des jeunes en grande difficulté psychologique ou somatique[2], ces proportions sont nettement plus élevées : selon leurs déclarations, 25 % ont un père alcoolique, 21 % une mère alcoolique, 16 % un père mort de suicide, 15 % une mère morte de suicide, 20 % une psychose paternelle, 18 % une psychose maternelle, 22 % une grave dépression paternelle, 20 % une grave dépression maternelle. En un mot, les antécédents psychopathologiques des parents se révèlent élevés quand les jeunes souffrent eux-mêmes de troubles graves.

1. Davidson F., Choquet M., « Les Jeunes et les drogues permises et interdites », Inserm, 1980.

2. Choquet M., Gasquet I., « Jeunes de la Fondation de Santé des Étudiants de France », 1995.

Regards croisés

M. R. – On ne peut pas parler de tous les processus héréditaires en place chez l'adolescent, ce n'est pas notre sujet. Cependant, nous aborderons la maladie héréditaire qui apparaît à l'adolescence, notamment psychique, par exemple une bipolarité, le suicide du grand-père, des idées morbides chez lui, un père cyclothymique. À ce moment-là apparaît la crainte d'être porteur d'une tare. « Est-ce que, pour éviter cette tare, je ne vais pas avoir des comportements d'évitement par rapport à ma crainte ? » D'autant qu'à l'adolescence, la maladie mentale d'un parent est précisée et provoque chez le jeune un intense traumatisme. Le suicide d'un des parents crée un double traumatisme, la perte mais aussi l'abandon, formulé en ces termes : « Il ne m'a pas assez aimé pour vivre. » En outre, la mise en scène souvent agressive du suicidant fait que c'est l'enfant qui le retrouve pendu, par exemple. Si le suicide est en soi très

Une famille suicidaire

Très souvent, lors des consultations d'adolescents, une incursion dans l'histoire familiale constitue le véritable motif de la consultation. On s'aperçoit que le père a fait une grave tentative de suicide lorsqu'il était adolescent, son propre père s'étant pendu, tandis qu'un autre membre de la famille est aussi passé à l'acte. Le consultant est porteur d'une fragilité familiale. La partie saine de la famille, en l'occurrence la mère, regarde avec une sorte de soutien aimant cette famille à laquelle elle s'est liée avec la crainte d'une transmission pathologique.

agressif, cela rejaillit sur l'adolescent, qui prend alors en pleine figure cette violence, en se culpabilisant.

M. C. – Il faut dire que la pathologie mentale est assez fréquente chez l'ensemble des jeunes. 11 % des lycéens déclarent avoir un parent alcoolique, 12 % un suicide, ou une tentative de suicide dans la famille.

M. R. – 1 sur 10, c'est énorme.

M. C. – Et 7 % disent avoir une maladie mentale dans la famille. Ces jeunes-là ont plus de risques d'avoir eux-mêmes une maladie psychologique ou somatique.

M. R. – Pourquoi somatique ? Parce que certains enfants préfèrent souffrir au niveau du corps, convertir sur le corps, pour éviter d'être malade psychologiquement, comme leurs parents. C'est un splendide détour. C'est cela la psychosomatique. « Je parle avec mon corps pour éviter de parler avec ma tête. »

M. C. – Regardons le nombre de jeunes qui ont un père ou une mère alcoolique : 11 %. C'est beaucoup. Cela signifie que cela existe un peu partout et donc que cela n'a pas nécessairement le même effet sur les jeunes.

M. R. – Comment faire des campagnes de non-alcoolisation des adolescents quand on annonce ce chiffre ?

M. C. – Il faut arrêter de délivrer des messages de prévention aux enfants seulement. Le problème de l'alcoolisme dépasse largement la situation des jeunes.

M. R. – C'est-à-dire que la lutte contre l'alcoolisme implique la lutte avec la famille et sur la famille.

M. C. – Je dirai même plus : la lutte contre l'alcoolisme, c'est d'abord une lutte contre l'alcoolisme des adultes.

M. R. – Oui, parce que la toxicomanie des adultes, c'est l'alcool.

M. C. – Pour les femmes, ce sont les médicaments. L'importance de la prise de médicaments psychotropes des femmes entre 40 et 55 ans est assez dramatique. Les hommes sont plutôt dépendants de l'alcool, les femmes des médicaments.

M. R. – Dans le fond, il existe une toxicomanie légale : les alcools et les médicaments, remboursés par la Sécurité sociale, et une toxicomanie illégale : le shit chez l'adolescent.

M. C. – Oui, cette consommation de cannabis est très importante en France. Les adolescents français viennent en tête des pays européens !

M. R. – Une famille alcoolique sous tranquillisants peut-elle offrir un avenir ?

M. C. – Quand on est face à la dépendance médicamenteuse chez les femmes et à la dépendance alcoolique chez les hommes, on ne peut pas concevoir une enfance sans problèmes.

M. R. – Là, je suis d'accord.

Les adoptions, les adoptions monoparentales

Dans les pays industrialisés, les enfants adoptés représentent moins de 1 % des jeunes. En France, selon une enquête sur des jeunes hospitalisés pour un problème de santé grave (physique ou psychique), 3 % avaient été adoptés[1]. On est donc loin des 25 % souvent cités dans la littérature psychiatrique.

La littérature est loin d'être unanime sur les effets de l'adoption sur les troubles et conduites des adolescents. Reste que tous s'accordent à dire : 1. que, lorsque l'adoption fait partie de la vie d'un adolescent, il faut en parler pour assurer la recherche de soi, si importante à cette période ; 2. que les jeunes adoptés ont autant de chances de résoudre leurs problèmes spécifiques que les autres, pour peu qu'on leur en donne les moyens, ainsi qu'à leur entourage.

Regards croisés

M. R. – Il est intéressant de comparer les évolutions de l'adoption, surtout à long terme.

M. C. – Oui. Qu'est-ce qui fait mal ? Qu'est-ce qui ne fait pas mal ? Ce peut être une question à discuter.

---

1. Choquet M., Gasquet I., « Jeunes de la Fondation de Santé des Étudiants de France », 1995.

Les adoptés ont-ils en moyenne plus de problèmes que les autres enfants ?

Vol et adoption

Nous avons souvent remarqué l'apparition, à l'adolescence, de vols d'objets très intimes – bagues de la grand-mère, souvenirs personnels, vol d'argent aussi, avec une utilisation très particulière de ces objets dérobés – par les adolescents adoptés que nous rencontrons en consultation. Ceci est loin d'être généralisable. L'adolescent va acheter des bonbons de manière très régressive, les distribuant à tous ses camarades, ou jeter à la poubelle la bague de l'aïeule… Comme si voler la famille résultait de son incapacité à supporter une ancienneté qui ne lui appartiendrait pas. Le vol serait la destruction de ce passé dont il ne se sentirait pas propriétaire, comme s'il n'avait pas adopté l'histoire de sa famille adoptive.

M. R. – Il y a deux handicaps majeurs à l'adoption, dont il faut parler. D'abord, les adoptants veulent être de trop bons parents, ils affirment d'ailleurs : « Avec l'amour on réussit tout. » On retrouve la notion d'amour qui gomme tout. Ensuite, pour l'enfant adopté, le retour du fantasme biologique, à l'adolescence, est total. Certaines statistiques indiquent que 1/6e des enfants hospitalisés en unité adolescence sont des enfants adoptés, de couche socioculturelle élevée. Comme si être de couche socioculturelle élevée entraînait une difficulté supplémentaire à l'adoption.

M. C. – Oui, mais il ne faut pas oublier que l'autorisation d'adopter est liée au niveau socioculturel.

M. R. – Moi, je l'explique par le fait que cet enfant qui vient d'ailleurs ne peut pas s'identifier au père et à la mère bien dotés au niveau intellectuel, d'autant que c'est difficile pour lui d'accéder à la même dimension que ses parents. C'est d'autant plus justifié que c'est un retour de la fidélité du biologique, de l'héréditaire.

M. C. – Tu poses une question primordiale : l'adoption d'une autre culture. Toute adoption n'est pas forcément adoption d'autre culture. Certains adoptent des enfants en France, d'autres vont à l'étranger.

M. R. – Les Coréens ont mené une campagne de recherche des enfants coréens adoptés aux États-Unis, qu'ils considèrent à présent comme des héros lorsqu'ils reviennent au village natal. Ces enfants possèdent une double nationalité, étant à la fois intégrés aux États-Unis et d'origine coréenne. C'est fabuleux, cette instrumentalisation, cette mise en place scénographique de l'adoption.

M. C. – Ah, oui, c'est vrai qu'ils sont très valorisés.

Le jeunisme

Regards croisés

M. R. – En conclusion de ce chapitre sur les parents, on peut dire que c'est bien fait si les adolescents posent des problèmes à leurs parents, parce qu'ils sont en pleine concurrence avec eux ! Ces parents qui ne vieillissent plus, c'est insupportable. Alors, les gosses multiplient les conduites à risque et, à chaque fois, les parents se montrent compréhensifs : « Tu as fait cela, mon chéri ? Eh bien, on peut comprendre. » « Ah, vous avez compris, alors je vais aller plus loin. » En réalité, il faut fixer fermement des limites, dire qu'on n'est pas d'accord. Les jeunes ont besoin de radicalité, pas de parents chewing-gums, toujours tolérants et toujours élastiques.

M. C. – Oui. Ces parents qui ne savent pas dire non ont envie de rester jeunes, ils ne veulent pas vieillir, ni mourir. Tout en étant parents, ils ont envie de ressembler à leurs enfants. Ils sont très ambivalents.

M. R. – Je crois que c'est encore plus suspect que cela : ils voudraient que leurs enfants leur ressemblent.

M. C. – Est-ce qu'ils n'ont pas envie de ressembler à leurs enfants, qui sont quand même globalement plus beaux, ont plus de loisirs, plus de qualités qu'eux ?

M. R. – Oui, mais ils se contaminent. C'est un aspect prométhéen des parents.

Les parents prométhéens

Les parents chercheurs de feu sont aussi les parents chercheurs de gloire. Ils rêvent pour leur enfant d'une destinée qu'ils n'ont pas eue. Ces parents sont toujours en recherche de performance, en situation d'excellence, voulant le mieux, le plus, le plus fort, la meilleure école, les meilleurs enseignants, le meilleur psychothérapeute pour leurs enfants. Ils sont comme Prométhée : en voulant trop s'approcher de la réussite, ils risquent de se sentir extrêmement démunis et déprimés en cas d'échec.

4. L'ÉCOLE EN QUESTIONS

Avec la scolarité obligatoire, le chômage, l'importance que revêt l'obtention d'un diplôme, l'école joue un rôle capital dans notre société et fait partie de la vie quotidienne des adolescents d'aujourd'hui. Depuis 1995, la durée moyenne des études est de dix-neuf ans (en incluant l'école maternelle), ce qui lui confère toute son importance. Lieu de rencontre avec des adultes ou avec ses pairs, lieu de conflits mais aussi d'identification, l'école est bien plus qu'un lieu de diffusion du savoir.

En effet, elle est aux jeunes ce que le travail est aux adultes. Tout comme l'entreprise, elle est un lieu d'investissement (parfois de désinvestissement), de rencontre (parfois d'isolement), de valorisation (parfois de dévalorisation) et de réalisation de soi (parfois d'échec). Avec, toutefois, des spécificités : l'école du second degré (collège, lycée) est un lieu de rencontre intergénérationnelle (les acteurs – étant entendu que les élèves sont aussi des acteurs – y ont entre 11 et 65 ans), dédié exclusivement à la formation (avec des adultes responsables et des jeunes, majoritairement mineurs), et un lieu de passage, donc instable (les élèves y restent au maximum entre 3 et 5 ans, le turn over des enseignants est en moyenne de 20 % par an).

Démocratie adolescente

La « démocratie » fait partie du monde qui entoure les adolescents et dans lequel ils ont été élevés. Dans les familles, ce principe est entré dans les mœurs, surtout depuis que l'enfant est devenu plus rare, désiré, cajolé, investi. Les parents discutent avec leurs enfants des sujets qui les préoccupent (85 %), donnent de l'argent de poche dont les adolescents peuvent disposer librement (68 %), autorisent les sorties avec des amis, même le soir (51 %), tout comme celles au café (56 %), en boîte (50 %), et permettent de regarder la télévision (98 %). Cela ne signifie pas que les parents ont démissionné de leur rôle (contrairement à ce que l'on croit souvent), mais que le jeune partage la vie quotidienne des adultes.

À l'école, la démocratie n'est pas simple à appliquer. Comment donner la parole à chacun quand le fonctionnement est groupal et l'autorité du maître un principe ? Comment améliorer la discussion avec les adultes (que les jeunes désirent avoir), alors que la « priorité première » est la transmission du savoir ? Comment prendre en compte la vie quotidienne des adolescents dans l'enceinte de l'école, lorsque celle-ci est considérée avant tout comme un sanctuaire ? Ces contradictions sont à gérer au jour le jour, car la démocratie – tout comme la vie, avec ses violences, ses difficultés – est plus ou moins entrée à l'école, qu'on le veuille ou non. Cependant, la communauté scolaire a été fort peu préparée à gérer cette génération qui prend la parole, s'exprime, mais aussi peut souffrir de tout un dysfonctionnement sociétal…

Regards croisés

M. C. – Si la démocratie fait partie de la vie des familles (à tort ou à raison, mais c'est ainsi), elle n'est pas franchement entrée à l'école, où la discipline, l'acquisition des connaissances, l'obéissance restent figées. Les adolescents ne participent pas activement à la vie scolaire, alors qu'ils partagent la vie de leurs parents. Même s'ils ne peuvent pas sortir comme ils le voudraient, il existe de nombreux échanges, alors qu'à l'école les règles sont tout autres. Les jeunes ne peuvent pas trop y exprimer leur opinion librement, on leur demande avant tout d'acquérir des connaissances.

M. R. – Et pourtant, tu ne penses pas que l'école est moins « corps de garde d'armée » que lorsque nous étions enfants ? Les jeunes sont quand même dans leur vêture, dans leur présentation, dans leur déambulation, dans leur façon d'être eux, d'occuper les espaces, la cour, les abords de l'école, peut-être plus libres… en tout cas dans les apparences.

M. C. – Oui, c'est vrai. Mais on leur demande si peu leur avis ! Or ils ont l'habitude de l'exprimer, à la maison ; ils peuvent à peu près y dire tout ce qu'ils pensent et ce qu'ils veulent, alors qu'à l'école on ne les autorise guère à parler. Certes, ce n'est pas simple, on ne peut pas faire discuter un groupe comme on discute avec son enfant. Il n'empêche : les jeunes trouvent l'école en décalage par rapport à la vie.

Le délégué sera-t-il député ?

Le plus souvent, ceux qui ont été délégués de classe au collège ou au lycée deviennent par la suite députés. C'est d'ailleurs une des questions posées au concours d'entrée à l'École nationale d'administration, lors du grand oral : « Avez-vous été délégué de classe ? Avez-vous eu dans votre adolescence le sens des responsabilités ? » Donc, soyez délégués si vous voulez être députés ou énarques !

M. R. – C'est-à-dire que se pose le problème suivant : quel nouveau type d'autorité exercer à l'école ?

M. C. – Pour l'instant, on ne l'a pas vraiment trouvé et le malaise scolaire vient partiellement de là. On veut garder, même si on n'y arrive pas complètement, une

L'oubli des profs

Il est impossible de se remémorer les noms, le sexe et les caractéristiques de tous les enseignants qu'on a eus de la sixième à la troisième, alors qu'on se souvient tous de ses instituteurs. Cet oubli est le signe de la distance que prennent les adolescents à l'entrée au collège, et des difficultés relationnelles qui peuvent exister ensuite avec une personne qui n'est plus la référence transparentale, comme l'enseignant du primaire.

école à l'ancienne, pétrie de discipline et d'autorité ; en même temps, les enfants, n'ayant plus l'habitude de fonctionner ainsi, ne trouvent pas cela évident.

M. R. – Cela signifie que les familles se sont plus démocratisées que l'école ?

M. C. – Oh oui, certainement.

La vie d'une classe

La classe constitue le groupe quotidien des plus jeunes, même si une proportion non négligeable de garçons se disent isolés. En effet, 57 % des garçons et 51 % des filles ont beaucoup de copains en classe ; 9 % des garçons et 1 % des filles n'ont aucun copain en classe[1].

Il s'y passe tant de choses ! On s'y lie d'amitié ; plus rarement on a des difficultés avec les copains (24 % des jeunes sont dans ce cas). Comme la journée est longue – l'année scolaire aussi –, les amitiés et les animosités évoluent… la tolérance et l'intolérance également. Chaque classe va avoir sa vie propre tout au long de l'année. En France, 63 % des élèves de 11 ans et seulement 45 % des élèves de 15 ans trouvent leurs camarades de classe gentils et serviables[2], des proportions qui sont nettement en deçà de la moyenne européenne (70 % des 11 ans et 59 % des 15 ans sont de cet avis), surtout par comparaison avec ce qui se passe dans les pays scandinaves, en Allemagne ou aux Pays-Bas.

Les difficultés avec les enseignants ne sont pas absentes, même si elles ne sont pas très fréquentes. En

1. Choquet M. et al., « Enquête Inserm auprès de 4 500 élèves du second degré », académie de Lille, 1992.

2. Currie C. et al., *Young people's health in context*, HBSC, OMS Europe, 2004.

effet, 32 % des jeunes reconnaissent être dans ce cas, 6 % de façon répétée.

Mais la classe, ce sont aussi des sous-groupes qui parfois s'ignorent : les garçons, les filles, les élèves assidus, les élèves en difficulté…

La pression scolaire existe. D'ailleurs, en France, 20 % des 11 ans la ressentent, une proportion qui atteint 25 % à 15 ans, avec une pression encore plus importante ressentie par les filles[1]… Toutefois, en regard des autres pays, la pression scolaire est nettement moins élevée chez nous qu'ailleurs (la France est en 33e position sur les 35 pays étudiés). En Angleterre, par exemple, elle est ressentie par 35 % des élèves de 11 ans et 65 % des élèves de 15 ans !

Regards croisés

M. C. – Une classe a une vie en soi. Les amitiés des jeunes concernent essentiellement les copains de classe, les filles avec les filles, les garçons avec les garçons ou, à un certain moment, les filles avec les garçons… Cette vie autonome et très intense d'une classe, ni les parents ni les enseignants n'en ont conscience.

M. R. – Tu veux dire qu'en deçà de l'école et en deçà de la famille, il existe un troisième type de communication existentielle – enfin, de rapports – dans la vie de la classe ?

M. C. – Tout à fait. Le groupe « classe » est un groupe très important et permanent, pendant au moins une année. D'ailleurs, quand on doit redoubler, ce n'est pas tant le redoublement qui chagrine que le fait de quit-

1. Currie C. et al., *Young people's health in context*, HBSC, OMS Europe, 2004.

ter ses copains de classe. La vie de la classe, c'est la vie des copains, surtout pour les collégiens. Au lycée, on a d'autres intérêts ailleurs. Il y a donc des problèmes liés au redoublement qui se situent en dehors des difficultés purement scolaires.

M. R. – Cela me fait penser aux adolescents dont les parents enchaînent les mutations ou les voyages professionnels, et dont la scolarité change tous les trois ans. Quelquefois cela leur pose un problème.

M. C. – On n'en tient pas suffisamment compte. Même chose lorsqu'on impose le redoublement à un élève. C'est peut-être profitable pour lui permettre de reconquérir des bases mais, d'un autre côté, à l'échec scolaire on ajoute l'échec de la sociabilité. Une double peine, donc.

M. R. – C'est un changement négatif.

M. C. – Négatif parce que le groupe sera plus jeune que lui.

Rattrapé par son ou sa cadet(te)

La question du redoublement pour un adolescent en difficulté au collège ou au lycée se double d'un problème particulier lorsqu'il est rattrapé par son cadet ou sa cadette, qui le suit à un an et demi d'écart et qui, de surcroît, est excellent(e) élève. Non seulement le redoublement le désocialise par rapport à ses pairs, mais il va être en compétition avec ce ou cette rival(e) qui le gêne au quotidien. L'autre est gentil(le), à l'aise, travaille bien ; lui est mal, en échec, en opposition et tout en conduites à risque.

La cour et les alentours de l'école

Regards croisés

M. C. – La cour et les alentours de l'école, c'est là qu'on papote, qu'on discute puisqu'on ne peut pas discuter en cours.

M. R. – Il faudrait même s'intéresser à une « géographie amicale ». Je m'explique : dans un club de rugby, le fond du car est toujours un fond hostile, les gens qui s'y installent expriment par là leur opposition. Dans la cour, selon le coin où ils vont, les jeunes se définissent comme appartenant à un groupe. La géographie de la cour concerne aussi la différence entre les bons ou les mauvais élèves.

M. C. – Est-ce qu'une cour est accueillante ? Est-ce qu'il y a des bancs pour que les élèves puissent s'asseoir ou, au contraire, faut-il rester debout ? Il est intéressant de voir comment le chef d'établissement organise la cour de l'école. Est-elle investie ou pas ? Est-elle considérée comme un lieu de vie ou simplement comme un endroit où l'on prend l'air en attendant le cours suivant ?

M. R. – On trouve de tout… Ce sont les architectes qui sont les plus à même de répondre à cette question : comment inventer une cour ? Par exemple, la cour pourrait-elle être ouverte sur l'extérieur ? Pourrait-elle être une place ou une agora ?

M. C. – On redoute toujours que des personnes extérieures n'entrent ou que des élèves sortent sans autorisation. Il y a donc nécessairement un passage entre « extérieur » et « intérieur ».

M. R. – Il existe un aspect – j'exagère, puisque je suis psychiatre – « utérin » de la cour d'école.

M. C. – Oui, il faut qu'elle soit fermée. Je crois que c'est une obligation, d'ailleurs.

M. R. – La cour, c'est le dehors, mais c'est dedans quand même.

M. C. – Il serait effectivement intéressant de réfléchir à l'aménagement des endroits où les élèves se retrouvent en dehors des heures de classe, comme la cour, près du portail, la cantine… Ce sont des lieux qui ne sont peut-être pas suffisamment pensés en fonction de la vie des élèves.

M. R. – Le succès des bars situés à proximité des collèges ou lycées est lié au fait qu'on ne pense pas assez les lieux intra- et péri-scolaires.

La Pergola

Tous les cafés situés à proximité des établissements scolaires deviennent des lieux mythiques. Ainsi, La Pergola, un café bien connu d'une génération des années 1980 scolarisée dans un lycée marseillais huppé. C'était l'endroit où les adolescents apprenaient à jouer à la contrée en toute légalité, à l'interclasse. La Pergola était la représentation absolue du lycée. D'ailleurs, lorsque les anciens viennent faire une visite, indiscutablement ils passent par La Pergo.

M. C. – Oui, tout à fait. Les bars à proximité des établissements scolaires ont beaucoup de succès, il faut bien le dire. Les élèves y trouvent la détente, la sociabilité…

M. R. – Je trouverais captivant que les politiques s'emparent de ce concept en le reprenant à leur compte, mais ils manquent pour cela – soit dit sans critique excessive – de réflexion. Ils affirment : « tolérance zéro », « sécurité à l'école », « la police à l'école », « l'adulte référent à l'école », « l'emploi jeune à l'école ». C'est toujours une réflexion sur le dedans. Sur tout l'éventail droite-gauche, on s'aperçoit que le dedans et le dehors de l'école constituent un objet politique.

M. C. – Le summum est atteint lorsqu'on parle de la violence à l'école, comme si elle était différente de la violence hors de l'école…

M. R. – Il est interdit d'être violent à l'école.

M. C. – Voilà. Il existe des recherches portant uniquement sur ce sujet, comme si cela n'avait rien à voir avec ce qui se passe ailleurs. On pourrait en conclure : « Du moment que les jeunes ne sont pas violents à l'école, le reste, on s'en fiche. » Nous, justement, ce qui nous intéresse, c'est la violence de l'élève ou la violence de la

Note de vie scolaire et vie familiale

La note de vie scolaire fait débat. Mais pourquoi ne pas l'associer à une note de vie familiale ? Il ne s'agit pas de noter les familles, mais de lier la note de vie scolaire aux événements de la vie familiale. Il y aurait là un énorme intérêt à mieux comprendre ce que représentent les difficultés d'intégration scolaire par rapport à la vie quotidienne.

société, c'est-à-dire précisément ce qui est *et* en dedans *et* en dehors de l'école.

M. R. – Par exemple, il n'existe aucun lien entre la vie scolaire et la vie familiale.

M. C. – Mais l'élève, lui, vit dedans et dehors selon les moments de la journée. Donc, on voit bien comment, quand on ne se préoccupe que d'un lieu, on peut être déconnecté de la réalité vécue de la personne.

La cantine

Entre un tiers et la moitié des jeunes environ fréquentent la cantine scolaire (ce qui représente plus de 990 millions de repas servis dans l'année[1]). Cette proportion augmente légèrement au collège, mais diminue sensiblement dès que le jeune a atteint la majorité. Avec l'âge, la cantine scolaire va être remplacée par un repas « sur le pouce » pris dans la rue, dans un café, un fast-food. Et pourtant, même à 18-19 ans, ce mode de repas demeure minoritaire et concerne moins de 20 % des élèves[2]. Il dénote une tendance à la désaffection des cantines, liée à leur image négative. Selon Maho et Pinson[3], « l'image de la cantine cristallise les mécontentements et sert de bouc émissaire. Le principal reproche qui lui est fait implicitement n'est autre que de faire partie intégrante de l'univers du travail ». Cette mauvaise image n'est pas seulement le fait des jeunes, mais aussi celui des parents, puisque 70 % des parents d'élèves mangeant à la cantine s'estiment inquiets au sujet de l'alimentation de leur progéniture – et notamment de

1. Czernichow S., Martin A., « Nutrition et restauration scolaire, de la maternelle au lycée : état des lieux », Agence française de la sécurité sanitaire des aliments, 2003.

2. « Baromètre santé jeunes INPES 2005 ».

3. Maho J., Pynson P., *Les cantines, comment s'en débarrasser ? Nourritures, plaisirs et angoisses de la fourchette*, Éditions Autrement, 1999.

l'équilibre alimentaire, de la qualité et de l'hygiène de certaines préparations, plutôt que de l'ambiance dans laquelle les repas sont pris.

Regards croisés

M. C. – La cantine est un véritable enjeu puisque près de la moitié des jeunes la fréquentent, même si, avec l'âge, ils la quittent pour aller au McDo. Ainsi, la cantine scolaire est perçue comme une affaire de petits. Plus ils grandissent, moins ils ont envie d'y aller. Alors, soit ils retournent à la maison entre midi et 14 heures et se réchauffent un repas au micro-ondes, soit ils vont s'acheter quelque chose à manger. C'est pourquoi la cantine scolaire mérite une plus grande attention, pas seulement concernant ce qu'on y mange mais surtout pour l'ambiance qui y règne, l'organisation.

M. R. – Je vais te faire une confidence : je ne suis jamais allé à la maternelle, ni à la cantine, je suis un dinosaure, quoi… En revanche, je suis allé au restau U.

M. C. – Et tu n'en as jamais eu envie ? Moi, ma mère ne travaillait pas non plus, donc je rentrais déjeuner à la maison, mais j'avais très envie d'aller à la cantine parce que des choses se disaient entre les élèves à ce moment-là que je ratais lorsque j'arrivais en début d'après-midi.

M. R. – Comme j'étais un enfant fragile et malingre, il fallait que ma mère ou ma grand-mère me fasse manger. J'utilisais donc mes incapacités physiques et ma fragilité, mes migraines, etc., pour – je le dis en toute modestie – faire comme Proust : me faire plaindre et ne pas aller à la cantine. Mais je le regrette aujourd'hui car je sens bien qu'il me manque quelque chose.

M. C. – (Rires.)

M. R. – Je voudrais revenir sur les anorexiques à la cantine. Parfois, c'est le lieu qui alerte les parents sur les troubles alimentaires de leur enfant. Les parents, eux, s'en étaient détachés, pensant que la mise à distance relative de la cantine allait aider leur fille à manger en dehors d'eux. Ils s'aperçoivent alors que ce n'est pas le cas.

M. C. – Surtout que les adultes s'imaginent souvent que, lorsqu'on mange avec les autres, on se nourrit plus aisément que lorsqu'on est seul ou avec ses parents.

M. R. – Je citerai le cas clinique d'une jeune fille avec des troubles de la personnalité qui se nourrissait des miettes, quignons de pain et restes, pour régresser parce qu'elle n'arrivait pas à symboliser ce qui se passe à table.

Marie-Pierre

Cette jeune fille, placée dans une IME où j'ai travaillé pendant de longues années, avait un comportement alimentaire très particulier. Elle était en grave difficulté. Au niveau psychique et au niveau de sa personnalité, elle ne supportait pas du tout le contact avec les huit personnes avec lesquelles elle prenait ses repas. Par contre, elle mangeait tous les restes, dans les plats, les assiettes, et récupérait même les miettes de pain sur la table. Elle mettait sa bouche au niveau de la table et avalait tout, comme si, ayant échoué dans la relation alimentaire en commun, elle régressait dans un monde archaïque en dévorant tout ce qui restait du repas.

M. C. – Entre eux, les jeunes perçoivent ceux qui ont des problèmes avec la nourriture (anorexie, boulimie), car la cantine est un lieu de vie en commun assez fondamental. Ils voient tout de suite celui qui ne mange pas comme les autres, ou qui mange trop, ou qui mange bizarrement.

Le règlement intérieur

Le règlement intérieur des établissements scolaires date du milieu des années 1980. Il a pour principale orientation que « l'exercice des droits et obligations des élèves est inséparable de la finalité éducative des établissements et ne prend son sens qu'en fonction de celle-ci[1] ». Les grands principes de ce règlement intérieur sont : la liberté d'information et d'expression ; le respect des principes de laïcité ; la protection contre toute agression physique ou morale ; l'égalité des chances ; la prise en charge progressive par les élèves eux-mêmes de la responsabilité de certaines activités.

Si ces principes sont certainement généraux et louables, leur application est un mystère. À preuve, la fréquence des violences des jeunes (en tant qu'auteurs ou victimes) dans le cadre scolaire, sans que les adultes en soient forcément informés. Ainsi, l'école est le premier lieu des violences verbales, des coups et des actes racistes, et près de la moitié des jeunes qui en sont auteurs ou victimes l'a été dans les murs de l'école, les alentours étant nettement moins concernés qu'on ne s'y attendrait[2].

1. Durand D., « Délégué Flash », CRDP de l'académie de Grenoble, 2006.

2. Choquet M., Hassler C., Morin D., « Violence des collégiens et lycéens : constats et évolution », rapport au ministère de l'Éducation nationale, 2004.

Regards croisés

M. C. – Le règlement intérieur étant obligatoire, il serait intéressant d'analyser ce qu'il contient. C'est peut-être assez différent d'un établissement à l'autre, ou peut-être pas… On parle souvent des droits et des devoirs des élèves, mais quand on lit les règlements intérieurs, l'accent est mis sur les devoirs.

M. R. – Tu sembles souligner de nouveau le manque de démocratie.

M. C. – Le règlement intérieur est un texte assez complexe, formalisé, souvent long, que, de ce fait, personne ne lit ni ne mémorise. Trop de règles tue les règles. Je reste persuadée que, pour qu'un règlement intérieur soit bon et respecté, il doit comporter peu de règles, mais simples, applicables et vérifiables.

M. R. – Aurait-il été écrit par des énarques ?

M. C. – Je ne sais pas ! (Rires.) En tout cas, il est envoyé aux parents, si bien que lorsque l'élève ne le respecte pas, les parents sont aussi implicitement responsables…

M. R. – À quoi cela sert-il dans le fond ?

M. C. – À formaliser les interdits.

M. R. – Pourquoi ? Si on ne les formalise pas, il n'est pas possible de les dire ? Par exemple, y a-t-il un règlement intérieur dans les familles ?

M. C. – Dans certaines familles, il paraît que oui. Qu'est-ce que tu en penses, toi ? C'est une bonne chose ?

M. R. – La psychothérapie familiale ne consiste-t-elle pas, dans le fond, à mettre la famille face à un règlement intérieur ? Avec les options paradoxales : « vous devriez », « faites ! » etc.

M. C. – Mais comment cela se passe-t-il ? Les interdits sont-ils affichés ?

M. R. – Oui, peut-être. Je me demande si, de temps en temps, on ne peut pas mettre dans la chambre d'un adolescent des panneaux « Range ta chambre ! ».

M. C. – C'est le problème des règlements. On y énonce ce que l'on ne doit pas faire, mais on parle si peu des droits.

M. R. – Le règlement intérieur est-il lu aux jeunes ? Le lisent-ils ? Est-ce qu'ils doivent l'entendre ?

M. C. – Je ne sais pas. Il serait intéressant de savoir combien de jeunes l'ont lu.

M. R. – Ont-ils la possibilité de le discuter ?

M. C. – Certains établissements scolaires le font. Justement, si on le discutait avec les élèves, l'adhésion au règlement serait probablement meilleure.

M. R. – N'est-ce pas là une possibilité de société scolaire participative ?

M. C. – Oui, je crois. (Rires.)

M. R. – Autrefois, la loi était représentée par une personne, en chair et en os. Du règlement intérieur au surgé, le surgé est peut-être préférable.

Le surgé

Je me souviens d'un vieux surveillant général du lycée où j'ai passé mon adolescence. C'était un vieux garçon, toujours habillé de manière très conventionnelle, on l'aurait dit sorti d'une gravure du XVIIIe siècle. Il avait une véritable autorité, une vraie gentillesse, il portait la loi, il la représentait, c'était lui la loi. On craignait le surgé tout en l'admirant et en l'aimant, et aussi en respectant ses fragilités.

M. C. – Oui. L'essentiel, dans la vie, est une affaire de relationnel.

M. R. – Si c'est une personne qui te dit : « Ne fais pas ça ! »…

M. C. – … Cela marche, a priori.

M. R. – En même temps, on peut rétorquer : « Mais moi, je veux faire autrement. » La discussion peut s'engager à partir du moment où il y a quelqu'un.

M. C. – C'est bien pourquoi je ne suis pas sûre qu'un règlement familial soit une bonne idée. Il faut que les parents parlent à leurs enfants. Si on affiche un règlement à l'intérieur des familles, on ne se parle plus, ce qui serait le comble.

M. R. – Il faut bien édicter des règles pour pouvoir fonctionner…

M. C. – Reste à savoir si on a les moyens de les faire respecter. Vous pouvez définir des règles tous azimuts, si vous ne disposez pas des moyens de les faire respecter, ceux qui les enfreignent ne seront pas sanctionnés. Et cela, est-ce une bonne chose ? Que l'on puisse commettre des actes délictueux à l'intérieur de l'école sans que personne s'en aperçoive, c'est quand même très anti-éducatif…

M. R. – Oui. Si, par exemple, le règlement ne rend possibles que des transgressions, c'est qu'il est nul.

Les violences à l'école et aux alentours[1]

La violence scolaire mérite une attention toute particulière. Elle fait souvent l'objet de faits divers mettant en cause l'institution autant que l'entourage familial. Étant considérée comme la plus « gratuite » et la plus « intolérable », elle est aussi un enjeu sociétal. C'est donc un véritable sujet de préoccupation, qui est resté longtemps ignoré, partant du principe que cela *ne pouvait pas* arriver dans nos établissements en France, mais qui est reconnu depuis dix ans. Le texte officiel de coopération interministérielle pour la prévention de la violence scolaire définit en effet comme axe de politique de prévention « le savoir, la proximité et l'autorité[2] ».

Qu'en est-il dans la réalité, et comment mesurer la violence scolaire ? La mesure par les adultes (de type enquête Signa ou déclaration policière) n'est pas sans poser problème, car la déclaration de chacun va dépendre de : 1. sa définition de la violence ; 2. sa perception de la violence ; 3. sa volonté à transmettre les informations aux autorités de tutelle. Or la définition

1. Choquet M., Hassler C., Morin D., « Violence des collégiens et lycéens : constats et évolution », rapport au ministère de l'Éducation nationale, 2004.

2. Durand D., « Délégué Flash », CRDP de l'académie de Grenoble, 2006.

de la violence est très sensible au climat ambiant (une bagarre entre élèves était antérieurement jugée plus « normale » qu'elle ne l'est actuellement), et sa perception liée aux moyens qu'on se donne pour l'observer (plus les adultes sont présents partout, plus ils ont de chances de percevoir les violences). La volonté de transmettre aux tutelles est conditionnée par les moyens d'anonymat mis en œuvre (une bonne mesure ne peut se faire sans que l'on préserve l'anonymat du déclarant). C'est pourquoi les meilleures mesures de la violence sont rarement les statistiques officielles.

La déclaration faite par le sujet lui-même n'est pas non plus sans défauts. Cependant, établie dans des conditions de confidentialité et d'anonymat standardisées, et recueillie avec un questionnaire validé, l'autodéclaration est un moyen de mesure des plus fiables. Dans l'enquête ESPAD 2003, les auteurs de violences verbales et de coups citent en priorité l'école comme lieu de violence (47 % des garçons, 50 % des filles pour la violence verbale, respectivement 46 % et 40 % pour les coups), loin devant les abords de l'école (4 % des garçons, 3 % des filles pour la violence verbale, respectivement 5 % et 6 % pour les coups), ou la famille (6 % des filles et 2 % des garçons pour les violences verbales, 16 % des filles et 3 % des garçons pour les coups). Les auteurs d'actes racistes eux aussi citent l'école comme premier lieu (45 % des garçons, 48 % des filles), loin devant les abords de l'école (8 %).

Contrairement aux idées reçues, l'école (et non les alentours !) est donc le premier lieu des violences juvéniles. La violence scolaire augmente entre 12 et 15 ans, c'est-à-dire à l'âge du collège, pour diminuer nettement entre 15 et 18 ans. Elle semble progressivement « se déplacer » vers des lieux extérieurs à l'école, puisque l'« ailleurs » est plus souvent cité comme lieu de violence par les garçons les plus âgés plutôt que par les plus jeunes.

Lorsqu'on étudie les facteurs associés à la violence scolaire, force est de constater que :

– Les garçons sont plus enclins que les filles à être auteurs de toutes les formes de violences scolaires, et cela quels que soient leur âge et le type d'établissement.

– Il y a peu de différences entre les élèves de l'enseignement public et ceux du privé, mais les collégiens – tout comme les élèves de lycée professionnel – sont nettement plus nombreux que les élèves de l'enseignement général et technique (LEGT) à être auteurs de violences (à âge, sexe et toutes autres variables scolaires constants par ailleurs).

– La note scolaire joue un faible rôle dans les violences scolaires (à âge, sexe et toutes autres variables scolaires constants par ailleurs). Certes, les bons élèves sont deux fois moins nombreux que les autres à être auteurs de racket et de vols, mais on n'observe pas de différence à propos des violences verbales et des actes racistes.

– Le fait de ne pas aimer l'école et surtout le fait d'en être souvent absent sont des variables importantes, surtout pour expliquer les violences les plus graves, comme le racket, les vols et les actes racistes.

– Le facteur le plus important est la victimisation. Ainsi, les victimes de vol ont 5,1 fois plus de risques d'en être aussi auteurs ; les victimes de coups 8,6 fois plus de risques ; les victimes d'actes racistes 9,3 fois plus de risques ; les victimes de violences verbales 15,6 fois plus de risques et les victimes de racket 18,9 fois plus de risques.

Regards croisés

M. R. – Deux phénomènes très douloureux entrent dans ce constat. Indiscutablement, pour moi et pour les cliniciens, il y a l'autoviolence et l'hétéroviolence. Il est assez curieux que ces garçons et ces filles si bien élevés, si bien entourés, si bien observés que sont les adolescents d'aujourd'hui utilisent maintenant le passage à l'acte comme mode de communication lorsqu'ils sont en difficulté, comme s'ils se disaient : « Dès que je ne peux plus penser, je passe à l'acte. » L'action pour remplacer la pensée. « Je suis violent parce que je ne peux pas faire autrement. » L'autoviolence est aussi quotidienne que l'hétéroviolence. Un piercing, un tatouage, je veux bien, mais quinze, c'est une autoviolence, une manière de se faire du mal. De même, un piercing dans la langue, avec ce que cela comporte d'éléments sanglants et redoutables, ce n'est pas la même chose qu'un piercing dans l'oreille. Si on imposait à un adulte d'être percé dans la langue, il porterait plainte, littéralement, au niveau juridique. Un autre phénomène m'étonne : c'est l'importance des scarifications, par exemple. « De mon temps », il existait toujours un garçon qui se brûlait avec une cigarette, toujours au même endroit, sur la corne pour ne pas avoir mal. Aujourd'hui, on dénombre quatre, cinq jeunes par classe qui se scarifient régulièrement ou épisodiquement. Dans mon service, une gosse en situation névrotique de type hystérique se scarifie, le schizophrène ou l'anorexique se scarifie lui aussi comme une adhésion à la souffrance : « Moi aussi je veux montrer que je suis mal, moi aussi je veux montrer que je me démolis. » La scarification est peut-être un moyen de se protéger du suicide et de ne pas passer à l'acte plus grave – « Je me fais mal par partie » – mais il y a un lien entre scarification et suicide, c'est évident ; en même temps, n'y a-t-il pas plus de scarifications que de tentatives de suicide ? Quant à l'hétéroviolence, je crois qu'il se produit actuellement une faillite intergénérationnelle. Il n'existe plus, et c'est dommage, de respect pour les cheveux blancs, c'est-à-dire que le défi physique ne porte plus sur l'âge. Les jeunes peuvent provoquer un adulte en vélomoteur, dans la rue, pour n'importe quoi. Ils sont capables de violence intergénérationnelle, ce qui n'était pas le cas autrefois. Emplâtrer un grand-père ou bousculer une grand-mère est maintenant possible. C'est pourquoi moi, qui suis un psychiatre optimiste, je fais un constat pessimiste sur le développement de la violence, de l'auto- et de l'hétéroviolence : à force d'être bien élevés pour devenir propriétaires de soi, il faut que les jeunes soient destructeurs, tout simplement pour affirmer leur autorité et leur identité.

M. C. – Les violences quotidiennes sont assez importantes et je crois que le conflit des générations a fait qu'elles s'opposent les unes aux autres de nos jours. Un jeune va parler à un enseignant comme si c'était son copain, et cela peut être vécu comme une violence par les enseignants, alors qu'il y a vingt ou trente ans ce n'était pas pensable. Mais on peut se demander dans quelle mesure la violence de la société ne déteint pas sur les jeunes. Certes, la violence de la société n'est pas physique, mais elle est violente quand même ! On pense au chômage des jeunes, à l'inégalité face à l'emploi, au discours entendu disqualifiant leurs parents (parents laxistes), etc. La société n'est pas tendre vis-à-vis d'eux, on parle toujours négativement des jeunes.

M. R. – Oui, mais en même temps, on doit parler de ces faits divers tragiques, dans lesquels des jeunes assassinent leurs pairs au sein de l'école, comme celui mis en scène par Gus Van Sant dans *Elephant*. C'est assez passionnant : les jeunes commandent des armes et pénètrent dans le lycée pour tuer leurs condisciples. Ces histoires de violence se terminent toujours par un suicide, d'ailleurs.

M. C. – Oui, il existe un lien très fort entre la violence sur autrui et la violence sur soi.

M. R. – « Je vais tuer les autres avant de me tuer moi. » « Je dois me tuer », comme si les meurtres au sein de l'école consistaient à tuer les autres pour ne plus avoir de possibilité de recul. D'ailleurs, dans *Elephant*, de Gus Van Sant, l'adolescent tue son complice comme cela… Une discussion pour rien… Bang ! il lui balance une décharge, alors qu'ils sont en train de menacer le proviseur.

Géographie des scarifications

Outre la scarification banale de l'avant-bras, il existe toute une géographie des scarifications qui témoigne parfois de la pathologie. Ainsi la scarification au cou, au visage ou aux parties génitales : au-delà de la scarification névrotique, effet de mode, elle peut révéler aussi une structure de la personnalité beaucoup plus défaillante, de type troubles de la personnalité.

M. C. – La violence ne s'exerce pas uniquement sur les autres, elle s'exerce aussi sur soi. Et toutes ces petites mutilations à une époque où l'on n'est plus mutilé pour des raisons de guerre ! On s'automutile, alors qu'on pourrait parfaitement vivre en toute intégrité. Comme si le fait d'avoir mal était aussi une façon de dire qu'on vit.

M. R. – Oui, « j'existe par ma douleur ». À l'adolescence, ils vont chercher la douleur.

La victimisation scolaire[1]

Si la proportion de jeunes qui se déclarent « victimes » est supérieure à la proportion de ceux qui en sont « auteurs », force est de constater que ce rapport victime/auteur est plus important parmi les plus jeunes et parmi les filles. Quant aux facteurs associés à la victimisation des violences scolaires, on note que :

– À sexe et toutes autres variables scolaires constants par ailleurs, le risque de victimisation diminue sensiblement avec l'âge.

– Il y a peu de différences entre les élèves de l'enseignement public et ceux du privé.

– Les collégiens, tout comme les élèves de lycée professionnel, sont nettement plus nombreux que les élèves de l'enseignement général et technique à être victimes de racket, de coups et d'actes racistes.

– Les « bons élèves », et surtout les « très bons élèves », courent plus de risques que les autres de subir des violences verbales, mais aussi des vols.

– Le fait d'aimer (ou non) l'école et surtout le fait d'en être souvent absent ne sont pas liés à la victimisation.

---

1. Choquet M., Hassler C., Morin D., « Violence des collégiens et lycéens : constats et évolution », rapport au ministère de l'Éducation nationale, 2004.

– Le facteur le plus important concerne le fait d'être auteur de violences. Ainsi, les auteurs de vol ont 5 fois plus de risques d'en être victimes ; les auteurs d'actes racistes 9,3 fois plus de risques ; les auteurs de violences verbales 15,4 fois plus de risques et les auteurs de racket 18,5 fois plus de risques d'en être victimes.

Regards croisés

M. C. – Les jeunes peuvent être victimes d'un certain nombre de violences à l'école : de vols, mais aussi de coups, etc. Cependant, la victimisation va de pair avec sa propre violence envers autrui, ne l'oublions jamais, ce sont les deux aspects d'un même problème. La violence, c'est à la fois la violence sur soi, la violence sur autrui et la violence subie. Les trois vont de pair et j'ignore laquelle est à l'origine de l'autre, mais on constate que tout cela circule auprès des mêmes jeunes.

M. R. – Je reviens sur *Elephant*, de Gus Van Sant. Effectivement, au début du film, la classe se moque du « héros » qui deviendra meurtrier, on lui balance des boulettes de papier mâché. Lui se sent surpuissant en regardant par hasard des films nazis, chez lui, avec son jeune copain homosexuel. Ensuite, il va tuer ses condisciples avec un fusil à pompe. Il a été victime, bouc émissaire, moqué, il a du mal à parler, il est bègue, et là, il tue.

M. C. – Cela signifie que si l'on veut prévenir la violence scolaire, l'une des premières actions de prévention serait peut-être de travailler sur la victimisation. Il faut considérer divers niveaux de violence, pas uniquement la violence physique mais aussi la violence morale, psychologique. On aurait tort de se focaliser sur un certain type de violence physique sans prendre en compte le reste.

M. R. – Je ne crois pas possible qu'un gosse en SEGPA, en CPA ou en LEP, ne réagisse pas de manière agressive, si on se moque de lui dans sa non-scolarité.

M. C. – Les moqueries là aussi peuvent s'exercer à différents niveaux. Ce ne sont pas seulement celles des jeunes, mais aussi celles des adultes ; un enseignant peut être blessant dans ses propos en classe.

M. R. – Il existe d'ailleurs une insulte extrêmement « désintégrative » : c'est « mongol ».

« Mongol »

Je réprouve cette référence à mauvais escient à un handicap que l'on considère comme un déficit de communication. Comment oser dire : « Ce mongolien m'a dit que… » en parlant de quelqu'un qui n'est pas porteur de ce handicap ? L'insulte « Mongol » est aujourd'hui courante chez les adolescents. Élevons-nous contre ce non-respect de la différence, qui est un signe de désociabilité à proscrire.

M. C. – Bien sûr. Je ne pense pas que les enseignants traitent ouvertement leurs élèves de « mongols ». Cela, ils se le disent à la limite entre eux, mais ils peuvent proférer des violences qu'eux-mêmes ne perçoivent pas comme violentes et qui, pourtant, le sont terriblement pour les jeunes.

L'absentéisme scolaire

L'obligation scolaire accompagne deux principes essentiels de la scolarité en France : la gratuité et la laïcité. La définition de l'absentéisme n'est pas aussi aisée qu'il y paraît, car tout dépend de « ce que l'on met dedans ». Soit on s'en tient à l'« absence injustifiée au cours », soit on y inclut aussi le retard, surtout lorsque celui-ci se répète, et les absences « administrativement ou médicalement justifiées » car les parents peuvent aussi être complices d'une absence et certains troubles d'ordre psychosomatique (maux de ventre, maux de tête, etc.) peuvent signifier un refus scolaire plutôt qu'une véritable maladie somatique.

De surcroît, tout dépend aussi du seuil auquel on se réfère. Si l'on utilise le seuil de « quatre demi-journées d'absences injustifiées par mois », environ 5 % des collégiens et lycéens sont « absentéistes » (année scolaire 2003-2004) ; si l'on se rapporte à un seuil plus sévère, de « 12 à 40 demi-journées », 0,8 % des élèves seraient concernés.

Dans les enquêtes menées auprès des jeunes scolarisés, on inclut dans l'« absentéisme » un ensemble de comportements vis-à-vis de l'assiduité scolaire, comme les retards aux cours, les absences à un cours dans la journée, les absences d'un jour, justifiées ou non. Entre 1993 et 2003, les retards occasionnels aux cours ont augmenté de 20 % environ à tout âge, alors que le fait de « sécher les cours » a diminué d'environ 10 % et que l'« absence d'un jour ou plus » a baissé de 15 %, en particulier parmi les moins de 16 ans[1]. Au total, l'absentéisme scolaire a diminué parmi les plus jeunes (donc au collège), mais a augmenté chez les élèves âgés de 18 ans (en particulier au lycée professionnel), les filles comme les garçons.

Les élèves de l'enseignement privé sont nettement moins absentéistes que ceux du public. En effet, 9 % des garçons et des filles du privé sont régulièrement absents, proportions qui s'élèvent à 13 % pour les garçons et 11 % pour les filles du public. Les internes ne sont pas moins absentéistes que les autres, et le fait de vivre dans l'établissement scolaire n'est pas une garantie d'assiduité.

L'absentéisme (régulier) est inversement proportionnel au niveau d'études des parents, et plus fréquent quand les parents ne vivent plus ensemble. Tout se passe donc comme si l'investissement scolaire des parents influait sur celui des jeunes, garçons ou filles. Reste qu'il s'agit là de tendances et non de déterminisme. En effet, parmi les jeunes dont le père n'a pas dépassé le niveau de l'enseignement primaire, 35 % ne sont jamais absents (*versus* 45 % parmi ceux dont le père a fait des études supérieures).

Si tous les troubles se révèlent associés à l'absentéisme scolaire, on note une relation quasi linéaire entre « absentéisme et tabagisme quotidien », « absentéisme et consommation régulière de cannabis », « absentéisme et fugue » et, dans une moindre mesure, entre

1. Choquet M., Hassler C., Morin D., « Violence des collégiens et lycéens : constats et évolution », rapport au ministère de l'Éducation nationale, 2004.

« absentéisme et consommation régulière d'alcool » et « absentéisme et dépression ».

Regards croisés

M. C. – J'aimerais connaître ton ressenti sur la question : l'absentéisme augmente-t-il ? Est-il grave ? Pas grave ?

M. R. – Selon moi, il existe deux types d'absentéisme. D'abord, l'absentéisme scolaire synonyme d'école buissonnière, avec tout le charme que cela comporte. « Je suis amoureux fou d'une adolescente, je vais avec elle au cinéma ou au jardin du Luxembourg… me balader sur le Vieux Port… donc, je zappe une ou deux heures de cours. » C'est, névrotiquement parlant, remarquablement correct, et selon moi, dans les notes de vie scolaire, il faudrait majorer la poésie du garçon ou de la fille capable de tels actes. Éliminons donc cela du champ pathologique. L'autre forme d'absentéisme scolaire est un gros marqueur du mal-être de l'adolescent. On pointe là deux responsabilités : celle de l'école, par délégation d'autorité parentale, qui constate l'absence de l'élève et celle d'informer les parents que l'enfant n'est pas à l'école…

M. C. – C'est vrai qu'il y a un absentéisme occasionnel, fréquent d'ailleurs, et un absentéisme régulier, plus rare, qui concerne quand même près de 1 jeune sur 10.

M. R. – Je me demande pourquoi les élèves ne pointent pas en entrant à l'école, comme Charlot le fait à l'usine dans *Les Temps modernes*. On pourrait ainsi contrôler les entrées et les sorties de manière assez simple grâce à des badges magnétiques, et cela responsabiliserait beaucoup les adolescents et les adolescentes de se dire : « Je pointe parce que je travaille, je vais à l'école, c'est un temps qui représente pour moi une activité. » À mon sens, il ne serait absolument pas antidémocratique que l'enfant manifeste sa présence et la signe, plutôt que de procéder à un appel qui constitue un acte vertical (« je fais l'appel, je vérifie que tu es là »), militaire dans le fond.

Cela dit, passons à la psychiatrie. Un enfant qui manque beaucoup l'école est un signe d'appel, cela signifie qu'il va mal. Dans toutes les pathologies, on retrouve le zapping scolaire. Il y a actuellement une épidémie de phobies scolaires. Plusieurs explications à cela. D'abord, l'importance que l'école a prise aujourd'hui. C'est elle qui fonde l'avenir et toutes les inquiétudes parentales concernent le diplôme, pour que les jeunes soient à l'abri du chômage. En même temps, cela interdit à un garçon désireux d'être boulanger, maçon ou agriculteur de le devenir, car il doit aller à l'école jusqu'à 16 ans. Les garçons qui gardaient autrefois les troupeaux, les filles qui ramassaient les légumes, c'est fini, cela n'existe plus, cela fait presque l'objet d'un signalement : si on voit une enfant travaillant dans un champ au lieu d'être scolarisée, le juge pour enfants va intervenir. On a donc rendu juridique la relation de l'enfant à l'école. Mais la phobie scolaire est encore autre chose : c'est un trouble très particulier de l'individuation, de la séparation et de la crainte de la mort. « Je ne peux pas aller à l'école, parce que si je me détache de la maison, il va m'arriver quelque chose, ou il va arriver quelque chose à mes parents ou à mes proches. » Cela pose, en fait, le problème que l'école, loin d'être un lieu de réassurance comme la maison, est un lieu de danger. Les enfants atteints de phobie scolaire repoussent le prof de maths et celui d'éducation physique. Pourquoi ces deux spécialités ? Les maths parce que c'est la raison, et l'éducation physique parce que c'est le corps. Ou alors ils fuient un groupe de leurs pairs qui se moque d'eux, qui leur en veut et qui leur est hostile. Les troubles graves ne représentent que 5 % des phobies scolaires. Pour le reste, il s'agit de troubles de la sociabilité en articulation entre l'école et la maison, de peur de l'avenir qu'on ne maîtrise pas, et sur laquelle on préfère supprimer toute prise pour ne pas risquer l'échec. En annulant l'école, on élimine en quelque sorte son propre échec.

M. C. – Peut-être ne faut-il pas confondre absentéisme et phobie scolaire. Je pense que, souvent, on les assimile.

M. R. – La phobie scolaire, c'est l'impossibilité absolue de franchir le portail de l'école.

M. C. – Ce qui pose problème, c'est qu'on identifie mal les difficultés des jeunes souvent absents. Toutes les études le confirment, les jeunes absentéistes sont en mal-être général. L'absentéisme scolaire est, de ce fait, un des meilleurs indicateurs des difficultés d'ordre familial, social, relationnel… il est un bon clignotant. Et puis, il y a la phobie scolaire, qui est effectivement l'absolue impossibilité d'aller à l'école.

M. R. – Phobie signifie « peur ». La phobie scolaire, ce serait donc la peur de l'école. Mais c'est bien plus qu'une simple peur de l'échec. Il s'agit d'une impossibilité phobogène, comme l'incapacité à monter dans un ascenseur, ou à parler en public. C'est phobique au sens où cela enclave et enserre le sujet. C'est pourquoi il ne faut pas parler de phobie scolaire quand un enfant peut aller à l'école. C'est quand il ne peut plus franchir le portail de l'école qu'il en a une.

Je ne peux plus marcher

Un de mes amis, un peu plus âgé que moi, est resté allongé pendant un an, après la Seconde Guerre mondiale, disant qu'il ne pouvait plus avancer. Ce qui lui a permis de rester merveilleusement chez lui, dans une jolie villa avec vue sur la mer ; sa mère et son père se sont occupés de lui sans répit, jusqu'au jour où un professeur de pédiatrie a déclaré : « Cet enfant simule. » La phobie scolaire a été stoppée net et mon ami a fait une brillante carrière universitaire.

M. C. – Donc le fait de le forcer ne sert à rien ?

M. R. – Dit-on : « Puisque tu as peur du noir, on va t'enfermer dans une chambre obscure » ? On ne guérit pas une peur en l'accentuant. Le problème de la prise en charge des phobies scolaires se pose à partir du moment où l'on a établi un véritable diagnostic de phobie scolaire – non une simple peur de l'école ou un désir de faire l'école buissonnière.

M. C. – On pourrait conseiller aux parents, quand survient un problème scolaire, de chercher à savoir de quoi souffre le jeune. Il me semble qu'un certain nombre de jeunes sont obligés d'aller à l'école alors qu'ils souffrent d'une phobie scolaire et qu'il faudrait les traiter autrement, tandis que d'autres, qui sont plutôt dans un désinvestissement, demeurent à tort à la maison.

M. R. – Si l'on pouvait mettre l'accent sur deux difficultés importantes à l'adolescence, ce serait les troubles du sommeil et l'absentéisme scolaire. Il s'agit de deux gros signes, et quand ils sont associés, cela signifie qu'il faut chercher plus loin.

M. C. – Tout à fait. Mais tout le monde n'est pas capable de faire un diagnostic. Ce n'est pas l'affaire des enseignants ; pour cela, il faut être un spécialiste de la question. Et, là, une consultation psy s'impose.

Quand l'entourage n'est pas bon, l'adolescent devient mauvais

Tout tend à montrer que la qualité relationnelle de l'entourage joue un rôle prépondérant pour « expliquer » les troubles et conduites des adolescents, sachant que cette relation n'est pas « linéaire », mais « en spirale », comme nous l'avons vu. Le cumul des facteurs défavorables augmente le risque en soi. Ainsi, le risque de tentative de suicide est multiplié par 3 chez les jeunes cumulant des difficultés relationnelles intrafamiliales[1].

Regards croisés

M. C. – Il est vrai que « quand l'entourage n'est pas bon, l'adolescent devient mauvais ». Mais cela peut s'interpréter de diverses façons. Quand on dit : « l'entourage est mauvais », on a souvent l'impression qu'on parle du niveau socioculturel, du niveau d'études, de revenus, etc. Or, ce que montrent les études, c'est que le facteur socioculturel influe moins sur l'émergence des pathologies que la mauvaise qualité relationnelle.

---

1. Choquet M., Granboulan V., *Les Jeunes Suicidants à l'hôpital*, EDK, 2004.

M. R. – Ce que l'on entend par « un environnement mauvais », ce n'est pas le niveau socio-économique et culturel ; c'est une position de mépris ou de désintérêt pour l'adolescent de la part de son environnement.

M. C. – Oui, mais c'est nous qui le voyons ainsi, ce n'est pas nécessairement perçu comme cela par l'ensemble des gens. Il faut quand même éviter de dire que le niveau socioculturel va être à l'origine des pathologies à l'adolescence. Les études montrent que ce n'est pas vrai.

M. R. – En aucun cas je ne suis rassuré par un milieu socioculturel, disons, huppé par rapport à un milieu socioculturel pauvre. J'ai même parfois tendance à basculer de l'autre côté, c'est-à-dire que je me demande : « Ce papa un peu absent qui fait des affaires internationales et cette maman tellement préoccupée par sa propre carrière d'actrice, est-ce que c'est un bon milieu ? » Eh bien non. Un environnement mauvais, c'est quelqu'un qui n'a pas ces petites attentions qui font le quotidien.

Le foulard et l'ado

Une maman me confie que les difficultés de son fils adolescent sont de plus en plus vives. En même temps, elle a remarqué qu'elle a renoncé à lui mettre un foulard, ce qui était traditionnel depuis sa petite enfance lorsqu'il partait le matin au collège. Au bout de quelques mois, le garçon lui avait reproché de ne plus s'intéresser à lui ; alors qu'elle était tout en pudeur et en réserve, il attendait toujours qu'elle lui passe autour du cou le foulard, qui restait pendu au portemanteau dans l'entrée comme le symbole de la rupture entre la mère et son fils et le signe du début de l'adolescence.

Si un gamin adore, par exemple, le thé à 16 heures, sa maman, sa grand-mère, sa sœur le lui apporte, pas plus, sans un mot. Je crois que les mères ont compris plus que les pères ce sens du quotidien et la permanence de moments très particuliers.

M. C. – Il est capital de répéter que les conditions socio-économiques ne déterminent pas le bien-être ou le mal-être des adolescents. On peut être mal avec des parents de haut niveau socioculturel pour d'autres raisons, parce qu'ils sont absents, parce qu'ils ne s'occupent pas du jeune, etc. On peut être heureux, inversement, dans une famille modeste, car il y a de la tendresse qui circule…

M. R. – Par certains aspects, un milieu modeste pousse l'enfant à mieux réussir : « Tu réussiras mieux que moi », c'est le fondement.

M. C. – C'est une chance.

M. R. – C'est effectivement une chance. Tout le monde n'a pas la chance d'être issu d'un milieu modeste, voilà ce que je voudrais dire.

L'internat

L'internat est un sujet d'actualité. Selon le ministère de l'Éducation nationale, il constitue un « cadre structurant pour beaucoup d'élèves ne trouvant pas les conditions favorables à leurs études dans leur environnement familial » et peut « représenter un atout déterminant pour la réussite scolaire et l'intégration sociale de nombreux enfants et adolescents ». Préconisée par les uns comme un moyen d'autonomisation et de lutte contre l'échec scolaire, mise en cause par les autres comme lieu de solitude et de conduites à risque (Ballion, 1999), la mise en internat est souvent une nécessité pour réduire la distance entre le domicile et le lieu de formation désirée.

En 1993, 5 % de garçons et 3 % de filles étaient internes ; en 2003, ils sont respectivement 7 % et 5 %. La fréquentation de l'internat est donc en augmentation pour les deux sexes. Toutefois, cette augmentation concerne seulement les plus jeunes (en âge de scolarité obligatoire) et particulièrement les filles. À tel point que, actuellement, parmi les 12-15 ans, les filles en internat sont aussi nombreuses que les garçons[1].

Cette augmentation concerne aussi en priorité les familles recomposées. La proportion d'internes y est

1. Choquet M. et al., « Enquête ESPAD 2003 ».

passée de 3,2 % en 1993 à 8,1 % en 2003, soit une augmentation de +134 %, alors que cette augmentation n'est « que » de 60 % dans les familles traditionnelles et de 34 % dans les familles monoparentales.

En 2003, les internes sont plus souvent des multiredoublants issus de famille recomposées. Aucun lien notable, en revanche, avec le fait d'être issu d'une famille monoparentale. Si, en 1993, les internes étaient plus volontiers consommateurs d'alcool et plus suicidaires que les non-internes, la différence « comportementale » entre internes et externes s'est accentuée en dix ans en défaveur des internes, et concerne autant la consommation de tabac et de cannabis que d'alcool.

Regards croisés

M. C. – Il y a aujourd'hui plus de jeunes en internat qu'il y a dix ans, c'est étonnant. Alors que le nombre d'établissements scolaires s'est accru dans toutes les villes de France, on constate une augmentation du nombre d'internes. On peut être interne pour deux raisons : soit parce qu'on veut suivre une spécialité qui n'est enseignée que loin de chez soi, l'internat est alors une obligation – c'est ce qu'on trouve en particulier dans les lycées professionnels. Soit parce que le jeune est en difficulté à la maison et que ses parents se disent qu'« il travaillerait mieux à l'internat ». Cela cache très souvent une impossibilité à gérer son adolescent. Cette mise à distance m'inquiète, d'autant plus avant l'âge de 16 ans. Je reste persuadée que, quand il y a conflit à la maison, il faut le gérer, il ne faut pas l'éviter.

M. R. – Je suis fondamentalement d'accord. Mais, du point de vue des psychiatres, on a aussi besoin d'internats. Parfois, le psychiatre doit savoir échouer avec un adolescent qui, de toute façon, n'accepte rien de ce qu'on peut lui proposer en harmonie, en alliance avec ses parents. L'internat constitue alors une soupape, il permet de montrer qu'on n'en peut vraiment plus. « Moi, psychothérapeute, je ne peux pas, tes parents ne peuvent plus, et toi, tu ne peux pas. » Cela comporte un énorme intérêt. Ce qui m'intéresse dans les études épidémiologiques, ce n'est pas tant l'augmentation du nombre d'internes que la durée de mise en internat, en combien de temps cela réussit et en combien de temps cela échoue. Un internat qui se pérennise serait quand même de l'ordre de l'abandon. Un internat temporaire, séquentiel, est très différent… et j'envisagerais volontiers un internat très, très ponctuel, de deux jours par semaine, le week-end, du genre : « Tous les week-ends à la maison, cela ne va pas. Pourquoi on n'essaie pas de te faire faire quelque chose le week-end ? »

M. C. – Le problème, c'est qu'on ne peut pas mettre un jeune en internat « près de chez soi ». Cet internat par alternance que tu proposes est donc impossible. Un établissement ne prendra un enfant à l'internat que s'il habite loin de là, donc pour une année scolaire au moins et à plein temps.

M. R. – La solution, ce serait que tous les établissements scolaires, ou du moins une grande majorité d'entre eux, aient un internat de huit à dix chambres qu'ils pourraient allouer à l'occasion de moments difficiles ou particuliers. Par exemple, si le père fait un infarctus, ou subit un grave accident du travail, et que la mère s'occupe beaucoup de lui, pourquoi ne pas mettre en internat au lycée ou au collège un adolescent qui, sinon, va se sentir tout à la fois coupable et responsable de pas pouvoir se gérer, de ne pas réaliser ce que veulent ses parents alors que son père est hospitalisé ? De même, si le couple parental se déchire, la séparation est très compliquée à vivre à l'adolescence, et l'internat présente l'avantage de proposer une certaine neutralité. Cela nous mène à la réflexion : Qu'est-ce qu'une école ? Qu'est-ce que l'école ? Qu'est-ce qu'un collège ? qui est fondamentale, et va peut-être plus loin que la seule question de l'internat.

M. C. – Certainement. Mais lorsqu'on regarde de plus près qui sont les internes, on constate qu'il s'agit le plus souvent de jeunes de familles recomposées. Ce qui montre bien que quelque chose ne va pas à la maison et qu'on place le jeune en internat non pas tant pour son bien-être que parce qu'il y a tension à la maison. C'est une façon, me semble-t-il, de ne pas gérer les conflits.

L'internat comme un échec

Il ne faut pas que l'internat soit vécu selon les termes : « C'est parce que c'est foutu qu'on te met là, pour ne plus te voir. » Dans ces conditions, l'internat va fonctionner à rebours et l'adolescent va vivre un violent rejet, manifesté par son expulsion du domicile familial. D'ailleurs, on peut parfois s'étonner du refus absolu de l'internat chez certains enfants qui craignent surtout d'être rejetés par leurs parents, quelles que soient les difficultés qu'ils leur posent.

M. R. – On ne pourrait pas imaginer que la mise en internat soit obligatoirement contractualisée entre les parents, l'adolescent et l'internat lui-même selon les termes : Quelle durée ? Pour quoi faire ? Pour quelles évaluations ?

M. C. – Certes, mais cela n'a pas le même sens d'aller en internat après un échec au bac pour se rattraper l'année d'après et d'y aller dès la seconde pour d'autres raisons. Ces raisons peuvent être multiples. Néanmoins je reste persuadée que l'augmentation du nombre d'internes aujourd'hui est davantage liée à la recomposition et aux conflits familiaux qu'à d'autres motifs.

M. R. – Lorsque, par exemple, un adolescent attaque sa mère, le père étant parti, celle-ci va très rapidement lui proposer soit d'aller vivre chez son père, ce qu'il refuse depuis longtemps, soit de devenir interne, nous sommes d'accord.

Le trop bon élève, le bouffon, et ce que les parents leur font vivre

8 % des élèves (6 % des garçons, 9 % des filles) obtiennent des moyennes élevées (16/20 et plus) à l'école, même si cette proportion diminue avec l'âge. Le système scolaire, tout comme les parents, encourage cette « excellence scolaire » et 10 % des élèves disent que leurs parents sont très exigeants à ce sujet.

Reste qu'entre condisciples la bonne note n'est pas systématiquement synonyme d'égards. En effet, les bons élèves sont plus souvent victimes de coups que ceux qui ont de mauvais résultats scolaires (le risque est augmenté de 100 %[1] !) et peuvent être traités d'« intellos » (c'est presque une insulte dans les cours d'école) ou de « lèche-cul » parce qu'ils apprennent leurs leçons et qu'ils ne s'en cachent pas.

Regards croisés

M. R. – Voilà une catégorie complètement oubliée, abandonnée. Par exemple, comment survivre actuellement dans un lycée normal si on fait du latin-grec ? C'est impossible.

---

1. Choquet M., Hassler C., Morin D., « Violence des collégiens et lycéens : constats et évolution », rapport au ministère de l'Éducation nationale, 2004.

M. C. – Si encore on est en groupe, si la plupart des élèves sont « bons », ça va, parce que les groupes se défendent mieux que les individus ; mais si, à l'intérieur d'une classe, on est vraiment toujours le très bon élève, très loin devant les autres, certes on plaît aux enseignants, mais on est aussi le bouffon de la classe. Les violences faites au bon élève existent, il est plus souvent objet de coups que les élèves moyens.

M. R. – Il existe aussi une incroyable inquiétude concernant l'enfant précoce. Ce serait un enfant qui s'ennuierait à l'école – mais s'il est intelligent, l'école ne lui sert à rien, et je ne vois pas pourquoi il s'y ennuie. Progressant trop vite, il est considéré comme défaillant, il apprend vite puis il fait autre chose, alors on peut l'envoyer à la médiathèque, jouer au ballon dans la cour, on peut lui faire faire n'importe quoi. Mais considérant qu'il va trop vite par rapport à sa classe, on le décentre pour le déplacer dans une ou deux autres classes. On le retrouve à 9 ans et demi en cinquième, et il est cuit. Ensuite, il triple sa seconde, comme un nain savant qui a échoué. Je crois qu'il y a là une incapacité à supporter les différences par le haut. On est universaliste dans la moyenne : soyons moyens, quoi.

Au bord de la Seine

Cette jeune fille, en classe préparatoire dans un grand lycée parisien, a eu une très mauvaise note en latin. Elle ne rentre pas chez elle. Sa mère la retrouvera assise au bord de la Seine, en larmes. Comme quoi, l'entrée dans un lycée prestigieux n'évite pas toujours les conduites à risque.

M. C. – Il est vrai que si un élève est déviant par rapport à une moyenne, que ce soit d'un côté (trop mauvais) ou de l'autre (trop bon), on ne sait pas le gérer.

M. R. – On ne peut pas abattre l'originalité, la compétence… Sinon, cela pose la question fondamentale d'un monde où l'intolérance grandit : intolérance pour les handicapés, mais aussi pour les bons élèves.

M. C. – Ce n'est pas tant l'école qui met les bons élèves à l'écart – l'école et les enseignants les aiment quand même et ils peuvent devenir des chouchous – que le groupe de pairs. C'est de cela que les bons élèves souffrent le plus : ils sont rejetés par leurs pairs.

Un trop bon élève

Avec 19/20 de moyenne, ce garçon n'avait pas d'amis. Peu à peu, grâce à un long soutien psychologique, il a obtenu 14. On n'a jamais réussi à descendre plus bas. On ne peut quand même pas trop dégrader la scolarité des bons élèves !

M. R. – Et ils sont parfois obligés de recourir à des stratégies incroyables.

M. C. – Reste que l'école doit gérer cette diversité. On peut penser qu'un bon élève est excellent en latin-grec et moins bon dans d'autres matières, en particulier en sport ; pour d'autres, ce serait l'inverse ; par conséquent, si on mettait en avant la diversité des capacités, peut-être aurait-on moins de clivages entre les bons et les mauvais élèves. Il me semble qu'il y a là un manque de valorisation des qualités autres que purement cognitives.

M. R. – La métaphore qui me vient à l'esprit se rapporte à l'univers du rugby ; au rugby, le bon élève, c'est l'arbitre ; ce n'est pas un bon joueur dans la pratique, mais il connaît bien le jeu conceptuellement. Le joueur de rugby de grande qualité, au contraire, respecte l'arbitre, qui dit la règle, mais il lui est supérieur dans la pratique.

M. C. – Il existe donc bien une complémentarité entre les joueurs. Si l'on mettait davantage l'accent sur cette complémentarité entre élèves, peut-être cela se passerait-il mieux à l'école.

M. R. – On peut néanmoins regretter qu'il soit difficile actuellement d'être un bon élève.

M. C. – Surtout parce que le bon élève est l'objet de victimisation de la part des autres.

M. R. – Malheureusement, le milieu socioculturel et économique compte alors : si on est dans un lycée, disons, relativement défavorisé, alors qu'on est très bon élève, on n'est pas au mieux.

M. C. – Il est sûr que si l'on se retrouve « entre soi », c'est beaucoup plus simple. Reste que, quand on a été bien classé dans un établissement moyen et qu'on se retrouve ensuite dans un très bon lycée, du coup, on devient moyen. Tout est donc relatif, il faut s'y préparer et l'accepter.

L'échec scolaire

Si la réussite scolaire n'est pas nécessairement l'objectif premier de l'adolescent (corrélativement, l'échec scolaire n'est pas toujours vécu comme dramatique), force est de constater que la réussite, comme l'échec, à l'école est un facteur qui compte dans la réussite ou l'échec personnels. Elle recouvre néanmoins plusieurs réalités. Nous nous proposons d'aborder successivement le redoublement et le mal-être à l'école.

Le redoublement, l'une des pièces maîtresses du système éducatif en France, est corrélé à l'organisation des apprentissages par classe d'élèves. Or, comme de nombreux élèves, regroupés au sein d'une même classe, doivent assimiler le même corpus de connaissances dans le même laps de temps, tout écart vis-à-vis de cette exigence est quasi systématiquement suivi d'une « remise à niveau », plus concrètement : d'un redoublement. Pourtant, devant l'échec du redoublement en Europe (les pays ayant le plus haut niveau de développement, les pays scandinaves, par exemple, ne pratiquent pas le redoublement entre 6 et 16 ans !), cette pratique a fortement diminué en France. Entre 1993 et 2003, la proportion d'élèves ayant déjà redoublé a nettement diminué : parmi les plus jeunes (12-13 ans), elle a été divisée par 2 en l'espace de dix ans ; parmi les plus âgés (17-18 ans), elle a diminué de 20 % environ. L'effort a surtout porté sur la réduction des redoublements multiples, qui ont presque disparu pour les 12-13 ans (3 % en 1993, 0,5 % en 2003), ont été divisés par 2 pour les 14-16 ans (passant de 10 % à 4 %) et par 4 pour les 17-18 ans (passant de 24 % à 7 %).

Malgré cette évolution, certaines constantes subsistent. Ainsi, le redoublement est :

– plus fréquent chez les garçons que chez les filles, et cela quel que soit l'âge ;

– une expérience « majoritaire » (56 % des garçons et 48 % des filles de l'âge de 18 ans ont déjà redoublé au moins une fois) ;

– inversement proportionnel au niveau d'études des parents, une des variables socio-familiales des plus « explicatives » ;

– associé à certains troubles et conduites, en particulier : 1. la consommation quotidienne de tabac, 2. la tentative de suicide, et ce après ajustement sur les autres variables de confusion (âge, sexe, niveau d'études des parents, situation familiale). Pour les filles, s'y ajoute le risque de fugue.

« Aimer l'école » est une question autrement plus subjective ; elle résume pourtant parfaitement la qualité de la vie scolaire. Le goût pour l'école semble être un bon marqueur de l'adaptation dans la vie quotidienne, moins liée au type d'établissement fréquenté qu'au climat qui y règne. Selon Godeau[1], les élèves aimant l'école sont bien plus nombreux à trouver justes et équitables les règlements qui la gouvernent, à ne pas être stressés par le travail scolaire, à percevoir le soutien de la part des enseignants et à ne pas se plaindre des exigences scolaires.

1. Godeau E., Grandjean H., Navarro F., *La Santé des élèves de 11 à 15 ans en France*, INPES, 2005.

Selon les enquêtes épidémiologiques :

– Près de 1 jeune sur 2 aime bien l'école, les filles plus encore que les garçons.

La satisfaction scolaire s'est bipolarisée en l'espace de dix ans, avec une augmentation des jeunes qui se disent « bien à l'école » et de ceux qui s'y disent « pas bien du tout », au détriment de ceux qui l'aiment « moyennement ».

– Contrairement au redoublement, la satisfaction à l'école est moins liée aux variables scolaires qu'aux variables familiales et relationnelles. Ainsi, l'insatisfaction scolaire ne dépend pas du type d'enseignement (les élèves de lycée professionnel sont même un peu plus satisfaits que les autres), ni du type d'établissement (public ou privé, ZEP ou non), ni du niveau scolaire des parents, mais des problèmes relationnels avec le père, la mère et les amis.

– L'insatisfaction scolaire est en relation linéaire avec la consommation de tabac et de cannabis et, de surcroît chez les filles, avec la dépressivité, la tentative de suicide, la fugue et la consommation régulière d'alcool.

Regards croisés

M. C. – L'échec scolaire est un concept difficile à appréhender. Que recouvre cette expression ? Est-ce qu'on parle du redoublement ? Est-ce qu'on parle de l'échec de la vie scolaire ?

M. R. – 44,6 % des consultations de pédopsychiatrie sont motivées par l'échec scolaire. On peut s'interroger dès lors : s'agit-il encore de pédopsychiatrie ? Avec notre tendance à dire : « Quand il y a défaillance, il y a souffrance », les parents nous amènent des enfants non pas en souffrance mais en échec, c'est-à-dire des enfants qui, sur le plan instrumental, ne sont pas capables de réflexion mais qui n'en souffrent pas nécessairement. Il n'empêche : dans certains cas, l'image de soi, la construction de soi est fonction de la réussite ou de l'échec scolaire. L'échec scolaire, c'est alors l'échec de ne pas être comme les autres, de ne pas être moyen – on en revient à la notion d'être « moyen ». Passer dans la classe supérieure, cela rassure les parents, qui disent : « Il a des capacités, il devrait plus travailler. » Si leur enfant échoue, c'est sans doute : « Il m'en veut, il veut me faire souffrir, il veut me punir en échouant. » Il y a là quelque chose de l'ordre de la blessure parentale. Les parents sont tout autant blessés de l'échec scolaire de leur enfant que de leur propre échec. D'ailleurs, c'est une question très intéressante à poser aux parents : « Vous-même, qu'avez-vous fait comme études ? » On s'aperçoit qu'ils disent : « Moi non, je n'ai pas fait d'études mais elle (ou lui), ce n'est pas pareil. »

M. C. – Quand on parle d'échec scolaire, on imagine que c'est à la fois un problème de redoublement et d'orientation scolaire. Mais pourquoi ne pas prendre en compte aussi la mésentente à l'école ? Parce que le « bien-être scolaire » est également un facteur important d'intégration, même s'il ne fait pas partie de ce qu'on appelle habituellement la réussite scolaire. L'échec scolaire me paraît parfois un concept fourre-tout, que j'ai du mal à mesurer.

M. R. – Il existe des maladies sympathiques et des maladies antipathiques. Les maladies héréditaires, le cancer, voilà des maladies chic, alors que, parmi les maladies antipathiques, il y a le déficit intellectuel, le trouble des apprentissages et surtout – le binôme en vogue actuellement – un enfant qui n'apprend pas bien *et* qui a des troubles du caractère. Celui-là est vite exclu.

Handicap antipathique

Parmi les exclusions, le déficit intellectuel associé aux troubles du caractère reste la chose la plus difficile à supporter pour les enseignants, les parents et les thérapeutes. Comment aider un enfant qui ne réussit pas, qui proteste en s'opposant avec des troubles du caractère, des passages à l'acte, qui ronchonne, tape, refuse de répondre, se mure ? C'est là que, souvent, les instituts de rééducation ont leur place. En même temps, on peut encore se demander : n'est-ce pas un processus d'exclusion, de non-intégration ?

M. C. – Bien sûr, il y a l'exclusion.

M. R. – Un caractériel peu doté de capacité conceptuelle, celui-là va vite en institut de rééducation.

Une exclusion de LEP

Un adolescent en grande difficulté qui avait été orienté dans le circuit pratique s'était mis à démonter un grand nombre de carreaux de l'établissement dans lequel il était placé. Très finement, les enseignants lui ont dit : « Tu veux sans doute faire maçonnerie ? » Il a cassé ensuite les robinets, puis a dégradé les murs par des dessins. Exclu du LEP, il s'est donc trouvé rejeté de l'intégration sociale. On n'avait sans doute pas assez examiné son désarroi, sa souffrance d'environnement ; cela expliquait peut-être ses passages à l'acte de démolition et de sabordage de la seconde chance qu'on lui avait donnée grâce à un enseignement pratique.

M. C. – C'est clair, et c'est pour cela, d'ailleurs, que les garçons quittent plus tôt l'école et sont plus souvent exclus du système scolaire que les filles : ils cumulent des déficits au niveau des connaissances et des troubles du comportement qui gênent.

M. R. – « Non seulement il n'apprend pas, mais en plus il fait des tags sur le mur… »

M. C. – Même moi, au vu des résultats des enquêtes, j'ai l'impression que l'orientation dépend davantage du comportement gênant que des capacités scolaires. Un gosse avec des capacités moyennes mais sans troubles du comportement sera orienté différemment du jeune doté des mêmes capacités mais ayant des troubles du comportement. Conclusion : effectivement, l'échec scolaire est un amalgame de la déficience et de troubles comportementaux. Cela rend le concept assez difficile à saisir.

M. R. – En fait, l'échec scolaire est une notion que l'on devrait mettre au pluriel : échec de soi, échec de sociabilité, échec de l'intégration, échec de la représentation, échec de la projection de son futur sur son enfant. C'est la somme de plusieurs échecs dont la scolarité n'est qu'un élément.

M. C. – Si on le décomposait ainsi, on pourrait mieux le mesurer et le cerner. Ce qui n'est pas le cas aujourd'hui.

M. R. – Sait-on, par exemple, combien de redoublements se produisent en CE1 en France ? Et quelles sont leurs causes ?

M. C. – On connaît le taux de redoublement dans toutes les classes.

M. R. – Et leurs causes ?

M. C. – Le redoublement est lié à diverses causes, selon l'âge. Plus les élèves sont jeunes, plus le redoublement est lié au déficit ; plus ils vieillissent, plus leur comportement entre en ligne de compte.

M. R. – Il y a une ontogenèse des échecs. Je suis frappé par certaines demandes singulières, du genre : « Notre enfant a été maintenu en section de grands, puis il a redoublé le CE1. Cela ne marche pas très bien en sixième. On voudrait qu'il travaille bien. » Mais comment pourrait-il travailler bien ? Tout le soubassement est cassé ; il faudrait que, sur ces ruines de prérequis, on puisse se construire. Ses parents ont toujours rêvé qu'il ferait des études générales, mais c'est toute sa scolarité qui est mauvaise. Cette situation est très différente de : « Il a fait un excellent primaire, une bonne sixième et une bonne cinquième, et c'est à partir de la quatrième qu'il a commencé à faire l'idiot. » Dans le premier cas, le gamin doit être orienté en classe de troisième. Dans le second, il s'agit d'un bon élève qui a fumé du haschich en troisième. Voilà deux formes d'échec scolaire radicalement différentes.

Les interdictions

Si le règlement intérieur fixe les droits et les devoirs des élèves, force est de constater que les « interdictions » sont plus nombreuses et plus faciles à établir que les « autorisations ». Actuellement, en raison des divers programmes en matière de santé, les interdictions s'y reportant sont nombreuses : interdiction de fumer dans l'enceinte des établissements scolaires (loi Evin), interdiction de vendre des collations sucrées (lutte contre l'obésité), etc.

À propos de la loi Evin évaluée par l'OFDT[1], on note quelques résultats intéressants pour toute « interdiction » établie par les adultes. D'abord, il ne suffit pas qu'une loi existe pour qu'elle soit appliquée. En effet, en 2002, c'était seulement dans 14 % des établissements qu'une majorité des élèves disait ne jamais fumer. Ensuite, plus une interdiction est simple, plus elle est appliquée. Lorsque l'interdiction de fumer est totale, 67 % des élèves fumeurs la respectent; cette proportion baisse quand l'interdiction concerne uniquement les élèves (dans ce cas, ils ne sont que 59 %) et, surtout, lorsqu'il existe une autorisation de fumer dans les lieux réservés (54 %).

---

1. OFDT, « Évaluation de l'expérimentation " lycée non fumeurs" », 2003.

On observe les mêmes tendances lorsque l'interdiction de fumer est émise par les parents. Plus l'interdiction est totale, plus elle est respectée. Plus il existe des « exceptions » (quand l'interdiction concerne seulement le logement familial), plus les jeunes sont nombreux à fumer.

Étonnamment, il n'existe pas de loi spécifique concernant le cannabis puisqu'il est illicite et donc, de ce fait, pas autorisé du tout. Non seulement on note qu'une part importante et croissante de jeunes consomme du cannabis, mais 28 % des 12-19 ans disent qu'il est facile de trouver du cannabis dans l'établissement scolaire[1], 26 % dans ses alentours, 24 % dans la rue et 24 % dans un bar ou une discothèque, certains élèves estimant qu'il est facile de trouver du cannabis dans plusieurs endroits, d'où un total supérieur à 100 !

1. Choquet M. et al., « Enquête ESPAD 2003 ».

La santé à l'école

Il existe, en France, divers professionnels de santé à l'intérieur des établissements scolaires (médecins, infirmières, assistantes sociales) et un dispositif pédopsychiatrique (centre médico-psychologique ou CMP, constitué des équipes psychiatriques de secteur ; centre médico-psychopédagogique ou CMPP, constitué des équipes spécialisées) qui servent d'appui aux équipes éducatives.

Une enquête menée auprès des infirmières scolaires[1] a mis en évidence les points suivants :

– Comparé à la population générale, les consultants se signalent par le cumul des troubles et conduites, mais aussi par une surcharge pondérale et un sommeil réduit. S'ils ne sont pas en rupture avec leurs pairs, ils cumulent toutefois des indicateurs de désinvestissement (propension à la passivité, problèmes scolaires, dépressivité).

– Les motifs de consultation en cachent souvent d'autres, la demande « somatique » servant de bouclier à de nombreuses demandes « psychologiques ».

– La consultation à l'infirmerie scolaire s'accompagne d'une consultation « tous azimuts », ce qui tra-

1. Choquet M., Pommereau X., Lagadic C., Cottin K., « Les élèves à l'infirmerie scolaire », Inserm, 2001.

duit à la fois la bonne connaissance du système de soins par les jeunes qui vont mal et leur insatisfaction.

– Les idées suicidaires sont mal reconnues par les professionnels, même si le désir d'en parler est chez les jeunes plus important qu'on ne s'y attendrait.

Quant au dispositif CMP/CMPP[1], il s'avère très hétérogène, avec une faible implication dans la prévention, une focalisation sur les troubles de l'apprentissage au collège et sur la souffrance psychologique au lycée.

Si, au total, la prévention mérite d'être mieux considérée, il demeure des questions importantes que chacun, professionnel ou non, doit se poser :

– Faut-il intervenir surtout de façon directe, en promouvant des actions par thème, ce qui reviendrait à une forme de « vaccination ciblée » ? Les résultats des enquêtes, qui montrent que les troubles sont associés les uns aux autres et, de fait, expliqués par de multiples facteurs, auraient tendance à suggérer de répondre « non ».

– Faut-il intervenir surtout de façon indirecte, en améliorant le contexte de vie des jeunes (vie scolaire, vie familiale, conditions de la pratique des loisirs) afin de prévenir les conduites à risque ? La réponse serait « oui », en privilégiant la qualité relationnelle adultes/jeunes (par des débats, des échanges, des rencontres ludiques) plutôt que les conditions d'existence matérielles.

– Faut-il intervenir surtout auprès des adultes qui entourent les jeunes (professionnels ou non), et non auprès des jeunes eux-mêmes ? La réponse serait « oui » ici encore, doublement « oui », au vu de l'inquiétude des adultes (une enquête récente a montré que près de

1. Choquet M., Ernault E., « Rapport sur la collaboration entre les CMP(P) et les établissements scolaires », rapport Inserm, 2002.

la moitié des Français redoutent de devenir SDF, alors que dans la réalité cette situation concerne moins de 1 % des adultes), de la pression (surtout scolaire) qu'ils exercent sur les adolescents et du décalage entre la perception des adultes et celle des jeunes sur l'adolescence et ses risques.

Regards croisés

M. C. – En principe dans les établissements scolaires, on doit faire de la prévention. C'est en tout cas le rôle des infirmières. Que faudrait-il qu'elles fassent ? Jusqu'alors, la prévention était perçue plutôt comme une transmission des savoirs (faire connaître les dangers de telle ou telle situation ou de tel ou tel produit) ; en réalité, la prévention va bien au-delà du fait de savoir que le tabac ou l'alcool peuvent faire du mal ; elle consiste à acquérir le comportement qui fait qu'on ne boit pas trop et qu'on ne fume pas. Toutes les études montrent que le fait de connaître les méfaits des substances n'induit pas un changement de comportement. Parfois, même, on adopte un comportement parce qu'on sait qu'il est risqué. Il y a donc un virage à faire prendre à la prévention à l'école.

M. R. – Il y a longtemps que je réfléchis à cela, et je ne pourrai répondre à cette question que par une autre question et, sans doute, des propositions d'information. Autrefois, la prévention consistait à lutter contre la tuberculose, à dépister les troubles auditifs ou visuels, les scolioses, le rachitisme, à examiner les testicules pour les garçons (l'examen génital féminin n'était sans doute jamais fait), à surveiller la taille, le poids. C'était la médecine scolaire d'après-guerre, la médecine de campagne, pour laquelle la croissance et l'organique devaient être examinés afin de dépister au plus vite d'éventuelles anomalies. C'était facile.

Et puis, on a psychologisé la médecine et le travail scolaires, et la formation médicale n'a pas suivi, alors que les infirmières ont une formation psychologique supérieure à celle des médecins en France, ainsi que les assistantes sociales. Nous sommes là dans des milieux qui nécessitent, à mon avis, une formation spécifique, hautement infiltrée de notions psychologiques relationnelles et développementales. Tant qu'on ne mettra pas en avant la formation des personnes qui doivent faire de la prévention, de l'éducation par la santé, on échouera. La médecine générale souffre des mêmes handicaps que la médecine scolaire sur le plan des connaissances psychologiques. Je vois bien, quand les médecins généralistes me font l'honneur de m'inviter à leur formation continue, combien ils sont avides, combien ils ont de l'appétit pour cela et combien aussi, au niveau des facultés de médecine, il y a une extraordinaire carence de l'enseignement de la psychologie médicale.

M. C. – Il est sûr que les infirmières et les assistantes sociales ont plus de contacts quotidiens avec les jeunes, donc aussi intuitivement plus de connaissances, même si ce n'est pas nécessairement formalisé…

M. R. – Cela reste empirique.

M. C. – Elles n'ont pas nécessairement connaissance de la psychopathologie, mais elles ont une connaissance plus pragmatique liée à leur expérience quotidienne.

M. R. – Pour moi, on pourrait établir, par exemple, un diplôme de santé de l'adolescent, qui serait un diplôme spécialisé, où l'entretien avec l'adolescent serait étudié, tout comme la façon de répondre aux adolescents. Il n'est pas honteux d'affirmer que les six millions de Français qui ont entre 11 et 19 ans nécessitent une spécialité qui leur soit propre.

M. C. – En effet, on pourrait imaginer – et ce serait une proposition à mon avis excellente – que tous les professionnels de l'école, que ce soient les médecins, les infirmières, les assistantes sociales, et pourquoi pas aussi les enseignants, passent un diplôme de médecine de l'adolescent – « médecine » au sens large du terme, car cela ne concerne pas uniquement l'étude du handicap.

Médecine et santé

Peut-on rêver d'un diplôme transversal qui associerait tous les personnels et les enseignants ayant affaire aux adolescents ? Ce diplôme supplémentaire « Médecine et santé » permettrait, à l'issue d'une formation, de mieux connaître les adolescents et leurs difficultés, à l'image de « Adolescents difficiles » mis en place dans plusieurs villes depuis longtemps, et des diplômes de pédiatrie concernant l'adolescent en médecine générale. Cette formation « Médecine et santé » serait un véritable acte de prévention.

M. R. – Ce serait un diplôme universitaire créant les réseaux d'intérêt, avec l'obligation pour eux de s'inscrire à cette formation pour valider leur pratique.

M. C. – Cela permettrait aussi aux enseignants et à tous ceux qui ne travaillent pas dans le strict domaine de la santé de mieux connaître ce qui se passe dans la tête d'un adolescent.

M. R. – On le garde comme proposition ?

M. C. – Oui, on le garde. Peut-on parler des centres médico-psychologiques ?

M. R. – Allez !

M. C. – En principe, ce sont des centres où l'on peut être traité pour des problèmes psychologiques tout en étant scolarisé. Il est vrai que les centres médico-psychologiques non seulement travaillent à la demande des enseignants, mais veulent de plus en plus s'intégrer dans les programmes de prévention à l'école. La plupart sont mieux adaptés à l'école primaire, parce que lorsque surviennent des difficultés scolaires, ils savent bien les prendre en charge. Dès qu'il s'agit d'adolescents, avec la complexité qui se joue à cet âge-là, les CMP ont plus de mal à tenir leur rôle, surtout aujourd'hui, justement parce que la formation des professionnels est insuffisante.

M. R. – Je rappelle qu'il y a deux grandes catégories : les CMP, centres médico-psychologiques, et les CMPP, centres médico-psychopédagogiques qui sont plus d'ordre associatif loi de 1901, par exemple, ou alors tenus par des organisations, des fondations. L'appellation « psychopédagogique » renvoie à l'école ; le centre médico-psychologique, c'est le secteur, le soin psychique. Les deux ne sont pas équivalents mais ils couvrent le territoire national français.

M. C. – Oui, la différence n'est pas toujours facile à faire.

M. R. – Je crois que, pour les adolescents en tout cas, ces deux outils sont inadaptés en l'état. Il faudrait, par exemple, qu'un CMP ou un CMPP soit ouvert pour les adolescents de 18 heures à 21 heures et le samedi matin ou le dimanche matin, et non pas aux heures scolaires, si l'on veut que les adolescents puissent s'emparer de l'outil qui leur est destiné. Autre proposition : que le CMP réponde *en urgence* à un adolescent qui va mal, ou qui s'est enivré, ou qui a été saisi pour la quatrième fois en train de fumer du haschisch. Actuellement, on attend que l'adolescent en exprime la demande, ou on

Consultation au CMP de 18 à 21 heures

Le psychologue travaillant dans notre équipe ayant décidé de travailler de 18 à 21 heures tous les jours, ainsi que le samedi matin, nous nous sommes aperçus que les adolescents ont effectivement pu venir en consultation ; si, en revanche, on leur fixait rendez-vous aux heures ouvrables pendant le temps de lycée ou de collège, cela ne fonctionnait pas. L'adaptabilité des soignants et des adultes aux horaires des adolescents est fondamentale pour une véritable stratégie de soins. Je rends hommage à ce collaborateur et ami psychologue qui a eu cette idée originale, reprenant les idées des unités du soir, si chères au XIIIe arrondissement.

lui fixe rendez-vous pour dans trois mois. Une fois – je le cite comme anecdote et comme quelque chose de scandaleux dont je ne reparlerai plus –, on m'a proposé un rendez-vous dans un CMP de la Petite Couronne treize mois après le mandat. J'envoyais un enfant se faire suivre et on m'a proposé treize mois d'attente ! Évidemment, je ne l'ai pas envoyé. Il existe donc un embouteillage, une sclérose de ces outils qui ne répondent plus aux besoins. Ils n'ont plus de temps dans la réalité mais uniquement dans un temps thérapeutique. Ils se sont tous transformés en cabinet de psychanalyse. Ce n'est pas une attaque contre la psychanalyse, mais la psychanalyse en CMPP ou en CMP n'a sa place que comme hypothèse théorique, et non pas comme une cure classique.

M. C. – Peut-être cela mérite-t-il qu'on repositionne les objectifs de ces centres. C'est fait pour quoi ? C'est fait pour qui ? Et comment ?

M. R. – En France, on a tendance à se plaindre du manque de moyens. Mais on dispose de moyens énormes !

M. C. – Oui, énormes.

M. R. – Entre les CMP et les CMPP, les moyens seraient colossaux à partir du moment où ces centres feraient des choses qu'ils ne font pas, et s'ils repositionnaient leur fonctionnement. Prenons un exemple : si un enfant nécessite une orthophonie simple, je ne vois pas pourquoi il y a un prix de journée CMPP ; il n'y a qu'à l'envoyer chez une orthophoniste en ville. Et si l'on a besoin d'une réunion de synthèse pour faire une évaluation avec l'orthophoniste, eh bien cette dernière pourrait y participer. Je crois qu'il faut qu'on articule mieux les actions des uns et des autres. Mais ces centres sont-ils prêts à une réforme de leur fonctionnement ?

M. C. – Oui, parce que le monde a changé, et il faut bien que les institutions changent.

M. R. – Pour prendre les CMP, ma position n'est pas du tout contre la politique de secteur, qui est une politique géniale. Elle a mis la France en tête du dispositif de santé psychique pour les adolescents. Sauf que, si tous les CMP se sont transformés en lieu de psychothérapie, ce n'est plus efficient.

M. C. – En effet. Si l'on réagit trop tard, le problème du jeune s'est chronicisé, ou bien il a déjà fait un passage à l'acte, une « connerie »...

L'urgence en psychiatrie

L'urgence existe bel et bien en psychiatrie, il faudrait quand même que les psychiatres en soient persuadés. Elle peut de surcroît fonctionner comme une prévention. En effet, la rencontre avec un adolescent en plein désarroi peut constituer une alternative à des problématiques de prise de risques et de plus grands sabordages. De nombreux services se sont déjà organisés dans ce sens : le CPOA de l'hôpital Sainte-Anne, à Paris, ou le secteur de Lille, qui a regroupé ses actions au niveau des urgences et intervient non seulement aux urgences publiques mais aussi aux urgences de ville sur simple demande de médecins généralistes. L'urgence fonctionnera comme prévention, comme alternative à l'hospitalisation et comme action précoce permettant d'éviter que les désarrois ne se figent et ne se fixent.

5. Les accidents de la vie

La vie n'est pas un long fleuve tranquille, ni pour les adultes, ni pour les jeunes, et les « accidents de la vie » peuvent être de nature, de gravité et de portée très variables. Certains sont typiques de l'adolescence – les accidents de la route, par exemple. D'autres ont une résonance particulière à cet âge, comme la maladie chronique ou la perte d'un ami… Dans tous les cas, ils sont à resituer dans le contexte développemental de l'adolescence.

Les décès et pertes

Avec l'accroissement de la durée de vie, la mort est moins présente dans la vie quotidienne des jeunes. Actuellement, moins de 1 % d'entre eux sont orphelins de mère, 3 % orphelins de père, alors qu'en 1971, 1,5 % avaient subi le décès de leur mère et 6 % celui de leur père.

Cependant, si de moins en moins de jeunes connaissent au cours de leur adolescence le décès d'un de leurs parents, ils assistent de plus en plus souvent à la séparation parentale, suivie dans près de 1 cas sur 2 d'une recomposition familiale. En 1971, 5 % des jeunes avaient des parents séparés ou divorcés ; cette proportion est passée à 20 % en 1993, à 23 % en 1999 et à 25 % en 2003. Ainsi, au cours du temps la nature des pertes parentales a changé, et l'on est passé d'une perte définitive (le décès) à une perte plus relative (la séparation).

D'autres pertes encore peuvent affecter les adolescents, en particulier le décès d'un proche (28 % l'ont connu depuis un an), le changement d'habitation (13 % ont déménagé depuis un an), voire la maladie grave (21 % l'ont connue depuis un an) ou l'hospitalisation d'un proche (31 % l'ont connue depuis un an). De façon étonnante, les filles déclarent plus souvent ces « pertes » que les garçons. Est-ce le signe d'une plus grande sensibilité ?

Regards croisés

M. C. – Si de moins en moins de jeunes assistent au décès de leurs parents, ils assistent en revanche à celui de leurs grands-parents, voire de leurs arrière-grands-parents. C'est un changement important. Par exemple, les orphelins de père étaient 6 % en 1971, ils ne sont plus que 3 %. Du coup, celui qui a perdu son père peut le vivre comme quelque chose de plus rare et de plus traumatique…

M. R. – De plus injuste aussi. Ce qui est intéressant, c'est que l'allongement de la durée de vie des parents permet de pérenniser ou du moins de prolonger les conflits durant la post-adolescence du jeune. Il est possible que l'adolescent sache inconsciemment que le combat va s'arrêter, n'empêche qu'il faut vivre pour ce combat.

Le suicide d'un parent

Le fait qu'un parent se soit suicidé constitue un motif assez fréquent de consultation. Le parent survivant amène l'enfant en consultation, selon nous de manière trop rapide, histoire de prévenir la souffrance, de toute façon inexorable et indiscutable, que celui-ci va subir. On remarque à distance de l'événement traumatique, du suicide, en l'occurrence, d'un père ou d'une mère que l'enfant plaque beaucoup plus sa note dépressive sur celle du parent survivant. À noter malgré tout que le suicide d'un parent associe deux grosses difficultés pour l'enfant : accepter la mort, mais aussi l'abandon, car le parent ne l'a pas assez aimé pour pouvoir survivre.

M. C. – Il est vrai qu'aujourd'hui les jeunes savent que leurs parents seront là tout le temps. C'est une réalité pour la majorité d'entre eux. Mais qu'en est-il de ces familles dans lesquelles les parents se situent entre deux charges : éduquer leurs enfants d'une part, et de l'autre prendre en charge leurs propres parents ? Ce n'est pas une nouveauté, mais de nos jours toutes les familles sont confrontées à cela. C'est d'autant plus difficile à gérer que la plupart des femmes travaillent. Les femmes d'âge moyen doivent assumer à la fois leur travail, leurs enfants, leurs parents ou ceux de leur conjoint ! Qu'est-ce que cela fait à un jeune, et surtout à une fille, de voir sa mère s'occuper de ses parents en même temps qu'elle est mère de famille et travaille ?

M. R. – Peut-être y a-t-il du côté des adolescents une représentation assez intéressante : ils voient leurs grands-parents très diminués devenir les enfants de leurs parents, et cela peut les inquiéter : « Un jour, j'aurai la charge de mes parents. »

M. C. – C'est exact.

M. R. – C'est-à-dire qu'ils peuvent avoir une attitude de futurs parents de leurs parents. Ainsi, ils peuvent penser d'eux : « Là, il fait le mariole, il fait l'autoritaire ou elle fait la complice, et pourtant un jour j'aurai à m'occuper d'eux. »

M. C. – Il est de plus en plus probable qu'ils auront à s'occuper de leurs parents, voire de leurs grands-parents.

M. R. – Entre nous, on comprend qu'avant d'avoir à s'occuper de tous ces vieux il faut bien qu'ils les bousculent un peu.

M. C. – Eh oui, bien sûr ! Pourtant, globalement, c'est à eux de payer leur retraite.

M. R. – L'adolescent est un prêt bancaire pour nos retraites, n'est-ce pas ?

M. C. – Il y a non seulement les parents, les grands-parents, mais en plus les enfants souffrant d'un handicap qui vivent de plus en plus vieux…

M. R. – Les parents doivent prendre en charge plus longtemps les enfants handicapés.

M. C. – Certains handicapés survivent jusqu'à l'âge de 20-30 ans. Les jeunes d'aujourd'hui vont en être également responsables à un moment donné.

Frère et sœur de muco

Cet hiver, l'association des parents d'enfants atteints de mucoviscidose m'a fait l'honneur de m'inviter pour parler des frères et sœurs indemnes de cette maladie. Grâce aux progrès de la prévention et de la surveillance, une personne souffrant de mucoviscidose a une durée de vie de 40-45 ans (auparavant elle était de 16 à 20 ans), la relation fraternelle s'affirme donc de manière beaucoup plus importante. Chez les frères et sœurs indemnes, il existe une culpabilité de ne pas porter l'anomalie héréditaire qui entraîne la mucoviscidose et d'éventuellement pouvoir la transmettre ; en même temps se jouent toutes les rivalités envers l'enfant chéri, entouré, naturellement porté par ses parents mais aussi par la fratrie, et l'idée que, consciemment ou inconsciemment, la maladie est tirée comme un bénéfice au titre de la relation fraternelle. En cas de décès des parents, les frères et sœurs savent qu'ils auront la charge d'un frère ou d'une sœur présentant une maladie gravissime, ce qui entraîne chez eux un surcroît de responsabilités et d'anxiété.

M. R. – J'ai passé une journée admirable invité par l'association des parents d'enfants souffrant de mucoviscidose. Ils m'ont fait parler uniquement des frères et sœurs indemnes de la maladie. Quelle est leur problématique ? C'est absolument génial.

M. C. – Je crois qu'on n'y pense pas assez, mais les jeunes vont devoir gérer effectivement une série de handicaps et de maladics chroniques de leur entourage.

Un père cancéreux

Un adolescent, enfant unique, est hospitalisé à la Maison de Solenn, parce que son père, souffrant d'un cancer, est en train de mourir pendant que lui multiplie les conduites à risque. Sa mère est dans tous ses états : non seulement elle est en train de perdre l'homme qu'elle aime, mais elle risque de perdre aussi le fils né de cette union. Le garçon a eu plusieurs accidents, quatre entrées aux urgences pour des fractures diverses après avoir fait du skate dans les positions les plus dangereuses à Paris ; en même temps, il a de mauvaises fréquentations et a présenté des alcoolisations très graves, alors qu'il était auparavant sous la tutelle de son père, qu'il admirait beaucoup. Fait extrêmement douloureux pour tout le monde, il a manqué son père alors que celui-ci se trouvait en phase terminale cachectique. L'adolescent s'effondre en sanglots lors de plusieurs entretiens que nous avons avec lui, et il nous dit combien, en attaquant son père, il le rend encore vivant.

La maladie chronique et le handicap

4 % des jeunes scolarisés (ce qui exclut d'emblée les plus atteints, souvent scolarisés à domicile ou en institution) déclarent spontanément un handicap physique, 7 % une maladie chronique. Ainsi, près de 10 % des jeunes souffrent de l'un ou de l'autre. Si les maladies respiratoires (dont l'asthme) et le diabète sont les maladies chroniques les plus souvent mentionnées, on est surpris d'entendre citer comme handicap physique, à côté des handicaps locomoteurs, la laideur, souvent ignorée et minorée par le corps médical. Et pourtant, la laideur peut être vécue comme plus invalidante que certaines maladies chroniques, ce dont le jeune peut difficilement parler, de surcroît…

Ce qui rend le handicap ou la maladie chronique plus insupportable pour un jeune, c'est sa visibilité. C'est pourquoi la notion de gravité n'est pas la même pour lui et pour un médecin. Force est de constater qu'un tel jeune veut en premier lieu vivre comme tout le monde (il sera autant, sinon plus que les autres, consommateur d'alcool, de tabac et de cannabis !), alors que son entourage, en particulier son médecin traitant et ses parents, le considérera comme un « malade ». Ce décalage rend l'échange difficile, et la prévention, souvent négligée. Ainsi, on constate que ses parents, tout comme les médecins qui le suivent, lui donneront moins d'informations utiles qu'à d'autres, en particulier à propos de la sexualité et de la contraception, alors que sa vie sexuelle et relationnelle ressemble étonnamment à celle des autres jeunes.

Regards croisés

M. R. – Cela représente quoi, en masse, les adolescents handicapés ?

M. C. – Cela représente 1 jeune sur 10. 4 % de jeunes déclarent spontanément un handicap physique et 7 % une maladie chronique.

M. R. – C'est énorme, quand même.

M. C. – Les maladies respiratoires, avec l'asthme, viennent en tête, puis le diabète. À noter que les jeunes citent la laideur comme un handicap physique, ce qui n'est jamais pris en compte par les médecins, parce que ce n'est pas un handicap au sens médical du terme. Et pourtant…

M. R. – C'est le handicap social numéro un sans doute.

M. C. – Eh oui.

M. R. – Quasimodo.

M. C. – D'où l'idée que la visibilité sociale de la maladie est sans doute une chose plus difficile à gérer pour un jeune que sa gravité médicale. Ainsi, une maladie chronique grave mais pas visible est plus supportable qu'une maladie chronique moins grave mais visible. La visibilité est un élément essentiel dans l'acceptation du handicap ou de la maladie chronique.

M. R. – Je suis tout à fait d'accord.

M. C. – Il faut absolument que les médecins se rendent compte qu'ils doivent inclure dans une échelle de gravité non seulement la gravité médicale, mais aussi la gravité sociale de la maladie.

Rectocolite hémorragique

Voilà une maladie « du dedans » apparemment peu visible, dont les conséquences sont pourtant redoutables à l'adolescence au niveau de la sociabilité. En effet, le rectocolitique va de temps en temps être pris de besoins impérieux, l'obligeant à déserter la scène, quitter la plage, avoir des fuites qui le blessent au plus haut point dans son intimité. Les hémorragies marquent aussi sa vie. Il faut prendre en compte la fréquence de l'amputation anorectale, avec les risques et les conséquences non négligeables que cela comporte sur sa génitalité et sa sexualité. En somme, c'est une maladie qu'il faut accompagner non sans difficultés. Il existe également un risque cancérigène.

M. R. – Il y a aussi le cas des enfants présentant un bec-de-lièvre dont je parlerai.

Un bec-de-lièvre

La fente labiale très limitée, sans trouble associé du voile du palais, est une anomalie fréquente qui est maintenant diagnostiquée par échographie. Mais elle prend une dimension très particulière, différente selon les sexes. Quelle que soit la qualité des chirurgies restauratrices, une fille va toujours être dans une problématique qui lui signifiera cette anomalie dans le miroir : « Miroir, ô mon miroir, qui est la plus belle ? » Alors que le garçon portera souvent la moustache. Il me semble que l'intervention de chirurgie plastique en néonatologie, dans les vingt-quatre heures suivant la naissance, organise bien mieux qu'auparavant le vécu des parents d'enfant présentant cette anomalie visible, par rapport aux anomalies invisibles, sans doute mieux supportées bien que parfois plus graves.

M. C. – Il faut rappeler que l'adolescent qui souffre d'une maladie chronique ou d'un handicap est un adolescent avant d'être un malade chronique ou un handicapé. On oublie souvent qu'il a envie d'avoir une copine, envie de consommer, envie d'écouter la musique et d'aller à des concerts, etc. On s'aperçoit même que ces adolescents-là ont davantage de conduites à risque que les autres. Or, on ne leur en parle jamais, on ne fait donc pas une prévention adaptée auprès d'eux. Ils ont envie de montrer qu'ils sont comme tout le monde, c'est pourquoi ils en font un peu plus, rien que pour montrer qu'ils existent aussi.

Hommage à Benoît

Ce jeune garçon en fauteuil roulant est épatant. J'ai eu l'honneur et le plaisir de m'en occuper lorsque j'étais à Marseille, et il m'a suivi, il est « monté à Paris » avec sa mère en hospitalisation conjointe mère-enfant au début. Du fait de sa maladie musculaire, il a dû arrêter sa scolarité en CE2. Il a été très soutenu alors par l'institutrice de l'hôpital de jour de mon ancien service à Marseille, puis par les enseignants de la Maison de Solenn, les soignants et les éducateurs, enfin par la scolarité extérieure et maintenant dans son institution. Aujourd'hui, il se dirige vers un bac professionnel et la comptabilité. Il a moins besoin de moi et il me téléphone moins, mais c'est pour moi la plus grande récompense qu'il vole vers un avenir qui lui était complètement fermé à un moment de sa maladie. Meilleurs vœux pour cette année 2007, Benoît, et merci.

Les accidents de la route et les autres

L'accident de la route est la première cause de décès des 15-24 ans, loin devant le suicide, le cancer ou l'homicide. Malgré la récente diminution des accidents mortels, on constate que leur taux demeure élevé chez les jeunes, et plus important en France qu'ailleurs.

Parmi les accidents non mortels, les accidents de sport devancent de très loin les accidents de moto ou de mobylette, de voiture, d'atelier ou tout autre type d'accident – même si les données suggèrent que les accidents non mortels ont diminué depuis une vingtaine d'années. Environ 12-13 % des jeunes en ont eu un au cours des douze derniers mois[1]. Restent des constantes, quelles que soient les époques, et notamment le fait que les accidents concernent davantage les garçons que les filles, les ruraux que les urbains, les très jeunes que les plus âgés.

Accident égale prise de risques égale tentative de suicide? La question est souvent posée. Si l'accident de sport ou de circulation est lié à la prise de risques, son « équivalence suicidaire » n'est pas du tout établie, bien au contraire. D'abord, parce que la tentative de suicide, comparativement à l'accident, est associée à la souffrance plus qu'au goût du risque : elle concerne

1. « Baromètre santé INPES 2005 ».

les filles plus que les garçons et augmente avec l'âge. Et pourtant, il est vrai que les jeunes ayant de multiples accidents dans l'année se rapprochent des jeunes en souffrance psychologique.

Chaque accident a un contexte et une histoire, avant comme après. Dans une population départementale, 10 % des jeunes avaient des séquelles d'accident[1] et moins de 1 % des séquelles graves. Ce qui équivaudrait à 40 000 à 60 000 jeunes. Or les accidents de la route – qui ne représentent qu'une partie des accidents à l'adolescence – produisent chaque année environ 2 500 blessés graves chez les 15-17 ans, qui ne sont qu'une partie des adolescents en France. On parle peu de ceux qui vont garder des séquelles à vie de leur accident et on ne connaît pas leur devenir. Mais (rappelons ici que la durée de vie d'un adolescent est environ de soixante ans après l'âge de sa majorité) on peut imaginer que cet avenir n'ira pas de soi, que ce soit sur le plan professionnel, familial ou personnel.

Notons que, parmi les jeunes sous mandat judiciaire, 60 % des garçons et 45 % des filles déclarent avoir des cicatrices liées à des accidents, et cela dès l'âge de 14-15 ans[2]. Mais la cicatrice ne concerne pas seulement les accidentés. Elle peut aussi exister chez ceux qui se sont fait mal volontairement ou qui ont subi des violences de la part d'autrui. Ainsi, dans une population de jeunes consultant en infirmerie[3], 15 % des garçons et 19 % des filles se sont coupés ou brûlés volontairement

1. Choquet M., Ledoux S., « L'enquête Sud Haute-Marne », Inserm, 1988.

2. Choquet M., Hassler C., Morin D., « Santé des 14-20 ans de la protection judiciaire de la jeunesse, sept ans après », 2003.

3. Choquet M., Pommereau X., Lagadic C., Cottin K., « Les élèves à l'infirmerie scolaire », Inserm, 2001.

au cours de l'année, et même plusieurs fois pour 8 % et 9 % d'entre eux respectivement. Parmi les jeunes de la PJJ, 34 % des garçons et 33 % des filles ont des cicatrices de brûlures, 6 % et 41 % respectivement ont été victimes de violences sexuelles, 24 % et 34 % respectivement victimes de coups.

Regards croisés

M. C. – L'accident est la première cause de décès chez les 15-24 ans, bien avant le suicide ou les autres causes. Au total, accidents et suicides sont les deux premières causes de décès… Il y a aussi des accidents qui aboutissent éventuellement à un handicap plus ou moins grave. Arrivent en premier les accidents de sport.

M. R. – Dans tous les clubs de rugby il existe d'ailleurs une fondation Albert-Ferras pour s'occuper des paraplégies et des tétraplégies des talonneurs : un gosse de 19 ans va entrer en mêlée et passer le restant de sa vie en fauteuil roulant. Il y a aussi, l'été, le plongeur qui plonge dans trop peu d'eau et qui reste tétraplégique.

M. C. – On parle beaucoup des accidents de la route, pour lesquels la mortalité est très associée à la consommation d'alcool. On pense moins aux accidentés du sport, en particulier à ceux qui gardent un handicap à vie, voire un handicap grave.

M. R. – À Garches, par exemple.

M. C. – À Garches, il y a de tout, à la fois les accidentés de la route et les autres. Mais il existe par ailleurs des gamins qui souffrent des suites d'accidents assez banals.

M. R. – Il peut s'agir d'un accident aigu entraînant une infirmité chronique.

M. C. – On peut se demander : L'accident est-il une prise de risques ? Est-il équivalent à une tentative de suicide ?

M. R. – Il doit y en avoir, mais il est difficile de faire la part des choses. On parle toujours de la vulnérabilité des jeunes. Parlons de l'invulnérabilité, sans laquelle on ne peut pas comprendre la vulnérabilité : être adolescent, c'est se croire invulnérable, quand même. Invulnérable, par exemple, au jeu de la roulette russe. Il y a aussi le jeu du cyclo, qui consiste à couper les virages à gauche. « Il ne passera pas, le bus », ou « Je passe entre le bus et la voiture ». Des histoires de précision au millimètre près, de brio. Il existe une catégorie que je veux à tout prix étudier, ce sont les livreurs de pizza en vélomoteur. Ils sont d'une incroyable pathologie au niveau des risques, circulent sur les trottoirs, brûlent les feux rouges, slaloment entre les véhicules, se croient dotés de toute-puissance en deux-roues, s'estiment invulnérables. Combien d'entre eux se tuent ? Combien ne se tuent pas ?

M. C. – Ou en gardent des handicaps à vie. Mais ce ne sont pas des suicidaires, ils n'ont pas le profil de suicidaires.

M. R. – Non, ils ne font pas ça pour se tuer, mais pour réussir.

M. C. – Ils se disent : « Je vais montrer qui je suis. »

M. R. – « Je vais montrer que moi, j'ai du courage. » D'ailleurs on remarque cet extraordinaire engouement pour le saut à l'élastique. Si on y réfléchit, c'est vraiment un jeu de couillons, parce que l'élastique peut casser – d'ailleurs, une fois de temps en temps, il casse. Mais, dans le fond, le jeu du saut à l'élastique est bien paradigmatique de « je prends un risque pour ne pas risquer ».

M. C. – L'accidenté appartient plutôt à ce type-là qu'au type suicidaire. La tentative de suicide relève davantage des filles et de la dépression, alors que ceux qui prennent des risques sont plutôt des garçons, en plein jeu des limites.

M. R. – On peut se demander, d'ailleurs, si dans les demandes d'euthanasie, ou demandes de fin de vie des accidentés ayant été gravement handicapés, il n'y a pas un fond dépressif qui n'est pas dû à l'accident mais qui était antérieur à l'accident lui-même.

M. C. – Je ne peux pas répondre à cela, mais il est sûr qu'il y a des vulnérabilités…

M. R. – Il est tétraplégique, il est sous respirateur, il veut mourir, aidons-le ! Mais pourquoi veut-il mourir ? Est-ce que ce n'est pas un mélancolique, un triste qui, de toute façon, était tourné vers la mort ?

M. C. – C'est une question qu'on peut se poser, mais qu'on a du mal à poser dans la mesure où, dans notre société, on cherche en général une explication toute faite : quelqu'un ne peut demander à mourir que parce qu'il est handicapé…

M. R. – … Ou parce qu'il aurait d'autres raisons.

M. C. – Et non pas parce qu'il aurait des tendances suicidaires antérieures.

Les abus sexuels

Les abus sexuels constituent une grande question à l'adolescence et, en même temps, un grand tabou. Pourtant, 1,9 % des garçons et 9,4 % des filles ont été victimes de violences sexuelles – ce qui inclut le viol, les tentatives de viol et toute autre violence sexuelle subie[1]. L'agression sexuelle est plus fréquente chez les filles que chez les garçons, contrairement aux autres agressions subies (coups, racket, insultes). Si la proportion de garçons victimes reste stable avec l'âge – ce qui implique que cette violence intervient précocement –, la proportion de filles victimes passe du simple au double entre 14 ans (6 %) et 18 ans (12 %). Entre 1993 et 2003, cette violence subie a d'ailleurs augmenté chez les filles, en particulier parmi celles âgées de 17 ans (7 % en 1993, 11 % en 2003). Elle est plus fréquente chez les jeunes habitant la banlieue et issus de familles séparées, ce qui signifie qu'elle peut être associée à un manque de protection.

Les victimes de violences sexuelles souffrent de troubles comparables à ceux des victimes de traumatismes graves. Elles sont plus nombreuses à souffrir de plaintes somatiques, en particulier des troubles du

1. Choquet M., Hassler C., Morin D., « Violence des collégiens et lycéens : constats et évolution », rapport au ministère de l'Éducation nationale, 2004.

sommeil, à avoir fait une fugue, voire une tentative de suicide (d'ailleurs, les suicidantes sont 28 % à avoir subi une violence sexuelle[1]), à fumer régulièrement du tabac, à s'enivrer régulièrement et, pour les garçons, à prendre des drogues illicites, cannabis ou autres. Surtout, de façon paradoxale, les jeunes ayant subi des violences sexuelles sont nettement plus violents eux-mêmes. Ainsi la violence subie fait-elle partie d'un triptyque redoutable : violence subie-violence agie-violence sur soi.

La violence sexuelle subie est, dans la réalité, bien plus large que le viol ou les tentatives de viol. Elle concerne aussi probablement la pornographie à répétition, chez les filles comme chez les garçons. En effet, notre étude montre que les facteurs associés[2] à la pornographie sont les mêmes que ceux associés à la violence sexuelle (fugue, tentative de suicide, troubles fonctionnels, tabagisme, ivresses répétées) ; surtout, parmi les facteurs « expliquant les troubles et conduites » à l'adolescence, la pornographie occupe une place importante, juste derrière la violence subie et bien avant la dissociation familiale et l'échec scolaire.

Regards croisés

M. C. – Pour rappeler quelques chiffres, près de 2 % des garçons et 9 % des filles ont été victimes de violences sexuelles durant leur vie.

M. R. – On ne parle jamais des garçons.

---

1. Choquet M., Granboulan V., *Les Jeunes Suicidants à l'hôpital*, EDK, 2004.
2. Choquet M., Morin D., Grand A., « La pornographie, une violence pour les adolescents ? », rapport au CSA, Inserm, 2004.

M. C. – C'est peut-être l'occasion d'en parler. Les études montrent que la plupart des garçons victimes de violences sexuelles les ont subies avant l'âge de 12 ans. Au-delà de cet âge, il y a très peu de « nouveaux cas », contrairement à ce qui se passe chez les filles. Ce qui signifie que la violence sexuelle sur les garçons est précoce dans la majorité des cas, et par conséquent, comme toute précocité, d'autant plus perturbatrice…

M. R. – … dans l'évolution difficile du sujet.

M. C. – On constate, d'ailleurs, parmi ces garçons, une plus grande proportion de consommateurs de drogues dites dures, comme l'héroïne, la cocaïne, etc., dont on sait qu'elles induisent une dépendance rapide et grave. La violence subie des garçons demeure un tabou, et pourtant c'est probablement la violence la plus grave qu'un garçon puisse subir, parce que c'est une violence à son identité sexuelle.

M. R. – Cette violence n'est-elle pas sous-cotée ?

M. C. – Oui. C'est-à-dire qu'elle est ignorée, ils n'en parlent pas. D'ailleurs, les garçons parlent beaucoup moins que les filles d'une violence sexuelle subie, c'est une honte gravissime pour eux. Les jeunes garçons qui ont été violentés sexuellement peuvent s'imaginer qu'ils sont devenus des filles, d'une certaine façon, ce qui est une honte, parce qu'être traité comme une fille quand on est un garçon est toujours inacceptable dans notre société. En conséquence de quoi, le garçon violé ne parle pas du viol. Il subit donc une double peine grave : celle du viol et celle de ne pas pouvoir en parler.

M. R. – Voilà qui est intéressant : la violence sexuelle change le sexe du garçon mais pas celui de la fille.

M. C. – Exact. Et c'est pourquoi c'est peut-être plus terrible encore pour un garçon – même si c'est toujours traumatisant, nous sommes bien d'accord. Mais, chez les garçons, il y a de surcroît une inversion sexuelle qui s'opère. Parmi les antécédents des jeunes homosexuels, on trouve souvent – plus souvent que chez les autres – un viol. C'est un lien qui existe.

Un viol chez un garçon

Nous sommes désignés, une collègue et moi, comme experts pour le viol d'un garçon de 15 ans par une adulte de 42 ans. Celle-ci a eu depuis plusieurs mois avec cet enfant, fragile au niveau psychologique et intellectuel, des jeux sexuels, essentiellement des masturbations. Puis un jour, elle a pénétré dans sa chambre, l'a chevauché et a introduit son pénis dans son propre sexe, ce qui a effrayé le garçon qui s'en est plaint à son père. Celui-ci a porté plainte, et c'est le thème même de l'expertise. L'adolescent continue à avoir des terreurs, des troubles du sommeil et surtout une inadaptation grandissante dans l'établissement spécialisé où il est placé, car chaque fois qu'il croise un personnel éducatif ou d'environnement de sexe féminin, il se croit menacé et se protège avec les bras de ce qu'il a vécu comme une intolérable effraction physique.

M. R. – Et chez les filles, que sait-on des séquelles ? Une fois que les parents sont entrés dans le drame d'un abus sexuel chez leur fille, ils vont dire : « Que sera sa vie sexuelle, sa vie de femme, sa vie de mère ? »

M. C. – Les jeunes ayant subi une violence sexuelle sont tous en difficulté : difficultés scolaires, difficultés relationnelles, difficultés sexuelles. Et les garçons plus que les filles encore.

M. R. – Les filles ne sont-elles pas en difficulté toute leur vie ensuite ?

M. C. – C'est certain. À l'adolescence, subir une violence sexuelle compromet la sexualité, mais pas uniquement. Il existe toutefois des jeunes qui ont subi des traumatismes graves et qui arrivent à s'en remettre. Il me semble que c'est ceux-là qu'on devrait étudier plus souvent, car on peut se demander par quels moyens personnels et environnementaux ils ont réussi à s'en sortir.

M. R. – C'est-à-dire que certains garçons et certaines filles, grâce à leurs talents et à leurs capacités, parviennent à éliminer cette horreur, en tout cas à vivre sans que cette horreur soit au premier champ de leur pensée. Je peux répondre très partiellement à ta question en évoquant deux cas que j'ai vus en consultation et que j'ai suivis, une fois que ces filles sont devenues mères. Ces filles-là pouvaient en parler, elles pouvaient le dépasser.

M. C. – Mais il y a aussi toutes ces filles qui ont subi des violences sexuelles, qui n'en parlent à personne et qui traînent toute leur vie ce traumatisme… Je suis très étonnée néanmoins de la capacité qu'ont certains êtres humains à gérer des traumatismes graves, car ils arrivent à travailler, à fonder une famille, même si ce n'est pas « sans nuages ».

M. R. – Ce qui est intéressant, c'est de constater aussi les effets du viol sur la deuxième génération. Je m'explique : une fille violée, qu'en sera-t-il de sa maternité selon qu'elle aura une fille ou un garçon ? Les analyses longitudinales devraient porter aussi sur la deuxième génération après le viol.

M. C. – C'est vrai qu'il faut étudier l'influence d'un tel phénomène non seulement sur le sujet lui-même mais aussi sur les générations suivantes.

Viols

Cette jeune femme a une fillette qui grandit et réclame davantage d'autonomie dans ses déplacements. La mère ne peut pas la lui accorder car, ayant été abusée par un groupe en voiture à l'âge de 14 ans, elle ne peut se résoudre à laisser circuler sa fille seule. Longtemps, elle continuera à aller la chercher car, me dit-elle, « le fait qu'elle me demande d'être autonome a ravivé chez moi toutes les craintes de ce viol que je croyais avoir enfoui et qui menace toujours mon autonomie et mon identité. Je préfère l'accompagner, tout en craignant aussi que l'on ne soit toutes les deux abusées sur le chemin du retour ».
Une autre jeune femme, violée à l'âge de 17 ans, a un garçon. Elle est très agressive avec les hommes parce que ce garçon lui rappelle sans cesse le viol. Bien que remarquablement intelligente, elle ne cesse de redouter la moindre agression dans la rue, toujours en résonance avec le viol subi, comme si, dans le fond, il y avait une incurabilité du sévice physique chez les filles à l'adolescence ou, *a fortiori*, dans la petite enfance.

M. R. – Quelles sont les conséquences d'un non-lieu prononcé après le signalement d'un abus ?

M. C. – Ce que disent les victimes, c'est que le non-lieu est ce qu'il y a de plus terrible, car on les nie dans leur victimisation.

M. R. – Pourtant, il doit y avoir 90 % de non-lieux sur tous les signalements, non ?

M. C. – Il y en a beaucoup, c'est vrai. Quand on considère les statistiques, d'un côté le nombre de cas de viols qui arrivent devant la justice, de l'autre celui des déclarations dans la population générale, on se dit qu'il y a quelque chose qui cloche : la majorité des viols ne donne pas lieu à condamnation…

M. R. – Ne serait-il pas plus thérapeutique que la justice reconnaisse : « On ne peut pas répondre, on ne peut pas juger », plutôt que de prétendre affirmer blanc ou noir ?

M. C. – Mais non-lieu ne signifie-t-il pas : « je ne sais pas » ?

M. R. – Un non-lieu, ça veut dire : « Il n'y a pas de quoi poursuivre, il n'est pas coupable. »

M. C. – Ce qui est terrible alors, c'est que la victime n'est pas reconnue dans sa parole ni dans sa souffrance. Est-ce qu'on ne pourrait pas imaginer, en dehors du fait d'avoir un coupable ou pas de coupable, une prise en charge psychologique pour toutes les victimes d'abus sexuels ?

M. R. – Mais tu voudrais la prescrire ? l'imposer ou la proposer ?

M. C. – La proposer.

M. R. – Il serait intéressant de faire une proposition générale : ceux qui la refuseraient seraient, selon moi, ceux qui ont été abusés.

M. C. – Oui, mais je ne suis pas sûre qu'il soit nécessaire de l'appliquer immédiatement. Cela peut être une proposition différée.

M. R. – Si l'abus a eu lieu à l'âge de 3-4 ans, est-il utile à 10-12 ans de consulter… ?

M. C. – En tout cas, la victime peut choisir de le faire.

M. R. – Elle y revient lors de ses premiers émois sexuels.

M. C. – Il me semble que, sans pointer nécessairement du doigt les victimes d'abus sexuels, il faut laisser ouverte la possibilité d'une prise en charge.

M. R. – Donc la proposer systématiquement…

M. C. – Effectivement.

M. R. – C'est respecter très précocement la victime dans son élaboration ultérieure.

M. C. – Il est capital de respecter la victime en tant que telle, quel que soit ce qui a été prouvé par ailleurs.

M. R. – Cela voudrait dire que le sévice a un risque évolutif.

M. C. – Il a de fait un risque évolutif, il faut le prendre en compte.

M. R. – Quand on a eu une leucémie dont on a guéri, on refait périodiquement une prise de sang.

M. C. – Pourquoi ne le fait-on pas en cas de victimisation ?

M. R. – Parce que l'on veut ne plus en parler ?

M. C. – Oui, mais c'est nous qui sommes mal à l'aise avec cela. Le jeune, lui, n'a que ça en tête. On peut toujours le nier, et la négation est facile finalement. Mais pour lui, ce n'est pas une bonne idée.

M. R. – Je crois qu'ouvrir à distance une élaboration, une réflexion, c'est le minimum syndical.

La mutation professionnelle des parents

En 1988, 6 % des jeunes disaient avoir assisté, durant l'année en cours, au changement de vie professionnelle de leur père, et autant à celui de leur mère[1]. En 1998, 35 % des suicidants mineurs disent avoir changé d'école pendant les trois derniers mois[2]. S'il est impossible à ce jour d'établir un lien de cause à effet entre la mutation professionnelle d'un ou des parents et les troubles et conduites des adolescents, il n'en demeure pas moins que ces mutations vont toujours de pair avec un changement de cadre de vie (école, loisirs, amis) difficile à gérer par les plus vulnérables, et qu'elles sont fréquemment des événements déclenchant un passage à l'acte. À ce titre, la mutation parentale mérite d'être prise en compte par l'entourage social ou scolaire, en particulier quand il s'agit d'un jeune vulnérable et fragilisé par d'autres faits (décès, perte, redoublement scolaire, déception amoureuse…).

Regards croisés

M. C. – On dispose de données sur les déménagements, surtout les déménagements multiples. Mais il

1. Choquet M., Ledoux S., « L'enquête Sud Haute-Marne », Inserm, 1988.
2. Choquet M., Granboulan V., *Les Jeunes Suicidants à l'hôpital*, EDK, 2004.

ne s'agit pas nécessairement de déménagements pour cause de mutation professionnelle ; on peut déménager parce qu'on achète une maison, un appartement, etc. Lorsque les déménagements sont multiples, on peut supposer qu'il y a une raison professionnelle relative aux parents, et nous en avons déjà parlé plus ou moins, il faudrait que le calendrier des mutations…

M. R. – … soit calqué sur celui de la scolarité.

M. C. – C'est-à-dire qu'on respecte au moins le temps du groupe classe, afin que les grandes vacances permettent une transition, une période d'oubli ou de séparation.

M. R. – Ce serait donc une loi dans la fonction publique imposant que la scolarité des adolescents prime sur la mutation professionnelle du père ou de la mère.

M. C. – En tout cas, que la mutation se fasse dans les mêmes temps que la scolarité des jeunes.

La déception amoureuse

La déception amoureuse est citée par 48 % des adolescents suicidants comme un événement perturbateur, et par 60 % des suicidants majeurs loin devant le divorce des parents, l'accident ou le décès d'un proche. Il est donc clair que c'est une souffrance primordiale, même s'il s'agit davantage d'un événement déclenchant le passage à l'acte que de sa cause.

Curieusement, dans les enquêtes sur la sexualité des jeunes, on consacre de nombreuses questions aux partenaires, à leurs caractéristiques, aux moyens de contraception utilisés, mais aucune aux conditions de la séparation amoureuse et à la douleur qu'elle engendre. La volonté de tout vouloir « objectiver » serait-elle en passe de devenir l'arbre qui cache la forêt ?

Regards croisés

M. R. – Il me semble que la déception amoureuse reste définitivement fixée au niveau des amours adolescentes, en raison de l'importance de l'investissement qu'elles représentent. Je raconte (en encadré) l'histoire d'une trahison amoureuse, celle d'un garçon qui s'estime fiancé avec une fille qui le trompe. Mais il va rester fixé à cette relation.

Une belle histoire d'amour qui n'a jamais existé

Christophe est un garçon remarquablement intelligent, remarquablement malheureux, qui connaît un énorme conflit avec ses parents. Lorsqu'on lui demande la cause de ses difficultés intrafamiliales, il nous parle d'une jeune fille avec laquelle il faisait du violon, jeune fille qui présentait à ses yeux toutes les qualités et à laquelle il n'était pas indifférent. N'empêche qu'il n'a jamais osé lui parler et qu'elle est « sortie » avec un autre. Il affirme qu'il ne se remettra jamais de cet amour non abouti, qui était pourtant le plus beau de sa vie. La perte d'une histoire d'amour idéalisée pose la question de l'importance des histoires de cœur, des pertes et des ruptures à cet âge sensible.

M. C. – Il est capital de ne jamais banaliser la déception amoureuse en prétextant que ce n'est pas grave, « un de perdu, dix de retrouvés ».

M. R. – Parmi les motifs de suicide, de tentatives de suicide, la déception amoureuse figure au premier plan, n'est-ce pas ?

M. C. – Pas exactement au premier plan, mais presque. Quant aux tentatives de suicide, le premier motif invoqué concerne les mésententes graves avec les parents, puis vient la déception amoureuse…

M. R. – C'est énorme.

M. C. – Je crois qu'on a tort de la banaliser, justement parce qu'elle est à l'origine de grandes souffrances.

6. Ce qui fait peur

Certains comportements font peur. Peur aux jeunes, peur aux parents qui craignent souvent le pire, peur aux enseignants, peur à la société. Les « conduites à risque » en font partie, dont la consommation de substances, la tentative de suicide, l'anorexie ou la boulimie, la délinquance… Mais certains « événements », comme la pornographie, peuvent aussi être traumatiques à court ou à long terme.

Le début des addictions et des transgressions, la consommation des parents

L'enquête ESPAD est la première enquête européenne (portant sur 35 pays d'Europe en 2003) qui, à intervalles réguliers (elle se déroule tous les quatre ans depuis 1995), mesure auprès d'un échantillon représentatif d'au moins 2 000 élèves âgés de 15-16 ans (l'année de naissance étant le critère de sélection) leur consommation d'alcool, de tabac et de drogues.

Lorsqu'on compare la France à d'autres pays d'Europe, on observe que :

– La consommation de substances psychoactives est déjà bien présente parmi les jeunes de 16 ans. Ainsi, 90 % ont déjà bu de l'alcool, 60 % ont déjà fumé des cigarettes, 43 % ont déjà été ivres, 40 % ont déjà fumé du cannabis et 17 % ont déjà pris des tranquillisants ou des sédatifs. Dans tous les pays, l'ordre des substances est à peu près le même : l'alcool vient en tête, suivi du tabac, du cannabis, puis des médicaments contre la nervosité ou l'insomnie.

– L'ordre des substances se modifie sensiblement quand on considère leur consommation régulière. En effet, le tabac vient alors en tête (23 % des jeunes fument quotidiennement), alors que le cannabis et l'alcool se disputent, pour ainsi dire, la deuxième place : 7 % des 15-16 ans ont bu au moins dix fois au cours du dernier mois une boisson alcoolisée, 7 % de ce même groupe d'âge ont pris du cannabis au moins dix fois durant le dernier mois, et 3 % ont été ivres au moins trois fois durant le dernier mois.

– Dans la majorité des pays du sud de l'Europe, il existe de grandes différences entre garçons et filles, les premiers étant plus souvent consommateurs d'alcool et de cannabis, tandis que les secondes préfèrent prendre des médicaments. La différence des sexes est nettement moindre dans le nord de l'Europe : en Angleterre et au Danemark, les filles dépassent même les garçons quant à la consommation d'alcool et la recherche d'ivresse.

– Il existe des différences notables entre les pays européens, mais pas toujours dans le sens que l'on attendrait. Ainsi, la France, pays vinicole parmi d'autres, ne vient pas en tête pour la consommation d'alcool chez les jeunes ; c'est au Danemark, au Royaume-Uni et en Irlande que la recherche d'ivresse et la consommation régulière d'alcool (qui fait pourtant partie du « modèle méditerranéen ») sont les plus élevées. Pour la recherche d'ivresse, la France vient même en queue du peloton des pays européens. L'Autriche et les pays de l'Est sont les plus gros consommateurs de tabac, la France se situe dans la moyenne. En revanche, elle se place en tête pour la consommation de cannabis, avec la Suisse et le Royaume-Uni, et pour la prise de médicaments, de sédatifs ou de tranquillisants, avec la Pologne. La Suède se caractérise par une faible consommation de toutes les substances – ainsi d'ailleurs que par une faible mortalité accidentelle, preuve que ce pays est « bon élève » sur plus d'un aspect.

– Force est de constater que la consommation de cannabis et surtout la polyconsommation sont en forte augmentation en France depuis dix ans. Actuellement, les jeunes consomment souvent plusieurs substances, pas toujours en même temps, même s'ils peuvent en prendre plusieurs durant une soirée, mais successivement, selon le besoin, les circonstances, la disponibilité et l'effet recherché.

Si la consommation d'une substance, quelle qu'elle soit, est liée aux autres troubles et conduites comme la dépressivité, le vol, les bagarres, la dégradation des biens, l'absentéisme scolaire, on constate que les liens les plus importants concernent le tabac et le cannabis, corrélés en particulier à l'absentéisme scolaire et aux délits. En outre, ces liens sont plus importants chez les filles que chez les garçons, ce qui signifie qu'une fille qui consomme régulièrement a plus de risques de troubles et conduites qu'un garçon, même si, bien sûr, le risque existe pour les deux sexes.

Regards croisés

M. C. – Tout d'abord, il faut dire que la consommation fait partie de la vie des adolescents. Il ne faut donc pas la diaboliser, mais regarder de plus près le niveau de consommation. Presque tous les jeunes ont déjà consommé de l'alcool, mais tous ne consomment pas régulièrement, loin de là. Beaucoup ont consommé du tabac, et une proportion non négligeable fume chaque jour. C'est la première substance qu'ils consomment de façon régulière ! Depuis maintenant quinze ans, on assiste à l'augmentation de la consommation de cannabis au point qu'actuellement le nombre de consommateurs réguliers de cannabis est supérieur à celui des consommateurs réguliers d'alcool. C'est une révolution dans un pays comme la France, mais une révolution tranquille, puisqu'on en parle peu. Néanmoins, si le cannabis était considéré auparavant comme une « drogue de loisirs », on admet maintenant qu'il s'agit d'une véritable drogue, qui crée une vraie dépendance.

M. R. – Moi aussi, j'ai l'impression que tous les adolescents que je rencontre lors des consultations ont consommé du cannabis. En quelque sorte, tous ceux qui vont mal ont consommé du cannabis. Je ne dis pas que le cannabis a entraîné leur malaise mais consommer du cannabis fait partie du fait d'aller mal. Il ne s'agit pas d'être dans le coup, mais de pallier un malaise. Et il y a danger, puisque cette consommation ouvre la voie à toutes les pathologies graves qui ne se seraient pas déclenchées si le jeune n'avait pas fumé de cannabis. Prenons, par exemple, les troubles psychotiques…

M. C. – Il semble que les jeunes souffrant de troubles psychotiques après avoir consommé du cannabis avaient une vulnérabilité.

M. R. – Oui, une vulnérabilité génétique. Néanmoins, je trouve qu'il y a une attitude…

M. C. – … assez complaisante…

M. R. – … de démission totale et de tout le monde : politiques, école, policiers.

M. C. – Actuellement, on parle beaucoup d'alcool. Certes, l'alcoolisme est à prendre en compte, mais je me demande si, lors des soirées, les jeunes ne consomment pas un peu de tout : de l'alcool, du cannabis, de l'ecstasy…

M. R. – Ils changent, ils sont polyconsommateurs.

M. C. – Exactement. Ce que l'on attribue souvent à l'alcool relève peut-être de la polyconsommation. Il serait probablement plus juste de dire les choses ainsi. Ce problème de polyconsommation serait assez typique de notre pays dans la mesure où, effectivement, vu les taux de consommation de cannabis, ceux qui boivent tirent aussi sur la fumette. Et cela, on ne veut pas le voir.

M. R. – On dirait qu'après avoir constaté : « Les jeunes consomment du cannabis », on en reste là. Il faut les prévenir que c'est mauvais pour eux.

Un fumeur obligé

Jérémy ne peut plus aller en classe sans tirer sur une « pipe » ; entre midi et deux il grille un autre joint, et il ne peut pas se passer de ses trois, quatre joints lorsqu'il rentre chez lui. Il a des troubles de la concentration (on en aurait à moins) et s'enfouit dans une tristesse d'une apparente banalité qui ressemble à de l'écrasement. Il représente bien le fumeur addictif de haschisch qui est complètement décapité de la réalité, de l'avenir et aussi de la défense et du rebond, comme si tout était atténué, arrondi. Il semble ne pas pouvoir s'extraire de cet état de marasme. Adressé à un programme de désintoxication pour les fumeurs addictifs de haschisch, il évoluera bien. La proposition thérapeutique est toujours obligatoire, surtout quand la situation paraît figée.

M. C. – Oui, et on ne le leur dit pas assez. Le problème, c'est qu'il s'agit d'une drogue illicite. On ne peut pas en parler à l'école aussi simplement, puisque la substance est interdite par la loi. En revanche, il existe des actions en matière d'alcool-tabac, ce qui est très bien. Mais on en arrive à une situation assez étonnante : le tabac est interdit à l'école, mais le cannabis circule dans les couloirs ! L'école est le lieu privilégié de vente de cannabis !

M. R. – Cela crée une industrie économique, les gosses deviennent vendeurs, dealers de cannabis… Où prennent-ils l'argent ?

M. C. – La consommation de cannabis est plus élevée dans les milieux favorisés, où ils ont de l'argent. Ils n'ont pas nécessairement tous volé pour l'acheter. Contrairement à ce que l'on croit, les jeunes sont relativement riches quand ils habitent chez papa et maman. Mais quand ils deviennent consommateurs réguliers…

M. R. – Ils sont obligés d'en vendre.

M. C. – … Oui. Ce qui n'est pas le cas des consommateurs occasionnels. En outre, je pense qu'être à la fois consommateurs et vendeur fait partie du charme de l'aventure.

M. R. – C'est-à-dire maîtriser le produit et le circuit. « Non seulement j'en ai, mais je peux en vendre. Je suis au-dessus de ma consommation. »

M. C. – Voilà. Même si certains vendeurs sont également consommateurs, pour être efficace mieux vaut ne pas être trop dans le cirage. La politique en matière de substances psychoactives s'attaque davantage aux circuits classiques qu'à l'économie parallèle, complètement indépendante, qui s'est développée et qui risque de nous échapper si l'on n'y prend pas garde.

M. R. – Le drame du haschisch, c'est qu'on fait tous semblant de croire que c'est festif.

M. C. – Eh oui, politiques inclus…

M. R. – Politiques inclus, voire certains ministres du gouvernement…

M. C. – … qui confessent : « Moi, j'ai fumé un peu quand j'étais jeune », donc tout va bien. De façon très étonnante, en effet, il existe une complicité…

M. R. – … Complicité générale sur le thème de « C'est festif ».

M. C. – Donc « il n'y a pas de problème », alors que les données prouvent le contraire.

M. R. – D'ailleurs, ce qui est très intéressant, c'est que les parents eux aussi font semblant de ne pas s'en apercevoir, parce que cela sent drôlement fort, le haschisch, hein ? N'hésitez pas : quand il dort la fenêtre ouverte l'hiver, c'est qu'il fume du hasch !

M. C. – Oui, on a observé ces problèmes-là antérieurement avec l'héroïne et la cocaïne, les parents qui assurent : « Non, mon gosse va bien » et on s'aperçoit que…

M. R. – … qu'il meurt d'une overdose.

M. C. – Oui, c'est un grand classique. On s'est tous inquiétés de l'alcool et du tabac qui constituent un véritable problème, surtout chez les adultes. Ce qui me paraît bizarre, c'est qu'on nie tout le reste.

M. R. – Alors que, objectivement, quand on s'occupe des jeunes pour les aider à décrocher, cela marche. Une fois qu'ils viennent consulter pour en parler, il ne faut pas faiblir.

M. C. – Je suis d'accord. Et cela, quel que soit le produit. Je pense que, généralement, ils ont envie de décrocher du tabac, de l'alcool, quand ils en sont au stade de la dépendance.

M. R. – Oui, c'est une particularité chez les fumeurs d'herbe : ils le disent plus souvent que les alcooliques.

M. C. – Peut-être à cause de la complexité du circuit d'approvisionnement. En outre, leurs résultats scolaires chutent, ils sont souvent régulièrement absents, redoublent… Par rapport aux consommateurs même habituels d'alcool et de tabac, les consommateurs de cannabis se caractérisent par un désinvestissement scolaire.

M. R. – Je vais traduire en marseillais : le haschisch rend couillon. À cause des troubles de la mémoire.

M. C. – Oui, je crois que c'est la réalité.

M. R. – Le haschisch, c'est un bêta qui ricane. Et le tabac donne une attitude, c'est la Marlboro attitude.

M. C. – Il augmente aussi le risque de cancer et tous les problèmes respiratoires.

M. R. – Oui, mais le cancer, c'est pour plus tard. 1 fille sur 5 aura un cancer du poumon, mais à 35 ans, quand elle sera vieille !

M. C. – Peut-on parler des solutions ? Très souvent on cherche les causes, mais on ne donne pas les solutions.

M. R. – Les statistiques vont à l'encontre de ce qu'on raconte, elles montrent que l'ensemble des toxicomanes arrête sa consommation à 30 ans.

M. C. – Le problème, c'est : dans quel état ? À partir d'un certain âge, on observe le passage d'une substance à une autre. Si la consommation de cannabis stoppe vers la trentaine, il peut y avoir un passage vers l'alcool, par exemple. Et cela, ce n'est pas rien non plus.

M. R. – J'ai un ami, décédé maintenant, qui est passé de l'opium (à l'époque, c'était plus facile d'en trouver) à l'alcool, qui s'est clochardisé et est mort de cirrhose à 55 ans.

M. C. – Il ne faut pas avoir une perception trop simpliste des choses. Durant l'adolescence, on observe une polyconsommation des jeunes qui prennent un produit en fonction de la situation et de leurs besoins : quand ils veulent tenir toute la nuit, ils prennent de l'ecstasy ; quand ils ont envie de s'éclater, ils prennent de l'alcool, etc. Ils vont utiliser les substances de façon « situationnelle ».

M. R. – C'est-à-dire pour apaiser leurs tensions.

M. C. – Plus tard, vers la trentaine, ils vont « opter » pour un produit préférentiel. Le plus souvent l'alcool, car c'est un produit socialement admis, donc facile à obtenir.

M. R. – Ce qui est intéressant, c'est que quand ils croient aux produits, ils ne croient plus en eux. Le fait de fumer du haschisch annule la possibilité évolutive, fixant le monde dans du temporaire.

L'alcool au féminin

Cette jeune fille est alcoolique. Elle est sans cesse retrouvée dans la rue, lors de soirées ou chez elle, cachant de l'alcool et buvant à la volée, histoire de ne pas être repérée dans son passage à l'acte addictif. Elle est en conflit majeur avec son père, alcoolique lui aussi. De manière très paradoxale, elle ne veut plus le rencontrer, par honte de son addiction à lui. Elle suit exactement la même trajectoire que lui sans en avoir pris conscience ni même être lucide sur sa propre addiction.

La phobie scolaire

Sans que la phobie scolaire soit reconnue comme une entité clinique précise, il est évident que le milieu scolaire peut être un lieu privilégié d'expression d'anxiété, avec des attaques de panique récurrentes et inattendues. Cette phobie débute souvent de façon insidieuse par un retrait progressif des activités de groupe, une augmentation de la dépendance envers les parents, voire par de l'autoritarisme et de la violence. On ne connaît pas exactement sa fréquence en France (partiellement parce qu'il s'agit d'un trouble peu défini), mais on connaît au moins la fréquence du malaise scolaire et de l'absentéisme régulier, souvent plus masculins et en augmentation avec l'âge.

La présence d'un trouble scolaire ne signifie pas que l'école soit la (seule) cause du trouble. Avec la démocratisation de l'enseignement bien au-delà de l'âge de la scolarité obligatoire et l'augmentation de la pression par la valorisation permanente et parfois exclusive de la réussite, l'école – et tout ce qui s'y passe (conflits avec ses pairs ou avec les enseignants, examens et interrogations impromptus, contrôle comportemental…) – est très investie par les adolescents et leurs parents. De ce fait, elle peut devenir un lieu d'expression pour tout type de problème. Par exemple, un événement apparemment insignifiant (déménagement, changement d'enseignant, dispute avec un autre élève ou un personnel éducatif) va « fixer » l'école comme lieu d'expression et déclencher un rejet.

Le pronostic est souvent défavorable, en particulier pour les troubles les plus graves. On estime en effet que 30 % des jeunes ayant des troubles scolaires graves évoluent vers des troubles psychiatriques graves. Il s'avère inefficace de traiter les problèmes scolaires (et la phobie) par l'éviction scolaire (cours par correspondance ou cours à domicile) ou par des changements répétés de classe ou d'école, solutions qui ne feraient qu'augmenter l'angoisse et l'isolement social.

En conclusion, l'école est en même temps le lieu de la rencontre (avec les autres, les adultes, le savoir), mais aussi le lieu du rejet. Plus la scolarité est importante et investie, plus elle sera aussi un lieu de rejet. Cet apparent paradoxe est à considérer chaque fois qu'un élève ou un parent se plaint de l'école.

Le tag

Bien que l'on ne dispose pas de mesures de la fréquence avec laquelle les jeunes ont déjà tagué (aucune question dans les questionnaires épidémiologiques ne concerne ce comportement), on peut faire l'hypothèse que les tagueurs sont proches de ceux qui ont déjà abîmé des biens publics ou privés (voir *infra*), donc plus âgés, plus masculins et plus urbains que la moyenne des adolescents. Mais cela reste à vérifier… À noter qu'une ville comme Avignon publie sur internet qu'elle a consacré en 2004 un budget de 291 000 euros au nettoyage des tags, soit 20 000 euros de plus qu'en 2003 (une augmentation de 12 % !).

Regards croisés

M. R. – Je voudrais insister sur l'ancienneté protohistorique du tag, au risque de faire hurler, je crois, les protohistoriens. Je pose l'hypothèse que les inscriptions protohistoriques de la Vallée des Merveilles sont des tags, c'est-à-dire que les bergers s'ennuyaient dans les alpages et taguaient sur les pierres tendres des troupeaux, des chefs de tribu et le sorcier. Il ne s'agit pas d'une représentation religieuse de la culture du soleil, mais du signe, de l'empreinte d'un berger qui, huit cents ans avant J.-C., voulait être présent au monde qui passe. Autres exemples : la première croisade, le tag du premier croisé sur la cathédrale de Bari, les inscriptions sur la tour de Pise, les cœurs enlacés sur les arbres, les marques des gosses sur les pierres…

M. C. – Oui, c'est vrai.

M. R. – Donc marquer sa trace n'est pas une nouveauté.

M. C. – Loin de là.

M. R. – Ce qui est nouveau, c'est l'expression moderne du tag, les lettres à répétition et la signature de plus en plus grosse. Il s'agit même parfois d'un exploit, par exemple pour taguer sur le TGV, sur le joli pont qui enjambe le pays d'Aix. J'attire l'attention sur moi par ma signature. Le tag, c'est de l'exhibitionnisme hystérique de structure particulièrement théâtrale.

M. C. – Mais la signature est connue d'eux seuls et de leurs proches, pas de quelqu'un d'extérieur, ni de la majorité des gens.

M. R. – Ils s'en foutent. L'essentiel, c'est la signature.

M. C. – Tout à fait.

M. R. – C'est ma signature, qui règne sur un territoire. Il existe en effet des territoires, c'est pourquoi je parlais de la Vallée des Merveilles.

M. C. – Cela signifie qu'on ne laisse pas aux jeunes suffisamment de moyens d'expression qui leur éviteraient de taguer n'importe quoi. Peut-on imaginer qu'on crée des lieux où les gens pourraient s'exprimer pour que le tag soit plus canalisé ?

M. R. – Je ne sais pas si cela suffirait. De toute façon, il y aurait toujours les résistants par le tag, parce que le tag doit être illégal. Taguer est une démarche illégale, asociale, acivique. Mais ce serait intéressant si on disait : « Les poubelles sont à vous, taguez les poubelles. » Toutes les poubelles de la ville seraient alors décorées. En outre, les façades obscures et tristes pourraient être taguées. Il y a un mur d'expression à Saint-Leu, à La Réunion, conçu par un garçon génial, Jérôme. Les jeunes viennent, effacent, font des concours de tags et d'expression.

M. C. – Ainsi, ils sont libres de faire comme ils veulent.

M. R. – C'est intéressant, un mur ouvert où les tagueurs eux-mêmes se disputent les places. Je pense que quand Michel-Ange disputait à un autre sculpteur un bloc de marbre à Florence, il était en fait un tagueur. On est dans le domaine de la compétition artistique.

M. C. – Certainement. D'ailleurs, certains tags sont très beaux, sauf qu'ils ne sont pas appréciés par les propriétaires des lieux.

M. R. – Il y a dans le tag, comme dans le dessin, de bons et de mauvais dessinateurs. La signature répétitive qui pourrit les portes et les façades, c'est minable.

Un tagueur à risque

Ce jeune garçon, Benoît, est un tagueur de métro, se collant contre les rames quand elles passent, associant à son habitude du dessin une toxicomanie importante au haschisch. Il a eu la jambe brisée par des gens auxquels il devait de l'argent et il a prétendu avoir été renversé par une voiture qui avait pris la fuite. La punition physique a été exemplaire. Menacé d'autres sévices plus graves, il a fugué longtemps, erré dans la ville, le soir, dans un grand désarroi et avec un fort sentiment de culpabilité. Puis, grâce à ses qualités artistiques, il a repris l'apprentissage et s'est ouvert au monde. Actuellement il va bien. Fume-t-il encore des joints ?

Un joli tag sur des hangars désaffectés, sur des wagons qui ne circulent plus, c'est le printemps sur la voie ferrée.

M. C. – On pourrait imaginer qu'il y ait des lieux possibles de tags.

M. R. – Les culs-de-sac, les hangars.

M. C. – On organise des concours de tags, que l'on reconnaît parfois comme un art. Mais il faut les limiter.

M. R. – Les gens qui font de vilains tags sur les façades doivent les nettoyer, c'est une punition civique.

M. C. – Mais dans la majorité des cas, on n'en connaît pas les auteurs et on fait nettoyer par la municipalité plutôt que par les tagueurs eux-mêmes.

M. R. – Alors il faudrait créer un corps d'attrapeurs de tagueurs.

M. C. – (Rires.)

La fugue

Une fugue n'est pas un simple départ de chez soi sans dire où l'on va. Elle concerne environ 5 % des jeunes (garçons et filles), alors que le départ « sans dire où on va » concerne 30 % d'entre eux[1].

Les risques encourus lors d'une fugue ne sont pas anodins. Le premier est la violence subie, physique ou sexuelle. Mais les fugueurs ne sont pas seulement des victimes, ils sont aussi plus violents, plus consommateurs de tabac, d'alcool, de drogues illicites.

Bien qu'elle soit souvent banalisée, la fugue est associée aux troubles les plus graves de l'adolescence, comme la tentative de suicide (la plupart des suicidants ont également fait une fugue, avant ou après leur tentative), la violence sexuelle subie, les ivresses répétées, l'absentéisme scolaire. Pas étonnant alors qu'on trouve une proportion de fugueurs élevée parmi les jeunes de la protection judiciaire de la jeunesse (22 % parmi les garçons, 40 % parmi les filles).

La fugue est souvent une « alternative » à un acte plus grave, comme la tentative de suicide, ou à un acte « équivalent », comme l'absentéisme scolaire.

Tout converge vers la conclusion suivante : les troubles de la conduite « explosent » chez le jeune

1. Choquet M., Pommereau X., Lagadic C., Cottin K., « Les élèves à l'infirmerie scolaire », Inserm, 2001.

fugueur. Le considérer comme « sauvé » une fois revenu au domicile familial serait une grave erreur, car, au vu des troubles associés, on ne peut que redouter une récidive. D'ailleurs, un quart des fugueurs font une nouvelle fugue dans l'année, une proportion qui atteint 50 % parmi les jeunes sous mandat judiciaire.

Regards croisés

M. C. – La fugue est un bon indicateur de très grandes difficultés. C'est aussi un comportement très banalisé, parce qu'on croit trop vite le danger écarté : « Il est revenu, donc tout va bien. » C'est une erreur psychologique, parce que la fugue était un signe d'appel ; lorsqu'elle n'est pas prise comme telle, on risque la récidive, voire des actes plus graves encore, comme la tentative de suicide.

M. R. – Je pense qu'il y a un historique de la fugue. Les parents de petits enfants ou de préadolescents sont essentiellement des « maîtriseurs de fugues », car l'enfant ne peut pas fuguer quand il est petit. En revanche, l'adolescent ayant acquis de l'autonomie peut fuguer. C'est au moment où on le laisse prendre les transports en commun, circuler seul, qu'il peut éventuellement fuguer et s'exprimer à travers la fugue. Je suis d'accord avec toi : la fugue est un très mauvais signe, parce que c'est une impulsivité de non-vie, un équivalent suicidaire.

M. C. – Tout à fait.

M. R. – Je dirai que c'est une note dépressive intense sur la croyance en son avenir. Je me souviens d'une jeune fille de 12 ans qui a fugué pendant des années dans toute l'Europe, avec ce que cela suppose de sévices. Elle a été violée, battue, intoxiquée, elle s'est droguée et prostituée. Un jour, elle me téléphone de la gare. Comme elle avait noué un lien thérapeutique intense avec moi, je l'emmène à la fac, à un cours sur la fugue, pour que l'amphi l'interroge. Un des étudiants en médecine demande : « Mais pourquoi as-tu téléphoné ? » Elle a répondu cette phrase magnifique : « Tu sais, dans la fugue, ce qui est difficile, c'est de revenir, pas de partir. » Elle exprimait ainsi le comportement obligé et contraint du fugueur, c'est-à-dire que le fugueur n'est pas libre, il est sous contrainte.

M. C. – Ce qu'il est difficile de comprendre dans la fugue, c'est que l'on ne sait pas de quoi il s'agit exactement. Ce n'est pas seulement un délit, pas seulement un problème de santé, pas seulement un problème scolaire, c'est tout à la fois. Tout le monde s'accorde pour dire que c'est grave, et personne ne s'en occupe réellement.

M. R. – Je crois qu'il y a quand même ce signe : une rupture de la continuité psychique sociale et familiale majeure.

M. C. – Mais qui le prend en charge ?

M. R. – C'est une fracture de l'affectif.

M. C. – Oui, je suis d'accord. Pour moi, c'est un équivalent suicidaire, mais je trouve que c'est une conduite banalisée, dont personne n'est spécialiste.

M. R. – Alors qu'on est très attentif à l'enlèvement d'un enfant, on l'est moins pour une fugue à partir du moment où le jeune est revenu. Il y a aussi une honte de la famille à ne pas avoir été suffisamment bonne au point qu'il soit parti.

M. C. – C'est un peu comme pour le suicide : une fois que l'adolescent en revient, d'une certaine façon…

M. R. – … on oublie.

M. C. – On pense qu'il est sauvé. Lorsque le suicidant rentre à la maison, on déclare : « Il n'est pas mort, tout va bien. »

M. R. – Pourtant, l'avenir des fugueurs est sombre, si l'on ne s'occupe pas de leur problème.

M. C. – Oui. Quand on observe le taux de fugueurs parmi les jeunes qui sont sous protection judiciaire et la banalisation de cette fugue de la part des professionnels, on se trouve confronté à un crescendo sans limite. Si l'on ne tient pas compte de la fugue comme d'un indicateur de malaise, le jeune peut aller plus loin, jusqu'à une tentative de suicide, ou une fugue plus longue.

M. R. – Je donnerai un chiffre à mon tour : en deux ans, sur 400 hospitalisés, on a eu 3 fugues, ce qui n'est pas beaucoup.

M. C. – Non. Lorsqu'on regarde la proportion de fugueurs placés sous la protection judiciaire de la jeunesse, c'est devenu une banalité : 22 % parmi les garçons et 40 % parmi les filles.

M. R. – Dans mon service, cela représentait moins de 1 %. Autre chiffre intéressant concernant les jeunes à la Maison de Solenn : en deux ans, on a eu 1 suicide lors d'une sortie. Si l'on affirme que, parmi les anorexiques, entre 5 et 15 % se suicident, nous aurions dû compter beaucoup plus de suicides.

M. C. – Il s'agit d'une population à haut risque. Il faut aussi parler de la récidive. Un quart des fugueurs sont des récidivistes – la même proportion que les suicidants, dont environ 1 sur 3 fait une récidive.

M. R. – Un gosse qu'on a hospitalisé pour fugue nous a beaucoup impressionnés. À 14 ans, il vivait dans les squares de Paris, dormait dehors, c'était effrayant pour tout le monde. Tu te rends compte, un gosse dans la rue avec les dangers de la nuit ?

M. C. – Passer la nuit dehors est dangereux, en particulier pour les filles. On peut s'interroger sur l'association fugue-violences subies. Le jeune peut subir des violences durant la fugue, en particulier la nuit, car le risque est réel.

M. R. – J'ai connu une gosse qui a fugué longtemps, sa mère m'a souvent téléphoné. Un jour, on l'a hospitalisée dans un autre hôpital et cette maman éperdue répétait : « Mais qu'est-ce qui va lui arriver ? » La fugue est souvent le signe d'une organisation psychologique qui a éclaté ou qui s'est rompue. Elle est le signe d'une absence de continuité.

M. C. – Cela signifie que la fugue, comme le suicide, relève, selon toi, de la psychiatrie, et pas seulement de la police ? Est-ce qu'il ne faudrait pas changer notre fusil d'épaule ?

M. R. – Il faut psychiatriser la fugue.

M. C. – Exactement. Et c'est bien de le dire.

La tentative de suicide[1]

Si, depuis 1986, le taux de morts par suicide diminue, après une période de forte augmentation entre 1975 et 1985, il n'en reste pas moins que chaque année entre 600 et 800 jeunes se donnent la mort. Les garçons sont plus concernés que les filles, les 20-24 ans plus que les 15-19 ans. L'âge de l'intégration sociale et professionnelle est donc une période de vulnérabilité accrue, en particulier pour les garçons. Les modes les plus utilisés sont l'arme à feu et la pendaison.

Le passage à l'acte suicidaire non suivi de décès (la « tentative de suicide ») augmente : entre 40 000 et 60 000 jeunes sont hospitalisés pour une TS, sans compter ceux qui passent à l'acte sans être hospitalisés, ce qui représente plus de 1 adolescent sur 2. La TS est plus fréquente chez les filles que chez les garçons. En 2003, 5 % des garçons et 11 % des filles en avaient déjà fait une. Dix ans plus tôt, en 1993, ils étaient 5 % pour les garçons et 8 % pour les filles. Seulement 1 sur 4 a été hospitalisé. Dans la majorité des cas, la tentative de suicide a été perpétrée par intoxication médicamenteuse. 37 % des suicidants sont des récidivistes, et pour 56 % d'entre eux le délai entre les tentatives n'excède pas un an.

---

1. Choquet M., Granboulan V., *Les Jeunes Suicidants à l'hôpital*, EDK, 2004.

Les facteurs familiaux se révèlent plus importants que les facteurs sociaux. Les principaux sont les antécédents familiaux (de suicide, de maladie mentale ou d'alcoolisme), le dysfonctionnement familial (manque d'intérêt, hostilité ou excès d'intérêt de la part des parents), la violence intrafamiliale (en particulier la violence physique et sexuelle), mais aussi la dissociation familiale (par divorce ou par décès) et le placement précoce (en établissement collectif ou en garde complète). Cependant, plus que la présence d'un seul de ces facteurs, c'est leur cumul qui importe (avec un risque suicidaire multiplié par 7).

Quant aux troubles qui précèdent fréquemment l'acte suicidaire, ils sont soit d'ordre somatique (avoir une maladie grave, avoir été hospitalisé, être très fatigué), soit d'ordre psychologique (avoir des problèmes de sommeil, d'appétit), soit des troubles d'ordre comportemental (fuguer, fumer ou boire régulièrement, s'enivrer, consommer des drogues illicites). Le cumul de ces troubles augmente le risque de passage à l'acte et surtout de récidive.

Contrairement à ce que l'on croit, les jeunes suicidants sont souvent des consultants de la médecine de ville, de l'infirmerie scolaire ou de l'hôpital. Ils sont coutumiers des consultations pour adolescents et usagers de la téléphonie sociale. Tout se passe donc comme si ces jeunes étaient en demande permanente de soins, même si la demande exprimée ne concerne pas toujours leur malaise et encore moins leurs pensées suicidaires.

Regards croisés

M. C. – La mort par suicide est plutôt masculine alors que les tentatives de suicide sont plutôt féminines. Les idées suicidaires, qui sont assez fréquentes, sont fortement associées au passage à l'acte. Depuis dix ans, on a constaté une augmentation des tentatives de suicide chez les filles, alors qu'on n'a pas observé d'augmentation des idées suicidaires. C'est donc le passage à l'acte suicidaire qui est plus fréquent qu'auparavant. Autre constat important, les facteurs sociaux sont faiblement liés à la tentative de suicide. Les facteurs comme le chômage, le niveau socioculturel de la famille, le fait d'habiter en ville ou en banlieue, sont nettement moins importants que la qualité des relations familiales.

M. R. – Ce que tu dis est à la fois passionnant et terrible. On se demande toujours : Qu'est-ce qui craque ? Qu'est-ce qui fait qu'un enfant n'a plus la sécurité affective et, du coup, passe à l'acte ? Qu'est-ce qui se passe pour qu'il veuille se démolir ?

M. C. – Oui, la sécurité. Et qu'est-ce qui fait qu'il est obligé, d'une certaine façon…

M. R. – … de remettre le compteur à zéro ?

M. C. – Voilà.

M. R. – Mais remettre le compteur à zéro avec un pistolet, c'est le compteur à zéro pour toujours !

M. C. – Il y a des différences entre celui qui agit violemment, avec une arme à feu par exemple, et celui qui prend des médicaments. Plus l'acte est violent, plus le risque de mort est élevé. Mais la gravité psychologique est la même pour tous. Il ne faut donc pas confondre gravité somatique et gravité psychologique. Ce sont deux choses différentes.

M. R. – Il existe une différence des sexes surprenante dans le suicide : les garçons prennent des armes à feu, se défenestrent, les filles se précipitent sous une voiture.

M. C. – Oui. Les filles veulent toujours préserver leur intégrité physique. C'est pourquoi elles prennent surtout des médicaments : elles ne veulent pas se dégrader physiquement, tomber d'un étage et se retrouver le visage éclaté.

M. R. – Pourtant, je croyais qu'elles se défenestraient plus que les garçons.

M. C. – Non. Toutes les violences graves sont plus masculines que féminines. Les filles font leur TS par la prise de médicaments.

M. R. – La gamine qu'on a perdue, c'était par pendaison.

Pendaison

Une jeune fille souffrant d'anorexie sévère est allée au bout de son acte et de son refus de changement. Placée dans une chambre isolée, elle s'est retrouvée sans possibilité de dire son désarroi ou de manifester ses comportements alimentaires. C'est là qu'elle a décidé d'en finir avec la vie. Je garde en mémoire ce que j'aurais dû faire, comment j'aurais dû intervenir. Cette culpabilité dont je ne me dégagerai jamais (bien que n'étant plus en première ligne pour les soins) reste un des vecteurs importants de mon activité auprès des jeunes atteints de troubles alimentaires graves : éviter, par la permanence de soutien, la tolérance et l'optimisme, des évolutions mortelles.

M. C. – Quand les filles utilisent des moyens aussi violents que les garçons, c'est qu'elles vont vraiment mal. C'est un indicateur de gravité. Les filles qui meurent par tentative de suicide, ce n'est pas si fréquent, et c'est d'autant plus grave.

M. R. – L'idée classique, très répandue maintenant, c'est que 60 % des deuxièmes tentatives sont mortelles. Cela implique qu'on est passé à côté de la première.

M. C. – Ce n'est pas si évident. Certains jeunes se suicident sans qu'il y ait eu de précédente tentative.

M. R. – Donc la première tentative est réussie, terriblement réussie.

M. C. – Oui. Cela représente la moitié des cas, ce qui est énorme. Si l'on compte entre 600 et 700 suicides par an, cela signifie que pour 350 d'entre eux, c'était une première tentative, mortelle. Il y a aussi ceux qui font des tentatives à répétition, voire qui entrent dans une sorte de dépendance à la tentative de suicide, c'est-à-dire que chaque fois que cela va mal, ils passent à l'acte.

M. R. – On va mieux en faisant une tentative de suicide ?

M. C. – Je ne suis pas sûre qu'ils aillent mieux. C'est plutôt une façon de s'exprimer. Autre idée fausse : les jeunes qui ont fait des tentatives allaient bien… C'est l'histoire : le ciel était bleu, tout allait pour le mieux, et tac, il y a eu une tentative de suicide. C'est rarement le cas.

M. R. – Non, ce n'est *jamais* le cas. Mais il existe des suicides mystérieux.

M. C. – Oui, cela existe, c'est pourquoi je dis que c'est *rarement* le cas.

M. R. – Je pense à un gosse qui s'est défenestré dans des circonstances mystérieuses, et à la surprise de cette famille où le gamin n'allait pas mal. Pourquoi est-il monté sur le toit et a-t-il sauté ?

M. C. – Oui, il y a des surprises.

M. R. – Parfois pour des raisons très minimes. J'en ai connu un qui s'est suicidé pour une mauvaise note en allemand, paf, il s'est balancé du balcon…

M. C. – C'est assez rare. En général, il y a des antécédents familiaux et personnels.

M. R. – Et le fait que ce taux est plus important chez les garçons homosexuels.

M. C. – Oui, c'est vrai. La tentative de suicide est plus importante chez les garçons homosexuels, en particulier chez les jeunes adultes, les 20-24 ans, comme si, à cet âge, cette homosexualité devenait intolérable et difficile pour l'intégration professionnelle et affective, le regard des autres, le regard sur soi, etc.

M. R. – Est-il possible que le garçon homosexuel emprunte une expression du malaise féminin à travers la TS ?

M. C. – Oui, certainement, c'est d'ailleurs aussi une question. Les garçons qui adoptent des comportements féminins sont un peu comme les filles, ils ont presque la même problématique. Mais comme les tentatives des garçons homosexuels concernent surtout les 20-24 ans, on peut penser qu'il y a une problématique spécifique pour ces jeunes au moment de l'intégration dans la vie adulte. Reste qu'il existe des tentatives de suicide réactionnelles, comme tu dis, sans conséquence.

Une TS sans conséquence

Il faut parfois prendre la responsabilité d'affirmer que la TS peut être unique, isolée, ne se reproduira pas. C'est d'ailleurs le souhait de tous les parents et de tous les thérapeutes. J'ai rencontré une jeune fille, extrêmement à l'aise, qui était suivie depuis quelque temps dans mon service. Je l'ai vue à la demande de son psychiatre, qui s'inquiétait de son évolution. L'inquiétude était née du fait qu'elle n'était pas en adéquation avec une famille qui avait grandement réussi en deux générations. Elle avait un mandat intergénérationnel de réussite obligée, mais elle se satisfaisait d'avoir choisi des objectifs modestes très en deçà de l'ambition de ses parents et de ses grands-parents. Quant à la tentative de suicide par médicaments, elle était due au désarroi d'une rupture amoureuse avec un garçon maintenant oublié, comme si elle avait balayé sa préoccupation amoureuse. Elle va bien.

M. R. – Il ne faut pas dramatiser la question, mais se contenter d'expliquer qu'il existe des tentatives de suicide sans conséquence : on le fait une fois, on ne le répète pas.

M. C. – Dès qu'il y a récidive, les choses sont plus graves. Attention, cela concerne à peu près la moitié des suicidants.

M. R. – Oui, mais 50 % ne récidivent pas. Une autre notion m'intéresse beaucoup : les survivants à la tentative de suicide. Si les parents, ou les frères et sœurs n'arrivent pas en vouloir au suicidé pour l'agressivité de son geste, ils ne s'en sortent jamais. C'est curieux, c'est à l'apparition de notes agressives envers celui qui a disparu que la guérison, du moins le deuil apparent, devient possible.

M. C. – Le suicide est un acte agressif vis-à-vis de l'entourage.

M. R. – Terrible.

M. C. – On croit souvent que les jeunes se suicident pour des raisons personnelles. C'est vrai, bien sûr, mais il constitue surtout un acte agressif vis-à-vis de l'entourage.

M. R. – Si l'on n'arrive pas à faire naître de l'agressivité aussi chez les survivants, on ne leur laisse que la culpabilité.

M. C. – Oui, ils deviennent des victimes…

M. R. – Des coupables.

M. C. – Des victimes coupables. Cette culpabilité existe surtout chez les parents, mais aussi chez les frères et sœurs.

M. R. – Je me souviens d'un jumeau qui avait inscrit sur sa peau le prénom de son frère suicidé pour qu'il soit en lui.

M. C. – Oui. Il existe des familles où la mort d'un proche est tellement intériorisée que cela déteint sur toute la vie. J'ai l'impression que certains jeunes ne s'en sortent pas, parce qu'ils portent le poids d'une mort dans la famille, et surtout d'une mort violente.

M. R. – Je crois, en l'occurrence, que dans la gémellité, qui est déjà une fragilité, la mort d'un jumeau exprime sur l'autre la perte de soi.

M. C. – Oh, certainement. On oublie souvent, même dans la prise en charge, que chaque jeune est issu d'une famille, avec une fratrie, des parents, des grands-parents, et que tous souffrent de ce qui arrive à l'un des leurs. C'est un oubli assez fondamental. On ne s'intéresse pas beaucoup à l'entourage, quand on s'occupe d'un adolescent.

M. R. – Très bien. Il y aura dorénavant à la Maison de Solenn un groupe de frères et sœurs des patients hospitalisés.

M. C. – Parfait.

Les troubles alimentaires précoces

Sous l'influence de nombreux facteurs, les habitudes alimentaires se sont beaucoup modifiées en France, chez les adultes comme chez les adolescents. À côté d'une perspective nutritionnelle (avec les problèmes de maigreur et d'obésité qui vont de pair), s'est développé un intérêt pour les troubles alimentaires, anorexie et boulimie, qui sont des pathologies de la perception de soi. Ainsi, une boulimique n'est pas une personne qui est nécessairement grosse, mais une personne qui se perçoit comme trop grosse et, de ce fait, met en place diverses stratégies (en particulier les vomissements) pour ne pas prendre de poids.

Selon une enquête en 1993[1], 1,3 % des élèves pouvaient être considérés comme boulimiques, 4 % ayant des conduites boulimiques. Quelle que soit l'enquête, les filles sont plus concernées que les garçons et la conduite évolue peu avec l'âge. Dès 14-15 ans, 7 % des filles et 1 % des garçons présentent des troubles graves. Ces comportements existent dans tous les milieux sociaux.

Dans la vie quotidienne de ces jeunes, on observe à la fois un environnement familial conflictuel, un niveau

1. Choquet M., Ledoux S., « Adolescents, enquête nationale », Inserm, 1993.

de dépression élevé et un mode de vie (sur le plan scolaire, affectif et relationnel) peu affecté par le trouble alimentaire. C'est l'une des raisons pour lesquelles il n'est pas si facile d'identifier ces jeunes.

Regards croisés

M. C. – Quelle est, selon toi, la précocité en matière des troubles alimentaires ?

M. R. – 10, 11, 12 ans.

M. C. – Avant la puberté, disons.

M. R. – À cet âge, c'est terrible. C'est, parmi les formes d'anorexie, celle qui récidive le plus souvent.

M. C. – Oui, tout ce qui est prépubertaire est finalement plus grave.

Un entêtement anorexique

Dans les formes très précoces de troubles alimentaires, on s'aperçoit de l'importance des rechutes et de la pérennité de la symptomatologie, comme si ces préadolescents choisissaient trop tôt un mode d'expression conflictuel et « s'entêtaient » dans le signe ainsi choisi. Je crois que les adolescents doivent, comme les enfants, effectuer toute une panoplie, un repérage, une visite des systèmes névrotiques d'opposition que constituent les conduites à risque, pour finalement en choisir un et en sortir en post-adolescence ou à la fin de l'adolescence. Ce qui est très particulier dans les anorexies précoces, c'est que le symptôme se répète et est toujours identique.

M. R. – Les jeunes qui, au moment de la prépuberté, ont des signes pathologiques vont s'entêter comme si leur façon d'être au monde était d'abord la pathologie. Ils se construisent autour de cette pathologie. Toute leur adolescence tourne autour d'elle : suicide, anorexie, boulimie, troubles du caractère, fugues.

M. C. – Les jeunes qui ont des troubles alimentaires précoces sont-ils aussi suicidaires, selon toi ?

M. R. – Pour dire les choses simplement, les anorexiques se suicident dans trois circonstances. La première, c'est lorsqu'elles sont soignées contre leur gré, quelle que soit la nécessité des soins. La seconde, c'est quand leurs parents en ont assez de leurs manipulations et disent : « Fais ce que tu veux ! » Il s'agit en quelque sorte d'un abandon familial, alors que la manipulation est une ultime tentative de rapprochement. La troisième circonstance qui est, à mon avis, la plus fréquente, c'est quand l'anorexique prend conscience du mécanisme qui la dépasse et qui la régit, et qu'elle tue le mécanisme pathologique plus qu'elle-même.

M. C. – C'est la spécificité des plus jeunes ?

M. R. – Non. Dans le cas des plus jeunes, on observe surtout rechutes et permanence. C'est très curieux. C'est « Je recommencerai souvent des comportements anorexiques, et je suis dans la permanence du symptôme que j'ai choisi ». C'est un choix trop précoce : ils ont choisi trop vite un acte pathologique.

M. C. – C'est intéressant, parce que l'adolescence apparaît comme une « ouverture » des diverses pathologies possibles. Durant cette période, la plupart des jeunes passent d'un symptôme l'autre, rien n'est encore fixé. Le « choix » d'une pathologie se fait relativement tard, à l'entrée dans l'âge adulte. On peut donc penser que, lorsque la pathologie se fixe précocement, c'est un signe de gravité. Est-ce pareil pour les boulimiques ?

M. R. – Je crois que, chez les boulimiques, il y a une plus grande dépressivité. Si l'anorexique peut être déprimée de manière endogène, voire mélancoliforme, le boulimique est la dépressivité même : « Je ne me plais pas. » Le boulimique agit plus par période. Il est comme l'onychophage qui, de temps en temps, cesse de se ronger les ongles, puis reprend.

M. C. – En fonction de la pression extérieure…

M. R. – En fonction de lui, de la pression extérieure, de son narcissisme rétabli, de quelque chose dont il oublie le mécanisme. L'anorexique reste dans le combat.

M. C. – Est-ce que tu crois que l'anorexie se soigne mieux que la boulimie ?

M. R. – Je ne suis pas pessimiste sur l'anorexie, malgré ce qu'on raconte ; je crois qu'on peut en guérir 80 %.

M. C. – Et les boulimiques ?

M. R. – 80 %.

M. C. – Il n'y a donc pas de différence.

M. R. – Non. Je me justifierai par cette boutade : il ne faut pas aggraver l'anorexie en y trouvant une fascination, quelque chose qui rendrait les anorexiques singulières, stigmatisées. C'est une maladie comme les autres, elle se soigne et se guérit. Et il faut dédramatiser le problème de l'anorexie. Je n'ai vécu aucun suicide dans le service pour anorexiques, c'est intéressant de le dire aussi.

M. C. – Oui, parce que suicide et anorexie sont souvent associés.

M. R. – Oui, mais là, 0 suicide à la Maison de Solenn.

La violence[1]

La « violence » couvre une diversité de conduites : de la violence verbale aux bagarres entre jeunes (individuelles ou en groupe), sans oublier les vols (incluant la revente des objets volés), les actes racistes, la violence sur enseignant, le fait de mettre le feu, le racket ou l'utilisation d'une arme. Ces conduites surviennent selon des fréquences variables. En un an :

– plus de 25 % des 12-18 ans ont été auteurs de violences verbales, ont participé à une bagarre, volé dans une boutique ;

– entre 15 % et 25 % des 12-18 ans ont « provoqué une bagarre », « donné des coups », « volé un objet d'une valeur inférieure à 15 euros », « été auteurs de dégradation de biens publics ou privés » ;

– entre 5 % et 15 % des 12-18 ans ont « vendu des objets volés », « été auteurs d'actes racistes » ;

– moins de 5 % des 12-18 ans ont « frappé un professeur », « mis le feu aux affaires des autres », « utilisé une arme pour obtenir quelque chose de quelqu'un ».

Les conduites violentes sont davantage le fait des garçons. Quant au taux de répétition (dans l'année), il oscille entre 21 % (1 fille sur 5 ayant frappé un professeur l'a fait au moins deux fois) et 63 % (6 garçons sur

1. Choquet M., Hassler C., Morin D., « Violence des collégiens et lycéens : constats et évolution », rapport de recherche, 2004.

10 ayant vendu des objets volés ont recommencé), et cela dès l'âge de 12 ans ; mais il est toujours plus élevé chez les garçons que chez les filles.

Entre 12 et 18 ans, les conduites violentes n'évoluent pas toutes de la même façon. L'augmentation est de règle pour les vols, la vente d'objets volés, l'utilisation d'une arme, la dégradation des biens publics ou privés et le racket. En revanche, les violences verbales et les bagarres augmentent en début d'adolescence (entre 12 et 14-16 ans) pour diminuer ensuite.

L'école est le premier lieu de violence verbale et physique, mais, avec l'âge, la violence se déplace de plus en plus vers l'extérieur, dans la cité. Les conduites violentes concernent surtout (mais pas exclusivement, loin de là) les collégiens, en particulier les élèves de SEGPA (sections d'enseignement général et professionnel adapté) mais aussi des élèves de lycée professionnel. La violence des adolescents est rarement intrafamiliale. Toutefois, 32 % des filles victimes de coups le sont dans leur famille.

La plupart des conduites violentes étudiées ont augmenté entre 1999 et 2003, mais les vols et dégradations des biens publics ou privés plus que les autres. Si elle touche les garçons autant que les filles, cette augmentation concerne les élèves de lycée professionnel plus que ceux de l'enseignement général, les ruraux plus que les urbains, les élèves non en ZEP plus que les élèves de ZEP. Tout se passe donc comme si les actions menées particulièrement en milieu urbain de ZEP avaient porté leurs fruits, alors que la violence a augmenté ailleurs.

Nous l'avons dit, violence agie et violence subie se révèlent fortement associées. Les élèves ayant subi des violences sont entre 5 et 19 fois plus nombreux à être violents que les non-victimes. Les élèves violents sont aussi 5 à 19 fois plus nombreux à avoir subi des violences, preuve qu'il s'agit d'une liaison « en spirale » qui, à elle seule, explique les conduites violentes à l'école. Au regard de ce facteur, tous les autres facteurs sociaux et familiaux se révèlent mineurs.

Regards croisés

M. C. – Ce qui surprend d'abord quand on regarde les données, c'est qu'on ne peut pas parler de la violence mais des violences. On ne peut pas mettre dans le même sac se bagarrer, utiliser une arme ou mettre le feu, parce que cela n'a pas le même sens, la même gravité, les mêmes conséquences.

M. R. – Non. Je crois, par exemple, que le titre « la violence des banlieues, la violence des jeunes »…

M. C. – … est très mauvais.

M. R. – C'est une grosse erreur journalistique qui risque d'entraîner des violences, d'ailleurs.

M. C. – Tout d'abord, dès qu'on dit « banlieue », on désigne un lieu, comme si le lieu était à l'origine de la violence ou comme si la violence n'existait pas ailleurs qu'à cet endroit. Or il existe aussi une violence urbaine, une violence des enfants de cadres, une violence quel que soit le milieu social, il faut donc être très prudent.

M. R. – Cela dit, les violences peuvent prendre de nombreux aspects : par exemple, l'agressivité de quelqu'un qui passe, qui ne connaît pas le quartier, est une violence.

M. C. – Oui. Même si on pose vingt questions sur ce sujet, comme nous le faisons dans nos enquêtes, on n'a pas fait le tour du paysage de la violence. En outre, on découvre de nouvelles violences. En épidémiologie, on court toujours derrière la question qui pourra traduire ce phénomène car c'est en réalité un concept large, qui peut inclure plusieurs comportements, voire de nouveaux comportements. On est toujours un peu à côté de la plaque quand on parle de violences.

M. R. – Qui, dans sa vie, n'a pas subi de violences ?

M. C. – Là aussi, parmi les violences subies, il y en a de plus ou moins graves. Si l'on inclut la violence verbale, presque tout le monde en a subi durant sa vie, et probablement aussi tout le monde en a été l'auteur.

M. R. – L'épisode dramatique de ce jeune supporteur tué par le policier qui défendait un supporteur de Tel-Aviv attaqué par une horde de supporteurs du Paris-Saint-Germain, a soulevé le problème de la violence dans le football. Je trouve que l'organisation de la violence, comme identification groupale en l'occurrence, est assez incroyable. Observons la fantasmagorie des Apaches dans les westerns, les Apaches et la violence, quand ils enterrent les gens dans le sable, qu'ils les laissent dévorer par les fourmis, les font brûler… Des sentiments archaïques font que l'étranger est présumé violent, et il y a une véritable crainte de ce qui est loin de nous, différent. Violences et différences…

M. C. – La violence, d'ailleurs, s'exprime souvent en groupe. Des jeunes garçons qui a priori sont des gentils garçons vont être dans le cadre d'un groupe auteurs de violences inimaginables.

M. R. – Regarde ce jeu étonnant dans les cours d'école : on choisit quelqu'un au hasard, et tout le monde lui tape dessus.

M. C. – Oui, et cela marche, tout le monde s'y met, on est pris dans un phénomène de groupe. On peut le regretter ensuite, mais on a été pris dans le mouvement, on a voulu montrer qu'on savait faire comme les autres. Il est vrai qu'à l'adolescence, le groupe est un puissant accélérateur, et pas seulement de la violence.

M. R. – Je décris un acte de violence ordinaire dans « Un soir dans le Marais ». En fait, face au groupe de mes trois agresseurs potentiels, l'agresseur, c'est moi.

Un soir dans le Marais :
« Pourquoi tu fais peur aux gens ? »

Alors que je circule assez tard dans le Marais, trois adolescents sortent d'un bar. Ils imitent ma démarche difficile (j'ai une lésion complexe du quadriceps gauche), puis un des gars se plante devant moi pour gêner ma progression. Je l'écarte de la main gauche, gardant le poing droit disponible. Rien ne se passera, mais ils ont créé sur la victime potentielle que je suis une possibilité d'expression de violence face à leur provocation agressive.

M. C. – Souvent les victimes ont la même agressivité que les agresseurs. On l'oublie car on imagine la victime un peu perdue, or ce n'est pas toujours vrai.

M. R. – Imagine quelqu'un qui a peur et qui tient un pistolet. Il faut considérer aussi la violence du côté de la victime potentielle.

M. C. – Surtout, quand on parle de violence, victimes et agresseurs sont souvent les mêmes personnes. Les victimes sont aussi des acteurs potentiels de violence.

M. R. – C'est tout le thème de la loi du talion et de la vengeance, ce sombre sentiment qui anime les gens.

M. C. – Oui. Il convient de rompre le cycle infernal de la violence. Pour cela, il ne faut pas seulement pointer du doigt l'acteur.

M. R. – Non. Dans une situation de violence, la peur entraîne parfois des réactions disproportionnées de la part de celui qui est agressé, qui se met encore plus en danger que l'agresseur. La peur entraîne une escalade.

M. C. – Et cette escalade peut toucher chacun de nous.

M. R. – Comme tout le monde, je peux provoquer de la violence en situation thérapeutique. J'examine alors pourquoi l'autre devient violent par ce que j'ai provoqué. Peut-être que les éducateurs de rue diraient des choses intéressantes là-dessus. Comment gèrent-ils la violence ? Comment en ont-ils l'habitude ? Comment dans les confrontations sont-ils plus sereins ?

Un adolescent qui insulte

J'ai rarement rencontré en consultation des adolescents qui m'ont insulté. Je me souviens d'un jeune qui, sans doute, sur une interprétation trop hâtive et maladroite de ma part, s'est levé, a craché en direction de mon bureau et m'a copieusement insulté. Les parents étaient étonnés et confus. Pendant que le père intervenait pour le maîtriser, j'ai simplement dit qu'il fallait qu'il sorte parce qu'il n'était pas là pour m'insulter et que je m'excusais de ce que je lui avais dit. Il est parti et je ne l'ai jamais revu.

La violence des filles

La violence féminine existe (voir *supra*), mais elle est nettement moins fréquente que la violence masculine – sauf dans le domaine du vol, où elle est quasiment équivalente.

Cependant, la violence des filles placées sous protection judiciaire[1] de la jeunesse fait exception : elle est en nette augmentation depuis sept ans. Plus sauvage, elle concerne alors le fait de mettre le feu (6 %), d'utiliser une arme (14 %) ou de frapper ses parents (16 %). Mais il ne faut pas oublier que ces filles sont aussi plus souvent victimes de coups (34 %), de vols (21 %) et de violence sexuelle (41 %). Tout se passe donc comme si elles ne se laissaient plus faire ni ne se limitaient à une autodestruction (tentative de suicide ou autre). Non seulement elles s'autodétruisent encore (44 % des filles de la PJJ ont fait au moins une tentative de suicide durant leur vie), mais elles détruisent aussi tout ce qui les entoure. La spirale violence subie-violence sur soi-violence agie, qui a toujours existé, a désormais atteint un niveau sans précédent chez elles.

1. Choquet M., Hassler C., Morin D., « Santé des 14-20 ans de la protection judiciaire de la jeunesse, sept ans après », 2003.

Regards croisés

M. C. – La violence des filles existe. Elle n'augmente pas beaucoup dans la population générale ; en revanche, elle s'accentue dans les populations à haut risque.

M. R. – C'est quoi les populations à haut risque ?

M. C. – Par exemple, les jeunes sous protection judiciaire de la jeunesse (PJJ). Les filles PJJ, qui ne constituent qu'une petite minorité (1 % de la jeunesse), cumulent un certain nombre de vulnérabilités (vulnérabilité sociale, familiale, scolaire). On observe chez elles une augmentation très importante de la violence, qui rejoint presque celle des garçons. C'est très étonnant, parce que, parmi les jeunes en général, les filles sont nettement moins violentes que les garçons.

M. R. – Dans les foyers de l'ASEU, elles sont traitées différemment des garçons.

M. C. – Le problème, c'est qu'elles sont peu nombreuses, elles ne constituent qu'un quart de la population de la PJJ, formée essentiellement de garçons. Ainsi, elles peuvent passer inaperçues. Quand on a fait la même étude il y a sept ans, on avait déjà vu à la PJJ que les filles étaient plus à risque que les garçons. Désormais, elles ont ajouté la violence à leurs troubles assez nombreux, comme le suicide, la fugue, etc. Donc vraiment, concernant les filles sous protection judiciaire de la jeunesse, alerte rouge, violence gravissime.

M. R. – Est-ce qu'il y a des bilans, des tests de personnalité à grande échelle pour cette population ?

M. C. – Auprès des jeunes sous protection judiciaire de la jeunesse, je n'ai aucun souvenir d'enquêtes à grande échelle. Pourtant…

M. R. – Pourtant ?

M. C. – Pourtant, cela mériterait d'être fait, parce qu'il s'agit de jeunes en grande difficulté, en tant que victimes (en particulier de violences sexuelles) mais aussi en tant qu'auteurs. Et j'abonde dans ton sens, ce qui manque c'est un diagnostic plus précis et des tests qui vont de pair, sur la psychopathologie.

M. R. – Là, je crois qu'il faut psychiatriser.

M. C. – Je reste persuadée qu'on a trop sociologisé cette population. Or il est certain qu'elle souffre aussi de troubles psychiatriques graves. C'est vrai qu'il faut davantage psychiatriser.

M. R. – Inversement, un gosse de l'aide sociale de l'enfance, il ne faut surtout pas le psychiatriser.

M. C. – Bien évidemment.

La pornographie

Selon certains, la pornographie est un plaisir, une liberté aussi. Bien que l'on n'ait pas de chiffres exacts sur le nombre d'adultes qui visionnent des films pornographiques, il est certain que ce marché est important.

Mais, à l'âge de l'adolescence, qu'en est-il ? D'abord, la pornographie s'avère accessible, non seulement par les moyens classiques (films X sur le câble, cassettes ou DVD), mais aussi sur internet. À 14 ans, 61 % des garçons et 32 % des filles ont vu du X à la télévision (câblée), respectivement 49 % de garçons et 18 % de filles en vidéo, et 48 % de garçons et 15 % de filles sur internet. Ces proportions augmentent encore légèrement avec l'âge, mais pas tant que cela. À 18 ans, 70 % des garçons et 38 % des filles ont vu du X à la télé, respectivement 58 % de garçons et 21 % de filles en vidéo, et 51 % de garçons et 12 % de filles sur internet.

Près de 80 % des garçons affirment que cela leur plaît, alors que 80 % des filles se disent dégoûtées, choquées. Si les filles ont un avis diamétralement opposé à celui des garçons, reste que, parmi ceux qui regardent régulièrement du « porno », les troubles et conduites sont les mêmes pour les filles et pour les garçons : en premier lieu, une fréquence des tentatives de suicide, les ivresses répétées et la consommation régulière de cannabis, tous autres facteurs de vulnérabilité sociale, scolaire ou familiale étant constants par ailleurs. D'où l'hypothèse que la pornographie est une violence subie.

Regards croisés

M. C. – Au regard des données, la pornographie est une violence faite aux jeunes au même titre que les violences sexuelles.

M. R. – Oui, je suis d'accord. D'autant qu'ils sont à l'âge de la poésie amoureuse beaucoup plus qu'on ne croit. Il n'y a qu'à voir comment ils sont en petits couples, combien une déception amoureuse est une chose importante. Ils ont une croyance absolue, même si leurs parents ont refait leur vie l'un sans l'autre, dans l'amour qui les a fait naître. Cet environnement poétique est attaqué par le caractère cru de la consommation organique, bestiale que représente la pornographie.

M. C. – Oui. C'est une agressivité très forte, parce que l'âge du premier rapport sexuel se situant entre 16 et 17 ans, les plus jeunes n'ont pas encore vécu cette expérience. En voyant la cruauté sexuelle des scènes pornographiques, ils ne peuvent pas rester indifférents. Bien sûr, ils cherchent aussi des images pornographiques sur internet, ils ne sont pas seulement des victimes. L'ambivalence humaine est toujours présente. Mais je suis très étonnée que la pornographie soit tant couverte que cela. Il y a si peu de protection dans ce domaine !

M. R. – Il faut considérer que la pornographie est une boucherie du sexe, de la sexualité et…

M. C. – … une violence au même titre que d'autres violences sexuelles.

M. R. – Il faut oser interdire.

Pornographie

Il n'y a rien de plus dangereux que les pères exhibitionnistes qui croient que la masculinité repose sur la pornographie. Il n'y a rien de plus dangereux que les couples recomposés qui se font des mamours devant les adolescents en se disant qu'après tout, ils sont à l'âge où ils comprennent ça. Il n'y a rien de plus dangereux sur le net que les scènes pornographiques à disposition qui envahissent les chambres des enfants. Cette maîtrise du net et des sites choisis relève aussi de la responsabilité des parents.

M. C. – Bizarrement, en ce qui concerne la pornographie, on attend encore plus de « preuves scientifiques » avant de prendre des mesures. La science a bon dos. En matière de violence des jeunes, on est bien moins regardant.

Une pornographie vécue : ce couple est incroyable

Ces parents évoquent leur histoire personnelle, avant même la naissance de leur fils, présent, âgé de 12 ans, comme s'il était leur complice d'adolescence : par exemple, le père dit à son fils que telle femme, qui est une amie du couple, était auparavant sa petite amie, et qu'elle avait été antérieurement la petite amie de son oncle ; la mère parle de ses aventures avant sa rencontre avec son mari. Le garçon reçoit apparemment ces messages comme des confidences amicales. Cette pornographie vécue, répétée, cette projection de thèmes sexués apparaissent aux parents comme des preuves d'une relation de confiance avec leur enfant. Nous enverrons les parents en traitement, en laissant tranquille le gamin.

Le troc et le deal

Parmi les comportements de violence, on a étudié, auprès de plus de 30 000 jeunes, la revente des objets volés. En 2003, 13 % des garçons et des filles ont déjà vendu des objets volés durant l'année, une proportion quasiment identique à celle observée en 1999. Cette conduite augmente très sensiblement avec l'âge chez les garçons et passe de 3 % à 12 ans à 21 % à 18 ans. Elle reste stable chez les filles. Son taux est toutefois plus élevé en milieu urbain (en particulier en Île-de-France) qu'en milieu rural, en ZEP qu'en non-ZEP (et cela malgré une diminution en ZEP entre 1999 et 2003), parmi les élèves de lycée professionnel que parmi ceux de l'enseignement classique (quasiment le double), mais il est le même dans l'enseignement privé et dans l'enseignement public.

Regards croisés

M. C. – J'ai consulté mes chiffres en ce qui concernait le troc. Je n'ai pas trouvé grand-chose… Mais je connais la proportion de jeunes qui vendent des objets volés. Ce n'est pas vraiment du troc, ce n'est pas vraiment non plus du deal, c'est entre les deux, puisqu'on a volé quelque chose qu'on va vendre. Et que voit-on ? À 18 ans, 21 % des garçons l'ont déjà fait durant l'année.

M. R. – C'est ahurissant. C'est le chiffre le plus étonnant que tu me présentes.

M. C. – Et cette proportion est plus élevée en milieu urbain qu'en milieu rural, en ZEP qu'en non-ZEP, parmi les élèves de lycées professionnels que parmi les élèves de l'enseignement général. Par contre, il n'y a pas de différence entre l'enseignement public et privé. Tout cela ne signifie pas, bien sûr, qu'il n'y a pas de « revendeurs » en milieu rural, ni hors ZEP, ni parmi les élèves de l'enseignement général.

M. R. – « Tu ne voleras point » n'existe plus, on est bien d'accord. Ce commandement, il faut le supprimer.

M. C. – (Rires.) Je dirai volontiers qu'il est assez étonnant qu'autant de garçons fassent du « business ».

M. R. – Je crois qu'il y a une explication : ces jeunes sont de fantastiques consommateurs, ils ont besoin d'argent.

M. C. – Oui.

M. R. – On ne peut pas et faire du marketing et ne pas provoquer les vols, il faut être honnête.

M. C. – C'est visiblement une pratique qui a été « normalisée ». Quand cela touche 1 personne sur 5, ce n'est plus une déviance au sens classique du terme.

Le vol

Le vol est fréquent à l'adolescence, puisque près d'un tiers des jeunes ont déjà volé durant l'année, les garçons à peine plus que les filles. Le vol dans une boutique se détache nettement des autres conduites de vol, par exemple le vol d'un objet de valeur supérieure à 15 euros ou le racket, en particulier chez les filles. Avec l'âge, la conduite de vol augmente, surtout celle des objets d'une valeur supérieure à 15 euros. Parmi les jeunes placés sous mandat judiciaire, le vol est plus répandu qu'en population scolaire, mais pas autant qu'on ne s'y attendrait. En effet, 43 % des jeunes sous la PJJ (les garçons comme les filles) ont déjà volé (contre 30 % parmi les scolaires). Mais ce qui caractérise les jeunes sous la PJJ, ce sont surtout les conduites les plus graves : le vol d'objets de valeur, la revente des objets volés, le racket. Les jeunes victimes de vol représentent 15 % des garçons et 13 % des filles, une proportion en diminution avec l'âge, pour les filles comme pour les garçons.

Regards croisés

M. R. – Le vol est banal. Le vol dans les grandes surfaces…

M. C. – Oui, un tiers des jeunes ont volé dans l'année, et probablement plus si l'on prend en compte la vie entière.

M. R. – Tous ces disques, tous ces instruments, tous ces iPod…

M. C. – Tout est disponible.

M. R. – Tout est anonyme aussi. Ce n'est pas un vendeur qu'on vole ainsi, c'est une grande surface.

M. C. – C'est peut-être la raison pour laquelle la proportion de jeunes ayant volé est plus élevée en milieu urbain.

M. R. – On ne vole pas le marchand de disques qu'on connaît, avec qui l'on échange une culture.

M. C. – De même, on ne vole pas ses parents.

M. R. – Est-ce qu'on pourrait dire : grande distribution égale grands vols ?

M. C. – Oui, parce que c'est devenu très anonyme. Les jeunes n'ont pas l'impression de voler une personne. Ils volent une enseigne et non un individu, ils volent le grand capital, en fait. Il faudrait leur faire comprendre que ce type de vol, c'est aussi le vol de leurs propres parents.

M. R. – Leurs parents étaient moins voleurs.

M. C. – Ah ! je n'en sais rien, on n'a pas de données. Il faut rester prudent et ne pas imaginer que la violence augmente. On pourrait être surpris si l'on avait des chiffres sur les vols des parents, à l'adolescence. Ils ne volaient peut-être pas les mêmes choses, mais qui dit qu'ils étaient moins nombreux à voler ?

M. R. – Je vais te poser une question. La rapine consistait autrefois à aller voler les fruits chez le cultivateur, la nuit, et à se gaver de pêches et d'abricots. C'était un véritable vol pour le producteur. Peut-être que ces voleurs d'iPod sont les descendants des voleurs d'abricots ?

M. C. – Parce qu'ils estiment qu'ils y ont droit aussi.

M. R. – La cueillette des iPod est comme la cueillette des abricots à la rapine. Les rapines dans les grandes surfaces, ce n'est quand même pas rien.

M. C. – Oui. On est peut-être plus attiré par les jeux vidéo que par les abricots, qu'on peut s'acheter.

M. R. – Oui, mais les voler sur l'arbre !

M. C. – Si l'on évaluait ces rapines, on aboutirait peut-être aux mêmes chiffres que ceux des adolescents d'aujourd'hui.

Je suis un voleur

Le marchand de fruits exotiques de mon enfance était extraordinaire. Par comparaison avec le marché du cours La Fayette, dont j'étais issu, il possédait des trésors : des marrons glacés de Collobrières, des caramboles, des kiwis, rares à cette époque, des ananas de toutes sortes, et des petites bananes, bananes à cuire ou à manger en provenance d'Afrique de l'Est et de l'Ouest. Il vendait aussi des sacs de fruits secs qui servaient à la préparation des plats traditionnels. Un jour, j'étais alors préadolescent, je me suis planté devant son stand et j'ai saisi une poignée de pois chiches et de lentilles. Le patron est sorti en s'exclamant : « Ouvre tes mains ! » J'ai répondu : « Je n'ai rien dans mes mains. » Persuadé d'être un grand voleur, j'ai ouvert les mains, libérant pois chiches et lentilles. Après cet acte terrible, je craignais que le commerçant n'en informe mes parents. Il ne l'a pas fait, je le remercie à distance, mais il aurait dû le faire.

M. R. – Mais comment gérer l'importance de tous ces vols au niveau juridique ? Les pauvres juges, ils ne vont plus s'arrêter !

M. C. – Selon moi, la plupart de ces petits vols restent impunis.

M. R. – Donc réussis.

M. C. – Peut-être qu'il faut en parler. J'ai vu, à la télévision, une mère dire à son fils : « Tu peux voler, mais le plus important, c'est de ne pas te faire prendre. »

M. R. – C'est cela l'éducation ?

M. C. – Si on pense que c'est de l'éducation, on est dans l'erreur. Voler, ce n'est pas ne pas se faire prendre. C'est prendre quelque chose qui n'est pas à soi, qu'on soit démasqué ou non !

M. R. – Si on leur disait, pour relancer dans le non-anonymat, que la caissière sera jugée responsable du vol qu'ils ont commis dans son rayon, qu'elle risque de perdre son emploi, c'est quelque chose que les adolescents peuvent comprendre.

M. C. – Oui, et peut-être qu'ils arrêteraient. Il faut que le vol soit « moralisé dans la proximité ».

M. R. – Dire par exemple : « Tu touches quelqu'un qui risque d'être licencié par les vols multiples que vous commettez, toi et ta bande. L'entreprise peut être dégraissée et deux personnes virées, qui n'auront plus d'emploi, par ta faute. »

M. C. – C'est un moyen pour que le voleur se rende compte que cela touche des gens comme ses parents.

M. R. – Il faut le dire et le répéter : le vol, ce n'est pas bien. À terme, il peut avoir de graves conséquences sur les emplois et toucher des gens qui ont besoin de travailler pour vivre.

M. C. – Revenons sur les jeunes de la protection judiciaire de la jeunesse, qui se caractérisent non pas tant par cette petite violence ordinaire que par la violence extraordinaire, c'est-à-dire le fait de mettre le feu, d'utiliser une arme, etc.

M. R. – Ils sont comme les autres sur la violence ordinaire.

M. C. – Oui, mais pas sur les violences graves, comme celles sur les personnes, attaquer un enseignant, par exemple. D'où la nécessité de différencier les violences.

M. R. – Nous sommes d'accord.

La dégradation des biens[1]

Les modes de dégradation de biens peuvent être multiples :

– abîmer exprès des biens publics ou privés ; ce comportement est déclaré par 20 % des élèves de 12-18 ans et plus souvent par les garçons (25 %) que par les filles (15 %) ;

– mettre le feu aux affaires de quelqu'un : ce comportement est nettement plus rare que le précédent (moins de 3 % des élèves de 12-18 ans déclarent l'avoir eu au cours des douze derniers mois) et concerne quasi exclusivement les garçons : 3,6 %, contre 0,9 % des filles.

Ces comportements évoluent avec l'âge ; ils culminent entre 12 et 17 ans (16 ans pour les filles), pour diminuer ensuite.

Entre 1999 et 2003, la dégradation des biens publics ou privés a sensiblement augmenté de 25 % parmi les jeunes, chez les garçons et les filles, et cela quel que soit le milieu social. C'est même dans les établissements privés qu'elle a le plus augmenté.

Reste qu'elle a connu sa plus forte augmentation dans les établissements hors ZEP (alors qu'en ZEP cette conduite est restée stable) et en milieu urbain.

1. Choquet M., Hassler C., Morin D., « Violence des collégiens et lycéens : constats et évolution », rapport de recherche, 2004.

Regards croisés

M. C. – On possède des données sur la dégradation des biens. Il y a ceux qui abîment *exprès* des biens publics ou privés, selon les termes dont la question a été posée. Ils écrivent…

M. R. – … sur les bancs, taguent des TER.

M. C. – Oui, et 25 % des garçons l'ont déjà fait durant l'année.

M. R. – 1 sur 4.

M. C. – Cela représente aussi 15 % de filles. En revanche, quand on considère les dégradations plus graves, comme de mettre le feu aux affaires des autres – là, non seulement on dégrade, mais on fait disparaître des biens –, 4 % de garçons et 1 % de filles l'ont fait. Au total, ce sont des chiffres qui font réfléchir.

M. R. – On comprend que les banlieues puissent flamber.

Exposé dans un quartier marseillais

Tous les ans, j'avais l'habitude de faire un exposé dans un quartier difficile de la périphérie marseillaise. Remarquez que l'on ne dit pas « banlieue », mais « quartier ». La première fois, ma voiture avait été garée dans le hangar même où se tenait l'exposé, de crainte que les roues ou les accessoires du véhicule, pourtant de piètre qualité, ne soient dérobés. Au fil du temps, la voiture est restée à l'extérieur du hangar, car on me connaissait. Un leader était apparu comme vraiment déterminant dans le groupe d'adolescents et de jeunes adultes. Un jour, ô surprise ! il a changé sa vêture, sa coupe de cheveux, il semblait plus serein. Il n'était plus au premier rang, mais décalé. Je me suis approché de lui à la fin de l'exposé et je lui ai demandé la cause de ce change ment. « J'ai sauté le mur », m'a-t-il répondu. Il n'y a pas de murs dans ce quartier ; « sauter le mur » signifie qu'il travaillait en ville et qu'il avait trouvé un CDI.

M. C. – On le comprend parfaitement, car beaucoup de jeunes en sont capables. Dès que quelque chose ne va pas, c'est le mode d'expression préférentiel.

M. R. – Voilà qui est intéressant. J'aimerais précisément parler de la non-dégradation à la Maison des adolescents.

M. C. – La non-dégradation est un très bon signe. Quand un milieu est très dégradé, c'est l'expression d'un désaccord, d'une rupture et d'un conflit. La dégradation des biens est la violence qui a le plus augmenté chez les jeunes, elle n'est donc pas bon signe quant aux relations adultes/jeunes.

M. R. – Il est intéressant de constater combien, dans les services de psychiatrie pour adultes, les lieux sont dégradés par des gens qui demeurent sans doute dans des positions un peu infantiles ou adolescentes, bien qu'étant soutenus par l'hospitalisation.

M. C. – Il en est de même des établissements scolaires. Certains ne sont pas dégradés par les élèves, non parce qu'il s'agit de beaux locaux, mais parce qu'il y règne une bonne ambiance, les jeunes s'y sentent à l'aise et reconnus. Dégrader est donc un signe. Certes, il faut punir, car tout acte de transgression appelle une réaction punitive, mais il faut surtout resituer ces dégradations dans un contexte global de rejet.

M. R. – C'est-à-dire : « Je suis tellement mal que je détériore le lieu médiocre dans lequel je vis » ?

M. C. – Oui. Les jeunes vont abîmer en priorité les lieux où ils vivent. On s'est étonné du nombre des voitures brûlées à la fin de l'année 2005.

M. R. – En banlieue, ils ont brûlé les voitures de leurs propres voisins.

M. C. – Même si cela surprend d'abord, c'est logique : ils expriment ainsi leur désaccord avec ceux qui les entourent. En tant qu'adultes, nous devons donner du sens aux actes, c'est une priorité éducative.

M. R. – Ils ne sont pas allés brûler les voitures à Neuilly.

M. C. – Non, parce qu'en fait je pense que c'est à leur banlieue qu'ils en veulent. Elle est devenue tellement stigmatisante qu'ils ne veulent plus y habiter. Dire pour un jeune qu'il habite le 93, c'est devenu honteux, alors que beaucoup de gens, et de toutes classes sociales, habitent dans le 93. Si l'on continue sur cette voie, on va créer un malaise chez tous les habitants du 93.

La délinquance[1]

Tout au long de cet ouvrage, nous avons évoqué les conduites violentes, certaines « ordinaires », d'autres plus graves, surtout quand il y a atteinte aux personnes. Parmi les délits, ceux commis sur les objets dépassent en nombre ceux commis sur les personnes. L'ensemble de ces conduites étant répréhensibles par la loi, il est délicat d'affirmer qu'il y aurait une délinquance grave et une délinquance qui ne le serait pas. Tout au plus peut-on conclure qu'il existe une délinquance répandue et une autre qui ne l'est pas. Reste que les délits les moins répandus sont aussi les plus masculins et qu'ils augmentent avec l'âge. Ainsi, chez les garçons, le racket passe de 1,2 % à 2,8 % entre 12 et 18 ans ; les violences sur enseignant de 1,4 % à 3,3 % ; le fait de mettre le feu de 1,6 % à 3,3 % ; le fait d'utiliser une arme pour obtenir quelque chose de quelqu'un de 2,7 % à 7,6 % ; la revente d'objets volés de 3 % à 21 %. Aussi y a-t-il en fin d'adolescence davantage de jeunes ayant vendu des objets volés que de jeunes ayant provoqué des bagarres.

La délinquance concerne aussi, bien sûr, les jeunes sous protection judiciaire de la jeunesse, dont la majo-

1. Choquet M., Hassler C., Morin D., « Violence des collégiens et lycéens : constats et évolution », rapport de recherche, 2004.

rité y est actuellement par mesure pénale (78 % contre 56 % en 1997) plutôt que par mesure civile (38 % contre 20 % en 1999). Comparativement aux jeunes scolaires, les garçons sont essentiellement impliqués dans les délits les plus graves, comme la violence sur enseignant, alors que les filles se distinguent par les bagarres tous azimuts (surtout les bagarres répétées), l'utilisation d'une arme et la violence sur enseignant. D'où une conclusion de taille : ce qui a le plus changé parmi les jeunes de la PJJ, ce sont les filles, pour lesquelles la violence a littéralement explosé.

Regards croisés

M. R. – Dans le cadre de la délinquance, il faut envisager la notion de primo-délinquance. Il importe de « mettre le paquet » dès le premier acte de délinquance. Après, sans doute, il faut sévir, mais il convient de réagir dès le début, à la première transgression. Quand j'entends le chiffre de 30 % de vols, je me fais du souci pour la primo-délinquance.

M. C. – Non, tu ne dois pas. C'est aux parents de dire non, tous ces gosses ont des parents.

M. R. – Je suis d'accord.

M. C. – Le fait que les parents punissent leur enfant et lui montrent leur désaccord est capital. Les parents sont les relais naturels ; on les oublie toujours, à force de tout institutionnaliser !

M. R. – Où étaient les pères lors des événements qui se sont produits dans les banlieues ?

M. C. – Je me le demande aussi.

M. R. – Pourquoi n'ont-ils pas dit : « Reste à la maison ! » ? C'était dangereux, il pouvait y avoir une charge de policiers, des tirs…

M. C. – C'est effectivement très étonnant. Soit ces jeunes étaient majeurs et les parents n'avaient plus rien à dire, soit ils étaient mineurs et les parents n'avaient pas créé assez de lien pour décréter : « On ne te laisse pas sortir. » C'est comme dans ces soirées où les jeunes s'alcoolisent ; les parents devraient dire non et se mettre d'accord pour qu'il n'y ait pas d'alcool à gogo.

M. R. – Cela me rappelle tout à fait le discours d'Anna Freud sur la pédagogie : « Il y a des frustrations nécessaires pour évoluer. »

M. C. – C'est aux parents d'agir. Quand on affirme qu'il faut punir dès le premier acte, cela ne signifie pas qu'il faut faire intervenir la justice tout de suite, mais que se mette en place la justice de proximité, représentée par les parents, les enseignants, les chefs d'établissement.

M. R. – La loi, c'est d'abord la famille. Avant qu'intervienne le juge, c'est au père et à la mère de réagir.

M. C. – Quand un enfant est arrêté pour avoir volé une broutille et que le directeur du supermarché téléphone aux parents, c'est un acte civique.

Dégradation

Le service que je dirige, à la Maison de Solenn-Maison des adolescents, ne s'est pas dégradé en deux ans et demi. Peut-être est-ce le fruit du travail, de la qualité des équipes soignantes, éducatives et pédagogiques qui, par leur proximité et l'intérêt qu'elles portent aux patients, ont permis que ceux-ci, dégradeurs par certains aspects chez eux ou dans la rue, ne taguent ni ne détruisent l'endroit. Un seul dégât a été constaté : un adolescent a sauté sur un meuble qui, en s'effondrant, a bloqué l'ascenseur dans lequel se trouvait une anorexique en situation difficile. Nous avons été dans l'obligation d'exclure cet adolescent, au grand dam de ses parents – ce que je comprends –, pour que les autres soient respectés ainsi que le travail de l'équipe soignante.

M. R. – C'est exactement ce qu'il faut faire.

M. C. – Cet enfant en rentrant à la maison se fera engueuler. Souvent, cela s'arrête là.

M. R. – Et le père ira payer en disant : « Tu auras ça de moins sur ton argent de poche. »

M. C. – Il ne faut pas laisser passer ces petits actes mineurs.

M. R. – Les parents ont la responsabilité civile de leur enfant.

M. C. – Mais certains parents iront s'acquitter auprès du supermarché sans le répercuter sur l'argent de poche de leur enfant. C'est une erreur.

M. R. – Oui, il faut que le jeune comprenne et même qu'il travaille pour rembourser ce qu'il a volé. Malheureusement, lorsque les parents sont eux-mêmes volés par leur enfant, ils effacent souvent la dette à cause de la blessure qu'ils ont éprouvée. Ils préfèrent oublier l'horreur d'être volé par leur propre enfant.

M. C. – Heureusement c'est rare, parce que le respect de la famille demeure ancré chez les jeunes.

M. R. – Lorsque cela arrive, cela prouve une grande fragilité.

M. C. – Le fait que les parents ne veuillent pas en parler forme peut-être aussi un aspect de cette fragilité.

M. R. – Ils voient bien que le problème du vol est ailleurs, mais ils culpabilisent.

M. C. – C'est pour cela qu'ils sont mal à l'aise.

Un voleur intime

Voler ses parents, ses grands-parents ou ses frères et ses sœurs est un comportement particulièrement agressif pour un adolescent. Cette transgression importante de la vie quotidienne familiale est fort heureusement rare. Elle survient lorsqu'un adolescent, en énorme difficulté à l'école ou dans son insertion socioprofessionnelle, ne maîtrisant plus les limites, viole celles de la maison. Il passe à l'acte contre le symbole même du travail de ses parents. Ces vols intimes sont très souvent associés à l'achat et à la consommation de produits illicites, qui prennent le pas, en somme, sur la relation parents-enfant. Les parents sont alors partagés entre l'envie de protéger leurs biens ou de vivre reclus à l'intérieur d'un coffre-fort et leur sentiment de rejet envers l'adolescent qui a transgressé les règles les plus intimes de la vie familiale. Le vol intime tue l'intimité familiale.

Expertises

J'ai déjà parlé du sentiment très particulier qu'ont laissé chez moi cinq garçons d'une même famille à la charge de leur mère, et dont le père était décédé. Ces garçons, que j'ai expertisés à tour de rôle, ont tous été emprisonnés pour un acte de délinquance initiatique – le droit d'entrée dans l'adolescence à l'âge de 14-15 ans. Chaque fois que je les ai rencontrés à la prison des Baumettes, je trouvais qu'ils allaient bien en détention. Ils y trouvaient l'autorité nécessaire pour repartir dans la vie. Tous n'ont pas évolué favorablement, trois d'entre eux sont entrés dans la délinquance, deux ont changé de voie et mènent aujourd'hui une existence compatible avec la société et le monde qui les entourent.

L'adolescent « champion »[1]

8 % des jeunes ont une pratique sportive intense, les garçons plus que les filles. Les enquêtes épidémiologiques montrent que les jeunes qui font au moins 8 heures de sport par semaine, et plus particulièrement ceux qui pratiquent en compétition, sont en risque d'accidents, de conduites violentes (bagarres, vols, délits graves, et cela pas seulement dans le cadre de la pratique sportive), de consommation de produits psychoactifs (alcool, tabac, cannabis, somnifères, sédatifs et pas seulement les anabolisants). Au contraire, les jeunes ayant une pratique sportive modérée (de 1 à 8 heures par semaine) semblent plus « protégés », les non-sportifs ayant aussi des risques augmentés. Les risques liés à cette pratique « intense » seraient particulièrement élevés chez les filles qui ont de surcroît un risque de troubles des conduites alimentaires (restriction alimentaire, anorexie). Il y aurait donc différents types d'usage du sport, comme il y a différents types d'usage de l'alcool ou des drogues. Un usage modéré du sport semble réguler les conduites à risque, alors qu'un usage intensif paraît les accentuer.

1. Choquet M. et al., « Jeunes et pratiques sportives », INJEP, 2001.

À l'évidence, on ne peut conclure à une relation de cause à effet entre le sport et les conduites à risque. Il convient toutefois de considérer la pratique sportive dans un cadre plus large de la vie des adolescents, où les conduites de risque et la pratique sportive peuvent être présentes chez le même individu. Ainsi, on dément deux idées reçues : la première selon laquelle le sport à lui seul permet de prévenir la consommation des substances ou les violences, les liens étant évidemment plus complexes ; la seconde selon laquelle certaines conduites seraient limitées au cadre sportif (comme la violence et la bagarre dans les stades, l'usage des anabolisants pour améliorer les performances sportives), alors que les études montrent un risque plus général.

Il existe néanmoins un certain nombre de risques directement inférés par la pratique sportive. Deux d'entre eux semblent toucher les jeunes de manière conséquente.

Le premier est le surinvestissement de la pratique sportive. En soi, un investissement important n'est pas néfaste. Cependant, il arrive assez fréquemment qu'il déborde le cadre sportif et entre en concurrence avec la scolarité. On voit ainsi des jeunes, notamment des garçons, qui suivent des entraînements dans plusieurs clubs à la fois, ou qui négligent leurs activités scolaires pour privilégier le sport. Or, s'il est vrai que les métiers du sport peuvent parfois offrir des opportunités, les ouvertures sur l'emploi ne sont pas si nombreuses. Pour ces jeunes-là, les difficultés scolaires s'accroissent alors même que le sport ne leur offre que peu de recours. Le surinvestissement est clairement lié à une idéologie sportive qu'on retrouve partout, quand bien même les objectifs des clubs ne sont pas de faire de la performance ou de fabriquer des champions. Le plaisir acquis dans le sport, la recherche incessante du progrès, la volonté de repousser ses limites créent aussi les conditions de déceptions profondes si les objectifs ne sont pas atteints, voire de dégoût lorsque les sportifs ont l'impression d'avoir été trompés sur leurs chances de succès.

Le second risque, qui touche de manière très importante les jeunes sportifs, est l'accident. 43 % des garçons et 32 % des filles ayant une pratique sportive ont eu un accident de sport durant l'année, contre 22 % et 19 % des non-sportifs. La proportion d'accidentés augmente avec l'intensité de la pratique. Sylvain Aquatias explique comment apparaît alors une normalisation des accidents, considérés comme banals, par exemple le fait de « se faire mal ». Les blessures ne donnent pas toujours lieu à une consultation et les temps de convalescence sont rarement respectés jusqu'au bout. Les jeunes décident souvent de leur propre chef de ne pas consulter ou de reprendre le sport prématurément. Il semble aussi exister une relative tolérance des entraîneurs à ces comportements qu'ils ont eux-mêmes adoptés en tant que sportifs. C'est pourquoi des adolescents en arrivent à cesser ou à limiter leur pratique sportive après une blessure importante ou après qu'une succession de blessures les a fragilisés. Si l'on ne peut pas dire que ces accidents soient graves ou handicapants, il n'en reste pas moins que l'intégrité physique de ces jeunes est atteinte. Ce phénomène existe également dans les clubs axés sur le sport ludique, même si, probablement, il est plus notable dans les clubs de performance. L'idéologie sportive se diffuse dans tous les clubs, ce qui montre à l'évidence que les valeurs sportives se transmettent de manière implicite, quel que soit le cadre d'usage, et constituent des normes facilitant sinon les accidents, du moins leur aggravation.

Regards croisés

M. C. – C'est une bonne chose ce chapitre sur l'adolescent champion. On parle toujours des jeunes qui commettent des délits, qui consomment, alors qu'on oublie souvent ceux qui connaissent la pression d'un champion, avec tous les problèmes allant de pair. Et pourtant, pour nous, un jeune qui a une pratique sportive intense avec la pression des compétitions, a des conduites comparables à celles des jeunes délinquants. Par exemple, il s'engage plus dans le vol, dans les bagarres, dans les consommations, il est plus aussi dans…

M. R. – … dans la dope…

M. C. – … et dans les conduites alimentaires restrictives.

M. R. – Regarde la danseuse étoile anorexique, la nageuse vomisseuse, l'haltérophile prenant les corticoïdes, le footballeur de haut niveau consommant des produits toxiques, du haschisch ou de la cocaïne, c'est aussi cela, les champions.

M. C. – Oui. La vie d'un champion n'est pas…

M. R. – Ce n'est pas un long fleuve tranquille.

M. C. – Assurément pas.

M. R. – Même en canoë-kayak.

M. C. – (Rires.) C'est vrai quel que soit le sport, même si certains sports sont plus à risque que d'autres, comme les sports de combat.

M. R. – Je pense aussi à d'autres champions : les majors de Polytechnique et de Normale sup. Le travail des psychologues dans ces grandes écoles montre bien les difficultés qu'ont ces champions de l'excellence psychique et intellectuelle.

M. C. – Il est vrai qu'ils masquent une fragilité, les filles plus que les garçons.

M. R. – Comme si l'excellence convenait mieux aux garçons qu'aux filles.

M. C. – Dans notre société !

Épilogue

M. C. – Voici le premier constat que j'aimerais faire : plus on avance dans le temps, plus les enquêtes épidémiologiques dont on dispose portent sur les troubles et conduites des adolescents (en particulier sur la violence et les consommations des substances), au détriment de leur situation psycho-affective. C'est pourquoi certaines données, quoique intéressantes, sont déjà anciennes. On en a perdu en richesse d'information sur le plan des relations familiales, en complexité au niveau scolaire, et sur ce qui se passe au sein de l'entourage. On se focalise actuellement davantage sur la pathologie, la symptomatologie. Il faut s'interroger sur ce point.

M. R. – Tu ne crois pas que c'est la recherche épidémiologique elle-même qui est en cause dans sa quête d'une expérimentation reproductible ? Plus on diversifie, plus on devient banal…

M. C. – Banal, si l'on veut…

M. R. – Banal sur le plan de la publication.

M. C. – Oui, je suis d'accord. En effet, cette démarche instaure une distance entre la recherche et la pratique clinique. Parfois, au cours de nos échanges, tu me posais des questions auxquelles je ne pouvais pas répondre. La recherche s'intéresse surtout à la symptomatologie et au diagnostic, aux facteurs de risque observés, comme le poids des antécédents pathologiques et les indicateurs familiaux classiques (séparation/divorce), alors que le clinicien a besoin d'informations plus fines.

M. R. – Je rencontre les mêmes difficultés en tant que clinicien : faut-il que je soigne un organe lorsque je soigne un sujet ? Fondamentalement, je préfère soigner le sujet, mais pour la recherche il vaut mieux soigner un organe.

M. C. – Tout à fait. Et l'organe en psychiatrie, c'est le diagnostic, non la vie quotidienne des personnes.

M. R. – Donc tu isoles un signe, tu le surexploites, et tu publies ; tu généralises et tu transversalises. Cela paraît plus banal et, pourtant, c'est plus utile. Au cours de nos entretiens, il nous est apparu nécessaire d'élargir le champ de recherche, par exemple d'ouvrir la vie scolaire sur la vie familiale, d'élargir de l'individu au groupe…

M. C. – On peut s'interroger : Comment faire pour que la recherche épidémiologique s'affranchisse aussi de la vie quotidienne des personnes, tant dans la compréhension de ses problèmes que dans le soin ?

M. R. – D'ailleurs, chaque fois que nous discutions d'axes de recherche, je me remémorais une histoire clinique. Cela montre bien que tout se joue dans l'articulation entre la clinique et la recherche.

M. C. – Oui. Même au niveau du soin, force est de constater que, hormis ce qui concerne les médicaments, pour lesquels l'universalité dans la recherche est possible, il s'agit d'éléments plus subtils qui relèvent de la culture d'un pays et de l'environnement proche du sujet.

M. R. – Je pense donc qu'il faut publier la culture.

M. C. – (Rires.) Et comment faire ? Je ne sais pas.

M. R. – Peut-être en développant ce type de réflexions qui débouchent sur des pistes de recherche commune, clinique et fondamentaliste.

M. C. – Le deuxième constat, capital, porte sur la différence garçon-fille, qui existe et persiste à travers le temps. Cette différence concerne les expressions de malaises : les filles sont plus orientées vers les troubles du corps et la souffrance, les garçons plus dans l'« acting out » (ou la mise en acte) et les conduites à risque. Mais cette différence touche aussi les modes de vie, le mode relationnel avec les pairs, la vie familiale et scolaire et, même, la prise en charge.

M. R. – Alors, les filles ne sont pas des garçons !

M. C. – Les garçons se dirigent plutôt vers des services judiciaires, policiers et sociaux, alors que les filles s'orientent davantage vers le médical, l'écoute et la pédopsychiatrie.

M. R. – Oui. Il y aurait tout intérêt à psychologiser davantage les garçons ! Si l'on considère simplement les suicides mortels, on s'aperçoit qu'on est passé à côté des problèmes des garçons.

M. C. – Effectivement. Chez eux, les troubles perdurent, se chronicisent et les conduisent à la délinquance. On les envoie dans les services sociaux et judiciaires, alors qu'ils auraient surtout besoin d'un bon suivi psychiatrique. Dans les prisons 20 % des cas relèvent de la psychiatrie lourde.

M. R. – Les garçons qui ne sont pas dans la plainte risquent vraiment d'être perçus comme moins sympathiques. Il faut faire attention... La plainte, en effet, est sympathique, la souffrance crée la proximité d'empathie ; le déficit, au contraire, crée le repli, et je crois qu'il faut avoir un respect du sexe dit fort, qui est sans doute le sexe faible sur le plan psychologique.

M. C. – Que peut-on proposer comme aide psychologique aux garçons ? Visiblement, l'offre de soins actuelle est inadéquate. Les points d'écoute, la téléphonie sociale, ainsi que la consultation telle qu'on la propose à la Maison des adolescents attirent surtout les filles. À l'évidence, il manque des structures adaptées aux garçons. Le groupe semble mieux leur convenir que le face-à-face. Ce qui relève de l'aide individuelle est plutôt féminin.

M. R. – La réponse à apporter me paraît assez simple et très économique à tous niveaux. Lors de suivis en hospitalisation ou en consultation, je propose souvent de constituer des groupes de jeunes qui sont déjà passés par là. Alors qu'ils boudent la consultation individuelle, les garçons viennent plus facilement à ces rencontres. Une fois qu'ils y ont assisté au moins une fois, tout est possible. Les garçons ayant bénéficié de suivi psychologique seront les vecteurs et les VRP de demain : « Mais moi, j'y suis allé, n'aie pas peur. » Les garçons en difficulté doivent être convaincus que d'aller parler est un acte de courage d'un nouveau type : « Aller parler de soi, ce n'est pas être une fille. » Un parallèle avec les pleurs est à faire. Pour de nombreux garçons, pleurer est réservé aux filles, alors que cela peut faire beaucoup de bien aux garçons en difficulté. Soyons conscients que le garçon porte aussi en lui des fragilités ; lorsqu'il souffre, il a droit à tout le respect en tant que sujet. Il faut que cesse cette image de l'homme fort qui n'est jamais qu'un pauvre bébé.

M. C. – Ne serait-il pas possible de trouver des points d'ancrage par le biais de groupes déjà constitués, comme dans les clubs sportifs et les organismes de loisirs ? Ne peut-on pas imaginer faire un peu plus de présence psychologique à ces niveaux-là ?

M. R. – Je crois que le ministère de la Jeunesse et des Sports devrait aussi s'intituler ministère de l'Adolescence. Si l'on associe « jeunesse, sports et adolescence », encore faut-il inventer des stratégies d'accroche et d'approche. Par exemple, faire éclater les structures de soins actuelles psychiatriques pour que les médecins aillent à domicile, dans les bars, sur les terrains de sport, qu'ils discutent avec les entraîneurs et les éducateurs sportifs, qu'ils aillent dans les écoles pour dire ce qu'ils ont repéré. L'INSEP a fait appel à un pédopsychiatre pour les sportifs de haut niveau ; c'est une démarche originale de la part de cet organisme qui considère : « Voilà les meilleurs athlètes. On a des difficultés qui nécessitent l'intervention d'un psy, mais il faut que vous veniez *in situ*, il ne faut pas qu'on vous les amène. » Peut-être faudrait-il des psychiatres plus troubadours, plus coureurs de grands chemins, plus dans la cité, dans la vie du monde adolescent. Les garçons nous invitent à ce changement, à cette nouvelle approche. Celle-ci peut sembler paradoxale par rapport à la démarche des filles, qui, elles, viennent parler.

M. C. – Oui, elles le font spontanément.

M. R. – Elles viennent papoter, sans que ce soit péjoratif, parce que c'est leur façon d'être au monde. Alors que les garçons partent courir dans les bois, sur un terrain de sport. Peut-être faudrait-il que les psychiatres courent en jogging à côté des gosses qui vont mal. Peut-être faudrait-il inventer une structure d'intervention à domicile et sur le terrain, qui transformerait le CMP en un CMP extérieur. On a longtemps parlé du dedans et du dehors, et voilà que la proposition « le dehors pour les garçons » apparaît comme une solution.

M. C. – Ce qui prouve que, chaque fois qu'on fait des propositions d'intervention, il faut considérer la différence garçons-filles et observer si les méthodes qu'on est en train de mettre en place peuvent les toucher également.

M. R. – Voici un exemple remarquable : le planning familial. Qui ose dire que le planning familial n'a pas d'intérêt ? Il en a un majeur, mais essentiellement pour les filles. Qui ose dire que l'IVG n'a pas transformé le statut de la femme ? Toutes ces mesures sont en faveur des filles. Quelle grande réforme concerne les garçons ?

M. C. – Du point de vue psychologique ?

M. R. – Du point de vue psychologique, cite-moi une grande réforme en faveur des garçons !

M. C. – Les garçons sont essentiellement orientés vers le judiciaire, l'arrestation, la police. Il s'agit de mesures sous contrainte, parce qu'ils ne sont pas volontaires.

M. R. – On aboutit à quelque chose de terrible : filles égale prévention ; garçons égale répression.

M. C. – Il faut que tous les professionnels qui font de la répression soient mieux formés à la psychologie et la psychopathologie. Après tout, pourquoi les policiers ne seraient-ils pas formés à la psychologie de l'adolescent, comme les animateurs de club, les juges, les magistrats ? On peut aussi s'interroger sur ceux qui interviennent sur le terrain judiciaire, parce qu'ils sont confrontés à des personnes, non à des actes ou à des objets.

M. R. – En effet, la punition est de meilleure qualité lorsque celui qui prend cette mesure comprend pourquoi il punit et quel sens il donne à sa punition. C'est la compréhension de la raison et du sens de la punition qui fonde l'avenir des adolescents délinquants, en difficulté, en conduite à risque et en conduite agressive.

M. C. – Le troisième constat concerne le décalage entre les adultes et les jeunes. Les premiers s'inquiètent pour la santé physique des jeunes, alors que ces derniers sont plus préoccupés par des problèmes psychologiques. En outre, l'adulte perçoit les difficultés de façon individuelle, alors que, du côté des jeunes, ces troubles et conduites sont liés au groupe, dont ils font partie intégrante : groupe de pairs, groupe familial, groupe classe. Ainsi, sur le mode d'approche, jeunes et adultes diffèrent de façon importante : les jeunes sont dans le groupal, les adultes dans l'individuel.

M. R. – Mais tout est fait pour pousser à l'individualisme – soi perçu comme un gagnant, soi avant les autres, etc. – et cela chez les garçons comme chez les filles, je crois. En même temps, en réaction à ces propositions d'individualisme, les adolescents sont à un stade de leur vie où ils sont tous corporatistes, en groupe, avec la bande, avec les amis, tous pareils, et à la fois différents des plus petits et des vieux de 25-30 ans. On se trouve donc dans une situation d'écartèlement de deux positions sociales : celle du monde adolescent et celle des adultes qui lui résistent.

M. C. – Les adultes sont individualistes.

M. R. – Et ils veulent séquencer une pathologie, classifier les pathologies d'adolescents, alors qu'il s'agit de l'inverse.

M. C. – Oui. Voici une autre différence. Les adultes analysent l'adolescence et ses troubles de façon statique, tandis que, dans la réalité, cette jeunesse est dynamique. On envisage le risque comme absolu, acquis, sûr, alors qu'on observe que le jeune change au cours du temps, il peut être à risque à certains moments, et pas à d'autres... Comme on envisage tout de façon statique, on est très négatif. Car si l'on estime que les troubles font définitivement partie intégrante de l'individu, il y a de quoi déprimer ! Ce deuxième décalage adultes/jeunes est important et mérite d'être dépassé. La formation apparaît comme un élément essentiel. Mais quand on dit formation, encore faut-il en définir le contenu, les bénéficiaires (professionnels) et les moyens.

M. R. – L'adolescence est l'âge des tempêtes. La tourmente ne dure jamais, le vent finit par tomber, la mer se calme et le beau temps revient. Je crois que l'adolescence peut être un âge de tempêtes plus ou moins violentes, avec, parfois, un naufrage. Il est impossible de faire des prévisions, mais on peut prendre en compte que la durée d'une tempête ne varie pas tellement. On sait bien qu'ensuite régnera le beau temps. Si l'on prédit de manière trop négative, on stigmatise ; si l'on ne prédit pas, on laisse les choses aller de manière démagogique. La formation devrait consister à diminuer, voire à supprimer, la peur des adultes confrontés à des adolescents à l'âge des tempêtes, pour qu'ils les accompagnent à bon port. La bonne démarche consiste à dire : « Il est vraiment très casse-pieds, elle est vraiment très déprimée, que se passera-t-il demain ? » En psychiatrie, on prétend sans cesse que l'anticipation est primordiale. Il est donc nécessaire que les gens qui s'occupent d'adolescents soient capables d'anticiper, qu'ils ne restent pas collés au réel, stagnant dans le « ici et maintenant », les pieds dans le goudron, dans l'incapacité d'émerger ensuite. Il faut vraiment les aider à penser le futur et, surtout, à le penser en commun, avec les autres.

M. C. – Plutôt que de faire penser le futur par les jeunes, c'est aux adultes de le faire.

M. R. – Tout à fait.

M. C. – On prétend trop souvent que les jeunes n'ont pas de projet, mais c'est l'âge où ils n'en ont pas nécessairement. On leur demande de faire un travail que nous sommes incapables de faire, car nous non plus n'avons pas beaucoup de projets pour eux. Et pourtant, nous leur demandons d'être obéissants, travailleurs, sans violence et de ne pas consommer de substances ! Il faut se projeter dans l'avenir et leur construire aussi un projet.

M. R. – Je crois que le projet, c'est le courage des adultes. Car la démarche qui consisterait à considérer une collection psychopathologique de cas d'adolescents serait infiniment perverse.

M. C. – Oui !

M. R. – On classifierait, on quantifierait toutes les pathologies…

M. C. – Oui, et l'on peut encore affiner les données.

M. R. – Dans le fond, cela ne servirait à rien.

M. C. – Certes, la classification permet d'y voir clair dans la perspective d'une prise en charge. Mais la classification à outrance…

M. R. – Elle ne servirait à rien, parce que, plus on l'affine, plus on s'écarte du sujet dans sa globalité et dans son fonctionnement. La classification à outrance entraînerait une prédiction fausse, elle déboucherait sur de mauvaises hypothèses, alors que la plasticité, la mobilité, le changement de cap sont le fait des adolescents. Ils sont capables de virer de bord, d'un coup, quand ils en ont assez de monter dans le vent.

M. C. – Cela rejoint ce que nous avons dit précédemment au sujet de la recherche. Il est vrai qu'on tend à une hyperclassification, alors que le contextuel permettrait une meilleure compréhension et donc des soins adaptés... Bien sûr, les deux sont nécessaires, mais la juste mesure semble difficile à trouver.

M. R. – La recherche trace la route, donne le cap...

M. C. – Oui, c'est un genre de carte routière.

M. R. – Mais on devrait pouvoir se permettre d'osciller sur 10° ou 15°, si le vent est plus favorable. On n'est pas obligé de rester vent debout sous prétexte qu'on a passé un cap.

M. C. – Sur ce point, les adultes manquent un peu de courage, ils adoptent profil bas face aux adolescents et cherchent des explications partout, sauf dans leur propre comportement.

M. R. – Et puis, ils prennent les adolescents de haut, alors qu'ils n'ont pas compris que ce sont eux qui les fabriquaient. On a les adolescents qu'on mérite.

M. C. – J'aimerais, en quatrième point, que nous abordions la psychiatrisation. On a dit souvent qu'il fallait psychiatriser certains comportements, certains troubles, certaines situations. Une voie serait peut-être possible : celle de l'attention. Pourrait-on lister ce à quoi il faut être attentif? Que faut-il psychiatriser? Qu'est-ce qu'il ne faut pas psychiatriser?

M. R. – Je voudrais te rassurer : dans vingt ans, il n'y aura plus de psychiatres, donc nous sommes tranquilles.

M. C. – Mais si, il en restera toujours!

M. R. – Non, il y en aura moins. Et je crois que leur mission changera du fait de leur rareté. Le psychiatre est là pour donner du sens. Il faut qu'il soit identifiable. Il ne doit pas faire tout et n'importe quoi, intervenir sur tout, avoir des idées sur tout, sociologiques, pédagogiques, juridiques, sociales, philosophiques. Je ne suis pas d'accord. Je pense que le psychiatre est essentiellement un clinicien qui a l'habitude de rencontrer des gens et qui, au milieu d'un fatras de choses qu'on lui apporte, essaie d'extraire un sens, une signification. C'est un métier très difficile où, par malheur, on s'améliore tard, dont le trajet est compliqué. On peut être un excellent chirurgien dès la fin de son clinicat, je ne pense pas que ce soit le cas pour un psychiatre.

M. C. – Le problème vient souvent du fait que le psychiatre a tendance à s'isoler des autres professionnels. Peut-être, justement, parce que c'est une profession difficile, lourde et dans laquelle on devient bon relativement tard. Tout au long de sa carrière, il a tendance à s'isoler parce qu'il sent qu'il est encore imparfait – même s'il parle bien, avec des mots savants !

M. R. – Mais la psychiatrie a été, il y a un temps, une discipline d'exclusion, on ne peut pas ne pas en tenir compte. En 1960, avec Lucien Bonnafé et ses camarades, le secteur est apparu comme une réponse inverse : « Fermons des lits pour aller dans des centres médico-psychologiques, aller dans la ville. » Quel que soit le génie de cette réforme, elle a recréé de la psychiatrie dans les CMP. Il faut faire attention que la psychiatrie ne se recrée pas sans cesse, qu'elle ne reconstruise pas le chronique, le grave, l'insondable, comme si – je vais choquer mes camarades – elle avait une propension à agir dans le plus grand des malheurs et à accompagner ce malheur. Il est difficile pour les psychiatres de travailler sur la douleur. Alors, pourquoi n'ont-ils pas une certaine souplesse, une certaine capacité à échanger, à prendre des conseils d'autrui, à se rendre compte que les enseignants sont fondamentaux, que les psychologues sont là pour les aider dans les diagnostics et que les éducateurs, dans le quotidien, réalisent ces échanges, contrairement à eux. Il faut veiller à ce que les psychiatres définissent le mieux possible leur rôle afin qu'ils puissent être utilisés au mieux.

M. C. – Oui, cela implique de faire une place aux autres, pas uniquement aux professionnels, mais aussi aux non-professionnels que sont les parents, les voisins, l'entourage proche. Tout « entourage de proximité et quotidien » d'un adolescent est essentiel.

M. R. – Je crois que la principale qualité d'un psychiatre est d'être compréhensible. Si seulement il le savait !

M. C. – Oui, parce que si l'on n'est pas compréhensible, on n'aide pas beaucoup.

M. R. – Que la recherche très complexe, très conceptuelle en psychiatrie ait son intérêt, je ne le nie pas, mais je pense qu'il en va différemment de la pratique psychiatrique : quand on consulte un psychiatre, on doit mieux comprendre ce que l'on ne comprenait pas. Si on ne comprend pas plus qu'avant, et si le psychiatre renvoie une nouvelle question, je crois qu'il faut en changer.

M. C. – Oui. Même le psychiatre de recherche, à un moment ou à un autre, doit rester compréhensible quand il s'adresse au public, aux journalistes, au commun des mortels. Si, par moments, on ne jette pas des ponts entre la recherche et la réalité, on peut s'interroger sur l'utilité de la recherche.

M. R. – Un projet de recherche s'articule toujours autour d'une réalité. Par exemple, tu nous as déclaré que 25 % des adolescents avaient volé, c'est fabuleux. À partir de cette information, le psychiatre posera systématiquement la question aux jeunes qu'il rencontrera :

« Est-ce que tu as volé, toi ? » La recherche enrichit le questionnement clinique, le psychiatre cherche mieux quand le chercheur l'a aidé à consulter.

M. C. – Selon cette même démarche, nous avons vu qu'il faut psychiatriser la fugue et le suicide, et non pas la pauvreté ou les problèmes sociaux.

M. R. – Ah, non ! D'abord, l'impact émotionnel de la pauvreté, des problèmes sociaux fera apparaître le psychiatre comme un agresseur de plus, représentant la société des nantis. Il faut y faire attention. En revanche, quand il s'agit de fugue et de suicide, le psychiatre est dans son rôle et dans sa fonction. En outre, il ne doit pas exister des psychiatres de pauvres et des psychiatres de riches. Ce qui m'a le plus étonné, ces dix dernières années, c'est l'accès à la psychiatrie de toutes les couches socio-économiques et culturelles. Il est faux de dire que seuls les riches viennent consulter les psychiatres.

M. C. – Mais ils consultent dans des lieux différents, les uns dans les structures publiques, les autres dans le privé.

M. R. – Tous les parents ont la possibilité de consulter pour que leur enfant réussisse mieux qu'eux. À ce niveau, le psychiatre est davantage porteur d'espérance par l'explication qu'il donne et par l'aide qu'il apporte à ceux qui n'avaient pas compris quelque chose. J'insiste sur ce point parce que c'est peut-être cela, la psychiatrie, à condition que le spécialiste renonce à vouloir maîtriser le sujet qu'il rencontre. Je crois qu'on est passé de la neutralité bienveillante à l'empathie sensible. Le psychiatre doit en effet manifester de l'intérêt pour le discours de celui qui parle.

M. C. – Oui, la neutralité bienveillante, c'est fini. Elle n'aide pas vraiment, il faut oser s'engager vis-à-vis de l'autre. C'est pourquoi le patient est plus à l'aise avec certains psychiatres qu'avec d'autres. Ce choix revient au patient, et il est important. Reste qu'on assiste quand même à la psychiatrisation de l'exclusion, de l'immigration, etc. À mon avis, c'est une dérive assez dangereuse. Confronté à la difficulté de trouver une solution sociale à ces problèmes, on conclut assez rapidement que ces gens-là ont besoin d'une intervention psychiatrique. Même s'il est toujours utile pour tout un chacun de parler de ses difficultés, on ne doit pas, en cas de difficultés sociales, déclencher systématiquement une consultation psychiatrique.

M. R. – Je crois que la priorité des soutiens sociaux consiste à fournir des logements, des éducateurs, mais pas un psychiatre, même si les personnes socialement défavorisées peuvent aussi faire appel à la psychiatrie. Mais celle-ci doit faire preuve de modestie dans ses possibilités et ses incapacités. Honnêtement, douze psychanalystes face à un migrant me semblent inutiles.

M. C. – (Rires.)

M. C. – Autre point important : le passage à l'acte. Il serait de l'ordre de l'essai, de la transgression, un petit pic de l'adolescence. Attention, dès qu'il se chronicise, se renouvelle, il signifie que des problèmes plus graves sont en cause. Ce n'est pas vrai pour tout, bien sûr. Par exemple, un jeune qui consomme de temps en temps du cannabis, ce n'est pas bon signe. Même s'il ne le fait pas de façon régulière, c'est déjà une indication de malaise. On pourrait imaginer des modes d'intervention différents, selon qu'il s'agit d'un acte unique et isolé ou d'un acte cumulé et répété.

M. R. – Tu reviens sur la question de l'intervention des adultes confrontés à un adolescent qui tente un acte risquant de le mener à une dérive. On ne peut pas le laisser s'abîmer, il faut savoir lui dire « non » ou « je ne suis pas d'accord ». Les adolescents réclament en fait de la radicalité, et la société actuelle n'en fait pas preuve.

M. C. – Mais elle peut aussi être le fait des parents, parce qu'un parent qui déclare « Je ne veux pas que tu consommes » a un effet positif sur la consommation, contrairement à ce qu'on pense.

M. R. – Bien sûr.

M. C. – Les jeunes sont moins nombreux à consommer lorsque leurs parents expriment un refus clair plutôt que lorsqu'ils restent silencieux. Même si, évidemment, cela ne fonctionne pas à chaque fois et pour tous.

M. R. – Un grand nombre de situations que je gère en consultation aurait sans doute pu se régler plus simplement si les parents avaient fait acte d'amour en déclarant : « Ne fais pas ça ! » C'est-à-dire : « Je ne marche pas dans ton système de fonctionnement », « Tu ne feras plus cela et tu m'écouteras ». La délégation d'autorité sur le psy doit être abandonnée, parce qu'il n'est pas normal que le psy remplace les parents. Ce déplacement paraît suspect. Il en va de même avec l'enseignant ou le juge. Le psy se défausse sur le juge pour enfants lorsqu'il ne réussit pas à faire preuve d'autorité : il fait un signalement pour rappeler la loi. Se décharger de l'autorité est une démarche en escalier. Il s'agirait de déclarer : « Tu représentes l'avenir, ton avenir, et aussi le nôtre, alors pas de blague. Donc on te dit non. » Je pense que le discours habituel, soi-disant empreint de compréhension, est en réalité plein de faiblesse et de lâcheté. La compréhension, c'est la lâcheté.

M. C. – La compréhension est nécessaire. Mais elle ne doit pas devenir l'outil systématique pour régler tous les problèmes que posent les adolescents.

M. R. – Parfois il faut savoir dire : « Je ne comprends plus rien et je ne veux pas que tu le fasses. »

M. C. – C'est tout à fait vrai. Trop de compréhension apparaîtrait comme du laxisme. Trop de sanctions seraient assimilées à de l'autoritarisme, auquel le jeune a naturellement tendance à s'opposer. Le juste milieu, la modération en toute chose ! Ce sujet m'en évoque un autre, que nous avons déjà abordé : cette tendance naturelle à faire porter la responsabilité d'un problème par les autres.

M. R. – C'est l'école.

M. C. – L'école prétendra que c'est la faute des parents, les parents assureront que c'est la faute de l'école, et ensemble ils affirmeront que c'est à cause de la société. La boucle est bouclée et le problème non résolu ! En d'autres termes, on prétend toujours n'être pour rien (ou si peu) dans ce qui arrive, concernant son enfant. Chacun devrait prendre sa part du gâteau, c'est-à-dire, quand quelque chose va mal, reconnaître sa part de responsabilité.

M. R. – Tu as raison. Il s'agirait de passer de « c'est sa faute » à « c'est notre faute ». Il faudrait mettre en place une démarche générale : ne pas laisser les parents, le médecin généraliste, l'enseignant ou le psychiatre seuls face à un adolescent difficile. Ensemble, on est plus forts. Dans le cas d'une adolescente anorexique, par exemple, je ne peux pas la traiter sans un service, sans un médecin généraliste, sans un nutritionniste, sans un psychologue et sans les parents. Seul, je ne peux rien faire contre la maladie ; avec l'aide de tout le monde, je deviens efficace.

M. C. – Certes, il faut s'interroger sur les raisons expliquant les comportements des adolescents, mais il faut aussi regarder plus loin : Que peut-on faire ensemble ? Souvent, on cherche indéfiniment la cause, alors que les problèmes sont multifactoriels. À un moment, il faut décider de ce qu'on va faire.

M. R. – Je crois que, pour soutenir, il faut savoir être soutenu, qu'on ne peut pas confier à quelqu'un d'isolé une tâche difficile que l'on n'aurait pas été capable de réaliser. La démarche de soutien est essentielle dans une équipe pluridisciplinaire : le fait d'être soutenu par l'équipe que tu soutiens construit la relation thérapeutique.

M. C. – Soutien effectivement dans les domaines du soin, de l'aide et de la solution.

M. R. – À la Maison des adolescents, mon rôle est de soutenir l'équipe, et je suis soutenu par Michèle Soulé. En outre, si elle n'acceptait pas d'être soutenue, je ne pourrais pas le faire. Avec les parents, la démarche est encore plus intense. Lorsqu'on leur demande leur soutien pour pouvoir traiter leur adolescent : « Aidez-nous à ce qu'il aille mieux », cela change tout.

M. C. – Oui, bien sûr.

M. R. – On ne dit pas : « On va faire en sorte que… », ni « Je vais vous le traiter ». Nous disons : « Aidez-nous à ce qu'il aille mieux. » Cette notion d'alliance change la donne. « Aidez-nous, on a besoin de vous, sinon on ne réussira pas », « Partagez nos difficultés. On partage les vôtres, partagez aussi les nôtres ».

M. C. – Si on va au bout de cette démarche, comment peut-on faire, par exemple, en milieu scolaire ? Le monde des éducateurs paraît assez isolé de celui des soignants.

M. R. – Je me souviens de panneaux, au collège, sur lesquels il était écrit : « En dehors de cette limite, seuls les pompiers et l'inspecteur d'académie peuvent pénétrer. » On part dans une double erreur d'interprétation : on confie nos enfants à l'école par délégation d'autorité, on place toute sa confiance en l'école, mais on conserve aussi une certaine suspicion. On mêle confiance et suspicion, c'est-à-dire qu'on confie et, en même temps, on retire. Cela crée un clivage. L'adolescent – pas couillon – le comprend fort bien. Comment les parents peuvent-ils être crédibles ? C'est impossible.

M. C. – On est dans un paradoxe.

M. R. – Un incroyable paradoxe. L'école dit aussi : « Nous sommes des professionnels de la pédagogie. Nous ne pouvons donc pas échanger avec les autres, qui vont nous révéler leur intimité, à laquelle nous n'avons aucun droit d'accès. » L'échec est là : tant qu'on n'ouvre pas l'école à cette dimension d'échange et d'alliance, comme dans les hôpitaux, on échouera. Si, dans les hôpitaux, on n'échangeait pas, si on interdisait aux parents l'accès en hématologie en considérant qu'ils sont porteurs de germes, l'état des prématurés s'aggraverait. Si on considère que les parents, bien équipés, sont essentiels pour le nouveau-né et qu'ils ont la compétence pour parler au bébé, celui-ci grossira. Avec la même quantité de lait, avec la même quantité de renutrition, il grossira grâce à ces apports affectifs qui fondent l'appartenance. Les nutriments, comme la pédagogie, doivent eux aussi s'échanger autour d'une table de réunion. Donc, je crois qu'il faut mettre les parents à l'école.

M. C. – C'est là que se situe toute la difficulté, car il existe actuellement une crispation réciproque, à la fois de la part des parents et des enseignants. On se trouve dans une impasse, qui s'est chronicisée depuis longtemps. Il ne suffit pas de donner un conseil aux parents. Il faut que, en cas de difficulté grave (ce qui concerne un peu plus de 1 élève sur 10), les parents soient en relation avec les enseignants environ une heure par semaine. Le temps scolaire et celui des parents doivent être organisés pour permettre cet échange. C'est de la prévention : on crée l'échange, l'alliance, puis on évalue son efficacité.

M. C. – Ce qui nous conduit à aborder un autre point : à force d'envisager les cas les plus difficiles, on oublie la grande moyenne. C'est-à-dire les 85 % d'élèves qui ne sont pas en grande difficulté et qui, pourtant, s'interrogent, ont des hésitations, et prennent des risques… Que fait-on pour eux ? Cette population vit une adolescence ordinaire, rencontre de petits problèmes et passe finalement assez inaperçue. Comment peut-on valoriser ces jeunes et répondre à leurs attentes ?

M. R. – Je proposerai un entretien psychologique systématique pour tous à l'entrée en cinquième.

M. C. – Je suis d'accord.

M. R. – Et cela quels que soient les moyens qu'il faudrait mettre en œuvre, tels que la formation des médecins généralistes, pédiatres, éducateurs, infirmières, assistantes sociales, psychologues, psychiatres, une formation ouverte aussi aux enseignants volontaires. On posséderait ainsi une cartographie du jeune au début de l'adolescence, à son entrée en cinquième – je dis cinquième pour éviter le choc de l'entrée en sixième. Il s'agirait d'un entretien d'une heure et demie standardisé, avec des résultats qui nous fourniraient une belle radiographie de notre pays.

M. C. – La mise au point du questionnaire nécessiterait un travail en commun des professionnels concernés : quelles sont les questions à poser aux jeunes, non seulement sur leur comportement mais aussi sur leur victimisation, leur famille, leur mode de vie, leurs attentes, leurs espoirs, leur vie future…

M. R. – Avant le droit de vote des 18 ans, cet entretien serait une magnifique possibilité d'expression individuelle ou collective de la jeunesse de ce pays.

M. C. – Oui, en même temps, il permettrait de faire un état des lieux. Mais dans un climat globalement « anti » (anti-identification, anti-questionnaire), comment va-t-on le gérer ?

M. R. – Cette proposition ne comporte aucun risque. Le questionnaire serait un support grâce auquel le clinicien pourra poursuivre la démarche. La forme du questionnaire évite les grosses erreurs et n'empêche nullement l'inventivité, la créativité. C'est un soutien qui invite au dépassement.

M. C. – Je souhaiterais reparler de la famille, trop souvent rendue responsable des problèmes. On fait si peu pour elle. Je propose par exemple que, dès la naissance (toutes les mères accouchent en France à l'hôpital, c'est une occasion unique !), on contacte les parents, qu'on discute avec eux sur leurs craintes, leurs incertitudes. Cet échange avec un spécialiste « psy » pourrait se prolonger après la naissance. En outre, la Caisse nationale d'assurance-maladie pourrait mieux accompagner les parents en leur donnant des repères sur ce qu'est un jeune à tout âge, comment il se développe, ce qu'il aime, ce qu'il n'aime pas. Ces informations ad hoc seraient fournies en fonction de l'âge.

M. R. – Oui.

M. C. – Il s'agirait de proposer aux parents des outils pour réfléchir et pour échanger avec leur adolescent. De quoi peuvent-ils discuter ? De quoi ne faut-il pas discuter (car certaines intimités ne méritent pas d'être transgressées, contrairement à d'autres) ? Cet accompagnement, de 0 à 18 ans, serait envisageable puisque tous les enfants ont un dossier à la CNAM et toutes les naissances sont répertoriées.

M. R. – Balayons l'argument éthique que nous opposera la commission Informatique et Libertés.

M. C. – Mais on donne seulement des informations aux parents, on ne leur en demande pas ! On se contente de leur dire : « Votre enfant a maintenant 3 ans, voilà ce qui va se passer. »

M. R. – Je répète que les parents sont avides d'informations. J'observe chaque semaine qu'entre 23 heures et minuit, 250 000 personnes écoutent notre émission. C'est bien la preuve qu'on en compterait près de deux millions à des heures de grande écoute. On est passé d'une population passionnée par la bébéologie (Sa Majesté le bébé, le bébé est interactif, compétent, etc.) à des parents d'adolescents. Ils réclament le même accompagnement qui leur a permis d'être performants avec les tout-petits. Les familles ont fait d'infinis progrès, qui méritent d'être soutenus par un partage des connaissances. La question fondamentale est la suivante : être prof à l'université, c'est pour l'université ou pour le public ? C'est pour le public.

M. C. – Lorsque les jeunes ont entre 10 et 20 ans, leurs parents sont complètement laissés à l'abandon. On les informe seulement quand cela ne va pas, alors que la plupart ont envie de bien faire.

M. R. – Mais c'est possible…

M. C. – Bien sûr, il existe des structures comme l'École des parents, mais il faut y aller et surtout savoir qu'elles existent.

M. R. – Grâce à la télé, à la radio et à internet…

M. C. – Il faut utiliser les moyens à disposition.

M. R. – Les ministères concernés et les organismes payeurs doivent se lancer dans une information pédagogique. Je regrette que la Cinq, à l'origine une chaîne éducative, n'ait pas des émissions dédiées au développement de l'enfant et accessibles aux parents. Les spécialistes exprimeraient en dix minutes ce qu'ils ont mis quinze ans à comprendre. L'information serait efficace.

M. C. – Tout à fait. Il existe une multitude de solutions pour aider les parents, les familles telles qu'elles sont, recomposées ou monoparentales. Ne cherchons pas à imposer des modèles. Stoppons cette idéologie qui prétend qu'il existe de bons et de mauvais parents. Tout le monde doit être soutenu, quelle que soit la situation.

M. R. – De toute façon, il n'existe que des parents moyens qu'on idéalisera tout au long de sa vie, jusqu'à devenir à son tour parent. Savoir qu'on est moyen en rêvant d'être idéalisé, c'est cela, être parent.

M. C. – Revenons sur le milieu scolaire qu'on a beaucoup dévalorisé. Parler du « mammouth » n'a pas fait que du bien. On s'est souvent montré critique envers l'école, et on ne s'est pas suffisamment penché sur la fonction d'enseignant, qui a évolué. Ces critiques à l'emporte-pièce n'engendrent que de la crispation. Que pourrait-on faire ?

M. R. – Cette question m'inspire une comparaison : si un pays pauvre échangeait avec le nôtre ses moyens pétrolifères contre les 1 400 000 employés de l'Éducation nationale, au bout de dix ans, notre pays serait devenu un monde de sauvages tandis que l'autre se serait profondément développé. Je crois que le médicament générique de l'évolution d'une société, c'est l'Éducation nationale. Qu'elle soit privée ou publique, c'est pareil.

M. C. – Il faut le dire aussi aux enseignants !

M. R. – L'école apprend à lire, à compter, comme le disait Jean-Pierre Chevènement, mais elle enseigne aussi le plaisir d'apprendre, de comprendre et de découvrir. Elle ouvre la porte à la culture. Plus un pays est cultivé, plus il est démocratique.

M. C. – Oui, c'est d'ailleurs dans les pays les plus démocratiques que les enseignants sont le mieux payés.

M. R. – Il vaut donc mieux les rétribuer, être plus démocratique et plus cultivé. Le pari de la cinquième puissance économique du monde serait de s'offrir les moyens de la culture – donc que l'Éducation nationale engage une discussion critique et réfléchisse sur son fonctionnement.

M. C. – Oui, il ne s'agit pas de faire de l'angélisme, on ne peut pas avoir recours à la critique systématique de tout ce qui se passe à l'école, si on veut qu'elle progresse. Au contraire.

M. R. – Que serais-je devenu sans l'Éducation nationale ?

M. C. – Moi aussi. On en est tous là.

M. R. – Le concept étrange d'égalité des chances mérite d'être transformé en « Égalité pour tous à l'école ».

M. C. – « Tous, au moins une chance à l'école ». Peut-être pas nécessairement la même.

M. R. – Mais « Pour tous, la chance de l'école ».

M. C. – N'oublions pas, en outre, la particularité suivante de l'école française : sa médecine scolaire et son service social, c'est-à-dire la présence de professionnels, médecins, infirmières et assistantes sociales, qu'on n'utilise peut-être pas assez.

M. R. – Cette belle particularité s'avère être un outil, puisque, dans ton enquête de 1993, je cite de mémoire, 70 % des adolescents disaient avoir pour interlocuteurs les généralistes et 4 % les psychiatres. Cette médecine de proximité enchâssée répond finalement à la discussion que nous avons eue régulièrement : la médecine du dedans pourrait devenir la médecine du dehors.

M. C. – Oui. Même s'ils ont une bonne perception des problèmes, ces professionnels travaillent un peu trop en interne et ne s'ouvrent pas assez sur l'extérieur.

M. R. – Un va-et-vient entre la médecine du dedans et celle du dehors rendrait ce bel outil encore plus efficace.

M. C. – Il ne faut surtout pas le supprimer, mais plutôt le renforcer, améliorer sans cesse la formation, car la vie, les connaissances et les jeunes changent. Il faut avoir un projet clair pour eux.

M. R. – La médecine scolaire doit donner les résultats qu'on est en droit d'attendre. Il faut pour cela évaluer ses performances et les améliorations nécessaires. Il est facile de calculer combien d'hospitalisations ont été évitées grâce à l'infirmerie, combien d'orientations préventives vers un soin ont été prescrites. Cela se chiffre parce que cela a un coût. Ces résultats font honneur à cette médecine de première ligne, cet éclaireur du soin psychique, médical et social, au sein même du collège.

M. C. – Cette médecine scolaire n'est pas suffisamment intégrée au sein de l'école, elle est toujours un lieu un peu à part. Or une meilleure collaboration avec les enseignants la rendrait plus efficace.

M. R. – Mais la clé serait de la rendre universitaire, de créer un vrai diplôme universitaire de médecin scolaire.

M. C. – Oui, j'en profite pour rappeler que, partout dans le monde, les études d'infirmière et d'assistante sociale sont universitaires, sauf chez nous.

M. R. – On pourrait créer une chaire de médecine scolaire dans chaque faculté.

M. C. – Oui, faire en sorte que la médecine scolaire soit reconnue comme une véritable spécialité, avec un diplôme pour les médecins, les assistantes sociales, les infirmières.

M. R. – Des nouveaux métiers, en quelque sorte. Je l'envisage déjà pour moi dans les années à venir. Les nouveaux métiers, les nouveaux diplômes, les nouveaux objectifs et les nouveaux projets augurent d'être passionnants.

M. C. – Oui, je te soutiendrai, si tu veux. (Rires.) Une chose m'inquiète : toutes ces structures d'écoute et de soins qui se créent un peu partout, est-ce raisonnable ?

M. R. – J'aimerais recenser les moyens dont on dispose et les mettre en synergie et en fonctionnement. Il y a une vingtaine d'années j'ai été frappé, alors que je faisais un cours à la protection maternelle départementale, par l'affluence de 600 personnes. Il faut limiter les consultations : un point écoute, un téléphone, un service de pédopsychiatrie… En réalité, un seul dossier suffirait, un seul équipement, et peut-être un coordonnateur de l'enfance et de l'adolescence départemental, plutôt qu'un médecin de la DDASS nommé à ce poste, parce que la loi l'exige. Il faudrait créer un vrai poste de coordinateur, qui pourrait être assuré par une infirmière, une assistante sociale, pas forcément un médecin…

M. C. – Ou un éducateur.

M. R. – … et qui aurait pour mission de créer l'articulation de ce système, la synergie. On en est loin !

M. C. – On en est loin, parce que chacun crée sa structure, son point écoute.

M. R. – Ce sport national des Français qui consiste dans la création d'associations loi de 1901, chaque fois qu'apparaît une carence, est dangereux, parce qu'il professionnalise le sujet. Je ne suis pas contre les associations mais, dans le cas présent, je serai plus jacobin que girondin.

M. C. – Les jeunes exploitent ce système, ils naviguent d'une structure à l'autre, d'un médecin à l'autre, changent sans cesse d'intervenants.

M. R. – Ce sont de grands consommateurs du système dont ils connaissent les rouages.

M. C. – Certains le connaissent parfaitement.

M. R. – Il faut éviter la dispersion. On ne doit pas monter au front en ordre dispersé, mais en groupe fort et puissant qui n'a pas peur et qui, uni, peut réagir. À mon avis, on dispose de tous les moyens.

M. C. – Oui, on possède tous les types de compétences parmi les personnels qu'on emploie. C'est la coordination qui fait défaut, parce que chacun y va de son institution.

M. R. – J'ai observé, à travers le diplôme de Philippe Jeammet que j'ai franchisé, et la création d'« Adolescents difficiles » à Marseille avec l'aide des instances nationales, l'efficacité de faire travailler ensemble un magistrat, un enseignant, un éducateur, un psychiatre, un psychologue, une puéricultrice. Se mettre ensemble autour d'une table pour étudier des cas, en possédant le même diplôme universitaire, selon le même label, développe une pratique d'échange. Le fait de mieux se connaître remplace la peur de l'autre.

M. C. – La formation me paraît essentielle mais j'entends par là la formation universitaire.

M. R. – Oui, une formation rendue honorable avec une chaire de médecine scolaire dans chaque faculté de médecine, qui s'ouvre aux non-médecins. Nouveaux métiers, nouveaux diplômes, nouvelles missions de la faculté.

M. C. – D'autres pays l'ont fait, le Portugal, par exemple.

M. R. – Nous sommes en retard par rapport à d'autres pays à cause d'un rationalisme un peu coincé.

M. C. – Oui, et des habitudes sur lesquelles on se crispe, quand on est insuffisamment reconnu… Reste le dernier point, qui concerne « la paternité et la maternité à distance ». N'oublions pas que les jeunes d'aujourd'hui sont les pères et les mères de demain. Que peut-on faire pour qu'ils soient plus conscients, plus responsables, mieux préparés ?

M. R. – Je me sens de nouveau envahi par l'optimisme. Ils bénéficieront de nos erreurs de soixante-huitards. Je crois qu'ils nous observent, qu'ils trouvent un peu ridicules nos préoccupations et qu'ils se disent : « On sera un peu plus autoritaires. »

M. C. – C'est vrai, je le vois déjà chez mes enfants. Ils le sont davantage !

M. R. – Ils seront un peu plus autoritaires, un peu plus cohérents, un peu moins psys, un peu plus dans la réalité, dans le travail et dans le loisir, un peu moins dans le doute, la quête et l'inquiétude. Ils se rendront peut-être compte que ces Trente Glorieuses ont été trente années d'inquiétude liées aux changements du monde. Eux seront plus à même d'assumer, et ce qui est beau dans l'histoire, c'est que nous ne serons plus responsables de ce qu'ils feront ! Ils vont enfin être les parents qu'ils voudront être, avec peut-être des sourires amusés pour toutes les questions que nous avons débattues. Ils seront, je crois, encore plus responsables, un petit peu moins tolérants que nous !

M. C. – Quand leurs enfants auront entre 11 et 20 ans, ils découvriront que rien n'a changé, que se posent toujours les mêmes problèmes.

M. R. – Marie, nous avons une grande chance : nous allons être grands-parents.

M. C. – On verra grandir nos petits-enfants.

M. R. – Alors, quelle revanche sur nos enfants !

M. C. – On verra ce que nos parents n'ont pas pu voir.

M. R. – Nos parents, les pauvres, étaient accablés par des préoccupations matérielles. Ils pensaient éduquer comme il faut, alors que nous avons cherché à comprendre. Nous essayerons aussi de saisir ce que nos enfants seront devenus, lorsqu'ils seront parents. C'est amusant, non ?

M. C. – La société sera composée de plus en plus de grands-pères et de grands-mères, qui auront certainement un rôle à jouer dans l'avenir.

M. R. – Et puis, je me demande si elle ne produira pas les meilleurs grands-parents de l'histoire.

M. C. – Peut-être. Nous sommes issus des Trente Glorieuses, on peut espérer que nous serons les meilleurs !

M. R. – Les plus grands et les plus beaux grands-parents de la terre !

Table

Marcel Rufo dans Le Livre de Poche

Détache-moi ! Se séparer pour grandir n° 30854

À la naissance, le bébé ne fait qu'un avec sa mère. C'est le temps de la fusion, où il puise assurance et force. Cependant, il faut grandir et, pour cela, prendre de la distance, afin de gagner de nouveaux territoires d'autonomie et de liberté. Mais peut-on se séparer sans peine ? Pourquoi la séparation fait-elle naître en nous un sentiment d'abandon ? Qu'est-ce que le travail de deuil, et est-il jamais terminé ? À quoi servent les souvenirs ? Sommes-nous vraiment nostalgiques de la fusion première avec notre mère ? Marcel Rufo répond ici avec la chaleur et l'humanité qu'on lui connaît.

Frères et sœurs, une maladie d'amour n° 15550

On pourrait dire que la fratrie est une maladie – une maladie d'amour chronique avec ses instants de complicité, ses bonheurs partagés, ses souvenirs communs, mais aussi ses moments de crise, ses rivalités et ses jalousies. Tout commence avec l'arrivée du second, puis lorsque la maladie frappe la fratrie ou au moment de l'éventuelle séparation parentale, jusqu'à l'ouverture du testament des parents. Marcel Rufo, avec la collaboration de Christine Schilte, nous entraîne – en s'appuyant sur de nombreux cas cliniques, mythes et contes – au cœur de ces relations souvent agitées, parfois pathologiques, mais qui touchent chacun d'entre nous dans ce qu'il a de plus intime.

Œdipe toi-même ! n° 15286

Faut-il dire toute la vérité aux enfants sur leurs origines ? Qu'est-ce que la rivalité fraternelle ? Comment se construit l'identité sexuelle ? Pourquoi s'invente-t-on un roman familial ? À quoi servent les symptômes et faut-il les guérir à tout prix ? À ces questions et à bien d'autres, Marcel Rufo apporte des réponses concrètes, fruit de trente-cinq ans de pratique de la pédopsychiatrie. Quand certains se sont plu à nous répéter que tout se jouait avant six ans, Marcel Rufo nous montre au contraire qu'il n'y a pas de fatalité. Tout peut se jouer sans cesse car, quelle que soit la souffrance initiale, elle ne présage jamais de l'avenir.

Tout ce que vous ne devriez jamais savoir sur la sexualité de vos enfants n° 30383

Les bébés ignorent qu'ils ont un sexe. Ils vont le découvrir et se l'approprier peu à peu, à travers des expériences fondamentales qui les amèneront d'une sexualité infantile, faite essentiellement de sensorialité, à la sexualité agie de l'adolescence. Marcel Rufo retrace les moments forts de ce passionnant parcours et les conquêtes qui s'y rattachent, sans oublier tout ce qui peut entraîner des troubles dans le développement de l'identité sexuelle de l'enfant – attouchements, viol, mais aussi maladie ou handicap. Pour lui, la sexualité est un mystère et doit le rester. Son livre devient ainsi un plaidoyer pour la pudeur et le respect de l'intimité de chacun.

De Marcel Rufo :

DÉTACHE-MOI ! SE SÉPARER POUR GRANDIR, Éditions Anne Carrière, 2005.

TOUT CE QUE VOUS NE DEVRIEZ JAMAIS SAVOIR SUR LA SEXUALITÉ DE VOS ENFANTS, Éditions Anne Carrière, 2003.

ÉLEVER BÉBÉ : DE LA NAISSANCE À SIX ANS, en collaboration avec Christine Schilte, Hachette Pratique, 1998.

FRÈRES ET SŒURS, UNE MALADIE D'AMOUR, en collaboration avec Christine Schilte, Fayard, 2002.

VOULOIR UN ENFANT, en collaboration avec René Frydman et Christine Schilte, Hachette Pratique, 2001.

ŒDIPE TOI-MÊME ! CONSULTATIONS D'UN PÉDOPSYCHIATRE, Éditions Anne Carrière, 2000.

COMPRENDRE L'ADOLESCENT, en collaboration avec Christine Schilte, Hachette Pratique, « La grande aventure », 2000.

HUIT TEXTES CLASSIQUES EN PSYCHIATRIE DE L'ENFANT, ESF éditeur, « La vie de l'enfant », 1999.